KiWi
Paperback

KiWi

618

Über das Buch:
Bret Easton Ellis' zweiter Roman, 1987 zwei Jahre nach dem Debüt *Unter Null* in den USA erschienen, schildert ein paar Wochen im Leben einiger College-Studenten an der US-Ostküste. Es ist, als würde man bei der Lektüre in einen rasant schnell geschnittenen Film hineingeraten, der aus den verschiedenen Blickwinkeln der Figuren von Parties, Drogen & Sex erzählt. Lauren vermisst Victor, der gerade quer durch Europa reist, und tröstet sich – da Tony gerade kein Interesse anmeldet – zwischendurch mit einem Erstsemestler, der Steve heisst, glaubt sie zumindest. Sean, Protagonist von *Einfach unwiderstehlich* und Bruder von Patrick Bateman, will Lauren, nimmt aber, da die Sache so einfach nicht ist, erstmal mit Susan vorlieb. Und mit Deidre. Und-
Einfach unwiderstehlich ist ein Abgesang auf eine Generation von Collegestudenten Mitte der 80er Jahre: keine Vision, nirgends, es sei denn, man begreift den verzweifelten Sex in allen Lagen und Dröhnungsstufen als visionäres Revival von »Love and Peace«.

»Das Porträt einer Generation unter Coolheitsdruck« *taz*

Der Autor
Breat Easton Ellis, geboren 1964 in Los Angeles, lebt in New York.

Weitere Titel bei K & W
»Unter Null«, Roman, deutsche Erstveröffentlichung 1986, KiWi 551, 1999. »American Psycho«, Roman, 1991, KiWi 300. »Die Informanten«, 1995. »Glamorama«, 1999.

Für
Phil Holmes

Bret Easton Ellis

Einfach unwiderstehlich

Roman

Deutsch von
Wolfgang Determann

Kiepenheuer & Witsch

1. Auflage 2001

Die Originalausgabe erschien 1987 unter dem Titel
The Rules of Attraction by Simon & Schuster, New York
Deutsch von Wolfgang Determann

Deutsche Erstausgabe 1988 bei Rowohlt Taschenbuch Verlag GmbH,
Reinbek bei Hamburg

Umschlaggestaltung: Barbara Thoben, Köln
Umschlagfoto: © Wartenberg/Picture Press
Gesamtherstellung: Clausen & Bosse, Leck
ISBN 3-462-03000-0

Auch wenn sie wie Perlen auf eine Kette gezogen waren, so fehlte den Fakten die rechte Ordnung. Die Ereignisse strömten nicht dahin. Die Fakten waren separat und wahllos und zufällig, auch als sie eintraten, episodisch, gebrochen, ohne sanfte Übergänge, ohne Sinn für Ereignisse, die sich aus früheren Ereignissen entwickeln – –

Tim O'Brien
Going After Cacciato

Herbst 1985

und es ist 'ne Geschichte,

die dich vielleicht langweilt, aber du mußt ja nicht zuhören, sagte sie mir, weil sie immer gewußt hat, daß es so kommen würde, und sie glaubt, es war ihr erstes Jahr, oder, eigentlich ein Wochenende, tatsächlich ein Freitag, im September, in Camden, und das ist drei oder vier Jahre her, und sie wurde so betrunken, daß sie im Bett landete, entjungfert wurde (spät, sie war schon achtzehn) in Lorna Slavins Zimmer, weil sie im ersten Jahr war, und Lorna, fällt ihr ein, im vierten oder im dritten Jahr war und normalerweise hin und wieder in der Wohnung ihres Freundes außerhalb des Campus, der ihrer Meinung nach im zweiten Jahr war und Töpfern als Hauptfach hatte, aber der in Wirklichkeit entweder ein Typ von der New York University war, ein Film-Student, der nur wegen der Bums-Klamotten-Fete hier in New Hampshire war, oder einer aus dem Ort. Eigentlich hatte sie an diesem Abend jemand anderen im Visier: Daniel Miller, siebtes Semester, Hauptfach Theater, nur ein bißchen schwul, blondes Haar, ein toller Körper und diese wahnwitzig grauen Augen, aber der traf sich mit dieser schönen Französin aus Ohio und wurde dann langsam monogam und fuhr nach Europa und schloß sein siebtes Semester nie mehr ab. Also unterhielt sich dieser Typ (sie kann sich jetzt nicht einmal mehr an seinen Namen erinnern – Rudolph? Bobo?) von der New York University mit ihr unter einem, daran kann sie sich erinnern, großen Poster von Reagan, dem jemand Schnurrbart und Sonnenbrille aufgemalt hatte, und er redete über diese ganzen Filme, und sie erzählte ihm dauernd, daß sie diese Filme alle gesehen hätte, obwohl das nicht stimmte, und sie stimmte ihm dauernd zu, seinen Vorlieben, seinen Abneigungen, und die ganze Zeit dachte sie, daß er vielleicht kein Daniel Miller sei (dieser Typ hatte punkiges, blauschwarzes Haar, Wollkrawatte an und, dummerweise, ein sich abzeichnendes Ziegenbärtchen), aber er war immer noch ziemlich süß, und sie war ganz sicher, daß er die Namen dieser Filmemacher alle falsch aussprach, sich an die falschen Schauspieler erinnerte, die falschen Kameramänner nannte, aber sie wollte ihn und sie konnte sehen, daß er zu Kathy Kotcheff rüberschaute, und sie guckte zu ihm rüber und ließ sich unglaublich vollaufen und nickte andauernd, und er ging zum Faß hin, um sich noch ein Bier zu holen, und Kathy Kotcheff, die einen schwarzen BH trug und ein schwarzes Höschen mit Strumpfgürtel und allem, sprach ihn an, und sie verzweifelte langsam. Sie hatte vor, rüberzugehen und ein paar Namen fallenzulassen, Salle oder Longo zu erwähnen, aber sie dachte, das wäre vielleicht zu anmaßend, also näherte sie sich ihm von hinten und flüsterte ihm einfach zu, daß sie etwas Pot in ihrem Zimmer hätte, obschon das nicht stimmte, aber sie hoffte, daß Lorna etwas hätte, also lächelte er und sagte, das sei vielleicht eine gute Idee. Auf der Treppe nach oben schnorrte sie sich Pot von jemand, das sie gar nicht vorhatte zu rauchen, und sie gingen in Lornas Zimmer. Er machte die Tür zu und schloß ab. Sie knipste das Licht an. Er knipste es aus. Sie glaube, sagte sie, sie habe doch kein Pot. Er sagte, das sei okay und zog einen silbernen Flachmann heraus, den er mit dem Kornpunsch gefüllt hatte, bevor er unten ausgegangen war, und sie war davon schon so betrunken und von dem Bier, daß sie noch mehr davon trank, und ehe sie sich versah, waren sie auf Lornas Bett und gingen zur Sache, und sie war zu betrunken, um nervös zu sein. Die ‹Dire Straits› wurden unten gespielt oder vielleicht waren es die ‹Talking Heads›, und sie war sturzbesoffen und obwohl sie wußte, daß das der reine Wahnsinn war, konnte sie nicht aufhören oder irgend etwas anderes machen. Sie wurde ohnmächtig, und als sie wieder zu sich kam, versuchte sie, ihren BH auszuziehen, aber sie war immer noch viel zu betrunken, und er hatte schon angefangen, sie zu bumsen, wußte aber nicht, daß sie noch Jungfrau war, und es tat weh (nicht besonders, nur ein kleiner, scharfer Schmerz, aber nicht so schlimm, wie man ihr beigebracht hatte, daß es weh tun würde, aber auch nicht gerade angenehm), und in dem Moment hörte sie eine weitere Stimme im Zimmer stöhnen und sie kann sich erinnern, daß sich das Gewicht auf dem Bett verschob, und es wird ihr klar, daß die Person auf ihr nicht der Film-Typ von der New York University ist, sondern jemand anderes. Es war stockdunkel im Zimmer, und sie spürte ein Paar Knie auf jeder Seite von ihr, und sie wollte gar nicht mal wissen, was sich über ihr abspielte. Alles, was sie wußte, alles, was ihr sicher schien, war, daß ihr elend zumute war und daß ihr Kopf dauernd an die Wand knallte. Die Tür, die er vermeintlich abgeschlossen hatte, flog auf, und Schatten kamen herein, die sagten, sie müßten das Faß irgendwohin stellen, und das Faß wurde hereingerollt, knallte gegen das Bett, und die Tür ging zu. Und sie dachte, mit Daniel Miller wäre ihr das nicht passiert, der hätte sie sanft in seine großen, starken Dramatiker Arme genommen und sie ruhig und geschickt ausgezogen, mit Leichtigkeit und Eleganz den BH entfernt, sie tief und zart geküßt, und es hätte wahrscheinlich nicht weh getan, aber sie war nicht mit Daniel Miller zusammen. Sie war hier mit einem Typ aus New York, dessen Namen sie nicht kannte, und weiß Gott, mit wem noch, und die beiden Körper über ihr bewegten sich immer weiter, und dann war sie oben, obwohl sie viel zu betrunken war, um oben zu bleiben, jemand anderes hielt sie aufrecht, stützte sie ab, während noch jemand anderes ihre Brüste durch den BH berührte und sie immer weiter fickte, und sie hörte, wie sich das Pärchen nebenan laut stritt, und dann wurde sie wieder ohnmächtig, wachte erst auf, als einer der Typen mit dem Kopf gegen die Wand schlug, dann vom Bett rutschte und sie mitriß, und beide schlugen sie mit ihren Köpfen an das Faß. Sie hörte, wie sich einer der Typen in etwas erbrach, von dem sie hoffte, daß es Lornas Abfalleimer war. Sie wurde wieder ohnmächtig, und als sie aufwachte, vielleicht dreißig Sekunden später, vielleicht 'ne halbe Stunde, sie wurde immer noch gebumst, stöhnte sie immer noch vor Schmerzen (die dachten wahrscheinlich, sie wäre angetörnt, was aber bestimmt nicht der Fall war), da hörte sie jemand an die Tür klopfen. Sie sagte: «Mach auf, mach auf», oder zumindest glaubte sie, daß sie das sagte. Sie waren immer noch auf dem Boden, als sie wieder ohnmächtig wurde... Am nächsten Morgen wachte sie auf, früh und aus irgendeinem Grund auf dem Bett, und das Zimmer war kalt und stank nach Erbrochenem, aus dem halbleeren Faß tröpfelte es auf den Boden. In ihrem Kopf hämmerte es, teils wegen ihres Katers und teils, weil sie ihn wer weiß wie lange an die Wand geknallt hatte. Der Film-Student von der N. Y. U. lag neben ihr auf Lornas Bett, das sich während der Nacht in die Mitte des Zimmers verschoben hatte, und er sah viel kleiner aus und sein Haar länger, als sie es in Erinnerung hatte, seine Haarstacheln waren schlaff geworden. Und in dem Licht, das durch das Fenster hereinkam, sah sie den anderen Typ neben dem Film-Studenten liegen – sie war keine Jungfrau mehr, dachte sie bei sich –, der Junge, der neben dem Typ von der N. Y. U. lag, schlug die Augen auf, und er war immer noch betrunken, und sie hatte ihn noch nie gesehen. Er war wahrscheinlich aus dem Dorf. Sie war tatsächlich mit einem aus dem *Dorf* ins Bett gegangen. Ich bin keine Jungfrau mehr, dachte sie wieder. Der Typ aus dem Dorf zwinkerte ihr zu, bemühte sich gar nicht erst, sich vorzustellen, und dann erzählte er ihr diesen Witz, den er gestern abend gehört hatte, von diesem Elefanten, der durch den Dschungel streifte und der auf einen Dorn trat, und es tat furchtbar weh, und der Elefant hatte Mühe, ihn rauszuziehen, also bat der Elefant eine Ratte, die gerade vorbeikam, ihm «bitte diesen Dorn aus dem Treter zu ziehen», und die Ratte stellte die Forderung: «Nur, wenn ich dich ficken darf.» Ohne zu zögern sagte der Elefant okay, und die Ratte zog rasch den Dorn aus der Elefantensohle, und dann krabbelte sie hinten am Elefanten hoch und fing zu ficken an. Da kam ein Jäger des Weges und schoß auf den Elefanten, der darauf anfing, vor Schmerzen zu stöhnen. Die Ratte, die die Verwundung des Elefanten nicht mitbekommen hatte, sagte: «Leide, Baby, leide», und fickte immer weiter. Der aus dem Dorf fing an zu lachen, und es war ein Witz, den sie am liebsten vergessen hätte, aber sie hat ihn seitdem nicht mehr aus dem Kopf bekommen. Dann dämmerte es ihr langsam, daß sie gar nicht wußte, wer sie (technisch) entjungfert hatte (obwohl die Wahrscheinlichkeit ziemlich groß war, daß es der Film-Student von der N. Y. U. war und nicht der Typ aus dem Dorf), obwohl es darauf irgendwie gar nicht an diesem nach-jungfräulichen Morgen ankam. Es wurde ihr leise bewußt, daß sie blutete, aber nur ein wenig. Der Typ von der N. Y. U. rülpste im Schlaf. Lornas Abfalleimer war überall mit Erbrochenem bedeckt. Der aus dem Dorf lachte immer noch, er krümmte sich nackt vor Lachen. Sie hatte ihren BH immer noch an. Und sie sagte es niemand, obwohl sie es Daniel Miller sagen wollte: «Ich hab immer gewußt, daß es so sein würde.»

SEAN Das Ende der Party kündigt sich an. Ich komme ins Windham House, gerade, als das letzte Faß angezapft wird. Der Deal in der Stadt ging in Ordnung, und ich habe etwas Bares, also kaufe ich ein bißchen Gras von diesem Erstsemester, der im Spielzimmer im *Booth* wohnt, und werde high, bevor ich zur Durstigen Donnerstag-Fete komme. Im Wohnzimmer ist ein Quarter-Spiel im Gange, und Tony füllt einen Krug mit Bier.

Ich frage ihn: «Was läuft denn so?»

«Hey, Sean. Hab meinen Ausweis verloren. Die Pub ist gestorben», sagt er. «Brigid ist ganz scharf auf den Typ aus L. A. Willste mitmachen?»

«Ist okay», sage ich. «Wo sind die Becher?»

«Da drüben», sagt er und geht wieder zum Tisch zurück.

Ich hole mir etwas Bier und merke, daß dieses heiß aussehende Mädchen aus dem ersten Semester mit den kurzen blonden Haaren, das ich vor ein paar Wochen gebumst habe, nahe beim Kamin steht. Ich will hingehen und mit ihr reden, aber Mitchell Allen gibt ihr schon Feuer, und ich will nichts damit zu tun haben. Also lehne ich mich gegen die Wand, höre mir REM an, trinke mein Bier aus, hole mir noch welches und behalte die aus dem ersten Semester im Auge. Dann kommt ein anderes Mädchen, ich glaube, Deidre heißt sie, schwarzer Irokesen-Schnitt, der schon antiquiert und modisch aussieht, schwarzer Lippenstift, schwarzer Nagellack, schwarze Kniestrümpfe, schwarze Schuhe, hübsche Titten, ganz guter Körper, siebtes Semester, und sie trägt ein schwarzes Top, obwohl es in dem Raum ungefähr vierzig Grad minus ist, und sie ist betrunken und hustet, als hätte sie TB und säuft Scotch. Ich hab sie mal im Buchladen einen Dante klauen sehen. «Kennen wir uns?» fragt sie. Wenn das ein Witz sein soll, dann ist er einfach ganz blöd.

«Nein», sage ich. «Hi.»

«Wie heißt du?» fragt sie und versucht, die Balance zu halten.

«Peter», sage ich zu ihr.

«Ach, wirklich?» fragt sie und sieht verwirrt aus. «Peter? Peter? So heißt du nicht.»

«Heiß ich doch.» Ich habe immer noch das aufregende Erstsemester im Visier, aber sie will nicht hersehen. Mitchell reicht ihr noch ein Bier. Es ist zu spät. Ich schaue wieder Dede Dedire an oder wie sie heißt.

«Bist du nicht im siebten Semester?» fragt sie mich.

«Nein», sage ich zu ihr. «Im ersten.»

«Echt?» Plötzlich fängt sie an zu husten, dann trinkt sie von ihrem Scotch, schüttet ihn praktisch und sagt mit abgekrächzter Stimme: «Ich dachte, du wärst älter.»

«Ein Erstsemester», sage ich zu ihr, leere meinen Becher.

«Peter. Peter, das Erstsemester.»

Mitchell flüstert ihr etwas ins Ohr. Sie lacht und wendet sich ab. Er flüstert weiter. Sie rührt sich nicht. Das war's. Sie will mit ihm gehen.

«Also, irgendwie hätte ich schwören können, du heißt Brian», sagt Deedum.

Ich wäge meine Möglichkeiten ab. Ich kann sofort abhauen, wieder auf mein Zimmer gehen, Gitarre spielen, einschlafen. Oder ich könnte mit Tony und Brigid und diesem blöden Typ aus L. A. Quarters spielen. Oder ich kann dieses Mädchen auf einen Drink ins Carousel außerhalb des Campus mitnehmen und sie dort lassen. Oder ich kann sie wieder mit auf mein Zimmer zurückbringen, hoffen, daß der Franzmann weg ist, mir einen antörnen und sie bumsen. Aber eigentlich will ich das nicht. So sehr stehe ich auch nicht auf sie, aber das heiß ausschauende Erstsemester ist schon mit Mitchell auf und davon, und ich habe morgen keine Seminare, und es ist spät, und es sieht so aus, als wäre das Faß bald leer. Und sie sieht mich an und fragt: «Was ist los?», und ich denke warum nicht?

Also gehe ich endlich mit ihr nach Hause – sie ist plump, aber scharf, aus L. A., ihr Vater ist in der Musikbranche, aber sie hat keine Ahnung, wer Lou Reed ist. Wir gehen auf ihr Zimmer. Ihre Zimmergenossin ist da, schläft aber schon.

«Ignorier sie», sagt sie und knipst das Licht an. «Sie ist verrückt. Es ist okay.»

Ich ziehe gerade meine Kleider aus, als die Zimmergenossin aufwacht und beim Anblick meiner Nacktheit ausrastet. Ich gehe unter D's Decken, aber ihre Zimmergenossin fängt an zu heulen und steigt aus dem Bett, und D schreit sie an: «Du bist verrückt, leg dich schlafen, du spinnst ja», und die Zimmergenossin geht raus, knallt schluchzend die Tür zu. Wir fangen an rumzumachen, aber sie vergißt ihr Diaphragma, also versucht sie, es einzuführen, drückt den Schaum über ihre Hand aus, aber kriegt ihn nicht rein, und sie ist zu betrunken, um zu wissen, wo sie es hintun soll. Trotzdem versuche ich sie zu bumsen, aber sie stöhnt andauernd «Peter, Peter», also höre ich auf. Ich überlege, ob ich mich übergeben soll, statt dessen ziehe ich mir ein bißchen Gras in der Pfeife rein, dann fliehe ich. Laß gut sein. Rock 'n' Roll.

PAUL Wir waren schon zugeknallt, als wir auf der ‹Durstigen Donnerstag-Fete› ankamen, und der Abend war noch jung, und das blonde schwedische Mädchen aus Connecticut, sehr groß und jungenhaft, kam zu mir rüber, und ich ließ sie machen. Betrunken, aber immer noch vollkommen bewußt, worauf ich mich da einließ, hatte sie freie Bahn. Ich hatte andauernd versucht, mit Mitchell zu reden, aber der interessierte sich viel mehr für dieses äußerst häßliche, nuttige Mädchen aus dem fünften Semester namens Candice. Kurz Candy. Ich war ziemlich entsetzt, aber was konnte ich schon tun? Ich fing an, mit Katrina zu reden, und sie sah in ihrem schwarzen Heilsarmee-Regenmantel sehr charmant aus und in der Matrosenmütze, unter der ein blondes Haarbüschel hervorlugte, und ihre Augen waren groß und blau, sogar in der Dunkelheit des Wohnzimmers im Windham House.

Jedenfalls waren wir betrunken, und Mitch redete immer noch mit Candie, und da war dieses Mädchen auf der Party, das ich wirklich nicht sehen wollte, und ich war jetzt betrunken genug, um mit Katrina zu gehen. Ich nehme an, ich hätte bleiben können, auf Mitch warten, oder auf diesen Jungen aus L. A. zugehen können, der, obwohl er zu sehr von der Sonne verbrannt war, schöne Muskeln (rotgebrannte Muskeln?) hatte und entrückt genug schien, alles zu versuchen. Aber er trug immer noch seine Sonnenbrille und spielte Quarters, und sowieso ging das Gerücht, er würde mit Brigid McCauley schlafen (einer «kompletten Fischfotze» laut Vanden Smith), daher zündete ich, als Katrina mich fragte: «Was ist los?», mir eine Zigarette an und sagte: «Gehn wir.» Inzwischen waren wir noch besoffener, da wir eine Flasche guten Rotwein gekippt hatten, den wir in der Küche gefunden hatten, und als wir raus in die knackige Oktoberluft kamen, traf es uns beide wie ein kleiner Schock, aber es machte uns nicht nüchtern, und wir lachten beide weiter. Und dann küßte sie mich und sagte: «Laß uns auf mein Zimmer gehen und duschen.»

Wir gingen immer noch über den Rasen des Commons, als sie das sagte, ihre Fäustlinge unter den Überzieher gesteckt, wir lachten, wirbelten umher, kickten Blätter hoch, und die Musik drang immer noch rüber vom Windham House. Ich wollte diesen Augenblick verlängern, deshalb schlug ich vor, uns nach etwas zu essen umzusehen. Wir hörten auf zu gehen und standen da, und obwohl sie mehr als nur ein bißchen enttäuscht klang, willigte sie ein, und wir gingen von Haus zu Haus und plünderten heimlich die Kühlschränke, wenn wir auch nur ein paar Pepperidge Farm Milanos, eine halbleere Tüte Bar-B-Que Kartoffelchips und ein dunkles Heineken fanden.

Jedenfalls landeten wir in ihrem Zimmer, echt betrunken, und kamen zur Sache. Sie hielt eine Minute inne und machte sich auf den Weg zur Toilette am Ende des Flurs. Ich knipste eine Lampe an und sah mich in dem Zimmer um, besah mir das leere Bett ihrer Zimmergenossin und ein Poster mit einem Einhorn an der Wand; Exemplare von *Town and Country* und *The Weekly World News* («Ich bekam Bigfoots Baby», «Wissenschaftler behaupten, daß UFOs AIDS verursachen») lagen um einen riesigen ausgestopften Teddybär verstreut, der in der Ecke thronte, und ich dachte, daß dieses Mädchen *zu* jung sei. Sie kam wieder herein und zündete sich einen Joint an und drehte das Licht aus. Kurz davor, den Geist aufzugeben, fragte sie mich: «Wir gehen doch nicht ins Bett, oder?»

Sie hatte Paul Young auf ihrem Plattenspieler, und ich lehnte mich über sie, lächelte und sagte: «Nein, wahrscheinlich nicht.» Ich dachte an das Mädchen, das ich im September verlassen hatte.

«Warum nicht?» fragte sie,und sie sah wirklich nicht mehr besonders schön aus, wie sie im Halbdunkel ihres Zimmers dalag, das einzig echte Licht war die Spitze des Joints in ihrer Hand.

«Ich weiß nicht», sagte ich, und dann in gespieltem Ernst: «Ich bin vergeben», obwohl ich es nicht war: «Und du bist betrunken», obwohl das eigentlich auch nichts damit zu tun hatte.

«Ich hab dich wirklich gern», sagte sie, bevor bei ihr die Klappe fiel.

«Ich hab dich wirklich gern», sagte ich, obwohl ich sie kaum kannte.

Ich rauchte den Joint zu Ende und trank das Heineken aus. Dann legte ich eine Decke über sie und stand da, die Hände in den Taschen meines Überziehers. Ich überlegte, ob ich die Decke abnehmen sollte. Ich nahm die Decke ab. Dann hob ich ihren Arm und sah ihre Brüste an, berührte sie. Vielleicht vernasch ich sie, grübelte ich. Aber es war schon fast vier Uhr, und ich hatte eine Vorlesung in sechs Stunden, obwohl die Wahrscheinlichkeit, sie zu besuchen, ziemlich gering schien. Auf dem Weg nach draußen klaute ich ihr Exemplar *Hundert Jahre Einsamkeit* und schaltete ihren Plattenspieler aus und ging, zufrieden und vielleicht ein bißchen verlegen. Ich war im vierten Jahr. Sie war ein nettes Mädchen. Sie würde sowieso allen erzählen, daß ich ihn erst gar nicht hochgekriegt hätte.

LAUREN Ging zur Durstigen Donnerstag-Fete in Windham. Die Geschichte, die ich 'n bißchen angeleiert hatte, gefiel mir nicht, und ich mußte an Victor denken und fühlte mich einsam. Judy kam schon betrunken im Atelier vorbei und versuchte mich zu trösten. Wir wurden high, und ich wurde nur noch einsamer, wenn ich an Victor dachte. Dann war es schon spät, und wir sind auf der Party, und es läuft nicht viel: Faß in der Ecke, REM oder ich glaube jedenfalls, es ist REM, schöne, schwerfällige Tanzstudenten winden sich schamlos. Judy sagt: «Laß uns gehen», und ich bin einverstanden. Wir bleiben. Wir kriegen Bier, das warm und schal ist, aber wir trinken es. Judy verschwindet mit einem Kerl aus dem Fels, obwohl sie, wie ich weiß, in diesen Kerl aus Los Angeles verknallt ist, der mit Tony Quarters spielt, den ich mag und mit dem ich in meinem zweiten Semester hier geschlafen habe, und dieses Mädchen Bernette, die sich mit dem Typ aus L. A. trifft, schätze ich, oder vielleicht mit Tony, und es ist nichts los, und ich überlege, ob ich gehen soll, aber die Vorstellung, wieder ins Atelier zu gehen...

Jemand kommt rein, den ich nicht sehen will, also fange ich an, mich mit diesem yuppieartigen Typ aus dem ersten Semester zu unterhalten. «Bierchen?» fragt er. Ich schaue zu Tony rüber, frage mich, ob er Interesse anmeldet. Er schaut zu mir rüber, über das ganze Wohnzimmer hin, hält den Krug hoch und zieht die Augenbrauen in die Höhe, und ich kann nicht sagen, ob das eine Einladung zum Quarterspielen oder zum Bumsen ist. Aber wie kann ich diesen Typ abhängen? Aber hier ist jemand, den ich nicht sehen möchte, und wenn ich rübergehe, muß ich an ihm vorbei. Also rede ich weiter mit diesem Spießer. Dieser Typ, der nach jeder harmlosen Information, die er mir weitergibt, in einem Tonfall, der für ihn ganz subversiv cool klingt, zu mir sagt: «Hey, Laura», und ich sage ihm immer wieder: «Hör mal, ich heiße nicht Laura, klar?», und er nennt mich weiter Laura, und so will ich ihm endlich Bescheid stoßen, als mir plötzlich klar wird, daß ich *seinen* Namen nicht weiß. Er sagt ihn mir. Wie heißt er? Steve? Ihm, Steve, gefällt nicht, daß ich rauche. Das typische, betrunkene (nicht allzu betrunkene), nervöse Erstsemester. Wen schaut Steve an? Nicht den Typ aus L. A., sondern Bernette, die mit diesem spießigen Erstsemester Steve nicht ins Bett steigen wollte jedenfalls, aber gut, vielleicht wollte sie selbst. Muß immer wieder an

Victor denken. Aber Victor ist in Europa. Bierchen? Jesus. Das Erstsemester sagt mir, daß ich mein Bier noch nicht angefaßt habe. Ich fasse es an, fahre mit meinen Fingern über den Rand des Plastikbechers. «Oh, das meine ich nicht», sagt er gutmütig. «Trink», drängt er. Stereotyp mit Haarschnitt. Warum interessiert es ihn überhaupt? Glaubt er wirklich, ich gehe mit ihm ins Bett? Warum will diese Person nicht gehen? Schaut Tony überhaupt hierher? Einer vom Quarterspiel schreit nach Sean. Ja-ich-bin-ein-Kotzbrocken Bateman. Judy drückt sich an mir vorbei und rollt mit den Augen. Ich frage den Typ Steve, was los ist. Er möchte mit mir Pot rauchen, aber wenn ich kein Pot möchte, dann hätte er auch gutes Speed. Hilfe. Ich möchte wissen, warum ich Victor vier Postkarten geschickt und keine Antwort bekomme. Aber ich möchte nicht darüber nachdenken und gehe ganz spontan mit dem Erstsemester hinaus. Weil... das Bier ist alle. Er fragt, ob wir in mein Zimmer gehen könnten. Zimmergenossin, lüge ich. Jetzt gehen wir hinaus. Und ich hatte mir versprochen, Victor treu zu sein, und Victor hatte mir versprochen, daß er auch treu sein würde. Weil ich den Eindruck hatte, habe, daß wir uns lieben. Aber ich hatte diesen Schwur schon im September ein wenig gebrochen, was ein kompletter und grober Fehler war, und was mach ich denn jetzt?

In der Eingangshalle des Franklin House. Eingerissenes Poster von *A Clockwork Orange* an seiner Tür? Nein, das nächste Zimmer. Der Ronnie Reagan-Kalender an der Tür. Soll das ein Witz sein? Im Zimmer des Erstsemesters jetzt. Wie heißt er noch? Sam? Steve? Es ist so... hübsch! Tennisschläger an der Wand. Regal voll mit Büchern von Robert Ludlum. Wer ist dieser Typ? Fährt wahrscheinlich einen Jeep, trägt Penny Loafers, seine Freundin in der Highschool trug seinen Pullover mit dem Buchstaben drauf. Er überprüft seine Frisur im Spiegel und erzählt mir, sein Zimmergenosse sei heute nacht in Vermont. Warum erzähle ich ihm nicht, daß mein Freund, der Mensch, den ich liebe, der Mensch, der mich liebt, der Mensch, den ich vermisse, der Mensch, der mich vermißt, in Europa ist, und daß ich das hier unter keinen Umständen tun sollte. Er hat einen Kühlschrank und zieht ein eiskaltes Becks raus. Raffiniert. Ich trinke einen Schluck. Er trinkt einen Schluck. Er zieht seinen L. L. Bean-Pullover und sein T-shirt aus. Sein Körper ist ganz gut. Hübsche Beine. Spielt wahrscheinlich viel Tennis. Ich werfe beinah einen Stapel Ökonomiebücher um, der auf seinem Schreibtisch liegt. Ich wußte nicht einmal, daß sie das hier anbieten.

«Du hast doch keinen Herpes oder so was, oder?» fragt er, während wir uns ausziehen.

Ich seufze und sage: «Nein, habe ich nicht.» Wünschte, ich wäre betrunken.

Er sagt, er hätte gehört, daß ich vielleicht so was hätte.

Ich will nicht wissen, von wem er das gehört hat. Wünschte, ich wäre sehr betrunken.

Es ist gut, aber ich bin nicht angetörnt. Ich liege einfach da und denke über Victor nach.

Victor.

VICTOR Nahm einen Charterflug mit einer DC-10 nach London, landete in Gatwick, nahm den Bus ins Zentrum, rief eine Freundin aus dem College an, die Hasch verkaufte, aber sie war nicht da. Also ging ich spazieren, bis es anfing zu regnen, dann fuhr ich mit der U-Bahn wieder zum Haus der Freundin, wo ich mich vier oder fünf Tage aufhielt. Sah den Wachwechsel im Bukkingham Palace. Aß eine Grapefruit an der Themse, die mich stark an das Cover dieses Pink Floyd-Albums erinnerte. Schrieb meiner Mom eine Postkarte, die ich nie abschickte. Suchte Heroin, konnte aber keines finden. Kaufte etwas Speed von einem Italiener, den ich zufällig in einem Plattenladen in Liverpool traf. Rauchte eine Menge Hasch, das zu viel Tabak enthielt. Auch wenn sie alle dieselbe Sprache sprachen wie ich, waren es alles Arschlöcher. Es regnete viel, es war teuer, also haute ich nach Amsterdam ab. Am Hauptbahnhof spielte einer Saxophon, was ganz hübsch klang. Wohnte mit ein paar Freunden in irgendeiner Souterrainwohnung. Rauchte auch in Amsterdam eine Menge Hasch, verlor aber fast meinen ganzen Vorrat in irgendeinem Museum. Die Museen waren cool, schätze ich. Viele Van Goghs und die Vermeers waren stark. Spazierte herum, kaufte eine Menge süßes Gebäck, viele Matjesheringe. Die Holländer können alle Englisch, daher mußte ich gar nicht holländisch sprechen, was eine Erleichterung war. Wollte einen Wagen mieten, konnte aber nicht. Die Leute, bei denen ich wohnte, hatten jedoch Fahrräder, also machte ich eines Tages eine Radtour und sah eine Menge Kühe und Gänse und Kanäle. Ich hielt am Straßenrand an, dröhnte mich ab und schlief ein, wachte auf, schrieb ein bißchen, nahm ein wenig Acid, machte ein paar Zeichnungen, und dann fing es an zu regnen, also radelte ich nach Danoever in eine Jugendherberge, wo ein paar coole Jungs aus Deutschland waren, die etwas Englisch sprachen, und dann fuhr ich zurück nach Amsterdam und verbrachte die Nacht mit diesem echt doofen deutschen Mädchen. Am nächsten Tag fuhr ich mit dem Zug zum Kroeller in Arnhem, wo es tonnenweise starke Van Goghs gab. Hing im Skulpturgarten rum und versuchte, high zu werden, aber hatte keine Streichhölzer und konnte keine finden. Konnte mit nach Köln fahren und wohnte in einer Jugendherberge in Bonn, die allerübelst war, in der eine Menge echt verwarzter Kids waren, und sie war zu weit von der Innenstadt weg, also konnten wir überhaupt nichts machen. Trank ein Bier, dann machte ich mich auf nach Süden durch München und Österreich nach Italien. Konnte in die Schweiz mitfahren, sagte mir Scheißdrauf, warum auch nicht. Verbrachte am Ende die Nacht an einer Bushaltestelle. Spazierte in der Schweiz herum, aber das Wetter war schlecht, und es war zu teuer, und ich hatte nicht den vollen Durchblick, also fuhr ich mit dem Zug weg und stieg dann auf Anhalter um. Die Berge waren riesig und echt stark, und die Dämme der helle Wahnsinn. Fand eine Jugendherberge und machte mich dann mit einem Pärchen, Anfang Dreißig, nach Süden auf, die in der Jugendherberge gewohnt hatten und mich mitnahmen. Ich verbrachte zwei Tage in der Schweiz. Dann fuhr ich mit dem Bus von der Schweiz nach Italien, dann per Anhalter in diese Stadt, wo dieses Mädchen vom College war, die ihren Abschluß gemacht hatte und in die ich irgendwie verliebt war, aber ich hatte ihre Telefonnummer verloren und war mir nicht einmal so sicher, ob sie überhaupt in Italien war. Also spazierte ich herum und traf diesen absolut coolen Typ namens Nicola, der nach hinten pomadierte Haare hatte und eine Wayfarer-Sonnenbrille trug, und der Springsteen riesig fand und mich dauernd fragte, ob ich ihn je live gesehen hätte. Es war da, als ich mir wie ein Idiot vorkam, weil ich Amerikaner war. Aber nur eine

Weile, denn endlich nahm mich so ein Franzose in einem weißen Fiat mit, dessen Radio echt laut und gestört Michael Jackson spielte. Dann war ich in irgendeiner Stadt, die Brandis oder Blandy oder Brotto hieß. Die Kids aßen Eis, die Kinos spielten alle Bruce Lee-Filme, die Mädchen dachten alle, ich sei Rob Lowe oder so was. Suchte immer noch dieses Mädchen, Jaime. Stieß auf jemand aus Camden, der mit dem Italien-Austauschprogramm hier war, und dieser Mensch erzählte mir, daß Jaime in New York sei, nicht in Italien. Florenz war schön, aber mit Touristen überfüllt war. Ich nahm reichlich Speed und verbrachte drei Tage ohne Schlaf und zog herum. Fuhr in diese winzige Stadt, Siena. Rauchte Hasch auf der Treppe zu dieser Kirche, dem Duomo. Traf einen coolen Typ aus Deutschland in diesem alten Schloß. Dann fuhr ich nach Milano, wo ich mit diesen Typen in irgendeinem Haus rumhing. Schlief in einem großen Doppelbett mit einem von ihnen, der andauernd ‹The Smiths› spielte und sich von mir einen runterholen lassen wollte, wo ich echt nicht drauf stand, aber ich hatte ja keine Bleibe. Rom war groß und heiß und dreckig. Sah eine Menge Kunst. Verbrachte die Nacht mit einem Typ, der mich zum Essen ausführte, und ich duschte lange in seinem Haus und ich schätze, das war es wert. Er nahm mich mit zu einer Brücke, wo Hector die Trojaner abgewehrt hat oder irgend so was. Ich war drei Tage in Rom. Dann fuhr ich nach Griechenland, und ich brauchte einen Tag, um dorthin zu kommen, wo die Fähre ablegt. Fähre brachte mich nach Korfu. Lieh mir ein Moped auf Korfu. Verlor das Moped. Bestieg die nächste Fähre Richtung Patras und dann Athen. Rief eine Freundin in New York an, die mir sagte, daß Jaime nicht in New York sei, sondern in Berlin. Sie gab mir die Telefonnummer und Adresse. Dann fuhr ich auf die Inseln, fuhr nach Naxos, kam echt früh in der Stadt an. Benutzte eine Toilette, und so ein Typ wollte zehn Drachmen, aber ich hatte nur Deutsche Mark bei mir, und ich hatte sonst gar nichts, also gab ich ihm statt dessen meine Swatch. Kaufte mir etwas Brot, Milch und eine Landkarte und dann wanderte ich los. Sah eine Menge Esel. Bis es Nacht wurde, hatte ich die Stadt zur Hälfte durchquert. Stieß auf eine Ausgrabungsstätte und kam vom Weg, dem ich folgte, ab. Ich dröhnte mich einfach zu und sah mir den Sonnenuntergang an. Es war schön, also machte ich mich auf zum Wasser und stieß auf einen Typ, der sein Studium in Camden abgebrochen hatte. Fragte ihn, wo Jaime sein könnte. Er sagte mir, entweder Skidmore oder Athen, aber nicht Berlin. Dann fuhr ich nach Kreta, bumste dort irgendein Mädchen. Dann fuhr ich nach Santorin, was sehr schön war, aber von Touristen überlaufen war. Fuhr mit dem Bus an die Südküste, reiste nach Malta, und es machte mich krank. Fuhr per Anhalter rum. Dann fuhr ich zurück nach Kreta und verbrachte einen Tag an diesem Strand, der voll von Deutschen war, und ging schwimmen. Dann wanderte ich noch was rum. Das war alles, was ich in Kreta machte, wandern. Ich wußte nicht, wo ich war. Alles war voller Touristen. Also ging ich an diesen FKK-Strand. Hing rum, zog mich aus, aß Joghurt und schwamm mit diesen beiden Jugoslawen, die sich über die Inflation beklagten und aus mir einen Sozialisten machen wollten. Ich kaufte mir eine Maske und schnorchelte, und wir fingen Kraken, lebende, und schlugen sie am Strand tot und aßen sie. Ich traf einen Typ aus Kanada, der einen Wagen gestohlen und eine Zeit im Gefängnis gesessen hatte, und wir hingen rum und redeten über Gott und die Welt, tranken Bier, fingen noch mehr Kraken, warfen Acid ein. Das ging drei Tage lang so. Mein Arsch und mein Schwanz bekamen einen Sonnenbrand. Einer der Jugoslawen brachte mir bei, «Born in the U. S. A.» auf jugoslawisch zu singen, und wir sangen es oft zusammen. Sonst gab es nichts zu tun, da wir die ganzen Kraken getötet, und ich gelernt hatte, jeden Springsteen-Song auf jugoslawisch zu singen, also sagte ich Ciao und verließ den FKK-Strand. Ich fuhr noch was per Anhalter herum, sah verdammt viele Esel, fand ein griechisches Donald Duck-Heft, das in irgendeinem Garten hinter einem Haus lag. Als ich in Griechenland per Anhalter fuhr, nahm mich ein Lastwagen mit, der Wassermelonen geladen hatte, und dieser alte Sack belästigte mich, dann wurde ich von Hunden angegriffen. Ich wußte immer noch nicht, wo Jaime war. Landete in Berlin, aber dieser Mensch gab mir die falsche Adresse. Wohnte wieder in einer Jugendherberge. Die Bauhausarchitektur gefiel mir, die ich in Amerika hasse, aber hier sah sie gut aus. Fuhr weiter per Anhalter, ging in eine Menge Bars, traf eine Menge Punkrocker, spielte viel Dame, ein bißchen Billard, rauchte Hasch. Konnte keinen Flug aus Berlin raus bekommen, also fuhr ich zurück nach Amsterdam und wurde im Nuttenviertel von zwei kleinen schwarzen Typen überfallen.

PAUL Das letzte Mal, daß ich Mitchell sah, bevor die Vorlesungen begannen, war im September. Wir lagen wie gewöhnlich auf meinem Bett, und es war früh, vielleicht zwölf. Ich langte über ihn hinweg und zündete mir eine Zigarette an. Die Leute nebenan prügelten sich. Auf der Jane Street war viel zu viel Verkehr, das war es oder irgendwas anderes, was Mitchell so angespannt machte, ihn sich am Weinglas festkrallen ließ. So sehr aufgepaßt, so viele Details studiert, so genau überarbeitet, daß ihm alles entgleitet. Was hatte ich hier zu suchen, fragte ich mich dauernd. Mein Vater arbeitete mit seinem Vater in Chicago zusammen, und obwohl ihre Beziehung mehr davon abhing, was in der Wall Street passierte, und über welchen Tisch der andere im Le Français oder im Ritz-Carlton verfügen konnte, gab sie uns dennoch die Gelegenheit, uns zu treffen. In New York trafen wir uns dann in dem Apartment, in dem ich letzten Sommer gewohnt hatte. Wir konnten uns nie in seiner Wohnung treffen, wegen dem «Zimmergenossen-Problem», wie er mir mit ernster Miene sagte. Meistens trafen wir uns nachts, fast immer nach dem Kino oder einem schlechten Off-off-off-Broadway-Stück, in dem einer aus der endlosen Kette von Mitchells Theaterfreunden von der N. Y. U. mitspielte, gewöhnlich betrunken oder high, was Mitchells Dauerzustand in den letzten Monaten zu sein schien, als ich jemand anderes aufriß. Mitchell wußte es, und es war ihm egal. Meistens wildes Sexgetümmel, angezogen, früher Drink in Schwulenbar, frag nicht.

Oben in der 92sten saßen wir in einem Café und beschimpften eine Kellnerin. Dann nahmen wir ein Taxi downtown und fingen einen Streit mit dem Fahrer an, und er ließ uns aussteigen. 29ste Straße, von Prostituierten angemacht, Mitchell gefällt es irgendwie, oder vielleicht tut er nur so. Er sah in letzter Zeit irgendwie verzweifelt aus. Ich dachte immer, es würde vorübergehen, aber ich gelangte an den Punkt, wo ich wußte, daß das nie geschehen würde. Nur eine große Nacht an der West Side, und er wäre außen vor. Dann so was Lächerliches wie Benedikteier um drei Uhr morgens bei P. J. Clarke's. ...Drei Uhr morgens. P. J. Clarke's. Er beschwert sich, die Eier seien zu flüssig. Ich zupfe an einem Cheeseburger herum, den ich bestellt habe, aber nicht will, eigentlich nicht. Ich bin erstaunt, daß noch drei oder vier Geschäftsleute von auswärts an der Bar sind. Mitchell ißt seine Eier irgendwie auf, dann schaut er mich an. Ich schaue ihn an, dann gebe ich ihm Feuer. Ich berühre sein Knie, seinen Schenkel mit der Hand. «Nicht», sagt er. Ich sehe verlegen weg. Dann sagt er leise, «Nicht hier.»

«Laß uns heim gehen», sage ich.

«Zu wem?» sagt er.

«Mir egal. Gehen wir zu mir. Zu dir? Ich weiß nicht. Mir ist nicht danach, Geld für ein Taxi auszugeben.»

Es wird jetzt deprimierend und spät. Keiner von uns beiden rührt sich. Ich zünde mir noch eine Zigarette an, dann drücke ich sie aus. Mitchell faßt sich immer wieder leicht ans Kinn, als stimmte etwas nicht. Er fährt mit dem Finger durch sein Grübchen.

«Möchtest du dich volldröhnen?» fragt er.

«Mitch», seufze ich.

«Hmmm?» fragt er und beugt sich vor.

«Es ist vier Uhr morgens», sage ich.

«Aha», sagt er verwirrt, immer noch vorgebeugt.

«Wir sind bei P. J.», erinnere ich ihn.

«Das stimmt», sagt er.

«Möchtest du dich... volldröhnen?» frage ich.

«Also», stottert er, «Ich glaub schon.»

«Warum machen wir...» Ich halte inne, schaue hinüber zu den Geschäftsleuten und schaue weg, aber nicht Mitchell an.

«Warum machen wir...»

Er starrt immer noch und wartet. Das ist blöd.

Ich sage nichts.

«Warum machen wir... warum machen wir was?» fragt er, grinst, beugt sich weiter vor, die Lippen gekräuselt, das Weiß der Zähne, dieses häßliche Grübchen.

«Es geht das Gerücht, daß du geistig zurückgeblieben bist», sage ich zu ihm.

In einem Taxi auf dem Weg in mein Apartment, spät, beinah fünf, und ich kann mich nicht einmal erinnern, was wir heute abend gemacht haben. Ich bezahle den Fahrer und gebe ihm zuviel Trinkgeld. Mitchell hält die Aufzugtür auf, ungeduldig. Wir kommen in meine Wohnung, und er zieht seine Kleider aus und dröhnt sich im Badezimmer voll, und dann sehen wir fern, ein bißchen HBO, eine kurze Weile... und dann legten wir uns schlafen, sobald die Sonne anfing aufzugehen, und mir fiel eine Party ein, auf der wir seinerzeit im College waren, als Mitchell betrunken und wütend versuchte, am frühen Morgen das Booth House anzuzünden... Wir sehen uns jetzt direkt an, atmen beide gleichmäßig. Es ist Morgen jetzt, und wir schlafen nicht, und alles ist rein und hell und klar, und ich schlafe ein. ...Als ich spätnachmittags aufwachte, war Mitchell weg, nach New Hampshire gefahren. Aber der Aschenbecher neben dem Bett war voll. Zuvor war er leer gewesen. Hatte er mir die ganze Zeit beim Schlafen zugesehen? Hatte er?

SEAN «Das waren die Kennedys, Mann...» Marc erzählt es mir, während er in seinem Zimmer im Noyes abdrückt. «Die Kennedys, Mann, haben es... verbockt... eigentlich war es J... F... K... John F. Kennedy hat es verbockt. ...Alles verbockt, sieh mal...» Jetzt leckt er sich die Lippen, fährt fort: «Also, da war... unsere Mütter waren schwanger mit uns, als wir... ich meine, er... wurde weggepustet '64 und diese ganze Geschichte... hat alles verbockt...» Er hält inne, fährt dann fort. «...Auf 'ne bärenstarke Art...» Besondere Betonung auf «bärenstark.» «Und... im Gegenzug... sieh mal, es hat uns in einer bärenstarken Weise aufgerüttelt, als wir... in...» Er hält wieder inne, sieht auf seinen Arm und dann mich an. «Wie soll ich's nennen...» Sieht wieder auf seinen Arm und dann mich an, dann wieder auf seinen Arm, konzentriert sich, als er die Nadel rauszieht, sieht mich an, immer noch verwirrt. «Ihre... ähm, primordialen Gebärmütter, und, also, deswegen sind wir... ich, du, der Drogenbulle dort gegenüber, die Schwester im Booth, alle sind wir so... ver...stehst... du?... Ist das klar?» Er blinzelt zu mir hoch. «Jesus... denk bloß, du hättest einen Bruder, der '69 geboren wurde oder so was... die würden... gottverdammt durchdrehen...»

Er sagt das alles echt langsam (das meiste kann ich nicht einmal hören), während er die Pipette neben seinen summenden neuen Computer legt, sein Freund Resin, der aus Ann Arbor zu Besuch ist, sitzt auf dem Boden, gegen den Tisch gelehnt und summt auch. Marc lehnt sich lächelnd zurück. Ich dachte, Kennedy hätte ein paar Jahre früher ins Gras gebissen, aber ich war mir nicht sicher, und ich korrigiere ihn nicht. Ich bin irgendwie aufgedreht, könnte aber dennoch etwas Schlaf gebrauchen, da es schon spät ist, ungefähr vier, aber mir gefällt das Anheimelnde an Marcs Zimmer, die Details, an die ich gewöhnt bin, das eingerissene Bob Dylan-Poster von *Don't Look Back*, die Standfotos aus *Easy Rider*, während «Born to be wild» ständig auf dem Plattenspieler läuft (oder Hendrix oder Eric Burdon und die Animals oder Iron Butterfly oder Zep), die leeren Pizzaschachteln auf dem Boden, ein altes Buch von Pablo Neruda auf den Pizzaschachteln, der ständige Duft von Weihrauch, die Yoga-Handbücher, die Band über uns, die immer die ganze Nacht lang alte Spencer Davis-Songs übt (beschissen). Aber Marc geht bald, jeden Tag, kann die Szene nicht aushalten, Ann Arbor ist es jetzt, hat Resin ihm gesagt.

Nachdem ich Didi gebumst hatte, kam ich in mein Zimmer zurück, wo Susan war und weinte, alleine. Ich schätze, der Franzmann war in New York. Ich konnte mich nicht mit ihr abgeben, also sagte ich ihr, sie solle gehen, dann fuhr ich zum Burger King in die Stadt und aß auf dem Weg zu Roxanne und mußte mich mit ihrem neuen Freund abgeben, diesem großen, üblen Pusher aus der Stadt, namens Rupert. Diese ganze Szene war ein totaler Witz. Sie war so stoned, daß sie mir tatsächlich vierzig Taler lieh und mir sagte, daß The Carousel (wo Rupert auf Barkeeper macht) wegen beschissener Geschäfte schließt, und das deprimierte mich. Ich holte mir das Zeug von Rupert, der gerade sein Knarrenfutteral reinigte und so vollgekokst war, daß er tatsächlich lächelte und mich eine Linie ziehen ließ, und nahm es auf den Campus mit. Die Fahrt nach Hause war eine kalte, lange Pein, mein Rad gab in der Nähe der Collegtore beinahe den Geist auf, und ich schaffte es gerade eben über den zwei Meilen langen College Drive. Ich war einfach zu stoned, und der Burger King-Fraß machte mich krank, und diese zwei Meilen vom Collegtor an auf dieser Straße um drei Uhr früh waren abartig. Ich rauchte noch ein wenig Pot in Marcs Zimmer, und jetzt macht er Schluß. Es ist keine große Sache. Ich habe es alles schon gesehen.

Marc zündet sich eine Mentholzigarette an und sagt, «Ich sag's dir, Sam, es waren die Kennedys!» Sein Arm ist hochgebeugt, ruht zusammengeklappt auf seiner Schulter. Er leckt sich die Lippen. «Dieses Zeug...»

«Ich hör dich, Bruder», seufze ich und reibe mir die Augen. «Dieses Zeug ist...»

«Ist?»

«Ist gut.»

Marc saß an seiner Hausarbeit über die Grateful Dead. Am Anfang hatte er versucht, Abstände zwischen den Schüssen zu lassen, damit er nicht abhängig würde, aber dafür war es jetzt irgendwie zu spät. Ich hatte ihm seit September das Zeug besorgt, und er war mit den Zahlungen ins Stottern geraten. Andauernd hatte er mir gesagt, daß er nach dem «Garcia-Interview» etwas Bargeld haben würde. Aber Garcia war schon lange nicht mehr in New Hampshire gewesen, und ich verlor jetzt die Geduld.

«Marc, du schuldest mir fünfhundert Taler», sage ich zu ihm. «Ich möchte es haben, bevor du abfährst.»

«Mein Gott, was waren das früher... für wilde Zeiten hier...» (An dieser Stelle stehe ich immer auf.) «Jetzt ist alles... anders...» (blah, blah) «Diese Zeiten sind vorbei... Diese Orte gibt's nicht mehr...» sagt er.

Ich starre auf ein Stück zerbrochenen Spiegelglases neben dem Computer und der Pipette, und jetzt redet Marc davon, alles hinzuschmeißen und nach Europa abzuhauen. Ich sehe auf ihn hinunter, sein Atem stinkt, er hat seit Tagen nicht geduscht, seine Haare sind fettig und hinten zu einem Pferdeschwanz zusammengebunden, das Hemd ist fleckig, schmutzig und verknotet gefärbt. «...Als ich in Europa war, Mann...» Er bohrt in der Nase.

«Ich hab morgen ein Seminar», sage ich zu ihm. «Was ist mit dem Geld?»

«Europa... Was? Seminar? Wer liest da?» fragt er.

«David Lee Roth. Hör mal, krieg ich jetzt das Geld oder was?»

«Alles klar, alles klar, sshhh, du weckst Resin auf», flüstert er.

«Ist mir egal. Resin hat einen Porsche. Resin kann zahlen», sage ich ihm.

«Resin ist pleite», sagt er. «Ich bin gut für das Geld, ich bin gut dafür.»

«Marc, du schuldest mir fünfhundert Taler. Fünfhundert», sage ich zu dem trostlosen Junkie.

«Resin denkt, Indira Ghandi wohnt im Welling House», lächelt

Marc. «Sagt, er sei ihr vom Eßsaal ins Welling gefolgt.» Er macht eine Pause. «Checkst du... das?»

Er steht auf, schafft es kaum bis zum Bett und fällt darauf, dann rollt er seine Ärmel runter. Er sieht sich im Zimmer um und raucht jetzt den Filter. «Hm», sagt er und läßt seinen Kopf nach hinten kreisen.

«Du hast doch Geld, komm schon», sage ich. «Kannst du mir nicht ein paar Dollar leihen?»

Er sieht sich im Zimmer um, klappt eine leere Pizzaschachtel auf, dann blinzelt er mich an. «Nein.»

«Ich bin ein Financial Aid-Student, Mann, ich brauche etwas Geld», bitte ich. «Nur fünf Dollar.»

Er schließt die Augen und lacht. «Ich bin gut dafür», ist alles, was er sagt.

Resin wacht auf und fängt an, sich mit dem Aschenbecher zu unterhalten. Marc warnt mich, ich würde sein Karma runterziehen. Ich gehe. Junkies sind trostlos genug, aber reiche Junkies sind noch schlimmer. Noch schlimmer als Mädchen.

PAUL Mein verdammter Radiowecker ging versehentlich um sieben Uhr morgens los, und ich konnte nicht wieder einschlafen, also stolperte ich aus dem Bett, zündete mir umgehend 'ne Kippe an und schloß die Fenster, da es im Zimmer eiskalt war. Obwohl ich kaum meine Augen aufbekam (falls doch, war ich sicher, daß mein Schädel aufplatzen würde), erkannte ich, daß ich immer noch meine Krawatte, meine Unterwäsche und meine Socken anhatte. Mir war nicht klar, warum ich nur diese drei Bekleidungsgegenstände anhatte, also stand ich lange da und starrte in den Spiegel, versuchte, mich an die letzte Nacht zu erinnern, konnte es aber nicht. Ich stolperte ins Badezimmer und duschte, dankbar, daß noch etwas warmes Wasser übrig war. Ich zog mich eilig an und raffte mich zum Frühstück auf.

Eigentlich war es draußen ganz schön. Es war diese Zeit im Oktober, als die Bäume sich gerade anschickten, ihr Herbstlaub zu verlieren, und der Morgen war kalt und knackig, und die Luft roch sauber, und die Sonne schien von sich graufärbenden Wolken verdunkelt und stand noch nicht allzu hoch. Ich fühlte mich aber immer noch furchtbar, und die fünf Aspirin, die ich eingeworfen hatte, bewirkten noch immer nichts. Beinahe hätte ich dank meinem getrübten Blick einen Zwanziger in den Geldwechsler geschoben. Ich ging an der Poststelle vorbei, aber es lag nichts in meinem Fach, da es noch zu früh für die Post war. Ich holte mir Zigaretten und ging in den Speisesaal.

Niemand stand Schlange. Der süße blonde Junge aus dem ersten Semester war hinter der Theke und sagte kein Wort, er trug nur die größte schwarze Sonnenbrille, die ich je gesehen habe, und gab das flüssigste Rührei aus und diese kleinen, braunen Zahnstocher, von denen ich annahm, daß es Würstchen waren. An Essen zu denken, bereitete mir unendliche Übelkeit, und ich sah den Jungen an, der nur dastand und eine Spachtel hielt. Irritation verdrängte meine anfängliche Geilheit, und mit der Zigarette immer noch in meinem Mund murmelte ich: «Du bist so anmaßend», und nahm eine Tasse Kaffee.

Der Hauptspeisesaal war der einzige, der offen war, also ging ich hinein und setzte mich zu Raymond, Donald und Harry, diesem kleinen Erstsemester, dessen sich Donald und Raymond angenommen hatten, ein süßer Junge, den typische Erstsemesterfragen beschäftigten wie, gibt es ein Leben nach Wham!? Sie waren die ganze Nacht aufgewesen und hatten Speed geschluckt, und sie hatten mich eingeladen, aber ich war... Mitchell, der an einem Tisch am anderen Ende des Speisesaals saß, auf diese blöde Party gefolgt. Ich versuchte, nicht zu ihm hinzusehen und dieser gräßlichen, leergefickten Schlampe, bei der er saß, aber ich konnte nicht anders, und ich verfluchte mich dafür, daß ich mir keinen runterholte, als ich heute morgen aufwachte. Die drei Tunten steckten ihre Köpfe über einem Blatt Papier zusammen, auf dem sie eine schwarze Liste für Studenten verfaßten, und obwohl ihre Münder in einer Minute eine Meile zurücklegten, bemerkten sie mich, nickten, und ich setzte mich hin.

«Studenten, die nach London fahren und mit einem Akzent zurückkommen», sagte Raymond, während er wie wild schrieb.

«Kann ich 'ne Zigarette schnorren?» fragte Donald mich geistesabwesend.

«Kannst du?» fragte ich zurück. Der Kaffee schmeckte grauenhaft. Mitchell, dieser Hundesohn.

«Oh, sei doch vernünftig, Paul», murmelte er, als ich ihm eine reichte.

«Warum *kaufst* du dir nicht einfach welche?» fragte ich so höflich wie jemand das beim Frühstück und mit einem Kater überhaupt tun kann.

«Alle, die Motorrad fahren, und alle Grateful Dead-Fans», sagte Harry.

«Und alle, die zum Frühstück kommen und nicht die ganze Nacht aufgeblieben sind», warf Donald ein und warf mir einen Blick zu.

Ich schnitt ihm eine Grimasse und schlug die Beine übereinander.

«Diese zwei Lesben, die im McCullough wohnen», sagte Raymond beim Schreiben.

«Wie wär's mit dem *ganzen* McCullough?» schlug Donald vor.

«Noch besser.» Raymond kritzelte etwas hin.

«Wie wär's mit dieser Schlampe neben Mitchell?» bot ich an.

«Hey, hey, Paul. Beruhig dich», sagte Raymond sarkastisch.

Donald lachte und schrieb ihren Namen trotzdem auf.

«Wie wär's mit diesem bösen, fetten schicken Mädchen?» fragte Harry.

«Sie wohnt im McCullough. Sie ist versorgt.»

Ich konnte dieses verkorkste Schwulengewäsch so früh am Morgen nicht aushalten, und ich wollte aufstehen und mir noch Kaffee holen, aber ich fühlte mich sogar dazu zu kaputt, und ich lehnte mich zurück und sah Mitchell nicht an, und bald konnte ich all die Stimmen nicht mehr voneinander unterscheiden, einschließlich meiner.

«Alle mit Bärten oder Gesichtshaar in irgendeiner Form.»

«Oh, das ist gut.»

«Wie wär's mit diesem Jungen aus L. A.?»

«Aber nicht in echt.»

«Du hast recht, aber schreib ihn trotzdem auf.»

«Alle, die sich einen Nachschlag am Salat-Buffet holen.»

«Sprichst du bei diesem Shephard-Ding vor, Paul?»

«Was? Wovon redest du?»

«Diese Rolle. Das Shephard-Stück. Heute ist Vorsprechen.»

«Alle, die mit ihren Zahnspangen bis nach der High School warten.»
«Nein, mach ich nicht.»
«Leute, die sich für wiedergeboren halten.»
«Das schließt die gesamte Verwaltung aus.»
«*Quelle horreur!*»
«Reiche Leute mit billigen Stereoanlagen.»
«Jungs, die ihren Alkohol nicht bei sich behalten können.»
«Was ist mit den Jungs, die ihren Alkohol bei sich behalten *können*?»
«Wahr, wahr.»
«Schreib Mädchen auf, die es nicht können.»
«Ich schreib nur die Leichtgewichte auf.»
«Was ist mit David Van Pelt?»
«Warum?»
«Warum nicht?»
«Nun, ich hab mit ihm geschlafen.»
«Du bist nicht mit David Van Pelt ins Bett gegangen.»
«Doch, bin ich.»
«Wie denn?»
«Er ist ein Leichtgewicht. Ich habe ihm gesagt, seine Plastiken würden mir gefallen.»
«Aber sie sind doch *furchtbar*!»
«Das *weiß* ich.»
«Er hat 'ne *Hasenscharte.*»
«Das weiß ich auch. Ich glaube, die ist... sexy.»
«Du schon.»
«Alle mit 'ner Hasenscharte. Schreib das auf.»
«Was ist mit dem schönen Trottel?»

Ich wollte ganz vage wissen, wer der schöne Trottel war aus irgendeinem Grund, aber ich schaffte es nicht, genügend Interesse aufzubringen, um nachzufragen. Ich kam mir vor wie ein Stück Scheiße. Ich kenne diese Leute nicht, dachte ich. Ich haßte es, im Hauptfach Theaterwissenschaft zu studieren. Ich fing an zu schwitzen. Ich schob den Kaffee weg und angelte mir eine Zigarette. Ich hatte die Hauptfächer jetzt schon so oft gewechselt, daß es mir egal war. Theater als Hauptfach war einfach mein allerletzter Versuch. David Van Pelt war abscheulich, oder mindestens hielt ich ihn dafür. Aber jetzt, heute morgen hatte sein Name einen erotischen Hauch, und ich flüsterte den Namen vor mich hin, aber es wurde Mitchells Name daraus.

Dann gackerten sie plötzlich alle, die Köpfe immer noch über dem Papier zusammengesteckt, und erinnerten mich an die drei Hexen aus *Macbeth*, außer daß sie unendlich besser aussahen und Georgio Armani trugen. «Wie wär's mit allen, deren Eltern immer noch verheiratet sind?» Sie lachten und beglückwünschten sich gegenseitig und schrieben es zufrieden auf.

«Entschuldigt mal», unterbrach ich. «Aber meine Eltern sind noch verheiratet.»

Sie sahen alle auf, aus ihrem Lächeln wurde rasch ein sorgenvoller Ausdruck. «Was hast du da gesagt?» fragte einer von ihnen.

Ich räusperte mich, machte eine dramatische Pause und sagte, «Meine Eltern sind nicht geschieden.»

Es herrschte langes Schweigen, und dann schrien sie alle los, in einer Mischung aus Unglauben und Enttäuschung, und sie warfen ihre Köpfe heulend auf den Tisch.

«Ausgeschlossen!» sagte Raymond erstaunt, alarmiert, er sah auf zu mir, als hätte ich gerade ein verheerendes Geheimnis verraten.

Donald glotzte. «Du machst Witze, Paul.» Er sah entsetzt aus und wich tatsächlich zurück, als sei ich ein Aussätziger.

Harry war zu perplex, um etwas zu sagen.

«Ich mach keine Witze, Donald», sagte ich. «Meine Eltern sind zu langweilig, um sich scheiden zu lassen.»

Mir gefiel die Tatsache, daß meine Eltern noch verheiratet waren. Ob die Ehe gut war, konnte niemand wissen, aber allein die Tatsache, daß die meisten oder alle Eltern meiner Freunde entweder geschieden waren oder sich getrennt hatten, und meine Eltern nicht, wiegte mich eher in einem Gefühl von Sicherheit, als in dem, ein Opfer zu sein. Es war sogar fast ein Ausgleich für Mitchell, und ich war über seinen schlechten Ruf zufrieden. Ich genoß es und erwiderte das Starren der Drei, ich fühlte mich etwas besser.

Sie starrten immer noch sprachlos.

«Macht mit eurer blöden Liste weiter», sagte ich und trank von meinem Kaffee, ich winkte sie weg. «Hört auf, mich anzustarren.»

Sie richteten ihre Blicke langsam wieder auf die Liste und machten nach dieser kurzen, sprachlosen Stille weiter, aber sie nahmen ihr Spiel mit geringerer Begeisterung als zuvor wieder auf.

«Wie wär's mit Leuten, die Wandteppiche in ihren Zimmern haben?» schlug Harry vor.

«Das haben wir schon», rief Raymond.

«Ist noch etwas Speed da?» seufzte Harry.

«Nein», seufzte Donald ebenfalls.

«Wie wär's mit allen, die Lyrik über die Weiblichkeit schreiben?»

«Bolschewiken aus Kanada?»

«Alle, die Gewürzzigaretten rauchen?»

«Da wir gerade von Zigaretten sprechen, Paul, kann ich noch eine schnorren?» fragte Donald.

Mitchell langte über den Tisch und berührte ihre Hand. Sie lachte.

Ich sah ungläubig wieder Donald an. «Nein. Kannst du nicht», sagte ich, während sich Hysterie in mir aufbaute. «Absolut nicht. Das macht mich wütend. Du schnorrst immer Zigaretten, und ich werde da nicht mehr mitmachen.»

«Komm schon», sagte Donald, als würde ich nur spaßen. «Ich kauf später welche. Ich bin pleite.»

«Nein! Es macht mich auch wütend, daß deinem Vater so was wie die Hälfte von Gulf and Western gehört, und du immer vorgibst, pleite zu sein», sagte ich und starrte ihn groß an.

«Ist es so 'ne große Krise?» fragte er.

«Ja, Paul, hör auf, ein *grand mal* zu haben», sagte Raymond.

«Warum hast du so eine Stinklaune?» fragte Harry.

«Ich weiß warum», sagte Raymond hinterfotzig.

«Hochzeitsglocken?» kicherte Donald, während er zu Mitchells Tisch hinsah.

«Es *ist* so eine Krise.» Ich ignorierte sie eisern. Ich werde diese Fotze umbringen.

«Jetzt gib mir schon eine. Sei keine Meckerziege.»

«Okay, ich geb dir eine, wenn du mir sagst, wer letztes Jahr den Tony für den besten Kostümentwurf bekommen hat.»

Es folgte eine Stille, die ich entwürdigend fand. Ich seufzte und blickte zu Boden. Keiner von den Dreien sagte etwas, bis Donald endlich anfing zu sprechen.

«Das ist die sinnloseste Frage, die ich je gehört habe.»

Ich sah wieder zu Mitchell rüber, dann schubste ich die Zigaretten über den Tisch. «Nimm sie halt. Ich hol mir noch Kaffee.» Ich stand auf, um den Speisesaal zu verlassen. Aber dann mußte ich anhalten und mich in das Zimmer mit dem Salat-Buffet verdrükken, weil dieses Mädchen aus Schweden da war, mit der ich letzte Nacht zusammen war, die ihren Ausweis der Aufsichtsperson am Eingang zeigte. Dort wartete ich, bis sie in den Bedienungsbereich ging. Dann rannte ich schnell die Treppe hinunter und ging ins Seminar. Ich überlegte, ob ich mich für dieses Shephard-Stück bewerben sollte, aber dann dachte ich, wozu die Mühe, wenn ich schon in einem stecke: meinem Leben.

Ich saß an einem Tisch, ohne auf das Geleier des Professors zu hören, warf Blicke hinüber zu Mitchell, der glücklich aussah (ja, er hatte letzte Nacht seine Nummer gehabt), und der mitschrieb. Er sah sich im Zimmer um, angewidert von den Leuten, die rauchten (er hörte auf, als er wiederkam – wie irritierend). Sie sahen in seinen Augen wahrscheinlich wie Maschinen aus, stellte ich mir vor. Wie Kamine, und Rauchsäulen stiegen aus diesem Loch in ihren Köpfen auf. Er sah das häßliche Mädchen in dem roten Kleid an, das versuchte, cool auszusehen. Ich sah auf die Graffiti auf dem Tisch: «Du verlierst.» «Es gibt keine Schwerkraft. Die Erde zieht sich alles rein.» «Die Brady-Bande hat hier geschlafen.» «Wo ist denn die Hippie-Liebe geblieben?» «Liebe stinkt.» «Die meisten Taxifahrer sind Geisteswissenschaftler.» Und ich saß da und kam mir wie ein unglücklicher Liebhaber vor. Aber dann fiel mir natürlich wieder ein, daß ich jetzt nur unglücklich bin.

LAUREN Aufgewacht. Muß Haare waschen. Möchte das Mittagessen nicht verpassen. Ich gehe ins Commons. Ich sehe ekelhaft aus. Keine Post heute. Keine Post von Victor heute. Nur ein Bescheid, daß das AA-Treffen nächsten Samstag im Stokes stattfinden wird anstatt im Bingham. *Dawn of the Dead* heute abend im Tishman. Ich habe noch vier überfällige Kunstbücher aus der Bibliothek. Stoße auf ein irre aussehendes Mädchen, das ein rosa Partykleid anhat und eine Brille, und wie das Opfer einer Schockbehandlung aussieht auf der Suche nach einer Kiste. Noch eine kleine Irritation. Gehe nach oben. Meinen Ausweis vergessen. Die lassen mich trotzdem rein. Der süße Junge mit der Wayfarer-Sonnenbrille macht Cheeseburger. Frage nach einem Teller Fritten. Fange an zu flirten. Frage ihn, wie sein Flötenkurs klappt. Mir wird klar, daß ich ekelhaft aussehe und wende mich ab. Hole mir eine Cola light. Nehme Platz. Roxanne ist aus irgendeinem Grund hier und sitzt neben Judy. Judy stochert in einem Tofu-Sellerie-Reis-Fritten-Salat. Ich beende das Schweigen: «Mir hängt dieser Ort zum Hals raus. Alle stinken nach Zigaretten, sind anmaßend und haben eine schlechte Haltung. Ich gehe, bevor die Erstsemester das Heft in die Hand nehmen.» Ich habe Ketchup vergessen. Ich schiebe den Teller Fritten fort. Zünde mir eine Zigarette an. Keiner von ihnen lächelt. O...K... Ich zupfe an einem getrockneten blauen Farbfleck auf meinem Hosenbein.

«Also... stimmt was nicht?» Ich sehe mich um und erkenne im Augenwinkel den Spießer am Getränkestand. Wende mich wieder Judy zu. «Wo ist Sara?»

«Sara ist schwanger», sagt Judy.

«Ach du Scheiße, du machst Witze», sage ich und rücke den Stuhl heran. «Erzähl.»

«Was gibt's da zu erzählen?» fragt Judy. «Roxanne hat den ganzen Morgen mit ihr geredet.»

«Ich hab ihr etwas Darvon gegeben», Roxanne schlägt die Augen auf. Kettenrauchen. «Hab ihr gesagt, sie solle zur psychologischen Beratung gehen.»

«Ach du Scheiße, nein», sage ich. «Was will sie dagegen tun? Ich meine, wann?»

«Sie läßt es nächste Woche machen», sagt Roxanne. «Mittwoch.»

Ich drücke die Zigarette aus. Stochere in den Fritten rum. Borge mir Judys Ketchup. «Dann fährt sie nach Spanien, schätze ich», sagt Roxanne und schlägt wieder die Augen auf.

«Spanien? Warum?»

«Weil sie verrückt ist», sagt Judy und steht auf. «Möchte noch jemand was?»

Victor. «Nein», sage ich und sehe immer noch Roxanne an. Sie geht.

«Sie war wirklich außer sich, Lauren», Roxanne langweilt sich, spielt mit ihrem Schal, ißt Fritten.

«Kann ich mir vorstellen. Ich muß mit ihr reden», sage ich. «Das ist schrecklich.»

«Schrecklich? *Übelst*», sagt Roxanne.

«Übelst», stimme ich zu.

«Ich hasse das, wenn das passiert», sagt sie. «Ich hasse das.» Wir essen die Fritten auf, die heute recht gut schmecken.

«Es ist schrecklich, ich weiß», nicke ich.

«Schrecklich», sagt sie. Weitere Zustimmung. «Ich fange an zu glauben, daß Liebelei eine ausländische Erfindung ist.»

Ralph Larson. Philosophiedozent geht mit einem Tablett auf der Suche nach einem Sitzplatz vorbei, gefolgt von meinem Drucktechnikdozenten. Er sieht Roxanne an und sagt, «Hey Baby», und zwinkert. Roxanne lächelt groß und sagt – «Hi, Ralph», – und jetzt sieht sie mich an, Augen riesengroß, immer noch breit lächelnd. Ich bemerke, daß sie zugenommen hat. Sie packt mein Handgelenk. «Er sieht so gut aus, Lauren», haucht, japst sie mich an.

«Lade nie einen Dozenten in dein Zimmer ein», sage ich ihr.

«Er kann jederzeit zu mir kommen», sagt sie und drückt immer noch mein Handgelenk.

«Gehen wir», sage ich zu ihr. «Roxanne, er ist verheiratet.»

«Mir egal, na und?» Sie schlägt die Augen auf. «Jeder weiß, daß er mit Brigid McCauley geschlafen hat.»

«Er wird wegen dir niemals seine Frau verlassen. Das würde ihm die Personalakte ruinieren.»

Ich lache. Sie nicht. Und ich habe mit diesem Tim geschlafen, der Sara geschwängert hat, und was wäre, wenn ich nächsten Mittwoch eine Abtreibung machen ließe? Was wäre... Ketchup auf meinem Teller, verschmiert, stelle unvermeidliche Verbindung her. Ich würde es nicht geschehen lassen. Judy kommt wieder. Am nächsten Tisch: traurig aussehender Junge macht ein Sandwich und wickelt es in eine Serviette ein für seine Hippie-Freundin, die nicht auf dem Essensplan steht. Dann ist es der Spießer, der auf den Tisch zugeht. Ich wirble herum, sage Judy, sie solle mir einen Witz erzählen, irgendwas.

«Was? Häh?» sagt sie.

«Rede mit mir, tu so, als würdest du mit mir reden. Erzähl mir einen Witz.»

«Warum? Was ist denn los?»

«Tu's einfach. Da ist jemand, mit dem ich nicht reden möchte.» Zeige auf ihn mit meinen Augen.

«Ah ja», fängt sie an, wir haben diese Nummer schon früher gespielt, sie wärmt sich auf. «Deshalb, alles ist, weißt du, passiert...»

«Deshalb?» Ich zucke mit den Achseln. «Aber ich dachte, du wüßtest, daß es passiert ist.»

«Ja, deshalb... ehm, sieh mal, bitte...» sagt sie.

«Oh, ha ha ha ha...» lache ich. Es klingt falsch. Ich komme mir häßlich vor.

«Hi, Lauren», sagt eine Stimme hinter mir. Höre auf zu lachen, sehe lässig hoch, und er trägt Shorts. Es ist Oktober, und der Junge trägt Shorts und hat den Wirtschaftsteil einer *New York Times* unter dem Arm. «Ist hier noch frei?» Macht Gesten zu unserem Tisch hin, wo er sein Tablett abstellen will. Roxanne nickt.

«Nein!» Ich sehe mich um. «Ich meine... nein. Wir erwarten noch jemand. Tut mir leid.»

«Okay.» Er steht lächelnd da.

Geh, geh, geh. Gebrauche ESP... irgendwas.

«Tut mir leid», sage ich noch einmal.

«Kann ich später mit dir reden?» fragt er mich. Geh. G-E-H. «Ich bin dann im Computerzimmer.»

«Klar.»

Er sagt «Ciao» und geht fort.

Ich suche eine Zigarette und fühle mich ein bißchen beschissen, aber warum? Was erwartet er? Ich denke an Victor, dann sehe ich auf und bitte um ein Streichholz und sage «Frag-»

«Wer ist das?» fragen beide.

«-nicht. Niemand», sage ich. «Gib mir ein Streichholz.»

«Du... hast doch nicht», sagt Judy und reckt ihren Kopf.

«Doch... ich habe», ich äffe ihre Kopfbewegung nach. «Junge, Junge.»

«Er ist ein Erstsemester. Herzlichen Glückwunsch. Dein erster?»

«Ich hab nicht gesagt, daß ich Interesse hätte, Liebes.»

«Er hat so 'nen hübschen Arsch», sagt Roxanne.

«Ich bin sicher, Rupert würde furchtbar gern hören, wie du das sagst», sage ich zu ihr.

«Ich habe so ein Gefühl, daß Rupert mir jetzt zustimmen würde», sagt Roxanne traurig.

Und das ist ganz schön irre, so etwas zu sagen, und ich frage mich, was sie meint. Es erinnert mich an etwas, an das ich nicht erinnert werden will. Ich sage Roxanne, sie solle mich anrufen und sage Judy, daß ich in meinem Atelier sein werde. Gehe wieder auf mein Zimmer und beschließe, das Video-Seminar zu schwänzen und statt dessen ein Bad zu nehmen. Reinige zuerst die Wanne. Wohnheim ist ruhig. Alle sind in einer Vorlesung oder schlafen vielleicht noch. Toll, heißes Wasser. Hole einen Block und Kohle und meine Kiste und lege Rickie Lee Jones auf. Rauche einen Joint und lege mich hin. Gestern habe ich versucht, Victor anzurufen, als ich heulend aus Steves Zimmer zurückkam, konnte nicht aufhören, aber niemand nahm in dem Haus in Rom ab, wo er an diesem Tag sein würde, wie er sagte. Erinnere mich an meine letzte Nacht mit ihm. Berühre mich. Denke an Victor. Ich hasse Rickie Lee Jones. Schalte statt dessen das Radio ein. Wasche mir die Haare. Ich drehe die Lautstärke auf. Schlechter Sender. Top 40. Statisch. Aber dann höre ich ein Lied, das ich hörte, als ich mit Victor zusammen war, fällt mir ein. Es war ein blödes Lied, und ich mochte es damals nicht, aber es paßt jetzt in diesen Augenblick und bringt mich zum Weinen. Ich möchte dieses Gefühl aufschreiben, oder es zeichnen, aber dann spüre ich, daß es die ganze Geschichte verfälschen und verkünsteln würde. Ich beschließe, daß es das Gefühl nur billig machen würde, und so liege ich da in der weißen Helle und denke an die Erinnerungen, die das Lied mir bringt. An Victor. Victors Hände. Victors Leopardenfellhose. Aufgerissene Armeestiefel und... sein Schamhaar? Seine Arme. Sehe ihm beim Rasieren zu. Im Palladium, wie gut sah er im Smoking aus. Wir lieben uns in seinem Apartment. Braune Augen. Was noch? Er schwindet langsam. Ich bekomme Angst. Ich bekomme Angst, weil es plötzlich so aussieht, daß er, während ich hier liege, nicht mehr existiert. Es scheint, als ob nur noch das Lied existiert, nicht mehr Victor. Es ist beinahe so, als hätte ich ihn im letzten Sommer erfunden.

SEAN Terror in den Speisesälen. Teil IVXVV. Das Mädchen, das Mitchell letzte Nacht gebumst hat und das ich wieder bumsen möchte, steht drüben an der Getränkeausgabe. Von da, wo ich sitze, kann ich sie ganz deutlich erkennen. Sie unterhält sich mit ihrer übergewichtigen, lesbischen (wahrscheinlich) Töpferfreundin. Trägt ein Kleid, das ich wirklich nicht beschreiben kann. Ich schätze, man würde es vielleicht einen Kimono nennen, aber kürzer und mit einem Sweatshirt darüber. Es ist weit, aber man merkt immer noch, daß sie gut gebaut ist, und es sieht nicht so aus, als würde sie einen BH tragen, deshalb sehen ihre Titten hübsch aus. Ich kenne dieses Mädchen irgendwie; nachdem wir eine Nacht zusammen verbracht hatten, habe ich mich mit ihr auf einer Freitagabend-Party im Franklin unterhalten. Sie könnte in einem meiner Seminare sein, aber ich bin mir nicht sicher, da ich nicht oft genug hingehe, um das zu wissen. Aber wie immer die Sache gelaufen ist, sie ist dran.

Wieder beim Abendessen, und ich sitze bei der üblichen Mannschaft. Tony, Norris, Tim, Getch. Die gottverdammten House Pigs, unsere Hausband, hatten mich um vier Uhr heute nachmittag mit ihrem Üben über meinem Zimmer aufgeweckt. Ich nahm eine Dusche, als ich mir die Haare föhnte, wurde mir bewußt, daß ich heute zwei Seminare verpaßt hatte, und daß ich bis zum Ende des Monats ein Hauptfach finden muß. Ich schritt rauchend im Zimmer auf und ab, hörte mir die alten Velvet Underground an in der Hoffnung, daß sie die House Pigs abwürgen würden, bis es Zeit zum Abendessen war. Sie spielten immer noch, als ich mich auf den Weg zum Commons machte.

Jason bediente, und ich erzählte ihm, daß ich mit Rupert geredet hätte, und daß ich ihm bis morgen abend die vier Gramm besorgen könne, aber daß er seine Sonnenbrille abnehmen solle, weil sie ihn sehr verdächtig aussehen ließe. Er lächelte nur und gab mir eine Extraportion Fleisch, oder Truthahn, oder Schweinefleisch, oder was zum Teufel er auch ausgab, was ich irgendwie cool fand, wenn man's bedenkt. Also sehe ich dieses Mädchen an, überlege, ob sie diejenige ist, die dauernd diese Zettel in meinen Briefkasten wirft, und ich errege mich – auch wenn sie es nicht ist. Aber dann spricht ihre dicke Freundin zu ihr, und sie sehen beide zu unserem Tisch her, und ich senke den Blick und tue so, als würde ich essen. Ich glaube, sie ist im dritten Jahr, und ich bin ziemlich sicher, daß sie im Swan wohnt, aber hier an diesem Tisch werde ich niemand fragen. Ich möchte mir nicht den Spaß an der Jagd verderben. Tim ist ein Idiot, weil er Sara geschwängert hat, und es ihm egal ist. Ich habe Sara ein paarmal in meinem zweiten Jahr gebumst. Die meisten Macker an diesem Tisch auch, so gesehen. Es schien fast ein Witz zu sein, daß Tim soeben den Kürzeren gezogen hatte. Aber niemand regt sich sonderlich über die ganze Geschichte auf oder dreht deswegen durch. Sogar Tim macht Witze darüber.

«Soviele Mädchen lassen es sich wegmachen, daß man genausogut einen Job für's Studentenwerk draus machen könnte», lacht er.

«Ernsthaft, für fünfzig Dollar würde ich es machen», sagt Tony.

Getch spielt mit einer Zeichenschablone und sagt: «Widerlich, Mann. Das ist einfach widerlich.»

«Meinst du das Essen oder die Abtreibungswitze?» frage ich.

Tony erklärt: «Abflußfrei im Water Pik.»

Getch sagt: «Klasse, wir machen uns lustig drüber.»

«Komm schon», sage ich zu Getch. «Kopf hoch.»

«Warum regst du dich nicht auf?» fragt Getch Tim und starrt ihn an, wie es nur ein Sozialwissenschaftler kann.

«Sieh mal», sagt Tim. «Ich habe diese Scheiße schon so oft durchgemacht, es regt mich nicht einmal mehr auf.»

Getch nickt, aber er sieht aus, als würde er es eigentlich nicht verstehen, aber er hält den Mund und schaut wieder auf seine Zeichenschablone.

«Woher weißt du überhaupt, ob es deins ist?» fragt Tony, der gerade stoned von einem Treffen des Studentenrats zurückgekommen war.

«Ich weiß es», sagt Tim, als wäre er stolz darauf, so zuversichtlich zu sein.

«Aber woher willst du das *wissen*? Könnte ja sein, daß diese Schlampe dich ins Knie fickt», sagt Tony, eine große Hilfe.

«Man kann es *sehen*», sagt Tim. «Du kannst sie ansehen und weißt einfach, daß sie nicht lügt.»

Niemand sagt etwas.

«Man kann es *spüren*», wiederholt er.

«Das ist, ehm, wirklich mystisch», sagt Tony.

«Also wann läßt sie sich den Fötus rausreißen?» fragt Norris.

Der ganze Tisch stöhnt unisono auf, und Tims Lachen ist

schuldbewußt, aber hilflos, und mir wird unwohl dabei. Das Mädchen holt sich endlich eine Coke und geht aus dem Hauptspeisesaal, sie sieht zuversichtlich und geil aus.

«Mittwoch, Junge», Tim borgt sich eine Zigarette und schirmt seine Hände, obwohl das Streichholz unmöglich ausgehen kann. Vorsichtsmaßnahme, schätze ich. «Es wäre am Dienstag gewesen, aber sie hat diese wichtige Tanznummer Dienstag, also muß es am Mittwoch sein.»

«Die Show muß weitergehen», ich lächle, grimmig aber locker.

«Ja», sagt Tim, ein wenig ängstlich. «Stimmt. Und dann fährt sie nach Europa, was 'ne totale *Erleichterung* ist.»

Der Tisch hat einschließlich Tim schon das Interesse an diesem alten (seit gestern abend, für Zuspätgekommene seit dem Mittagessen bekannten) Stückchen Klatsch verloren, daher folgen andere Gespräche über andere, wichtige Themen. Ich bitte Norris, mir noch Kaffee zu holen, wenn er aufsteht.

«Möchtest du Sahne reinhaben?» fragt er.

«Ja, Sahne reinhaben», sage ich ihm. Alter Witz.

«Hey, Sean, du bist... ganz schön witzig.»

«Ja, ich bin ein ganz schöner witziger Kerl.»

«Weiß jemand, wo wir heute abend Ecstasy kriegen können?» fragt Tim.

«Wo ist die Party heute abend?» fragt Getch.

Ich erblicke meinen Zimmergenossen, er ist aus New York zurück.

«Ça va», sagt er im Vorbeigehen.

«Ça va», sage ich, dann, «Ribbet.»

«Am End of the World und wahrscheinlich auf dem Friedhof», sagt Tony zu ihm. Tony leitet auch das Vergnügungskommitee. «Alle Spenden in Sachen Alkohol werden dankbar entgegengenommen.»

«Ist es nicht zu kalt für draußen?» fragt Getch.

«Zieh dich warm an, Pussy.» Tony schiebt seinen Teller beiseite und fängt mit seinem Salat an; obwohl ich Tony mag, diese europäische Salatgeschichte stört mich.

«Pussy? Wer hat Pussy gesagt?» fragt Tim. «Ich habe diesen Ausdruck seit der achten Klasse nicht mehr gehört.»

«Fick dich ins Knie», sagt Tony. Er ist sauer, weil er in so einer blöden Produktion der Dramaabteilung keine Rolle bekommen hat, obwohl er doch im Hauptfach Bildhauerei belegt hat, und obwohl er doch ein guter Kerl ist und so, es stört mich, daß er sich wegen so einer lahmen Sache aufplustert. Ich möchte Sara noch mal bumsen. Sie bläst unglaublich gut, fällt mir ein. Oder war das jemand anders? Oder war es Sara, die mit der Spirale, an der ich mir beinahe den Schwanz aufgerissen hätte? So wie die Dinge jetzt stehen, überlege ich mir, war sie wahrscheinlich nicht die mit der Spirale, aber selbst wenn sie es war, ich würde es einfach noch mal wagen, wenn es mir angeboten würde.

«Weiß jemand, was heute abend für ein Film läuft?» fragt Getch.

«Keine Ahnung», sagt Tony.

Norris kommt mit dem Kaffee zurück und flüstert: «Sahne drin.»

Ich trinke einen Schluck und lächle. «Köstlich.»

Ich weiß nicht. *Night of the Dead Baby*? Ich weiß nicht», sagt Tony.

«Könnten wir ruhig sein?» fragt Tim.

«Ich habe von Roxanne gehört, daß das Carousel schließt», biete ich dem Tisch an.

«Unmöglich. Wirklich?» fragt Norris.

«Ja», sage ich.

«Zumindest hat Roxanne das behauptet.»

«Warum?» fragt Getch.

«Die aus den ersten vier Semestern trinken nicht mehr», sagt Tony. «Das Letzte, oder?»

«Ich glaube auch, daß das das Letzte ist», sagt Getch. Er sieht in meinen Augen aus irgendeinem Grund immer käsig aus. Ich kann es nicht erklären. Er wedelt mit seiner Zeichenschablone.

Ich sage: «Rock'n'Roll.»

Tim lacht: «Der Horror, der Horror.»

Tony sagt:, «Das ist wieder so ein Beispiel dafür, daß dieser Laden in der Scheiße versinkt, das ist alles.»

Ich sage zu ihm: «Laß gut sein.»

Tony verliert die Geduld und wird politisch. «Hört mal, ist euch klar, daß wir einen gottverdammten Gewichteraum kriegen? Warum? Versteht ihr das? Könnt ihr das erklären? Ich nicht. Ist euch klar, daß ich gerade aus einem Treffen des Studentenrats komme, wo die Vertreter der Erstsemester Verbindungshäuser auf dem Campus installieren wollen? Versteht ihr das? Wollt ihr das *gut sein lassen*?»

Ich ducke mich. «Alles Blödsinn.»

«Warum?» fragt Tim.

«Ich glaube, ein Gewichteraum ist eine gute Idee.»

«Weil», erkläre ich in der Hoffnung, Tony zu beruhigen, «ich hierher gekommen bin, um vor Sportidioten und Verbindungsarschlöchern meine Ruhe zu haben.»

«Hört mal», sagt Tim mit einem häßlichen Grinsen, «die Mädchen trimmen ihre Oberschenkel mit diesem Scheiß, Leute.» Er packt mein Bein und lacht.

«Na ja», ich bin plötzlich verwirrt. «Trotzdem, ein Gewichteraum.» Eigentlich ist es mir egal.

Tony sieht mich an. «Warum redest du da mit, Sean? Was ist denn dein Hauptfach? Computer?»

«Reagans achtziger Jahre. Ihre abträglichen Wirkungen auf die unteren Semester», sagt Tim und schüttelt den Kopf.

Es kotzt mich eigentlich nicht so sehr an, wie er möchte. «Computer», äffe ich ihn nach.

«Was *ist* denn dein Hauptfach?» Er fordert mich heraus, dieses gottverdammte Baby, iß deinen Salat auf, Arschloch.

«Rock 'n' Roll», ich zucke mit den Schultern.

Er steht angewidert auf. «Was bist du denn, ein Papagei?»

«Was hat der denn für 'nen Furz im Bauch?» fragt jemand.

«Hat diese Rolle in dem Shephard-Stück nicht bekommen», sagt Getch.

Deidre taucht aus dem Nichts auf, um die Situation zu retten? Nicht ganz.

«Peter?» – Der Tisch sieht auf und verstummt.

«Ich dachte, mein Name wäre Brian», sage ich, ohne sie anzusehen.

Sie lacht, wahrscheinlich high. Ich kann ihre Hände sehen, ihre Fingernägel sind nicht mehr schwarz angemalt. Es sieht zementfarben aus. «Na ja, also. Wie geht's dir?» fragt sie.

«Ich esse.» Ich zeige auf den Teller. Alle Jungs sehen sie an. Dies ist eine höchst ungemütliche Situation.

«Gehst du auf die Party heute abend?» fragt sie.

«Ja. Ich gehe auf die Party heute abend. Gehst du auf die Party heute abend?» Bedeutungslos.

«Ja.» Sie scheint nervös zu sein. Die Jungs schüchtern sie ein. Sie war eigentlich okay gestern abend, nur zu betrunken. Sie ist wahrscheinlich gut im Bett. Ich schaue zu Tim rüber, der sie abcheckt. «Ja, ich gehe.»

«Nun, ich schätze, ich seh dich dann dort.» Ich schaue Norris an und verdrehe die Augen.

«Okay», sagt sie zögernd und sieht sich im Raum um.

«Okay, wir sehen uns dann, bye», murmle ich. «Mein Gott.»

«Also dann, okay», sie hustet. «Wir sehen uns.»

«Geh schon», erwidere ich gepreßt.

Sie geht an einen anderen Tisch. Die Jungs sagen gar nichts. Ich bin verlegen, weil sie nicht so toll aussieht, und sie alle wissen, daß ich sie letzte Nacht gebumst habe, und ich stehe auf, um mein kommendes Magengeschwür mit Kaffee zu versorgen. Rock'n' Roll.

«Ich brauche ein Doppelbett», sagt Tim. «Hat jemand ein Doppelbett?»

«Rauch kein Pot», sagt jemand anders.

«Yabba Dabba Do», sagt Getch.

Das Gefühl ist weder eiskalt noch heiß. Dennoch gibt es nichts dazwischen. Nur diesen sanften Puls, der sich zu jeder Tageszeit in meinem Körper einstellt. Ich habe mich entschlossen, jeden Tag Zettel in seinen Briefkasten zu werfen. Ich stelle ihn mir vor, wie er diese Zettel irgendwo anbringt, vielleicht an eine weiße Wand in seinem Zimmer heftet, einem Zimmer, in dem ich wohnen möchte. Reichen diese Mittel aus? frage ich mich, nachdem ich diese Zettel in seinen Kasten, sein Taschenbett, gelegt habe, krank, zerstört und geduckt. Mein Wille kommt mir vor wie ein Notarztwagen im Einsatz. Aber ich versuche oft, ihn zu vergessen (Ich habe ihn noch nicht kennengelernt, werde ihn erst später kennenlernen, habe noch nicht gewagt, den Mund aufzumachen und ihm gegenüberzutreten, manchmal möchte ich schreien, manchmal glaube ich, ich sterbe), und ich versuche, diesen Herzschlag zu vergessen, kann es aber nicht und werde krank. Der

Ort, den ich durchschreite, ist schwarz und dürr. Meine Besessenheit (Ich weiß nicht, ob man es überhaupt dafür halten kann, dieses Wort scheint nicht ganz richtig) entzaubert nichts, auch wenn sie dir vergeblich oder lächerlich erscheint. Es ist ganz einfach. Ich beobachte ihn. Er enthüllt sich in dunklen Konturen. Alles, woran ich glaube, fließt weg, wenn ich ihm beim Essen, oder sagen wir, beim Überschreiten der Grenzen eines überfüllten Zimmers zusehe. Ich komme mir wie eine Plage vor. Ich habe seinen Namen auf ein hellblaues Blatt Papier, das faserdünn ist, geschrieben, gefällte Pappeln, die ich gezeichnet habe, umgeben die Buchstaben. Alles erinnert mich an ihn. Jenseits der Eingangshalle wohnt ein Hund. Sein Besitzer hat ihn als Katze angegeben (Hunde sind in diesem Haus verboten) und ein verschwommenes Foto von ihm gemacht, und er ist klein, weiß-violett und hat Ohren wie ein Gremlin. Einmal habe ich ihm Bonbons gefüttert. Für mich sind alle Handlungen dieses Menschen ein Hinweis, und deswegen spreche ich mit niemand. Er ist schön, obwohl du da anderer Meinung sein könntest. Er hat etwas von einem Kreis an sich, wie Motten, die in einer klaren Nacht in Arizona herumflattern. Und ich weiß, daß wir uns begegnen werden. Es wird leicht sein und bald geschehen. Und mein Unmut – mein verängstigter, vergeblicher Unmut – wird sich auflösen. Nach dem Abendessen schreibe ich noch einen Zettel. Er muß wissen, daß es mich gibt. Ich kenne seine Zigarettenmarke. Ich hab ihn gesehen, als er einmal in der Stadt eine Kassette von Richard und Linda Thompson kaufte. Ich stand da, sah durch einen Kasten hindurch, der mir egal war, und er bemerkte mich nicht. Ich habe sie in der High School gehört. Als Linda und Richard noch zusammen waren. Sie trennten sich, wie John und Exene, wie Tina und Ike, Sid und Nancy, Chrissie und Ray. Das wird mir nicht passieren. Sein Name ist ein Wort ganz oben auf einer Seite, und er bezeichnet ein angefangenes, angerissenes Gedicht, begonnen, aber unvollendet, da die Schreibmaschine nicht mehr schreiben wird. Ich küsse meine Hand und rieche sie und meine ihn, oh, ich tue so, als wäre es sein Duft. Seiner. Seiner. Ich wage nicht, in sein Haus oder an seinem Zimmer vorbeizugehen. Ich werde an ihm vorbeigehen und nicht einmal hinsehen. Ich werde im Speisesaal mit einer Nonchalance an ihm vorbeigehen, die sogar mich schockiert.

PAUL Heute Abend auf der Party am ‹End of the World› habe ich versucht, mit Mitchell zu reden. Er stand neben dem Faß und füllte sich einen Plastikbecher. Ich hatte schon ein Bier und stand alleine da, wo der Friedhof anfängt. Ich leerte das Bier aus und ging zum Faß über. «Hi, Mitch», sagte ich. Es war kalt, und mein Atem dampfte. «Was läuft denn so?»

«Hi, Paul. Nicht viel.» Er füllte zwei Becher ab. Konnte die hilflose Schlampe nicht ihr eigenes gottverdammtes Bier holen? «Was läuft denn bei dir so?»

«Nichts. Können wir reden?» Ich übernahm den Zapfhahn von ihm.

Er stand da mit den zwei Bieren in der Hand.

«Worüber möchtest du reden?» fragte er mit diesem berühmten nichtssagenden Starren.

«Nur über das, was so läuft», sagte ich, während ich mich auf das Bier und den Schaum konzentrierte, der aus dem Zapfhahn lief. Ein Mädchen kam und wartete. Ich warf ihr einen Blick zu, aber sie sah mich nicht an, nur ungeduldig auf meine Hände.

«Ich hab dich gewarnt, Paul. Denk dran», sagte Mitchell.

«Ja, ich weiß», sagte ich und lachte rasch. Mein Becher war noch nicht einmal halbvoll, aber trotzdem übergab ich dem Mädchen den Zapfhahn. «Warte mal, wovor hast du mich gewarnt?» fragte ich. Ich konnte Candice am Rand des ‹End of the World› stehen sehen, hinter ihr und unten das Tal von Camden, die Lichter der Stadt. Ich konnte nicht verstehen, wie er *so was* vorziehen konnte, denn Mitchell war, zugegeben, viel zu gutaussehend für sie. Ich konnte es nicht fassen. Ich nahm einen großen Schluck Bier.

«Ich hab dich *gewarnt.*» Er ging los.

«Warte.» Ich folgte ihm. Er hielt neben einem der Lautsprecher an. Die ‹Pretenders› drangen laut zu uns herüber. Eine kleine Gruppe von Leuten tanzte. Er sagte etwas, das ich nicht hören konnte. Ich wußte, was er sagen würde, aber ich glaubte nicht, daß er den Mut haben würde, es zu gestehen. War ich gewarnt worden? Wahrscheinlich, aber nicht auf irgendeine verbale Art. Auf eine Art, vor der er zurückschrecken würde, wenn ich ihn in der Öffentlichkeit berührte, oder wenn er gekommen war. Oder wenn ich ihm ein Bier im Pub kaufte, und die Art, in der er einen Anfall kriegen würde und mir erklären würde, daß er es bezahlen und einen Dollar über den Tisch schieben wolle. So wie er immer nur davon reden würde, daß er nach Europa fahren, ein Semester freinehmen würde, und wie er dann immer hinzufügte, betonte, *allein*. Ich *war* gewarnt worden, und ich haßte es, es mir selbst einzugestehen. Aber ich folgte ihm trotzdem dahin, wo Candice stand. Er gab ihr das Bier. Sie wirkte so müllig auf mich oder vielleicht sah sie auch hübsch aus, es fiel mir immer schwer, das zu akzeptieren. Mitchell trug ein T-Shirt (War es eins von meinen? Wahrscheinlich) und einen Eddie-Bauer-Pullover, und er kratzte sich nervös am Hals.

«Ihr beiden kennt euch?» fragte er.

«Ja, hi», lächelte sie, und er hielt ihr Bier, während sie sich eine Zigarette anzündete.

«Hi», lächelte ich jovial wie eh und je. Dann warf ich ihr einen ernsten Blick zu, als sie nicht hersah, in der Hoffnung, daß Mitchell ihn auffangen würde, was er aber nicht tat.

Wir drei standen am ‹End of the World›, danach kam der Hang, der hinab ins Tal führte, und dann mitten hinein nach Camden. Er war nicht steil, aber wenn ich sie versehentlich, sagen wir, unauffällig über die kniehohe, steinerne Abschirmung stoßen würde, würde das wohl mehr als nur leichten Schaden anrichten. Aus den ‹Pretenders› wurden die ‹Simple Minds›, und ich war dankbar, weil ich dort nicht hätte stehen können, wenn es keine Musik gegeben hätte. Parties sind von sich aus schon perfekte Gelegenheiten für Konfrontationen, diese hier aber nicht. Diesmal hatte ich verloren. Ich hatte wahrscheinlich schon lange vorher verloren, vielleicht schon an jenem letzten Abend in New York. Jemand hatte gedämpfte gelbe Lichter eingeschaltet, und sie erleuchteten Mitchells Gesicht, ließen es käsig und verwaschen erscheinen. Er war weg. Die Szene, in der wir standen, war zu echt und zu sinnlos. Ich verschwand.

SEAN Das Mädchen heißt Candice. Ich stehe beim Faß mit Tony, der Getch einen langen Vortrag über die Auswirkungen übermäßigen Bierkonsums hält, und ich beobachte sie und dränge Mitch Allen aus meinem Blickwinkel. Sie ist für eine Freitagabend-Party zu hübsch angezogen, und sie sieht hier draußen auf dem Rasen des Commons klasse aus, echt hübsch, vielleicht zu konservativ und hochgeschlossen auf diese irgendwie japanische Art, aber auch auf eine gute, sexy Art, so wie du sie anschaust, und du weißt, sie wird wild im Bett sein oder so was. In jedem Fall sieht sie für Mitch viel zu gut aus, der eigentlich gar nicht so attraktiv ist, soweit ich das beurteilen kann. Er erinnert mich immer an einen Wichser aus der High School, der sich viel zu sehr anstrengte. Ich frage mich, ob sie ihn wirklich gern fickt. Dann denke ich, vielleicht ficken die nicht mal. Vielleicht kann ich einfach rübergehen und anfangen mit ihr zu reden, und vielleicht wird sie mein Angebot annehmen und Mitch sagen, sie würde ihn später wiedertreffen. Und an all das zu denken, bringt mich beinahe um. Kippe noch ein Bier, und Roxanne, auch eine jüdisch-amerikanische Prinzessin, kommt zum Faß und stellt sich neben mich. Dann entfernt sich dieses Mädchen vom ‹End of the World› und folgt ihm. Die können doch nicht gehen, denke ich, es ist zu früh. Aber sie gehen nicht, sie lassen nur jemand stehen. Zu früh wofür? frage ich mich. Die werden irgendwann einfach wieder auf sein Zimmer gehen (Sie hat wahrscheinlich eine Zimmergenossin), und sie wird sich von ihm ficken lassen. Ich bin so geil, daß ich nicht einmal erregt bin, nur schwach. Ich sehe Roxanne an, der ich viel Geld schulde. Sie trägt zu viel Schmuck und sieht okay aus. Ich frage mich, ob sie mich heute nacht ficken will. Wenn auch nur der Hauch einer Möglichkeit besteht. Sie raucht einen Joint und reicht ihn mir. «Was läuft denn so?» fragt sie.

«Trinke Bier», erkläre ich.

«Ist es gut? Trinkst du gutes Bier?» fragt sie.

«Hör mal», sage ich zu ihr, komme zur Sache, «möchtest du mit mir auf mein Zimmer gehen?»

Sie lacht, trinkt ihr Bier, zuckt mit ihren dick geschminkten Wimpern und fragt mich, warum.

«Die alten Zeiten?» Ich zucke mit den Schultern. Ich gebe ihr den Joint zurück.

«Die alten Zeiten?» Sie lacht noch lauter.

«Was ist denn so komisch? Herrgott.»

«Nein, ich möchte nicht, Sean», sagt sie. «Ich muß sowieso noch Rupert abholen.» Sie lächelt immer noch.

Diese Schlampe. In ihrem Bier ist ein Käfer, eine Motte. Sie sieht es nicht. Ich sage nichts.

«Leih mir ein paar Dollar», bitte ich sie.

«Ich hab meinen Geldbeutel nicht dabei», sagt sie.

«Klar», sage ich.

«O Sean. Du bist immer noch der alte», sagt sie, ohne gemein zu sein, aber ich verspüre den Wunsch, sie zu schlagen (nein, sie zu ficken, sie dann zu schlagen). «Ich weiß nicht, ob das gut oder schlecht ist.»

Ich möchte, daß sie diesen Käfer trinkt. Wohin ist Candice gegangen, verdammt? Ich sehe wieder Roxanne an, die immer noch das gottverdammte Lächeln trägt, und sich ihr Teil denkt, froh, daß ich sie gefragt habe, noch froher, daß sie die Kraft hatte, «Nein» zu sagen. Ich sehe sie an und bin aufrichtig angewidert.

«Hast du etwas Morphium?» frage ich sie.

«Warum?» fragt sie, entdeckt den Käfer, schüttet das Bier auf dem Rasen aus.

«Nimm es mal. Du siehst so aus, als könntest du's gebrauchen», sage ich ihr und lasse sie stehen.

«Du kannst dir noch was von mir abholen, Süßer», ist das letzte, was ich höre.

Meine Linie war weder schnell noch wirkungsvoll, und ich kann nicht glauben, daß ich mit diesem Mädchen eine Zeitlang etwas hatte. Es war, als sie anfing, mit Koks zu dealen, um abnehmen zu können. Es hatte auch irgendwie funktioniert. Ich glaube, sie hat immer noch einen fetten Arsch und kann plump aussehen und hat trockenes, schwarzes Haar und schreibt fürchterliche Gedichte, und ich bin total sauer, daß ich sie in eine Position bringe, wo sie mich zurückweisen kann. Ich gehe wieder auf mein Zimmer und knalle ein paarmal die Tür zu. Zimmergenosse ist weg, schalte das Radio ein. Ich schreite auf und ab. «Wild Horses» kommt auf dem örtlichen Sender. Ich drücke auf den Suchlauf. «Let It Be» ist auf dem nächsten Sender. Auf dem nächsten ist «Ashes to Ashes», dann kommt so ein Springsteen-Klagelied, dann schmalzt Sting «Every Breath You Take», und als ich dann auf den örtlichen Sender zurückschalte, kündigt das Arschloch von Diskjockey an, er werde alle vier Seiten von Pink Floyds «The Wall» spielen. Ich weiß nicht, was über mich gekommen ist, aber ich hebe das Radio hoch und schleudere es gegen die Schranktür, aber er geht nicht kaputt, und ich bin dankbar dafür, auch wenn es nur ein billiges Gerät ist. Ich trete dagegen, packe mir dann eine Schachtel mit Kassetten, spule eine auf, die ich nicht mag, und zerdrücke sie mit meinem Stiefelabsatz. Dann nehme ich eine Kiste mit Singles, die mir gehören und vergewissere mich, daß ich sie alle auf Band habe, bevor ich sie in zwei Teile zerknicke, dann möglichst in vier. Ich trete gegen die Wand auf der Seite meines Zimmergenossen, und dann reiße ich den Türgriff an einer Schranktür ab. Danach gehe ich wieder zur Party zurück.

LAUREN Ich und Judy. Leinwand spannen. Mein Atelier. Judy hat gerade ihre Nägel gerichtet, also ist sie eigentlich nicht, wie man so sagt, gut drauf. Also hören wir auf. Wieder so ein Freitagabend. Sie hat zwei Beck's mitgebracht und etwas Pot. Ich mag Judy. Mutter mag ich nicht. Mutter hatte zuvor angerufen. Nach dem Abendessen. Es hat mich so restlos deprimiert, daß ich nur stumpfsinnig herumgehen und Zigaretten rauchen konnte, bis ich ins Atelier kam. Meine Mutter hatte mir nichts zu sagen. Meine Mutter hatte keine dringenden Neuigkeiten für mich. Meine Mutter sah sich Filme auf dem Video an. Meine Mutter ist verrückt. Ich fragte sie nach der Zeitschrift (sie macht sie), nach meiner Schwester im R. I. S. D., schließlich (großer Fehler) nach meinem Vater. Sie sagte, sie könne mich nicht hören. Ich fragte sie nicht noch einmal. Dann erwähnte sie, daß Joana (Vaters neue Freundin) erst 25 ist. Und da ich nicht stöhnte oder kotzte oder versuchte, mich umzubringen, sagte sie, daß ich ja, wenn ich das gut fände, was er tut, Weihnachten bei *ihm* verbringen könne. Inzwischen war das Telefongespräch schon so restlos schief gelaufen, daß ich ihr sagte, ich hätte um Mitternacht ein Seminar und auflegte und ins Atelier lief und mir diese ganze Scheiße ansah, diese totale Scheiße, die ich das ganze Semester gemacht hatte. Ich sollte die Poster für das Shephard-Stück machen, aber die

Lesbe, die Regie führte, nervt mich echt, also werde ich ihr vielleicht so ein unvollendetes Stück Scheiße geben. Ich schrei es heraus: «Es ist alles Scheiße! Judy, schau dir das an. Es ist *Scheiße*!»

«Nein, ist es nicht.» Aber sie sieht nicht hin.

«Du siehst ja gar nicht hin. O Gott.» Ich mache meine zweite Packung heute auf, und es ist noch nicht mal elf. Das letzte, worüber ich mir Sorgen machen muß, ist Lungen- oder Brustkrebs. Gott sei Dank nehme ich nicht die Pille.

«Ich wechsle mein Hauptfach», sage ich. Sieh dir nur an, was ich gemacht habe. Jackson Pollock hat die Linie befreit, denk dran, jemand hat mir das gestern in Fortschrittlicher Malerei erzählt. Wie kann ich diese Scheiße befreien? frage ich mich. Ich trete von der unvollendeten Leinwand zurück. Mir ist klar, daß ich mein Geld lieber für Drogen als für Malereibedarf ausgeben würde. «Ich wechsle das Hauptfach. Hörst du mir zu?»

«Schon wieder?» sagt Judy, die sich voll auf das Drehen eines weiteren Joints konzentriert. Sie lacht.

«Schon wieder? Mußtest du das sagen?»

«Bring mich nicht zum Lachen, sonst kann ich das nicht.»

«Das ist lächerlich», sage ich.

«Laß uns auf die Party gehen.» Quengelig. Judy quengelt.

«Warum? Wir haben hier alles, was wir brauchen. Warmes Bier. Musik. Und vor allem keine Jungen.»

Ich wechsle das Band. Wir haben das selbst zusammengestellte Band Nr. 2 aus dem ersten Jahr gehört. Schlechte/gute Erinnerungen stellen sich dadurch ein. Michael Jackson («Wie viele Songs von «Thriller» kannst du aufzählen?» hat mich Victor einmal gefragt. Ich habe gelogen und gesagt «Nur zwei». Danach sagte er, daß er mich liebe... wo war das? Im Wellfleet Drive-in, oder gingen wir gerade die Commercial Street in Provincetown entlang?), Prince (ich trieb es gerade mit einem gutaussehenden Jungen von Brown, der vor einer Freitagabend-Party geparkt hatte), Grandmaster Flash (wir tanzten so oft zu «The Message», und wir wurden nie müde dabei). Das Band deprimiert mich. Nehme es raus. Lege was anderes auf, Reggae-Band Nr. 6.

«Wann kommt Victor zurück?» fragt Judy.

Ich höre Musik vom Commons und vom ‹End of the World› kommen, und sie klingt verführerisch. Vielleicht sollten wir gehen. Zur Party gehen. Da war doch immer dieses Buch über die Geschlechtskrankheiten mit den gräßlichen, detaillierten Fotos darin (einige von diesen Nahaufnahmen, rosa, blaue, lila, rote Bläschen waren auf eine abstrakte, minimalistische Art schön), das vor einer Freitagabend-Party immer abschreckend wirkt. Victor würde auch abschreckend wirken. Wenn er hier wäre. Wir würden wahrscheinlich auf die Party gehen und uns amüsieren. Blättere in dem Buch. Nahaufnahme des Mädchens, das auf den Kunststoff in ihrem Diaphragma allergisch reagierte. Würg. Vielleicht würden wir uns amüsieren. Ich stelle mir den armen, gutaussehenden Victor in Rom oder Paris vor, allein, hungrig, irgendwo, er versucht verzweifelt, mich zu erreichen, vielleicht brüllt er auch irgendein böses Telefonfräulein in gebrochenem Italienisch oder Jiddisch an, den Tränen nahe, versucht, mich zu erreichen. Keuche und lehne mich an die Pfosten im Atelier, und dann werfe ich den Kopf zurück. Zu dramatisch.

«Wer weiß?» höre ich mich sagen. «Woran erinnert dich dieses Zeug?» frage ich sie und gehe zurück. «Degas? Seurat? Renoir?»

Sie schaut auf die Leinwand und sagt: «Scooby Doo.»

Okay, es ist Zeit für den Pub. Einen Krug Genny holen und wenn wir nicht vergessen haben, einen Scheck einzulösen, ein paar Weinkühler, um betrunken zu werden, damit uns schlecht wird, dann eine Pizza oder ein Bagel? Judy weiß es. Ich weiß es. Wenn die Zeiten hart werden, werden die Harten zu Säufern.

Also, gehen wir in den Pub. Jemand hat mit schwarzen Buchstaben ‹Sinnes-Betäubungs-Tank› auf die Tür geschrieben, und ich finde es nicht komisch. Nicht sehr viele Leute hier wegen der Party. Wir holen uns einen Krug und setzen uns nach hinten. Hören der Musikbox zu. Ich denke an Victor. Ein ungerauchter Joint ist in Judys Tasche. Und wir führen dasselbe Gespräch, das wir immer an partylosen Freitagabenden im Pub führen. Gespräche, deren ich erst in letzter Zeit, da ich im vierten Jahr bin, müde werde.

J: Was läuft heute abend für ein Film?

Ich: *Apocalypse Now?* Oder *Dawn of the Dead* vielleicht. Ich glaube.

J: Nein. Nicht schon *wieder*, mein Gott.

Ich: Also, in wen bist du verliebt?

J: Franklin.

Ich: Ich dachte, du hast gesagt, er sei pervers, ein Langweiler. Warum?

J: Es ist sonst niemand da, den man gern haben könnte.

Ich: Du hast aber gesagt, er sei pervers.

J: Eigentlich mag ich seinen Zimmergenossen.

Ich: Wer ist das?

J: Michael.

Ich: Warum bemühst du dich nicht um Michael?

J: Er ist vielleicht schwul.

Ich: Woher willst du das wissen?

J: Ich hab mit ihm geschlafen. Er hat mir erzählt, daß er Jungen mag. Ich glaube nicht, daß es funktionieren würde. Er möchte Ballerina werden.

Ich: Wenn du nicht den haben kannst, den du liebst, Schätzchen...

J: Fick seinen Zimmergenossen statt dessen.

Ich: Gehen wir irgendwohin oder nicht?

J: Nein, ich glaube nicht. Heute nicht.

Ich: Was läuft heute abend für ein Film?

PAUL Ich traf Sean das erste Mal, als ich neben dem Bierfaß stand und Mitchell und Candice gehen sah. Sie gingen an mir vorbei, und Mitchell schenkte mir ein Gute-Nacht-Lächeln und winkte halbherzig. Candice ebenso, was ich entweder als freundliche Mitleidsgeste oder als ein siegreiches, freudiges Salut auffassen konnte. (Siegreich? Warum? Mitchell würde ihr nie von mir erzählen.) Ich sah ihnen zu, wie sie gingen und füllte meinen Becher wieder auf. Ich sah mich um und, wie ich mich erinnere, erblickte Dennis Jenkins, diese dürre, häßliche Dramaschwuchtel, die mich anstarrte. (Dennis Jenkins war einer von vielen Gründen, warum es mir verachtenswert schien, Theaterwissenschaft als Hauptfach zu belegen.) Ich seufzte und sagte mir, daß ich, wenn ich heute abend mit ihm ins Bett ginge, mich morgen früh umbringen würde. Ich hatte den Becher jetzt gefüllt, hauptsächlich mit Schaum, denn das Faß ging zur Neige, und als ich wieder aufblickte, stand Sean Bateman da und wartete. Ich hatte Sean gekannt, so wie jeder jeden kennt in diesem Laden. Will sagen, wir hatten wahrscheinlich nie miteinander geredet, aber wußten von der Clique des anderen, und wir hatten gemeinsame Bekannte. Er sah gut aus auf eine vage, direkte Art, er verschüttete ständig Bier und machte Videospiele oder flipperte im Pub, und mich interessierte es zuerst nicht besonders.

«Hi, Sean», sagte ich. Wenn ich nicht mehr als nur ein bißchen betrunken gewesen wäre, hätte ich wahrscheinlich nichts gesagt; genickt und wäre weggegangen. Ich war ziemlich sicher, daß er Mechanik als Hauptfach hatte.

«Hi, Paul», lächelte er und starrte weg.

Er schien nervös zu sein, und ich folgte seinem Starren in die Dunkelheit des Colleges, hin zu den Häusern auf dem Campus. Ich erinnerte mich nicht, oder weiß nicht, warum er so wegstarrte. Vielleicht war er einfach nervös und zu schüchtern, um mit mir zu reden. Hinter ihm verließen Leute das ‹End of the World› und gingen entweder nach Hause oder zum Friedhof.

«Kennst du das Mädchen bei Mitchell?» fragte er, was ich für einen lahmen Gesprächseinstand hielt.

«Du meinst Candice», sagte ich und knirschte mit den Zähnen. «Sie heißt Candice.»

«Ja, das stimmt», sagte er.

«Ich war in einem Seminar mit ihr, aber ich habe nicht bestanden», sagte ich und wurde ein bißchen nachdenklich.

«Ich war auch in diesem Seminar. Ich hab's auch nicht bestanden», sagte er überrascht.

In diesem Moment hatte unser Rückblick eine gegenseitige Verbindung hergestellt.

«Ich hab dich nie da gesehen», sagte ich mißtrauisch.

«Deswegen habe ich auch nicht bestanden», gestand er; ein Schafslächeln.

«Oh», sagte ich und nickte.

«Ich kann kaum glauben, daß *du* nicht bestanden hast», sagte er.

Ich war gar nicht durchgefallen. Ich war eigentlich nur nicht damit fertig geworden und holte es im Sommer nach. Tatsächlich war es ein unglaublich leichtes, nicht sehr anspruchsvolles Seminar (gruppenspezifisches Kammerschauspiel), und ich war schokkiert, daß jemand da durchfallen konnte, ob man jetzt präsent war oder nicht. Aber Sean schien dadurch beeindruckt zu sein, und ich spielte weiter.

«Ja, zwei andere hab ich auch nicht bestanden», sagte ich, um seine Reaktion abzuschätzen.

«Tatsächlich?» Sein Mund, die Lippen waren voll und rot, sexy, vielleicht sensibel, aber nicht richtig, klappte auf.

«Ja.» Ich nickte.

«Junge, Junge, ich hätte nie gedacht, daß *du* irgend etwas nicht bestehen könntest», sagte er, es klang wie ein Kompliment.

«Du wirst dich wundern», sagte ich. Der erste, direkte Flirt in diesem Gespräch. Der kommt leicht zustande auf Freitagabend-Parties.

«Mein Mann», lachte er selbstmißbilligend. Dann fiel ihm ein, daß er wegen des Biers da war, oder warum? Er faßte an den Zapfhahn, aber das Faß war ganz leer.

Ich stand da und sah ihn mir von oben bis unten an. Er trug Jeans und Stiefel und ein weißes T-Shirt und eine leicht abgewetzte Lederjacke mit Pelzsaum: den Freizeitlook des amerikanischen Jungen. Und ich dachte, es wäre wohl ein Riesencoup, diesen Menschen ins Bett zu kriegen. Dann seufzte ich, und mir war klar, daß ich so blöd war. Die Party ging zu Ende, und ich wurde deprimiert, und das Faß spuckte Schaum, also räusperte ich mich und sagte: «Also, wir sehen uns.»

Und dann sagte er etwas höchst Merkwürdiges. Das, womit alles anfing. Ich war nicht so betrunken, daß ich es mißverstanden hätte, und ich war ganz platt von seinem kühnen Vorschlag. Ich bat ihn nicht einmal, seine Einladung zu wiederholen. Ich gab einfach wieder, was er mich gefragt hatte: Möchtest du eine Quesadilla haben?

«Möchtest du eine Quesadilla haben?» fragte ich. «Möchtest du morgen abend zum Essen ausgehen? Mexikanisch? Casa Miguel?»

Und er war so scheu, er blickte zu Boden und sagte: «Ja, ich glaube.» Er sah beinahe bestürzt aus. Er war verletzt. Ich war gerührt. Die Surpremes sangen: «When the Love Light Starts Shining Trough His Eyes.» Und obwohl es schien, als wolle er *jetzt* gehen, verabredeten wir uns für morgen abend um sieben im Casa Miguel in North Camden.

SEAN Die Party geht langsam zu Ende, und ich habe die ganze gottverdammte Zeit ein Auge auf Candice geworfen, aber der Augenblick ist da, und sie geht mit Mitch, und ich bin gar nicht so wütend oder überrascht, wie er erwartet hatte, ich bin auch ganz schön breit, und das hilft. Die Letzten hängen herum, und die Letzten, die auf diesen Parties herumhängen und jemand zu finden hoffen, den sie mit nach Hause nehmen können, ziehen mich immer runter. Es erinnert mich an die Kids, die als letzte für die Schulmannschaften ausgewählt wurden. Es ist schwach. Verstärkt eigentlich das Selbstwertgefühl. Aber letzten Endes ist es mir scheißegal. Ich gehe hinüber zum Bierfaß, und Paul Denton steht daneben, und Tony verkauft Flaschenbier für zwei Dollar das Stück in seinem Zimmer, und ich möchte nicht soviel Geld ausgeben, und ich bin nicht in der Stimmung, es dem Kerl rauszuleiern, und ich vermute, daß Denton ein paar Taler hat, also frage ich ihn, ob er mitgehen und ein paar Bier holen will, und der Typ ist so betrunken, daß er mich fragt, ob ich morgen abend mit ihm essen gehen will, und ich schätze, ich bin auch betrunken, und ich sage «Klar», obwohl ich gar nicht weiß, warum zum Teufel ich das sage, höllisch verwirrt. Ich gehe und lande wieder im Bett mit Deidre, was irgendwie... Ich weiß nicht, was es irgendwie ist.

LAUREN Aufgewacht. Samstagmorgen. Tutorenkurs über den Zustand der Postmoderne. Kaum zu glauben. Um zehn. Im Dickinson. Es ist schon Oktober, und wir haben erst eine Sitzung gehabt. Ich bezweifle, ob sonst noch jemand im Seminar sein wird. Ich war die einzige in der ersten Sitzung vor einem Monat, und Conroy war so betrunken, daß er seine Papierrolle verlor. Gehe zum Brunch. Am Rasen des Commons vorbei. Leute, die wahrscheinlich die ganze Nacht auf waren, sammeln die Abfälle ein. Vielleicht sind sie noch auf der Party, amüsieren sich immer noch. Ewige ‹End of the World-Party›? Die Fässer werden weggerollt. Die Verstärker eingepackt. Lichter abgenommen. Hätte gehen sollen. Vielleicht. Vielleicht auch nicht. Halte beim Commons an. Kaffee. Keine Post von Victor. Gehe zum Dickinson hoch. Und...

rate mal. Conroy ist auf dem Sofa in seinem Büro eingeschlafen. Büro stinkt nach Marihuana. Marihuanapfeife auf dem Schreibtisch neben einer Flasche Scotch. Setze mich an den Schreibtisch, nicht überrascht, nicht beunruhigt und rauche eine Zigarette, sehe Conroy beim Schlafen zu. Steht er auf? Nein. Drücke die Zigarette aus. Gehe. Victor hatte mir diesen Kurs empfohlen.

SEAN Stehe früh auf für einen Samstag, irgendwann nach dem Frühstück. Ich dusche und erinnere mich irgendwie an diesen Tutorenkurs, für den ich zufällig rechtzeitig auf bin. Ich rauche ein paar Zigaretten, sehe den Franzmann schlafen, schreite auf und ab. Ich kann kaum glauben, daß ich einen Zimmergenossen habe, der Bertrand heißt. Ich gehe ins Tishman, weil es sonst nichts zu tun gibt. Samstage sind sowieso das Letzte, und ich war noch nie in diesem Seminar, also kann es gar nicht so langweilig sein. Ich komme ins Tishman, aber es ist das falsche Haus. Dann fällt mir ein, daß es im Dickinson sein könnte, aber ich gehe in den falschen Raum, aber dann finde ich den richtigen Raum, auch wenn der so aussieht wie der falsche. Es ist das Büro des Dozenten, und niemand ist da. Ich bin auch nicht so spät dran, und ich frage mich, ob sie vielleicht den Raum gewechselt haben. Wenn ja, dann lasse ich dieses Seminar sausen. Ich mach so eine Scheiße nicht mehr mit. Das Büro riecht jedoch nach Pot, also bleibe ich erst mal hier, für den Fall, daß jemand mit weiterem Pot zurückkommt. Ich sitze am Schreibtisch, suche Anzeichen dafür, worum es in diesem Seminar geht. Aber ich kann keine finden. Also gehe ich wieder auf mein Zimmer. Der Franzmann ist weg. Vielleicht hake ich noch das AA-Treffen in Bingham ab, aber dort ist niemand, und nachdem ich im Wohnzimmer herumgehangen habe, gewartet, geraucht, auf und ab gegangen bin, ziehe ich mich wieder auf mein Zimmer zurück. Vielleicht fahre ich weg, nach Manchester. Samstage sind das Letzte.

Ich war in einem Seminar gestern (befristet, wegen dir), und ich bemerkte Fergus' Rücken (obwohl ich ihn früher bemerkt hätte, wenn es dein Rücken gewesen wäre), und ich schrieb dem Menschen neben mir (ein Mensch, den ich noch nie zuvor gesehen oder bemerkt hatte, ein Mensch, der nichts von mir weiß und dem ich egal bin, ein Mensch, der für dich die Beine breit machen würde – vielleicht schon hat, alle haben, alle haben es gemacht in meinen Augen –), daß Fergus einen sexy Rücken hat, und sie schrieb etwas auf, und da stand «Ja... aber schau dir mal sein Gesicht an.» Diese einfache, dumme Grausamkeit von allen! Wegen dieser dummen Antwort wollte ich aufheulen, und ich mußte an dich denken. Ich habe noch einen Zettel in deinen Kasten gelegt, noch eine laue Warnung vor den Begierden in meinem Herzen. Du hältst mich wahrscheinlich für eine plappernde, verrückte Kreatur, aber das bin ich nicht. Ich wiederhole, das bin ich nicht. Ich will nur dich. Du wirst bestimmt auch etwas von mir wollen. Wenn du es nur wüßtest. Diese Zettel, die ich hinterlege, sind schwierig zu gestalten. Ich habe verzweifelt davon abgesehen, sie mit meinem Parfum zu besprühen – zu versuchen, dich bei einem deiner Sinne zu packen: Gehör, Geschmack, Geruch, etcetera. Wenn ich diese Zettel in deinen Kasten gelegt habe, beiße ich die Zähne zusammen und drücke die Augen zu, meine Hände fühlen sich wie schreckliche Klauen an, ein Patient im Stuhl des ewigen Zahnarztes. Es braucht jedoch Mut. Einen irritierenden und zerrenden Mut. Die Berührung von dir oder meine erträumte Berührung scheint gleichzeitig abstoßend und merkwürdig kraftvoll zu sein. Sie sticht. Diese Gefühle stechen. Meine Augen sind immer bereit für dich. Sie wollen dich packen und in weiches, weißes Leinen legen, sicher, in deinen Armen, starken Armen. Ich würde dich sogar mit nach Arizona nehmen und meiner Mutter vorstellen. Der Samen der Liebe tritt seine Herrschaft an, und wenn wir nicht zusammen verbrennen, verbrenne ich allein.

PAUL Ich schaffte es an diesem Samstagabend nicht, ins Casa Miguel zu gehen, zu dieser ersten Verabredung Anfang Oktober. Ich war in meinem Zimmer beim Anziehen, so unzufrieden mit dem, was ich anhatte, daß ich mich viermal in einem Zeitraum von dreißig Minuten umzog. Es wurde langsam lächerlich und war schon kurz vor sieben, und da ich kein Auto hatte, wollte ich ein Taxi rufen. Ich zog mich noch einmal um, stellte das Band mit den Smiths ab und war kurz davor zu gehen, als Raymond in mein Zimmer platzte. Sein Gesicht war weiß, und er japste und sagte zu mir: «Harry hat versucht, sich umzubringen.»

Ich wußte, daß so etwas passieren würde. Ich hatte so ein Gefühl gehabt, daß ein Hindernis auftauchen würde, größer oder kleiner, das diesen Abend verhindern würde. Ich hatte schon den ganzen Tag so ein Gefühl gehabt, daß irgendwas diesen Abend versauen würde. Also fragte ich: «Was soll das heißen, Harry hat versucht, sich umzubringen?» Ich blieb ruhig.

«Du mußt ins Fels mitkommen. Er ist dort. O Scheiße. Herrgott, Paul. Wir müssen etwas tun.» Ich hatte Raymond noch nie so erregt gesehen. Er sah aus, als würde er gleich losheulen und verlieh diesem Ereignis (dem Selbstmord eines Erstsemesters? Ich bitte dich) ein Ausmaß ungerechtfertigter Emotion.

«Ruf den Sicherheitsdienst», schlug ich vor.

«Den Sicherheitsdienst?» brüllte er. «Den Sicherheitsdienst? Was zum Teufel soll denn der Sicherheitsdienst machen?» Er langte nach meinem Arm und packte ihn.

«Sag ihnen, ein Erstsemester hat versucht, sich umzubringen», sagte ich ihm. «Glaub mir, die werden innerhalb einer Stunde hier sein.»

«Wovon zum Teufel redest du überhaupt?» kreischte er und grabschte immer noch nach mir.

«Hör auf», sagte ich. «Er wird durchkommen. Ich habe eine Verabredung um sieben.»

«Wirst du, bitte, mitkommen!» schrie er und zog mich aus dem Zimmer raus.

Ich grabschte einen Schal von der Garderobe und konnte gerade noch meine Tür schließen, bevor ich ihm die Treppe runter und ins Fels folgte. Wir gingen Harrys Flur entlang, und ich bekam langsam Angst. Ich war ja schon nervös genug wegen der Verabredung mit Sean (Sean Bateman – ich hatte den Namen den ganzen

Tag vor mich hin geflüstert, ihn fast gesungen, in der Dusche, in meinem Bett, das Kissen über meinem Gesicht, zwischen meinen Beinen), und was mich noch nervöser machte, war, daß ich mich verspäten und es vermasseln könnte. *Das* versetzte mich in größere Panik als dieser angebliche Selbstmord: das blöde Erstsemester Harry versucht, sich allezumachen. Wie hat er es wohl probiert, fragte ich mich, während ich auf seine Tür zuging. Raymond machte neben mir sonderbare Atemgeräusche. Versucht, 'ne Überdosis Sudafed und Weinkühler einzunehmen? Was hat ihn dazu gebracht? CD-Spieler den Geist aufgegeben? Haben sie «Miami Vice» abgesetzt?

Harrys Zimmer war dunkel. Licht kam von einer kleinen, metallenen Tensor-Lampe auf seinem Schreibtisch, unterhalb eines Posters von George Michael. Harry lag auf seinem Bett, die Augen geschlossen, er trug die typischen Erstsemester-Klamotten: Bermudas (im Oktober!), Polo-Pullover, Hi-Tops, sein Kopf zuckte hin und her. Donald saß an seiner Seite und versuchte, ihn dazu zu bringen, sich in den Abfallkorb neben dem Bett zu erbrechen.

«Ich habe Paul mitgebracht», sagte Raymond, als ob das Harrys Leben retten würde.

Er ging zum Bett hin und schaute hinunter.

«Was hat er genommen?» fragte ich, als ich noch in der Tür stand. Ich sah auf meine Uhr.

«Wir wissen es nicht», sagten sie beide gleichzeitig.

Ich ging zum Schreibtisch hinüber und hob eine halbleere Flasche Dewar's auf.

«Ihr wißt es nicht?» fragte ich irritiert. Ich roch an der Flasche, als ob das einen Hinweis gäbe.

«Hört mal zu, wir bringen ihn ins Dunham-Hospital», sagte Donald und versuchte, ihn hochzuheben.

«Das ist im gottverdammten Keene!» schrie Raymond.

«Wo ist denn sonst noch eins, Arschloch?» heulte Donald auf.

«In der Stadt ist ein Krankenhaus», sagte Raymond, und dann: «Du Schwachkopf.»

«Woher soll ich denn diese Dinge wissen?» heulte Donald wieder auf.

«Ich muß um sieben jemand treffen», sagte ich ihm.

«Scheiß auf das Treffen. Hol deinen Wagen, Raymond», schrie

Donald in einem Atemzug und hob Harry hoch. Raymond eilte an mir vorbei und durch den Flur. Ich hörte die Hintertür des Fels zuknallen.

Ich ging zum Bett hin und half Donald, Harry, der überraschend leicht war, vom Bett aufzuheben. Donald legte Harrys Arm hoch, und aus irgendeinem Grund nahm er ihm die Kaschmirjacke ab, die er trug, und schleuderte sie in die Ecke.

«Was machst du denn?» fragte ich.

«Das ist meine Jacke. Ich möchte sie nicht ruinieren», sagte Donald.

«Was machen wir denn?» hustete Harry.

«Siehst du, er lebt», sagte ich vorwurfsvoll.

«Herrgott», sagte Donald und schoß einen Blick auf mich ab. «Es wird gut werden, Harry», flüsterte er.

«Für mich sieht er okay aus. Vielleicht ist er betrunken», sagte ich.

«Paul», sagte Donald in seinem aufreizenden, dozierenden Tonfall, innerlich kochend, fast ohne die Lippen zu bewegen, «er hat mich vor dem Abendessen angerufen und gesagt, er würde sich umbringen. Ich kam nach dem Abendessen hierher, und sieh ihn dir an. Er hat offensichtlich etwas genommen.»

«Was hast du genommen, Harry?» fragte ich und schlug ihn leicht mit meiner freien Hand.

«Komm schon, Harry. Sag Paul, was du genommen hast», redete Donald auf ihn ein.

Harry sagte nichts, sondern hustete nur.

Wir schleiften ihn, der nach Dewar's stank, durch den Flur. Er war ohnmächtig geworden, und sein Kopf hing schlaff herunter. Wir hatten ihn gerade draußen, als Raymond in seinem Saab vorfuhr, direkt vor die Hintertür des Fels.

«Warum hat er das getan?» fragte ich, und wir versuchten, ihn in den Wagen zu bugsieren.

«Donald, du fährst», sagte Raymond, der aus dem Saab stieg, und uns half, ihn auf den Rücksitz zu legen. Der Motor lief. Ich bekam Kopfschmerzen.

«Ich kann nicht mal 'nen Kinderwagen fahren», sagte Donald.

«Scheiße!» brüllte Raymond.

«Dann setz du dich nach hinten.»

Ich setzte mich auf den Beifahrersitz, und Raymond fuhr los, bevor ich meine Tür schließen konnte. «Warum hat er das getan?» fragte ich noch einmal, als wir am Tor der Wache vorbei waren und schon den College Drive zur Hälfte zurückgelegt hatten. Ich überlegte, ob ich sie bitten sollte, mich in North Camden abzusetzen, aber ich wußte, daß sie mir das nie verzeihen würden, also ließ ich es.

«Er hat heute herausgefunden, daß er adoptiert wurde», sagte Donald auf dem Rücksitz.

Harrys Kopf lag auf einem Schoß, und er fing wieder an zu husten.

«Oh», sagte ich.

Wir fuhren durch die Tore. Es war dunkel und kalt draußen. Wir fuhren in die entgegengesetzte Richtung von North Camden. Ich sah wieder auf meine Uhr. Es war Viertel nach sieben. Ich stellte mir Sean vor, wie er allein in der unbevölkerten Bar im Casa Miguel saß, sich einen gefrorenen Margarita reinzog (nein, das würde er nie trinken; ich stellte mir statt dessen ein mexikanisches Bier vor), enttäuscht war und heimfuhr (warte mal, vielleicht hatte er gar keinen Wagen, vielleicht ist er zu Fuß dorthin gegangen, o Jesus), alleine. Jetzt waren sehr wenige Autos unterwegs. Vor den Kinos I und II hatte sich eine Schlange gebildet, Dörfler, die auf den neuen Film mit Chuck Norris warteten. Hausfrauen und Professorengattinnen kamen karrenschiebend aus dem Price Chopper. Einkäufer bei Woolworth auf der Main Street, riesige Bündel fluoreszierenden Lichts ergossen sich auf den Parkplatz. Im Kassettenrecorder spielte ‹The Jam›, und wie ich der Musik lauschte, fiel mir plötzlich auf, wie klein diese Stadt wirklich war, wie wenig ich tatsächlich über sie wußte. Ich konnte das Krankenhaus sehen, dem ich mich bisher nicht einmal auch nur genähert hatte. Wir waren fast da, ein eher kleines Backsteingebilde, das sich neben einem riesigen, leeren Parkplatz befand, fast schon am Ende der Stadt. Dahinter dann die Wälder, ein Forst, der sich meilenweit erstreckte. Niemand sagte ein Wort. Wir fuhren an einem Schnapsladen vorbei.

«Könntest du mal anhalten? Ich brauche Zigaretten», sagte ich, während ich meine Taschen durchsuchte.

«Darf ich dich dran erinnern, daß hier auf dem Rücksitz jemand an einer Überdosis krepiert?» sagte Donald.

Raymond saß über das Lenkrad gekauert und sah besorgt aus,

als könne er eine Zigarette gut gebrauchen und dächte ernsthaft darüber nach.

Ich ignorierte Donald und sagte: «Ich bin in einer Minute wieder zurück.»

«Nein», sagte Raymond, obwohl er unsicher schien.

«Der gibt den Geist nicht auf», sagte ich, beinahe wütend, weil ich an die leere Bar in North Camden denken mußte. «Er ist erst im ersten Semester. Erstsemester geben den Geist nicht auf.»

«Fick dich ins Knie!» sagte Donald. «O Scheiße, er kotzt. Er kotzt gleich.»

Wir konnten die Würgegeräusche in der Dunkelheit des Saab hören, und ich drehte mich um, um besser sehen zu können. Harry hustete immer noch und sah verschwitzt aus.

«Mach das Fenster auf», schrie Raymond. «Mach das gottverdammte Fenster auf!»

«Ihr zwei solltet euch wirklich beruhigen. Er kotzt nicht», sagte ich, stinksauer, aber traurig.

«Er wird doch kotzen. Ich weiß es einfach», schrie Donald.

«Wie nennt man denn dieses Geräusch?» schrie Raymond mich an und meinte das Würgen.

«Saures Aufstoßen?» schrie ich zurück.

Harry murmelte etwas vor sich hin, dann fing er wieder an zu würgen.

«O nein», sagte Donald und versuchte, Harrys Kopf zum Fenster hochzuheben. «Er will schon wieder kotzen!»

«Gut», schrie Raymond zurück. «Es ist gut, wenn er kotzt. Laß ihn kotzen.»

«Das darf alles nicht wahr sein», sagte ich. «Kann ich das Band wechseln?»

Raymond fuhr bei der Notaufnahme vor und brachte den Wagen kreischend zum Stehen. Wir stiegen alle aus und zerrten Harry vom Rücksitz und trugen ihn mit schleifenden Füßen zum Empfang. Der Laden war leer. Musik kam aus unsichtbaren Deckenlautsprechern. Eine junge, dicke Krankenschwester sah uns an und grinste hämisch, wahrscheinlich dachte sie, Junge, Junge, schon wieder so ein College-Streich. «Ja?» fragte sie, ohne Harry anzusehen.

«Dieser Junge hat 'ne Überdosis», sagte Raymond, als er zum Empfang hinging und Harry in Donalds Klauen ließ.

«'ne Überdosis?» fragte sie und stand auf.

Dann tauchte der diensthabende Arzt auf. Er sah aus wie Jack Elam, so ein alter, fetter Typ mit einer dicken Brille, der etwas vor sich hin murmelte. Donald legte Harry auf den Boden. «Gott sei Dank», murmelte Raymond, und es klang, als sei er erleichtert, daß diese ganze Situation in andere Hände übergeben war und nicht mehr in seinen lag. Der Arzt beugte sich vor, um Harry auf Lebenszeichen hin zu überprüfen. Ich wußte, daß der Typ, als er uns überhaupt nichts fragte, ein Quacksalber war. Keiner von uns sagte ein Wort. Es irritierte mich, daß ich wegen Raymond und Donald nicht nur diese absolut wichtige Verabredung verpaßt hatte, sondern auch, daß sie die gleiche lange Wolljacke trugen, die ich anhatte. Ich hatte meine als erster im Laden der Heilsarmee in der Stadt für dreißig Dollar gekauft. Es war Loden. Am nächsten Tag waren die beiden dann hingerannt und hatten sich die zwei restlichen Jacken gekauft, wahrscheinlich war es die Spende eines Mitglieds des Lehrkörpers, das nach Westen gegangen war, um in Kalifornien oder sonstwo zu unterrichten. Der Arzt grunzte und drückte Harrys Augenlider auf. Harry lachte ein wenig, dann zuckte er kurz und lag reglos da.

«Wollen Sie ihn nicht in die Notaufnahme bringen.» Raymonds Gesicht war rot. «Beeilen Sie sich. Ist denn sonst niemand hier?» Er sah sich um, rasend auf eine geübte Art. Wie jemand, der sich Sorgen macht, aber nicht besonders, ob er ins Palladium eingelassen wird oder so was.

Der Doktor ignorierte ihn. Sein grauweißer Haarschopf war erfolglos zurückgecremt und steif, und er grunzte weiter. Er prüfte Harrys Puls, fand nichts, dann knöpfte er Harrys Hemd auf und legte das Stethoskop auf seine gebräunte, knochige Brust. Wir standen alle da in dem leeren Krankenhaus. Der Doktor prüfte den Puls noch einmal und grunzte. Harry bewegte sich ein wenig, ein betrunkenes Lächeln lag in seinem jungen Erstsemestergesicht. Der Doktor überprüfte den Herzschlag, suchte irgendein Zeichen. Er benutzte wieder das Stethoskop. Der Doktor sah schließlich uns drei an und sagte: «Ich habe keinen Puls.»

Donald warf eine Hand vor den Mund und wich zurück gegen die Wand hinter ihm.

«Er ist tot?» fragte Raymond ungläubig. «Ist das ein Witz?»

«O Scheiße, ich sehe, wie er sich bewegt», sagte ich und deutete auf das Heben und Senken seiner Brust. «Er ist nicht tot. Ich kann sehen, wie er atmet.»

«Er ist tot, Paul. Halt den Mund! Ich hab's gewußt. Ich hab's gewußt!» sagte Donald.

«Das tut mir leid, Jungs», sagte der Arzt und schüttelte den Kopf. «Wie ist das passiert?»

«O Gott», winselte Donald.

«Halt den Mund, oder ich hau dir eine rein», sagte ich zu ihm. «*Sieh* doch. Er ist nicht tot.»

«Jungs, ich habe keinen Herzschlag und keinen Puls. Die Pupillen sehen mir erweitert aus.» Der Doktor keuchte beim Aufstehen vor Anstrengung, und zeigte auf Harry. «Dieser Junge ist tot.»

Keiner von uns sagte etwas. Ich sah zu Raymond hin, der jetzt nicht mehr allzu besorgt aussah, und er warf mir einen Blick zu, der besagte, dieser-Quacksalber-ist-ein-gottverdammter-Spinner-haun-wir-bloß-ab-hier. Donald war immer noch aufgeregt und hatte uns seinen Rücken zugewandt. Die Schwester sah desinteressiert über den Tisch hinweg.

«Ich weiß nicht, was ich euch Jungs sagen soll», sagte der Doktor. «Aber euer Freund ist tot. Er lebt einfach nicht mehr.»

Harry schlug die Augen auf und fragte: «Ich bin doch nicht tot?»

Donald schrie.

«Doch, bist du», sagte Raymond. «Halt den Mund.»

Der Doktor schien nicht allzu schockiert über Harrys Zustand und grunzte, als er sich neben Harry hinkniete und ihm wieder den Puls nahm. «Ich sage euch, es ist kein Puls da. Dieser Junge ist *tot.*» Er sagte das, obwohl Harrys Augen offen waren und blinzelten. Der Doktor benutzte sein Stethoskop ein weiteres Mal. «Ich kriege gar nichts.»

«Moment mal», sagte ich. «Ähm, hören Sie zu, Doktor. Ich denke, wir nehmen unseren Freund mit nach Hause, okay?» Ich ging vorsichtig auf ihn zu. Ich wußte, daß wir im Krankenhaus der Hölle oder sonstwo waren. «Ist das, sagen wir mal, okay mit Ihnen?»

«Bin ich tot?» fragte Harry, der plötzlich besser aussah und einen Lachanfall bekam.

«Sag ihm, er soll den Mund halten!» schrie Donald.

«Ich bin ganz schön sicher, daß euer Freund tot ist», grunzte der Doktor ein wenig verwirrt. «Vielleicht wollt ihr, daß ich ein paar Tests vornehme.»

«Nein!» sagten Raymond und ich gleichzeitig. Wir standen da und beobachteten Harry, das angeblich tote Erstsemester, wie er lachte. Wir sagten nichts. Obwohl Dr. Phibes weiter insistierte, er wolle ein paar Tests am «Leichnam eures Freundes» vornehmen, nahmen wir unser Erstsemester schließlich mit nach Hause, aber Donald wollte nicht auf dem Rücksitz neben ihm sitzen. Als wir wieder auf dem Campus ankamen, war es schon fast halb neun. Ich hatte es verbockt.

SEAN Heute, ich hänge herum, fahre mit meinem Motorrad in die Stadt, gehe spazieren, kaufe mir ein paar Kassetten, dann komme ich wieder ins Booth und sehe mir den *Planet der Affen* auf Getchs Videorecorder an. Ich liebe die Szene, wo eine Affenkugel Charlton Heston stumm gemacht hat. Er entkommt und rennt wie besengt durch die Affenstadt, und als sich das Netz über seinen Kopf zusammenzieht, wird er triumphierend hochgezogen, findet seine Stimme wieder, und er schreit: «Nehmt eure stinkenden Hände von mir, verdammtes, schmutziges Affenpack!» Diese Szene hat mir immer gefallen. Sie erinnert mich an Alpträume, die ich in der Grundschule hatte, oder so was. Dann, als ich gerade duschen will, stoße ich auf König Krankheit (Ekelpaket des Abschlußjahrgangs '78 oder '79), der seine Scheißwäsche in meinem Badezimmer wäscht. Und der geht nicht mal aufs College hier. Besucht nur einen alten Lehrer. Ich muß dem Arschloch mit einer Flasche Sagrotan hinterherrennen. Heute abend finde ich nach dem Essen einen weiteren Zettel in meinem Kasten. Es steht eigentlich nicht viel drauf, außer vielleicht «Ich liebe dich» oder «Du bist sexy», solches Zeug. Ich dachte immer, es seien Späße, die Tony oder Getch in meinen Kasten legen, aber es waren zu viele, als daß man es für einen Witz halten konnte. Jemand hat *ernsthaftes* Interesse an mir. Mein Interesse ist *definitiv* geweckt worden.

Dann wieder im Booth nach dem Essen, Fernsehen in Getchs

Zimmer, und so ein großer Hippie mit fettigem Haar, Typ ewiger Student namens Dan, der letztes Semester Candice bumste, ist hier und unterhält sich mit Tony. Jedenfalls ist es ungefähr halb neun, und der Raum ist kalt, und ich fühle mich fiebrig. Tony und dieser Typ geraten in ein hitziges Streitgespräch über Politik oder so was. Es ist furchterregend. In seinem Vorstadium zur Trunkenheit ist Tony stinksauer, daß seine Aussage untergegangen ist, und Dan, der wie ein zwanzig Jahre alter, ungewaschener Läufer stinkt, bezieht sich dauernd auf linke Schriftsteller und nennt die Polizei von New York City «Nazis». Ich erzähle ihm, daß ich einmal von der New Yorker Polizei zusammengeschlagen wurde. Er lächelt und sagt: «Hier ist ein klassisches Beispiel.» Ich habe nur einen Witz gemacht. Ich fühle mich merkwürdig, mein Körper schmerzt. Ich sehe Leuten zu, die sich über die Nazis streiten. Es gefällt mir. Samstage sind das Letzte.

Jetzt, ich bin auf der Party und kann Candice nicht finden, also hänge ich am Faß rum, unterhalte mich mit dem Diskjockey, gehe auf die Toilette, aber irgendein Arschloch hat den ganzen Boden vollgekotzt, und ich will gerade gehen, als ich auf Paul Denton stoße, der den Flur entlangkommt, und ich kann mich vage daran erinnern, mich gestern abend mit ihm unterhalten zu haben, und ich nicke ihm zu, als ich mich von der vollgekotzten Toilette entferne, aber er steuert auf mich zu und sagt: «Oh, es tut mir so leid wegen heute abend.»

«Ja», sage ich. «Es tut mir leid.»

«Bist du geblieben?» fragt er mich.

«Geblieben? Ja», sagte ich. Wie auch immer. «Ich bin geblieben.»

«Mein Gott, das tut mir leid», sagt er.

«Hör mal, ist schon gut. Wirklich», sage ich zu ihm.

«Ich muß es wiedergutmachen», sagt er zu mir.

«Okay. Klar», sage ich. «Ich muß mal pissen gehen, okay?»

«Aber sicher. Ich warte», lächelt er.

Nachdem ich die Kotze vom Toilettensitz weggepißt habe, gehe ich wieder durch die Eingangshalle, und Denton steht immer noch mit einem frischen Bier für mich da. Ich danke ihm, was kann ich sonst auch tun, und wir gehen zurück ins Wohnzimmer, wo diese Verbindungsarschlöcher von Dartmouth in die Party geplatzt sind. Ich habe keine Ahnung, wie zum Teufel die auf den

Campus gekommen sind. Die Wachen müssen sie als Witz reingelassen haben. Und so kommen diese dummen, reichen Verbindungstypen, alle von Brooks Brothers eingekleidet, auf mich zu, während ich auf Denton warte, der noch ein Bier holen will, und einer von denen fragt mich: «Was läuft denn so?»

«Nicht viel», sage ich zu ihm. Es ist die Wahrheit.

«Wo ist die Bums-Klamotten-Fete?» fragt einer von ihnen.

«Die ist erst später», sage ich zu ihm.

«Heute abend?» fragt derselbe.

«Nächstes Semester», lüge ich.

«Ach du Scheiße, Mann. Wir dachten, *dies* hier wäre die Bums-Klamotten-Fete», sagen sie, echt enttäuscht.

«Es sieht wie eine Halloween-Party aus, wenn du mich fragst», sagt einer von ihnen.

«Freaks», sagt einer von ihnen, sieht sich um, schüttelt den Kopf. «Freaks.»

«Tut mir leid, Jungs», sage ich.

Denton kommt mit einem Bier wieder, und er reicht es mir, und wir unterhalten uns alle. Sie werden wirklich ganz aufgeregt, als der Diskjockey den alten Sam Cooke auflegt, und einer von ihnen schnappt sich ein nicht übel aussehendes Erstsemester und tanzt mit ihr, als «Twisting the Night Away» drankommt. Es macht mich krank. Die übriggebliebenen Deppen aus Dartmouth machen ein kleines Verbindungs-Handschlag-Tänzchen. Aus irgendeinem Grund tragen sie alle grün. Denton sieht sie sich genau an und fragt: «Wohnt ihr nicht alle weit weg?»

«Es ist nicht so weit zu fahren», sagt einer von ihnen.

Dann fragt Denton: «Also, wie ist es denn da draußen?»

Es ist ganz schön schwach, daß Denton diese Deppen überhaupt zur Kenntnis nimmt, aber ich sage nichts.

«Es ist cool», sagt einer von ihnen, der ein häßliches Mädchen entdeckt hat. Unsere Studentenschafts-Präsidentin.

«Ihr Typen seid ja wirklich mitten im Niemandsland», sagt einer der Brillanteren.

Denton lacht und sagt: «Irgendwie.»

«Hanover ist eine wirklich wuchernde Metropolis», murmele ich laut.

«Ich könnt schwören, daß das hier aussieh, wie eine gottverdammte Halloween-Party», sagt einer von ihnen wieder, und sie hängen mir zum Hals raus, und, okay, vielleicht sieht dies hier so aus, aber deswegen haben diese Arschlöcher noch lange kein Recht, also muß ich ihnen sagen: «Nein, es ist keine Halloween-Party. Es ist die Bums-Fete.»

«Ach ja?» Sie ziehen alle die Augenbrauen hoch und knuffen sich in die Seite. «Wir sind bereit.»

«Ja. Bückt euch und laßt euch ficken», höre ich mich sagen.

Sie sehen mich an, als wäre ich verrückt, und gehen weg, nicht ohne zu sagen, wie «pervers» ich sei. Ich weiß nicht einmal, warum ich das gesagt habe. Ich sehe Denton an, und er lacht, aber als er sieht, daß ich nicht lache, hört er auf. Es wird spät, und Candice ist nirgends zu finden, und das Faß geht zur Neige. Denton sagt, warum gehen wir nicht auf mein Zimmer, schließlich hätte er Bier dort. Und ich bin ein wenig erschöpft, also sage ich, warum nicht. Ich vergewissere mich, daß ich den Pot dabei habe, den ich am frühen Nachmittag geholt habe, als ich bei Roxanne war, um für ein paar Mädchen aus dem ersten Semester im McCullough zu kaufen. Wir verlassen die Party und gehen ins Welling.

PAUL Nachdem wir von unserem kleinen Ausflug ins Krankenhaus zurückgekehrt waren, ging ich auf mein Zimmer und überlegte, was ich tun sollte. Zuerst rief ich das Casa Miguel an und ließ Sean ausrufen. Er war nicht da. Er war schon gegangen. Ich saß auf meinem Bett und rauchte ein paar Zigaretten. Dann ging ich in den Pub, zuerst ganz vorsichtig. Ich sah mich nicht im Raum um, bevor ich an der Bar angelangt war. Harry war schon dort, hatte sich erholt, ließ sich sogar noch weiter vollaufen neben der Musikbox mit David Van Pelt. Ich holte mir ein Bier, aber trank es nicht, dann folgte ich ein paar Leuten rüber ins Booth (es wurde langsam zu kalt für Parties am ‹End of the World›), um Sean gegenüberzutreten. Es war trotz allem eine Party.

Die Party war schon voll im Gange, als ich dort ankam. Raymond stand herum, aber ich wollte mich nicht mit ihm unterhalten. Er kam trotzdem zu mir und fragte, ob ich einen Drink wolle.

«Ja.» Ich reckte den Hals, um die Tanzfläche zu überblicken.

«Was möchtest du? Ich kenne den Barkeeper.»

«Rum und irgendwas.»

Er ging fort, und dann erblickte ich Sean. Von da, wo ich in dem abgedunkelten Wohnzimmer des Booth stand, konnte ich ihn in dem Licht sehen, das aus der Toilette am Ende des Ganges kam. Er stand in der Tür und hatte ein Bier in der einen Hand und eine Zigarette in der anderen. Er versuchte, etwas von seinem Stiefel wegzukicken. Er sah mich einen kurzen Moment lang und wandte sich dann schüchtern ab. Ich fühlte mich schuldig wegen unserer Begegnung gestern abend – ihm zu sagen, ich hätte im letzten Semester drei Kurse nicht bestanden, weil ich dachte, er sähe toll aus, und ich wolle mit ihm schlafen. Ich hatte im letzten Semester alle Kurse bestanden. (Sean gestand mir später, er hätte alle vier nicht bestanden. Ich konnte mir wirklich nicht vorstellen, daß jemand in Camden vier Kurse nicht besteht, geschweige denn einen. Ich schätze, diese Vorstellung erschien mir so irrational, daß ich ihn auf eine perverse Art noch attraktiver fand.) Er war mir am Abend zuvor näher gekommen, daran gab es keine Zweifel, und das war alles, worauf es wirklich ankam. Von da, wo ich stand, sah er ein wenig wie ein Rockstar aus, der ohne es zu wissen, von einem Video eingefangen wird. Vielleicht ein wenig wie Bryan Adams (ohne die Aknenarben, obwohl die manchmal sexy sein können, zugegeben). Ich ging zu ihm hin und sagte ihm, wie leid es mir täte.

«Ja», sagte er, während er bescheiden auf den Boden sah und immer noch versuchte, etwas von seinen Stiefeln wegzukicken. Ich fragte mich plötzlich, ob er katholisch sei. Meine Stimmung stieg: Katholische Jungen machen gewöhnlich alles. «Mir tut es auch leid.»

«Bist du dageblieben?» fragte ich ihn.

«Dageblieben? Ja, ich glaube», gab er zu, verlegen, verwirrt. «Ich bin dageblieben.»

«Es tut mir wirklich, wirklich leid», sagte ich.

«Oh, mach dir keine Sorgen. Es ist okay. Ein anderes Mal», sagte er.

Ich kam mir so beschissen vor, weil ich unsere Verabredung ruiniert hatte, daß eine Welle der Sympathie (oder der Geilheit: die beiden waren austauschbar) mich durchströmte, und ich sagte: «Ich werde es wiedergutmachen.»

«Das mußt du nicht», sagte er, obwohl man sehen konnte, daß er das nicht sagen wollte.

«Das weiß ich, aber ich will. Ich bestehe wirklich darauf.»

Er sah zu Boden und sagte, er müsse auf die Toilette gehen, und ich sagte, ich würde warten.

Ich fragte mich, ob wir wohl heute nacht zusammen schlafen würden, aber dann schob ich den Gedanken beiseite und tat so, als wäre ich rational in dieser ganzen Geschichte. In der Zwischenzeit kamen vier prächtige Jungs aus Dartmouth auf die Party. Als ich wieder zum Faß ging, um noch ein Bier für Sean zu holen (und wenn das das einzige wäre, würde ich ihn wenigstens erfolgreich betrunken machen), gingen sie alle zu ihm hin und fingen ein Gespräch an. Als ich ihm das Bier reichte, fast beschützend, ging der Bestaussehende von denen mit der Präsidentin der Studentenschaft einen tanzen («Die Vagina-Dame», schien Raymond sie dauernd zu nennen). Die Jungs aus Dartmouth dachten, dies sei die jährliche Bums-Klamotten-Fete, und sie waren recht enttäuscht, daß sie den ganzen Weg von Hanover hergefahren waren, um auf dem frühen Halloween-Ball in Camden zu landen. Sie sagten das sarkastisch, und ich fand es ein bißchen gemein. Aber ich fragte sie flirtend: «Seid ihr nicht alle ein bißchen weit weg?»

«Es ist eigentlich nicht allzu weit weg, schätze ich», sagte der Blonde.

«Also, was läuft denn so in der wirklichen Welt?» fragte ich lachend.

«Es ist cool», sagte der eine mit dem leichten Doppelkinn.

«Dasselbe Zeug», sagte ein anderer.

«Ihr Leute seid irgendwie mitten im Niemandsland, nicht wahr?» fragte der Blonde. Sie sahen alle auf die Tanzfläche und nickten mit den Köpfen.

«Irgendwie», sagte ich.

Dann machte Sean eine rüde Bemerkung, die ich nicht hören konnte. Mir war klar, daß ich Sean eifersüchtig machte, wenn ich mich mit diesen Kerlen unterhielt, also hörte ich sofort auf, mit ihnen zu reden. Aber es war zu spät. Er war so eifersüchtig, daß er schließlich grob zu ihnen wurde. Er sagte, es sei die Bums-Fete, und sie sollten sich vorbeugen und ficken lassen. Ich hoffte, daß ich nicht den Ahnungslosen spielte, aber es war irgendwie erotisch, ihn das sagen zu hören, dennoch zeigte ich noch keinerlei Emotion. Ich befürchtete, daß die Dartmouth-Jungs ihn schlagen würden (eigentlich mich), aber sie gingen einfach weg, zu sprachlos, um etwas zu sagen, ihr Verdacht diesen Laden betreffend wurde von Seans kecker Aktion bestätigt. Nach einer Weile, als es auf Mitternacht zu ging, fragte ich ihn, ob er mit auf mein Zimmer kommen wollte. Ich hatte Raymond gebeten, auf dem Rückweg vom Krankenhaus bei Price Chopper anzuhalten, damit ich eine Sechserpackung Bier kaufen könne, eigens für diesen Anlaß. Aber ich war mir nicht sicher, ob wir überhaupt zum Trinken kommen würden, denn er war inzwischen schon ganz schön betrunken. Zuerst vergewisserte ich mich, daß er Interesse hatte, indem ich ihn fragte, ob er zuerst auf sein Zimmer gehen wolle.

«Könnten wir», sagte er. «Mein Zimmergenosse ist viel weg. Seine Freundin lebt außerhalb des Campus, deshalb ist er oft bei ihr.» Er sprach undeutlich. Selbstvergessen stieß er gegen den Drink von irgendwem.

«Hast du überhaupt Alkohol da?» fragte ich lachend.

«Ich habe Alkohol?» fragte er sich selbst. «Habe ich?»

«Hast du?» fragte ich.

«Ich habe... keinen», sagte er und fing auch an zu lachen.

«Gehen wir auf mein Zimmer», sagte ich. «Ich habe Bier.»

Wir gingen aus dem Booth, an den Dartmouth-Jungs vorbei. Jemand hatte an ihren Rücken Papierschnipsel mit der Aufschrift «Arschloch» befestigt. Wir machten uns auf ins Welling.

«Bist du katholisch?» fragte ich ihn.

Wir spazierten eine Weile, bevor er endlich antwortete. «Ich kann mich nicht erinnern.»

LAUREN Ich weiß nicht, warum ich mit Franklin schlafe. Vielleicht, weil Judy ihn mag, oder einfach gelegentlich mit ihm schläft. Vielleicht, weil er groß ist und braunes Haar hat und mich an Victor erinnert. Vielleicht, weil wir auf einer Samstagabend-Party sind, und es dunkel ist, und ich mich langweile, aber was soll ich denn überhaupt hier im Booth. Ich hätte es wissen sollen. Vielleicht, weil Judy nach Manchester ins Kino gefahren ist. Ich weiß nicht. Vielleicht, weil, als ich den Jungen aus L. A. nach dem Lyrikseminar bat, sich zum Abendessen heute mit mir an der Getränkeausgabe zu treffen, er nicht auftauchte, und als ich ihn später im Booth sah, sagte er mir, er dachte, ich hätte das Beverly-Center gemeint. Ich weiß nicht. Vielleicht, weil Franklin ... einfach da ist. Aber er ist nicht die einzige Möglichkeit. Da ist noch der süße Franzose, der zu mir herkommt und mir sagt, daß er mich liebe. Aber er erinnert mich daran, daß ich vielleicht nach Europa fahren sollte und Victor einfach finden und ihn mit nach Hause bringen. Aber was würde das schon ausrichten? Wir reden, Franklin und ich. Aber nicht über viel. Ein paar toll aussehende, aber äußerst höfliche Dartmouth-Typen sprengen die Party. (Woher willst du wissen, daß sie aus Dartmouth sind? fragt Franklin. Sie tragen grüne Sachen, erkläre ich ihm. Franklin nickt beeindruckt und überlegt, was unsere Schulfarbe ist. Leicht, schätze ich, schwarz.) Ich hoffe wirklich (aber eigentlich nicht), daß Judy zurückkommt, und ich nicht bei dieser Sache lande. Wir tanzen zu ein paar Oldies. Er zahlt für die Drinks, die er mir bringt. Wenn er schwitzt, sieht er wirklich sehr gut aus. Wovon rede ich denn? Das ist doch Judys Stecher. Aber dann werde ich wütend auf ihn: Was für ein Depp, Judy so zu betrügen. Aber ich werde betrunken und zu müde, um zu streiten, und ich drücke mich in seine Arme, und er weiß nicht so recht, was er mit mir machen soll. Ich entschließe mich, alles ihm zu überlassen. Gehen zurück auf sein Zimmer. Wie leicht dies alles ist. Wird Judy es je erfahren? Wird es ihr überhaupt etwas ausmachen? Mag sie nicht seinen Zimmergenossen viel lieber? Michael? Stimmt. Ich blicke auf Michaels Seite des Zimmers: Ein Farn, ein Druck von Hockney, Poster von Mikhail Baryshnikov. Ganz bestimmt nichts für dich, Judy. Vergiß ihn. Dadurch fällt mir wieder ein Junge ein, in den ich letztes Semester verliebt war, und Teile des letzten Sommers. V. V. Die Zeit vor Victor. Und vielleicht ist das der Grund, warum ich mit Judys Liebhaber ins Bett gehe. Aber sie hätte hier sein sollen, um ihn davon abzuhalten. Und vielleicht hätte er meinen Nacken nicht so berühren sollen, eine grausame, aber vertraute Empfindung. Schon bevor er in mir ist, weiß ich, daß ich mit ihm nie wieder schlafen will. Und vielleicht erinnert Franklin mich an diesen verlorenen Freund, was gut ist, aber vielleicht auch schlecht, und jetzt sind wir im Bett, tatsächlich auf dem Bett.

«Was ist mit Judy?» frage ich, fasse nach hinten und spüre die Knoten und Schlingen in seinen Schultern.

«Sie ist in Manchester.» Er hat starke Finger.

Das scheint eine ausreichende Antwort zu sein.

PAUL Ich benutzte die ‹Toter-bester-Freund-Geschichte›. Das schien mir besser, als die Freundin-mit-Krebs-Geschichte zu benutzen oder die Lieblingstante-die-Selbstmord-begangen-hat-nachdem-der-Lieblingsonkel-gestorben-ist-Geschichte, welche beide allzu melodramatisch wirkten. Ich erzählte ihm von «Tim», der bei einem «Autounfall» auf einer «Straße in der Nähe von Concord» von einem «betrunkenen Tankwart» getötet worden war. Das erzählte ich ihm, als wir unser erstes Bier getrunken hatten, und ich hinreichend betrunken war.

Er sagte: «Herrje, das tut mir leid.»

Ich hielt meinen Kopf gesenkt und bebte vor Erregung. «Es ist so furchtbar», sagte ich.

Er stimmte zu, entschuldigte sich für einen Augenblick, um auf die Toilette zu gehen.

Ich fuhr hoch und prüfte mich im Spiegel, dann nahm ich mir eine von seinen Zigaretten, die auf meinem Schreibtisch lagen, eine Parliament. Dann setzte ich mich wieder hin, in einer passenden, lässigen Position auf das Bett und drehte das Radio an. Nichts Gutes kam, also legte ich eine Kassette auf. Als er zurückkam, fragte er mich, ob ich etwas Pot mit ihm rauchen wolle. Ich sagte nein, aber es wäre mir recht, wenn er welches wolle. Er saß auf dem Stuhl neben dem Bett. Ich saß auf der Bettkante. Unsere Knie berührten sich.

«Wo hast du den Sommer verbracht?» fragte ich.

«Oh, den letzten Sommer?» sagte er und zündete sich die kleine Pfeife mit einem Feuerzeug an, das kaum funktionierte.

«Ja.»

«Berlin.»

«Wirklich?» Ich war beeindruckt. Er war in Europa gewesen.

«Ja. Es war okay», sagte er, während er ein anderes Feuerzeug suchte.

«Wie sind die Clubs da?» fragte ich und langte in meine Tasche. Ich reichte ihm ein paar Streichhölzer.

«Gut, schätze ich», lachte er und saugte an der Pfeife. «Clubs?»

«Ja? Sprichst du deutsch?» fragte ich.

«Deutsch? Nein», sagte er lachend. Seine Augen waren ganz rot. Er zog sein Sakko aus.

«Nein?»

«Nein. Warum?»

«Nun, ich hab es nur angenommen, weil du den Sommer in Berlin verbracht hast, dachte ich...» meine Stimme erstarb, und ich lächelte.

«Nein. Berlin, New Hampshire.» Er untersuchte die Pfeife; er schniefte dran, dann füllte er noch mehr Pot ein. Es roch schlecht, dachte ich.

«Es gibt ein Berlin hier?» fragte ich.

«Klar doch», sagte er.

Ich sah ihm zu, wie er die Pfeife auffüllte, inhalierte, mir dann die Pfeife reichte. Ich schüttelte den Kopf und zeigte auf das Beck's in meiner Hand. Er lächelte, kratzte sich am Arm und ließ eine dicke Rauchsäule heraus. Ich hatte nur meine Schreibtischleuchte an, daher war es dunkel im Zimmer, und es fing an, verhangen, traumgleich, verraucht zu werden. Ich beobachtete die wachsende Intensität, mit der er die Pfeife nachfüllte, seine Finger fingerten sachte mit etwas, das in meinen Augen wie getrocknetes Moos aussah. (Er versicherte mir, es sei «Gras der Spitzenklasse».) Und da verblüffte es mich, daß Sean mir gefiel, weil er, nun, weil er nuttig aussah. Ein Junge, der schon etwas erlebt hat. Ein Junge, der sich nicht erinnern konnte, ob er katholisch war oder nicht. Das sprach etwas Grundlegendes in mir an, obwohl ich nicht wußte, was.

Ich nahm mir noch eine Parliament und bat ihn, sich aufs Bett zu setzen.

«Ich muß erst noch auf die Toilette gehen», lächelte er scheu und ging.

Ich zog mein Sakko aus und schob noch eine Kassette in den

Recorder. Dann entschloß ich mich, die Schuhe auszuziehen. Ich betrachtete mich ein weiteres Mal im Spiegel und fuhr mit der Hand durch mein Haar. Ich machte noch ein Bier auf, obwohl ich es nicht brauchte. Fünf Minuten später kam er wieder. Was hat er da gemacht, fragte ich mich.

«Warum hast du so lange gebraucht?» fragte ich.

Er stand da und zog die Tür zu, dann lehnte er sich dagegen, der Balance wegen.

«Ich mußte jemand anrufen.» Er fing an zu lachen.

«Wen?» fragte ich lächelnd.

«Jerry», sagte er.

«Welchen Jerry?» fragte ich.

«Jerry Garcia», sagte er, immer noch lächelnd.

«Wer ist Jerry Garcia?» fragte ich. Sein Zimmergenosse? «Wohnt er im Booth?»

Er sagte gar nichts und hörte auf zu lächeln. War er ein Liebhaber? Was?

«Ich fick dich nur ins Hirn», sagte er, flüsterte er eigentlich.

Es herrschte ein langes Schweigen. Ich trank das Bier. Wir hörten Musik. Ich fing an zu zittern. Schließlich sagte ich: «Ich habe nicht damit gerechnet, daß du mitkommst.»

«Ich auch nicht», sagte er verwirrt und zuckte mit den Schultern.

«Komm her.» Ich gab ihm ein Zeichen.

Er sah zu Boden. Er berührte seinen Nacken.

«Komm her», sagte ich und klopfte aufs Bett.

«Ähm, laß uns eine Weile reden. Was hast du für deine S. A. T. s bekommen?» Er war nervös und schüchtern, und ich wollte mir nicht wie der Anstifter vorkommen.

«Komm *hierher*», drängte ich.

Er bewegte sich langsam aufs Bett zu.

«Ähm», fing er nervös an. «Wie denkst du über... Atomwaffen? Den Atomkrieg?»

«Hierher.« Ich rutschte zur Seite, so daß Platz da war, aber nicht zu viel.

Auf der Kassette war etwas Romantisches. Ich vergesse, was es genau war, vielleicht Echo and the Bunnymen oder «Save a Prayer», aber es war etwas, das üppig klang und langsam und angemessen. Er setzte sich neben mich. Und ich sah ihn an und sagte:

«Du bist auch nicht anders. Du bist genau wie ich, stimmt's?» Ich zitterte immer noch. Er auch. Meine Stimme zitterte. Er sagte gar nichts.

«Du bist auch nicht anders», sagte ich noch einmal. Es war jetzt keine Frage mehr. Ich lehnte mich weiter vor. Er roch nach Pot und Bier, und seine Augen waren wäßrig und blutunterlaufen. Er blickte auf seinen Stiefel, drehte sich mir zu, dann sah er wieder zu Boden. Unsere Gesichter berührten sich beinahe, und dann küßte ich ihn auf die Seite seines Mundes und zog mich zurück, in Erwartung einer Reaktion. Er sah immer noch auf seine Stiefel. Ich berührte sein Bein. Er atmete schwer. Unsere Blicke begegneten sich ungefähr fünf Sekunden lang. Die Musik schien lauter zu werden. Mein Gesicht fühlte sich heiß und rot an. Ich fuhr mit der Hand hoch. Er spreizte seine Beine leicht und sah mich herausfordernd an. Ich küßte ihn noch einmal. Seine Augen schlossen sich.

«Tu nicht so, als täten wir das hier nicht», sagte ich zu ihm.

Ich fuhr mit der Hand seine Jeans hoch, war nicht sicher, ob ich an seinem Knie oder Schenkel oder nahe am Schritt war. Ich beugte mich langsam vor. «Komm her», sagte ich. Ich versuchte, ihn wieder zu küssen. Er wich zurück. Ich kam näher. Er bewegte seinen Kopf ein wenig auf mich zu, die Augen auf den Boden gerichtet. Und dann war sein Mund auf meinem. Er hielt inne und atmete ein, und dann küßte er mich heftiger diesmal. Dann legten wir uns beide zurück, streckten uns auf dem Bett aus, er lag leicht auf mir. Wir küßten uns weiter. Ich konnte eine Toilettenspülung hören, dann Fußschritte, die den Flur entlanglatschten. Ich hob eines meiner Beine vorsichtig, dann langte ich unten hin und knöpfte seine Jeans auf, dann schob ich meine Hand unter sein Hemd. Sein Körper war dünn und straff, und er schob sich auf mich. Seine Hose und seine Unterhose waren halb ausgezogen, meine auch, so rieben wir uns aneinander, unsere Hände unterbrachen es gelegentlich, Hände, die wir abgeleckt oder auf die wir gespuckt hatten. Die Federn in der Matratze quietschten rhythmisch, als unsere Körper sich zusammen in der Dunkelheit bewegten. Ich küßte sein Haar, seinen Scheitel. Die Federn und unser Atmen, das in schweren Seufzern und Keuchern kam, waren die einzigen Geräusche im Zimmer, nachdem das Tonband sich ausgeschaltet hatte. Wir kamen zusammen, oder annähernd, und lagen lange Zeit so da, bewegten uns kaum.

SEAN Gehen in Dentons Zimmer. Wir trinken ein paar Kühle und rauchen etwas Pot und reden, aber ich komme mit der Tod-des-Freundes-Geschichte nicht klar, und der Duran-Duran-Musik und seinem abartigen Starren, also reden wir noch ein bißchen länger, und ich bin langsam ziemlich zugeknallt. Dann gehe ich und ziehe noch auf dem Campus herum. Im Stokes ist noch ein Faß, weil die Party im Booth gestorben ist. Auf der Toilette sehe ich ein Graffiti, das über mich geschrieben wurde, und versuche, mich zu erinnern, ob es stimmt. Der Typ aus L. A. steht im Gang, er hat Shorts an und eine Sonnenbrille und ein Polohemd. Er lächelt nicht, als ich an ihm vorbeigehe, sagt nur, «Hey, Macker.» Eines der Mädchen, das ich früher mal abgeschleppt hatte, das einen kurzen Punk hat und viel schwarzen Kajal trägt und sich eine Schlange namens Brian Eno hält, lehnt an einer Lava-Lampe, ruft mich zu sich, und wir unterhalten uns über die Schlange. Ihre Freundinnen gesellen sich zu uns, alle high von Ecstasy, aber sie haben keins übrig. Ich bin viel zu high, um mich zu beschweren. Getch ist da, er ist total zugeknallt und erzählt mir, daß die Babies, die den Krippentod sterben, die Gescheiten seien, weil sie intuitiv wüßten, wie schrecklich das Leben sei und diese Möglichkeit des Abgangs wählten. Ich frage ihn, wer ihm dieses Info gesteckt hätte. Die Musik ist echt laut, und ich bin nicht sicher, ob er mir sagt, es sei Freud oder Tony gewesen. Ich gehe, spaziere auf dem Campus herum, suche nach Zigaretten, suche Deidre, Candice, sogar Susan. Dann bin ich in Marcs Zimmer, aber er ist fort, weg, Vergangenheit, Dampf.

LAUREN Liege im Bett. Franklins Zimmer. Er schläft. Keine gute Idee. Judy könnte jeden Augenblick reinkommen. Ich sollte gehen, bevor der schwule Zimmergenosse zurückkommt, und ich kann nicht aufhören, an Victor zu denken. Lieber, lieber Victor, ich liege heute abend in den Armen von jemand anderem. Ich erinnere mich an eine Nacht im letzten Semester. Es war ein Mittwoch, und du saßest da in deinem Zimmer und schriebst deine alberne Hausarbeit für ein albernes Seminar, und mir tat es leid, daß ich der Grund für eine Verzögerung in deiner Arbeit war. O Victor, das Leben ist merkwürdig. Ich tippte etwas in deinem Zimmer, und ich schrieb so viele Wörter falsch, aber ich wollte dich nicht unterbrechen und verärgern mit gegenseitigen Korrekturen. O mein Gott. Das klingt wie eine tiefe Einsicht in meinen Ohren! Das Leben ist wie ein typographischer Fehler: Wir schreiben pausenlos und schreiben uns die Dinge gegenseitig neu. Bist du hier derselbe, der du in Europa bist? Ich weiß es nicht. Letzten Sommer hast du mir gesagt, du seist es. Es würde mich fürchterlich aufregen, wenn du es nicht wärst; wenn ich bei dir wäre, und du wärst abgehoben auf irgendeinem anderen Stern. Das wäre nicht gut. Du wolltest eine Pizza holen und nicht auf die Feuchter Mittwochs-Party im Welling gehen an diesem Abend, weil du «Dynasty» und die Letterman-Show nicht verpassen wolltest. Ich erinnere mich sehr gut an diese Nacht. Starrte andauernd auf dein *Diva*-Poster. Ich hätte niemals so halbwegs betrunken werden dürfen. Es war ganz schroff. Ich mochte den Song wirklich der gerade spielte. Es war wirklich wunderbar, daß du dir das Band anhörtest, das ich ganz allein für dich gemacht hatte, aus Bändern aus Paris, aber wenn ich mich jetzt daran erinnere, deprimiert mich dieser Song, zumal es irgendwo im Booth einen Franzosen gibt, der in mich verliebt ist. O Victor, ich vermisse dich. Diese Nacht im letzten Semester, als du nicht auf die Party gehen wolltest, ich aber, weil es da einen Jungen gab, in den ich verliebt war, und mit dem ich mich traf, und du sagtest, er sei eine Tunte, also würde das nicht zählen, und du hattest halb recht, aber mir war es egal. Ich rauchte Zigaretten statt dessen.

«Hast du Feuer?» fragte ich dich.

Du durchwühltest eine sehr hübsche Lederjacke. «Ja.» Warfst mir Streichhölzer zu.

«Danke», sagte ich und wandte mich wieder der Schreibmaschine zu, um dir eine scheinbar bedeutungslose Mitteilung zu schreiben. Dir. Dir, der du so beschäftigt damit warst, Trugschlüsse für einen schwarzen Mann zu kritzeln, der immer eine Sonnenbrille trägt, die deine Augen reflektiert, auch wenn es draußen stürmt. Welches Seminar war das? Elektronischer Jazz? Hmmmm, dachte ich, was sind das für Papiere auf deinem Schreibtisch, herumgedreht? Aber da ich nun mal deine Privatsphäre respektierte, rührte ich sie nicht an oder fragte dich nicht danach. Ich bin sicher, daß du nicht wolltest, daß ich etwas von ihrer Existenz wußte. Auf deinem Schreibtisch lag eine Rolle Klopapier, ein Tütchen voll mit bestem Pot aus Hawaii und ein Exemplar des *Book of Rock Lists*. Ich fragte mich, was das alles zu bedeuten hätte. Ich hatte kein Papier mehr. Vielleicht hätte ich fragen sollen, ob du bald fertig sein würdest, aber ich starrte dich statt dessen nur an.

«Was willst du?» fragtest du, als ich dich anstarrte, um den Stand deiner Arbeit zu erfahren.

«Papier», sagte ich, weil ich deine Gedankengänge nicht unterbrechen wollte.

«Hier», warfst du mir ein Stück Notenpapier zu.

«Bist du bald fertig?» fragte ich.

«Wie spät ist es?» fragtest du und mir wurde klar, daß du mir gesagt hattest, du seist fertig bis zehn.

«Du hast noch eine Minute», sagte ich zu dir.

«Scheiße», sagtest du.

So gingen unsere Tage dahin, Victor. Es schien mir immer so, als wäre nur noch eine Minute Zeit, die ganze Zeit... Das gibt gar keinen Sinn, besonders, da wir nicht oft, also, ich schätze, daß das nicht stimmen könnte und, also...

(Herrgott, ich und Franklin, und was ist mit Judy? Das ist nicht gut.)

Also... vielleicht sollte ich keine Werturteile fällen. Paul wurde einmal sehr wütend auf mich, weil ich Urtheil nicht richtig buchstabieren konnte (siehst du?) Scheiße. Uhrteil. Das ist auch falsch. Tatsächlich verstehe ich jetzt, warum er wütend wurde. Jaime las den Brief, und ich wußte, daß du sie liebtest und nicht mich (dann aber doch im Sommer), und es hätte dir egal sein können, ob ich mit der Schwuchtel ausging oder nicht. Jaime fragte, für wen denn der Brief sei. Ich sagte ihr, er sei für dich. Jaime war eine Hure. Das ist meine Meinung. Sie ist eine... okay, vergiß es. Es lohnt sich nicht. Ich bin sehr müde. Das ist alles. Der ganzen Geschichte überdrüssig. Jedenfalls, lieber Victor, ist es genug. Ich werde aufhören, an dich zu denken. Ich habe diesen Brief nie unterschrieben. Ich habe ihn dir niemals je gegeben. Erinnere nicht einmal mehr, was drinstand. Ich hoffe nur, du erinnerst dich, wer ich bin. Vergiß mich nur nicht...

Wie angespannt das klingt, denke ich von mir selber. Ich sehe zu Franklin rüber.

Unbeweglich, unbewegt, verbringe ich den Rest der Nacht mit ihm, im Bett.

Aber ich gehe nicht zum Frühstück mit ihm.

BERTRAND Auf dieser Fete mußte ich dir einfach näherkommen. Ich habe zuviel Tequila getrunken und vielleicht zuviel Pot geraucht, aber das heißt ja nicht, daß ich dich nicht liebe. Doch nachdem ich's dir gesagt habe, bin ich ans ‹End of the World› gelaufen und hab mich übergeben. Gestern haben Beba, meine kleine Freundin, und ich uns getrennt. Du warst einer der Gründe dafür (also Beba weiß nicht, daß ich dich will), aber nicht der einzige. Ich fühle mich schon eine ganze Weile von dir angezogen. Ich bin nicht verrückt, aber du interessierst mich, und ich habe ein paar Fotos von dir, mit abwesendem Blick, gemacht. Ich kann nicht glauben, daß du mich nicht bemerkt hast. Wenn du gestern abend mit mir gekommen wärst, hätte ich dich glücklich gemacht. Ich hätte dich glücklich machen können. Viel glücklicher als dieser Typ, mit dem du gestern abend abgezogen bist. Schlimmstenfalls könnte ich immer noch nach Paris zurückgehen und bei meinem Vater leben. Amerika jedenfalls ist beschissen. Wir beide lieben uns in der Villa meines Vaters in Cannes. Ich gebe meinen Job als Redakteur bei *Camden Courier* auf. Vielleicht sind dir ja meine Artikel aufgefallen. «Wie kann man Herpes vorbeugen?» und «Positive Folgeerscheinungen der Ekstase». Nicht, daß du mich in Gedanken permanent verfolgst. Ich könnte hier irgendein Mädchen, das ich gerade will, haben (ich hätte es fast soweit kommen lassen), aber deine Beine sind tadellos, besser als die aller anderen Mädchen, und deine Haare sind so blond und weich, die schönsten von allen, auch dein Gesicht ist vollkommen. Ich weiß nicht, ob deine Nase operiert wurde, aber sie sieht perfekt aus. Deine Gesichtszüge sind wirklich vollkommen. Ich versuch's vielleicht noch einmal. Aber nächstes Mal geh ich nicht weg. Denk dran, daß ich dich glücklich machen könnte. Ich kann gut vögeln, und ich hab die Platin-Kreditkarte. Ich nehme an, du hast sie auch. Deine Beine sind fabelhaft, besser als die jeder anderen. Welche Farbe haben deine Augen? Die Fotos, die ich gemacht habe, sind alle schwarz-weiß. Ich möchte dieselben Kurse belegen wie du, aber ich fotografiere und du ... hm? Kunst? Du bist sexy. Wenn ich wüßte, daß sich einer so in dich verliebt hat wie ich, und du für ihn das gleiche empfändest wie für mich, würde ich gehen. Ich würde zurückgehen. Ganz bestimmt.

PAUL Die Tage gingen so schnell vorbei, daß die Zeit stillzustehen schien. Während der nächsten Wochen war ich nur mit ihm zusammen. Ich hörte auf, die Kurse Darstellung II, Improvisationsworkshop, Kulissenbau und Genetik zu besuchen. Von denen schien mir sowieso keiner wesentlich. Mindestens nicht so entscheidend wie er. Ich war in einer traumähnlichen Trance, aber sie war spannungsgeladen und befriedigend. Ich lächelte immer, sah wie ein ewig Betrunkener aus, obwohl ich aufhörte, soviel Bier zu trinken, wie ich gewöhnlich konsumierte, da ich keinen Bierbauch bekommen wollte. Statt dessen trank ich Wodka.

Was machten wir beide zusammen? Ich hing meistens mit ihm herum und sonst niemand. Ich machte ihn nicht mit Raymond oder Donald oder Harry bekannt, und er stellte mich nicht seinen Freunden vor. Er brachte mir bei, Quarters zu spielen, und ich lernte, diese Münze mit solchem Geschick und solcher Gewandtheit in die mit Faßbier gefüllten Becher zu schmeißen, daß wenn wir spielten, entweder mit Tony zusammen, oder auch nur allein, er gewöhnlich breit wurde, und ich saß relativ nüchtern da, trank warmen Absolut und stierte vor mich hin. Und er war dann schockiert, daß ich es so schnell gelernt hatte, und er fing an, alleine zu üben, um mit mir Schritt zu halten.

Es war eine Zeit, in der ich alte Liebhaber traf, ohne mich aus der Situation herauswinden zu müssen, denn ich war so zuversichtlich über diese neue Romanze. Immer wenn ich einem begegnete, im Commons oder auf einer Party, oder wenn Sean und ich in der Stadt waren, oder am ‹End of the World› saßen und zusahen wie aus dem Herbst ein Winter wurde, errötete ich nicht mehr oder sah weg. Ich nickte dann ein Hallo, lächelte und wandte mich dem zu, was immer ich gerade tat, ohne zusammenzuzucken. Wenn ich auf Parties dem Vergnügungskommitee beim Aufbau half (das tat ich nur wegen Sean), Fässer reinrollte und die Lautsprecher aufbaute, flirtete ich nicht, wollte nicht einmal mehr jemand anderes ansehen. Nicht, daß ich die Leute nicht mehr wahrnahm, mit denen ich geschlafen hatte. Nein, sie schienen sogar noch mehr herauszuragen, und ich war nur erleichtert, daß ich nicht mit ihnen zusammen war, sondern statt dessen mit Sean.

Da sein Zimmergenosse Bertrand («Ein hochnäsiger Franzmann», so sagte er) entweder zum Einkaufen in New York war an den Wochenenden oder in der Wohnung seiner Freundin außerhalb des Campus, hatten wir das Zimmer für uns, was gut und schlecht war. Gut, weil es in einem Haus war, wo gewöhnlich eine Party stattfand, irgendeine Party, an jedem Abend in der Woche, und so war es nett, sich im Booth einen anzutrinken, im Wohnzimmer, oder wenn es nicht schneite oder regnete oder kalt war, draußen auf der Veranda, und dann die Treppen hoch zu gehen zu diesem Zimmer am Ende des Flurs. Es war gleichzeitig schlecht, weil er befürchtete, daß die Leute uns hören würden, deshalb fing er an zu spinnen und mußte noch viel mehr trinken, bevor überhaupt eine Art Vorspiel beginnen konnte.

Nach dem Sex (während wir es trieben, war er wahnsinnig, ein ungezähmtes Tier, es war beinahe furchterregend) waren wir beide wie ausgehungert, und dann fuhren wir auf seinem Motorrad zum Price Chopper. Er hatte immer einen Extrahelm da. Ich legte meine Arme fest um seine schlanke Taille, und er raste den College Drive hinunter Richtung Supermarkt. Waren wir dort, dann spielte er erst ein paarmal Joust auf den Videogeräten nahe am Eingang, und ich kaufte den Scheibenkäse, die schlechte Salami, die er so mochte, Roggenbrot für ihn, das Vollkorn-Weizenbrot für mich, und, wenn es vor zwei Uhr war, die unvermeidliche Sechserpackung Genny oder Bud. Ich mochte Beck's lieber, aber er sagte, es sei zu teuer, und er hätte nicht genug Geld. Die meiste Zeit gefiel es ihm zu klauen. Er liebte es so sehr, daß ich ihn beruhigen mußte. Wir machten es nur mitten in der Nacht, wenn niemand da war, nur eine Kasse geöffnet war, und die Jungs von der Nachtschicht hinten ihre Dosen auspackten, während Tom Rush aus den Lautsprechern kam, aus denen tagsüber Muzak tönte. Ich hatte gewöhnlich meinen langen Lodenmantel an, den ich im Heilsarmeeladen in der Stadt gekauft hatte, und er trug seine Lederjacke mit dem scharfen Pelzkragen, die erstaunlich große Taschen hatte, und wir gingen ganz entspannt an der Kasse vorbei, mein Mantel und seine Jacke waren vom Gewicht der Zigaretten, Weinflaschen, der Häagen Dazs-Eiskrem, des Shampoos nach unten gezogen, und dann hielt er an, nur um wagemutig zu sein und kaufte einen Bazooka-Kaugummi. Eines Nachts sah ich eine alte Dame, die zu dünn war und kaum noch Haare hatte, und sie sortierte Coupons, und fast wollte ich die Häagen Dazs-Eiskrem mit Schweizer Mandel-Schoko-Geschmack und den Heath-Bar-Crunch von Ben & Jerry nicht stehlen, aber Sean wollte es so sehr, daß ich nicht «Nein» sagen konnte, weil er so trotzig da stand, so sexy in den engen Jeans, sein Kinn sah energisch aus, sein Haar glänzte, war aber schweißig verfilzt und leicht verstrubbelt, als Folge unseres Liebesspiels. Wie hätte ich «Nein» sagen sollen?

Er erzählte mir nicht viel über sich, aber ich war an seiner Herkunft auch nicht sonderlich interessiert. Entweder betranken wir uns im Pub auf dem Campus (manchmal gingen wir nach dem Essen dahin und blieben, bis sie schlossen), oder wir fuhren zum Carousel an der Route 9, und wir saßen und tranken allein an der Bar, und das waren die einzigen Male, an denen er etwas sagte. Er erzählte mir alles über seine Jugend im Süden, und daß seine Eltern Farmer seien, und daß er keine Brüder hätte, ein paar Schwestern, und daß er ein Stipendium hätte und daß sein Hauptfach Literatur sei, was merkwürdig war, denn es gab in seinem Zimmer keine Bücher. Es war auch merkwürdig, daß er aus dem Süden war, denn er hatte nicht die Spur eines Akzents. Aber dies waren nicht die Dinge, die ich an ihm mochte. Sein Körper war nicht so schön wie Mitchells, der systematisch Body-Building betrieben hatte, und letzten Sommer, in New York, war er in ein Bräunungsstudio gegangen, so daß seine Hautfarbe eine Kombination aus Rosa und Braun war, abgesehen von der schockierenden Weiße, wo seine Unterhose die ultravioletten Strahlen abgeblockt hatte. Seans Körper war anders. Er war in guter, kräftiger Verfassung (wahrscheinlich von der Arbeit auf der Farm, als er ein Junge war), war kaum behaart (ein wenig auf seiner Brust), und er war gut gebaut (gut abgehangen? Ich wußte nie, wie ich diesen Ausdruck gebrauchen sollte). Er hatte bräunliches, welliges Haar, das er zur Seite kämmte, und das ein wenig Gel vertragen hätte, aber ich bestand nicht darauf.

Ich mochte ihn auch wegen seines Motorrads. Obwohl ich in Chicago aufgewachsen war, hatte ich nie zuvor auf einem gesessen, und das erste Mal, als ich mit ihm auf einem hockte, lachte ich mich krank, schwindlig vor Aufregung, die Gefahr amüsierte mich. Mir gefiel die Art, wie wir da draufpaßten, manchmal hatte ich meine Hände auf seinen Schenkeln, oft darunter, und er sagte dann nichts, sondern fuhr nur schneller. Er fuhr sowieso wie ein Verrückter, über rote Ampeln, über Halteschilder, fuhr im Regen um die Kurven mit, wie es schien, 140 Sachen. Mir war es egal. Ich hielt mich nur fester. Und danach, wenn wir betrunken durch die windige Nacht in Neuengland vom Carousel zurück aufs Campus fuhren, hielt er am Tor der Wache an und wartete, daß die Wache uns durchließ. Wir benahmen uns so nüchtern wie möglich, was in Wirklichkeit egal war, denn er kannte alle Wachleute sowieso (ich habe herausgefunden, daß Leute mit Stipendium die Wachen gewöhnlich kennen). Dann gingen wir auf sein Zimmer oder mein Zimmer, wenn der Franzmann da war, er ließ sich auf mein Bett fallen, kickte seine Stiefel weg und sagte mir, ich könne alles tun, was ich wolle. Ihm war es egal.

STUART Was würde er wohl tun, wenn ich eines Abends mit einer Flasche Wein oder etwas Pot ankäme und sagte: «Wie wär's mit einer Affäre?» Ich bin ins Welling House gezogen, gegenüber von Paul Dentons Zimmer.

Dennis war der, der mich wirklich gedrängt hat, da er diesen schrecklichen Erstsemester-Yuppie von einem Zimmergenossen nicht ausstehen konnte, mit dem ich geschlagen war, obwohl ich doch schon im vierten Jahr war, denn ich hatte ihnen letztes Semester vergessen zu sagen, daß ich zurückkommen würde. Zum Glück war ich der erste auf einer Warteliste für Einzelzimmer, als dann Sara Dean also auszog wegen ihrer «Harnleiterinfektion» oder ihrer «Mononukleosis» (kommt darauf an, wen man fragt, weil alle Welt wußte, daß sie eine Abtreibung hatte und übergeschnappt war), zog ich sofort ein. Dennis leider auch, der außerhalb des Campus lebte, aber viel zu sehr Alkoholiker war, als daß er nach Parties und langen Nächten im Pub nach Hause gehen konnte (fahren kam sowieso nicht in Frage), also ließ ich ihn in meinem Zimmer schlafen, wo wir uns dann lange stritten, warum ich nicht mit ihm schlafen würde. Er pflegte es mir dann heimzuzahlen, indem er sonntagabends mit einem Karton Dewar's und einer Gruppe seiner Schauspielerkollegen aufkreuzte, und dann probten sie stundenlang Beckett (immer mit weißen Gesichtern) oder Pinter (aus irgendeinem merkwürdigen Grund auch den mit weißen Gesichtern), und sie ließen sich vollaufen, bis zur Bewußtlosigkeit, was bedeutete, daß ich nach unten ins Wohnzimmer ziehen mußte, oder durch die Gänge streifen, was mir eigentlich recht war, denn ich hoffte immer, auf Paul Denton zu stoßen.

Das erste Mal, daß ich Paul traf, war im Schauspielseminar, und wir mußten zusammen eine Szene improvisieren, und ich war ganz platt von seinem guten Aussehen, so daß ich die Szene total verpfuschte, und ich glaube, das hat er gemerkt. Es war mir so peinlich, daß ich aus dem Seminar ausstieg und Vorsorge traf, ihm nicht über den Weg zu laufen. Die Tatsache, daß ich gegenüber von ihm eingezogen bin, wird ihm wahrscheinlich lästig sein, und er wird mich ignorieren, aber zumindest werde ich das Badezimmer mit ihm teilen.

SEAN Ich sitze im Seminar, starre auf den Tisch, jemand hat eingraviert «Was ist nur aus der Hippie-Liebe geworden?» Ich schätze, das erste Mädchen, das mir in Camden irgendwie gefiel, war dieses Hippie-Mädchen, das ich in meinem ersten Jahr kennenlernte. Sie war echt dumm, aber so toll und so unersättlich im Bett, daß ich gar nicht anders konnte. Bevor ich sie bumste, hatte ich sie einmal auf einer Party außerhalb des Campus in meinem ersten Semester getroffen. Das Hippie-Mädchen hatte mir etwas Pot angeboten, und ich war betrunken, also rauchte ich es. Tatsächlich war ich so betrunken und der Pot war so übel, daß ich mich im Hof übergeben mußte und im Auto eines Mädchens ohnmächtig wurde, das mich mitgenommen hatte. Es war mir peinlich, aber nicht besonders, obwohl doch das Mädchen, das fuhr, stinksauer war, weil ich auf dem Rückweg zum Campus wieder auf den Rücksitz ihres Alfa Romeo kotzte, und sie war eifersüchtig, weil sie sehen konnte, daß das Hippie-Mädchen und ich den ganzen Abend geflirtet hatten, und sie hatte gesehen, daß das Hippie-Mädchen mich sogar küßte, bevor ich ging, um auf den Rücksitz zu kotzen.

Ich lernte sie dann im folgenden Semester richtig kennen, als ein anderer Mensch, den ich kannte, als ich zuerst nach Camden kam (der ein Hippie gewesen war, aber aufgehört hatte), uns auf einer Party auf meinen Wunsch hin miteinander bekannt machte. Ich wand mich gedemütigt, als mich die Einsicht schockierte, daß ich in meinem ersten Semester im Workshop des Hippie-Mädchens «Einführung in die Dichtung» gewesen war, und dieses Mädchen, sie war so high, daß ihr Kopf aussah, als ruhte er auf Federn, wie ein vollgedröhnter Teufel-aus-der-Dose, am ersten Tag des Seminars die Hand hob und sagte: «Dieses Seminar ist ein totaler Hirnfick.» Bestürzt ließ ich das Seminar sausen, aber das Hippie-Mädchen wollte ich immer noch ficken.

Dieses waren die achtziger Jahre, dachte ich immer. Wie konnten denn überhaupt Hippies übrigbleiben? Ich kannte keine Hippies, als ich in New York aufwuchs. Aber trotz alledem war hier ein *Hippie-Mädchen* aus einer kleinen Stadt in Pennsylvania. Ein Hippie-Mädchen, das nicht zu groß war, das langes, blondes Haar hatte, scharfe Gesichtszüge, nicht weiche, wie man es bei den Gesichtszügen eines Hippie-Mädchens erwarten würde, sie wirkte jedoch auch abwesend. Und die Haut war glatt wie brauner Marmor, und auch so sauber. Sie schien immer sauber zu sein; tatsächlich schien sie ungewöhnlich gesund zu sein. Ein Hippie-Mädchen, die Sachen sagte, wie zum Beispiel, «Das ist nicht dein Bienenwachs», oder als Kommentar zum Essen, «Das sind ja wirklich milde Chillies». Ein Hippie-Mädchen, die zu jeder Mahlzeit ihre eigenen Stäbchen mitbrachte. Ein Hippie-Mädchen, die eine Katze namens Tahini hatte.

‹JIMI LEBT› war in großen lila Buchstaben auf ihre Tür gemalt. Sie war permanent stoned. Ihre Lieblingsfrage war «Bist du high?» Sie trug handgefärbte Hemden. Sie hatte schöne, eher kleine, feste

Titten. Sie trug Hosen mit Schlag und versuchte, das Sitarspiel zu erlernen, aber sie war immer zu stoned. Eines Abends versuchte sie, mich zurecht zu machen: Hosen mit Schlag, handgefärbtes Hemd, Stirnband. Funktionierte nicht. Es war äußerst peinlich. Sie sagte andauernd «Schön». Sie hatte keine Ziele. Ich las die Gedichte, die sie schrieb und log, sie würden mir gefallen. Sie hatte einen BMW 2002. Sie trug eine Wasserpfeife bei sich, in einer handgefärbten Schultertasche, die sie selbst gemacht hatte.

Wie alle reichen Hippie-Mädchen (denn dieses Hippie-Mädchen war extrem wohlhabend; ihrem Vater gehörte VISA oder so was) verbrachte sie viel Zeit damit, den Grateful Dead nachzureisen. Sie schwänzte mit anderen reichen Hippie-Mädchen einfach eine Woche lang die Schule, und sie folgte ihnen durch ganz Neuengland, stoned bis zur Bewußtlosigkeit, sie reservierten Zimmer oder Suiten in Holiday Inns und Howard Johnsons und Ramada Inns, sie sahen zu, daß sie immer genug Blue Dragon oder MDA oder MDMA oder Ecstasy hatten. Sie kam von diesen Ausflügen immer ganz aufgekratzt zurück und behauptete, daß sie in der Tat eines von Jerrys längst verlorenen Kindern sei, daß ihre Mutter so einen Fehler gemacht hätte, bevor sie den VISA-Typen heiratete, daß sie in Wahrheit eines von «Jerrys Kindern» sei. Ich schätze, sie war schon eins von Jerrys Kindern, obwohl ich mir nicht sicher war, welche Art von Kind.

Es gab Probleme.

Das Hippie-Mädchen sagte mir dauernd, ich sei zu steif, nicht cool genug. Und deswegen machten das Hippie-Mädchen und ich Schluß, bevor das Semester zu Ende war. (Ich weiß nicht, ob das der eigentliche Grund war, aber rückblickend scheint es merkwürdig zu sein, daß wir uns überhaupt Gedanken machten, da der Sex so gut war.) Eines Abends ging es zu Ende, als ich ihr sagte: «Ich glaube, das funktioniert nicht.» Sie war stoned. Ich ließ sie auf der Party zurück, nachdem wir es in ihrem Zimmer oben im Dewey House getrieben hatten. Ich ging mit ihrer besten Freundin nach Hause. Es ist ihr nie bewußt geworden.

Das Hippie-Mädchen war immer auf dem Trip, was mir auch zu schaffen machte. Das Hippie-Mädchen versuchte immer, mich auf den Trip mitzunehmen. Ich kann mich erinnern, daß ich das eine Mal, als ich mit ihr auf den Trip ging, den Teufel sah: es war meine Mutter. Ich war auch irgendwie erstaunt, daß sie mich überhaupt mochte. Ich fragte sie, ob sie je viel von Hemingway gelesen hätte. (Ich weiß nicht, warum ich sie nach ihm fragte, da ich selbst nicht besonders viel gelesen hatte.) Sie erzählte mir dann von Allen Ginsberg und Gertrude Stein und Joan Baez. Ich fragte sie, ob sie *Howl* gelesen hätte (wovon ich nur in so einem verrückten Seminar gehört hatte, das «Lyrik und die fünfziger Jahre» hieß, was ich nicht bestanden hatte), und sie sagte: «Nein. Klingt grob.»

Das letzte Mal, als ich das Hippie-Mädchen sah, las ich gerade einen Aufsatz über den Zustand der Postmoderne (das war, als ich Literatur als Hauptfach hatte, bevor ich Keramik als Hauptfach nahm, ehe ich Sozialwissenschaften als Hauptfach nahm) für so ein Seminar, das ich nicht bestand. In so einer blöden Zeitschrift, genannt *The New Left*, und sie saß auf dem Boden in der Raucherabteilung, war stoned, sah sich die Bilder in der Romanfassung des Films *Hair* zusammen mit einem anderen Mädchen an. Sie sah zu mir auf und kicherte, dann winkte sie langsam. «Schön», sagte sie, schlug lächelnd eine Seite um.

«Ja. Schön», sagte ich.

«Ich hab's voll drauf», sagte das Hippie-Mädchen zu mir, nachdem ich ein paar ihrer Haikus gelesen hatte und ihr sagte, ich würde es nicht verstehen. Das Hippie-Mädchen sagte mir, ich solle *The Tale of Genji* lesen (alle ihre Freunde hätten es gelesen), aber «Du mußt es stoned lesen», warnte sie. Das Hippie-Mädchen war auch in Europa gewesen. Frankreich sei «cool», und Indien sei «Wahnsinn» gewesen, aber Italien sei nicht cool gewesen. Ich fragte sie nicht, warum Italien nicht cool gewesen sei, aber ich war sehr neugierig, warum Indien «Wahnsinn» gewesen sei.

«Die Menschen sind schön», sagte sie.

«Physisch?» fragte ich.

«Ja.»

«Geistig?» fragte ich.

«M-hm.»

«Wie geistig?»

«Sie waren wahnsinnig.»

Die Worte «Wahnsinn» und «Wow» fingen an, mir zu gefallen. Wow. Tief gesprochen, ohne Ausruf, mit halbgeschlossenen Augen, fickend, so wie das Hippie-Mädchen es sagte.

Das Hippie-Mädchen weinte, als Reagan gewonnen hatte (das einzige andere Mal, daß ich sie hatte weinen sehen, war, als das College die Yoga-Seminare strich und sie durch Aerobic ersetzte), obwohl ich ihr geduldig, sorgfältig erklärt hatte, wie die Wahl ausgehen würde, Wochen im voraus. Wir lagen auf meinem Bett, und wir hörten eine Bob Dylan-Platte, die ich eine Woche zuvor in der Stadt gekauft hatte, und sie sagte nur traurig, «Fick mich», und ich fickte das Hippie-Mädchen.

Eines Tages fragte ich das Hippie-Mädchen, warum sie mich mochte, weil ich doch so anders als sie war. Sie aß gerade Pita-Brot und Bohnenkeimlinge und schrieb mit einem lila Kugelschreiber auf einer Serviette, eine Bitte für den Kummerkasten im Speisesaal: Mehr Tofu bitte. Sie sagte: «Weil du schön bist.»

Das Hippie-Mädchen ging mir auf den Geist, und ich zeigte auf ein dickes Mädchen auf der anderen Seite des Zimmers, die etwas Böses über mich an eine Wand in der Waschküche geschrieben hatte; die auf einer Freitagabend-Party auf mich zugekommen war und gesagt hatte: «Du wärst toll, wenn du zwölf Zentimeter größer wärst.»

«Ist *die* denn schön?» fragte ich.

Sie sah auf, ein Bohnenkeimling klebte auf ihrer Unterlippe, schielte und sagte: «Ja.»

«Diese Schlampe da drüben?» fragte ich und zeigte angewidert hin.

«Ach die. Ich dachte, du meinst die Schwester da drüben», sagte sie.

Ich sah mich um. «Schwester? Welche Schwester? Nein, *sie*», ich zeigte verärgert auf das Mädchen. Sie sah gemein aus, dick, schwarze Sonnenbrille, eine Schlampe.

«Die?» fragte das Hippie-Mädchen.

«Ja. Die.»

«Die ist auch schön», sagte sie und zeichnete ein Gänseblümchen neben die Botschaft auf der Serviette.

«Und was ist mit dem?» Ich zeigte auf einen Typ, von dem das Gerücht ging, er hätte tatsächlich seine Freundin in den Selbstmord getrieben, und *alle* wußten es; es war absolut ausgeschlossen, daß das Hippie-Mädchen *den*, dieses gottverdammte Monster, schön finden könnte.

«Er? Er ist schön.»

«Er? Schön? Er hat seine Scheißfreundin umgebracht. Sie überfahren.»

«Ausgeschlossen», grinste das Hippie-Mädchen.

«Doch! Es ist wahr. Hat sie einfach mit dem Auto überfahren», sagte ich aufgeregt.

Sie schüttelte ihren wunderschönen, leeren Kopf: «O Mann.»

«Kannst du denn nichts mehr unterscheiden?» fragte ich sie. «Ich meine, unser Sex ist toll, aber wie kann denn alles, alles schön sein? Verstehst du denn nicht, daß das heißt, daß niemand schön ist?»

«Hör zu, Mann», sagte das Hippie-Mädchen. «Worauf willst du hinaus?»

Sie sah mich an, ohne zu grinsen. Das Hippie-Mädchen konnte ernst sein. Worauf *wollte* ich denn hinaus?

Ich wußte es nicht. Alles, was ich weiß, ist, daß der Sex phantastisch war.

Und daß das Hippie-Mädchen süß war. Sie liebte süße Gurken. Sie mochte den Namen Willie. Sie mochte sogar *Apocalypse Now*. Sie war keine Vegetarierin. Das waren lauter Pluspunkte. Aber sobald ich sie damals meinen Freunden vorgestellt hatte, und das waren alles hochnäsige Literaten-Arschlöcher, und sie machten sich lustig über sie, und sie kapierte, was los war, und ihre Augen, die gewöhnlich blau waren, zu blau, leer, waren traurig, und ich beschützte sie. Ich brachte sie vor ihnen in Sicherheit. («Buchstabier mal Pynchon», baten sie sie und kringelten sich.) Und sie stellte mich ihren Freunden vor. Und wir landeten schließlich in ihrem Zimmer, saßen auf irgendwelchen japanischen Kissen, und wir rauchten alle Pot, und dieses kleine Hippie-Mädchen mit dem Kranz auf ihrem Kopf sah mich an, als ich sie hielt und sagte: «Die Welt törnt mich an.» Und weißt du was?

Ich bumste sie sowieso.

PAUL Ich gefiel ihm. Manchmal sang er «Can't Take My Eyes Off of You» von Frankie Valli. Das war in der Musikbox im Carousel in North Camden, und dann bat er mich, es oft zu spielen. Die Dörfler beobachteten uns mißtrauisch, Sean spielte Pool, trank Bier, ich schlurfte zur Musikbox, schob Quarter rein, drückte F 17, die ersten Klänge ertönten, ich schlurfte dahin zuirück, wo Sean saß, jetzt an der Bar, die Motorradhelme waren neben unseren Drinks aufgebockt, und er bewegte die Lippen zum Text. Er entdeckte sogar die Single und nahm sie für mich auf Band auf, als ich mit einem Kater im Bett lag. Sie war in einer Tüte, die er mitbrachte, die Orangensaft und Bier und Pommes Frites und einen Viertelpfünder von McDonald enthielt, der noch warm war.

Wenn er nicht ins Seminar gehen wollte, und wenn er auch nicht wollte, daß ich ging, und wenn er es zu langweilig fand, einfach nicht hinzugehen und herumzusitzen, dann begleitete ich ihn ins Krankenhaus, und waren wir erst einmal da, dann täuschte er Anfälle vor; recht gut geplante und ausgeführte Krämpfe und simulierte Anfälle. Dann bekam er Medizin, und wir gingen (Ich beklagte mich, daß meine Migräne schlimmer wurde), waren für den Tag für unser Fernbleiben entschuldigt und fuhren in die Stadt in eine Einkaufspassage, die Dream Machine hieß, und spielten dieses total analbeschränkte Videospiel, das ihm so gefiel, das Bentley Bear oder Crystal Bear oder so irgendwie hieß. Danach spazierten wir zusammen durch die Stadt. Ich sah mich nach einem Doppelbett um, und er suchte Hustensaft mit Codein drin, damit er high werden konnte (Das war, nachdem er den ganzen Pot geraucht hatte; was für ein Heini, ich weiß, ich weiß). Er fand dann Hustensaft und wurde tatsächlich stoned davon («Ich halluziniere bloß», verkündete er), und dann fuhren wir, als es dunkel wurde, am Spätnachmittag auf seinem Motorrad zurück auf den Campus. Inzwischen waren die Seminare schon zu Ende. Und dann wieder in seinem Zimmer, das gewöhnlich in einem heillosen Durcheinander war (zumindest auf seiner Seite), ich saß rum und spielte Kassetten und sah zu, wie er high herumstolperte und sich drehte. Er war bei mir immer so hochgestimmt, bei anderen Leuten jedoch so reserviert und ernst. Im Bett schwankte er auch zwischen melodramatischer Lautstärke und einer Parodie des starken, stillen Typen: Entweder leise grunzend oder merkwürdiges, stilles Lachen ausstoßend, dann kamen plötzlich laute, rhythmische «JAs», oder er brüllte mit erstickter Stimme Obszönitäten, er auf mir, ich auf ihm, wir beide verkatert, der abgestandene Biergestank und Zigaretten überall, die leeren Becher mit den am Boden festgeklebten Quartern standen auf dem ganzen Boden herum, und der ewig präsente Geruch von Pot hing dick in der Luft und erinnerte mich merkwürdigerweise an Mitchell, aber dessen Bild wurde immer schwächer, und es fiel mir schwer, mich zu erinnern, wie er überhaupt aussah.

Sean sagte gern und oft «Rock 'n' Roll». Ich sagte zum Beispiel, «Also, das war ein ganz guter Film», und dann sagte er «Rock 'n' Roll». Oder ich fragte: «Was hältst du von Fassbinders frühen Arbeiten?» Und dann antwortete er: «Rock 'n' Roll.» Ihm gefiel auch die Redewendung: «Laß gut sein.» Ich sagte zum Beispiel: «Aber ich möchte, daß du das machst.» Und dann sagte er: «Laß gut sein.» Oder «Warum mußt du dich denn zuknallen, bevor wir es treiben?» Und dann sagte er: «Laß gut sein», ohne mich überhaupt anzusehen. Er trank seinen Kaffee auch absolut tuntig – eimerweise Sahne, jede Menge Zucker. Ich mußte ihn in die Filme schleifen, die sie in diesem Semester zeigten, und er mußte sich zuerst zuknallen. Ihm gefielen *Taxi Driver, Blade Runner, The Harder They Come* und *Apocalypse Now*. Mir gefielen *Rebel Without a Cause, Close Encounters of the Third Kind* und *The Seventh Seal*. («Ach du Scheiße, Untertitel», seufzte er.) *Everything You Always Wanted to Know About Sex* mochten wir beide nicht.

Natürlich fand ich auch die Zettel, die jemand in seinen Kasten steckte. Klägliche, mädchenhafte Sehnsucht. Wer immer das war, die «sich» «ihm» anbot. Und obwohl nicht sicher war, ob er tatsächlich auf diesen Schwachkopf einging, nahm ich die Zettel dennoch aus seinem Kasten oder behielt sie, las sie durch und legte sie dann wieder zurück. Ich beobachtete die Mädchen, die mit uns im Pub flirteten, und ich beobachtete die, die sich neben ihn setzten und um Feuer baten, obwohl sie Streichhölzer in ihren Taschen hatten. Und natürlich waren immer eine Menge Mädchen da, weil er so gut aussah. Und obwohl ich sie haßte, war mir doch klar, daß ich die Macht in diesem Spiel besaß, weil auch ich gut aussah und mindestens den Anschein einer Persönlichkeit, etwas, das Sean völlig abging, hatte. *Ich* konnte sie zum Lachen bringen. *Ich* konnte lügen und ihren dummen Beobachtungen des

Lebens zustimmen, und dann verloren sie sofort das Interesse an ihm. Sean saß dann da, nichtssagend wie eine Sekretärin im Reisebüro, mit dieser einen verstrubbelten Augenbraue. Aber es war ein dumpfer Sieg, und ich sah mir die Mädchen an und fragte mich, welche wohl die Zettel einwarf. War dieser Person nicht klar, daß wir uns fickten? Bedeutete denn das niemand mehr etwas? Offensichtlich nicht. Ich glaubte, daß es dieses eine Mädchen war. Ich glaubte, ich hätte sie etwas in seinen Kasten stecken sehen. Ich wußte, wer sie war. Ich fand heraus, wo ihr Kasten war, und als niemand hersah, drückte ich ein paar Zigaretten darin aus. Meine Warnung. Er erwähnte es nie. Aber dann war mir klar, daß es vielleicht gar nicht mal ein Mädchen war, das die Zettel in den Kasten legte. Vielleicht war es Jerry.

LAUREN Conroy, auf den ich in der Gallery I auf der American Cartoon-Ausstellung stoße, fragt, warum ich letzten Samstag nicht im Tutorenkurs gewesen sei. Streiten sinnlos. «Ich war in New York», sage ich zu ihm. Es ist ihm egal. Ich bin jetzt mit Franklin zusammen. Judy ist es egal. Sie trifft sich mit diesem Erstsemester, Steve. Steve ist es egal. Sie hat ihn an dem Abend gebumst, als sie nach Williamstown fuhr. Mir ist es egal. Es ist alles so langweilig. Conroy, dem es egal ist, sagt mir, ich solle dem anderen Menschen im Seminar sagen, am Samstag zu kommen. Es ist irgendeiner aus dem siebten Semester. Also lege ich einen Zettel in den Kasten dieses Typs, und danach gehen Franklin und ich in den Pub und lassen uns ein bißchen vollaufen, und Franklin erzählt mir, was der Symbolismus in *Cujo* bedeutet, und dann gehen wir auf mein Zimmer. Ich habe keine Post von Victor bekommen. Mir fährt es durch den Kopf, daß Victor genausogut tot sein könnte. Gespräch, das ich neulich beim Mittagessen mitgehört habe.

Junge: Ich glaube, wir sollten damit aufhören.
Mädchen: Womit aufhören? Mit dem hier?
Junge: Vielleicht.
Mädchen: Damit aufhören? Ja.

Junge: Vielleicht. Ich weiß nicht.
Mädchen: War es wegen Europa?
Junge: Nein. Ich weiß einfach nicht, warum.
Mädchen: Du solltest mit dem Rauchen aufhören.
Junge: Warum hörst du nicht auf... auf...
Mädchen: Du hast recht. Es funktioniert nicht.
Junge: Ich weiß nicht. Du bist wirklich... du bist *doch* hübsch.
Mädchen: *Du* auch.
Junge: Den Sanftmütigen wird die Erde gehören.
Mädchen: Die Sanftmütigen wollen sie nicht.
Junge: Ich mag den neuen Song von den Eurythmics.
Mädchen: Es sind die Drogen, stimmt's?
Junge: Möchtest du mit auf mein Zimmer gehen?
Mädchen: Welcher Eurythmics-Song?
Junge: War es wegen der, mit der ich geschlafen habe?
Mädchen: Nein. Ja. Nein.
Junge: Die Sanftmütigen wollen sie nicht? Was?

Ich habe seit über einer Woche nicht gemalt. Ich werde mein Hauptfach wechseln, wenn Victor mich anruft.

PAUL Meine Mutter rief mich aus Chicago an und erzählte mir, daß ihr Cadillac gestohlen wurde, als er auf dem Parkplatz von Neiman Marcus stand. Sie erwähnte, daß sie am Freitag nach Boston fliegen würde, was der Tag darauf war, und daß sie das Wochenende dort verbringen würde. Sie erwähnte auch, daß sie mich bei sich haben wollte.

«Moment. Das ist morgen. Ich habe den ganzen Tag Unterricht», log ich.

«Liebling, du kannst doch ein Seminar ausfallen lassen, um deine Mutter und die Jareds zu treffen.»

«Die Jareds kommen?»

«Hab ich es dir nicht erzählt? Jared kommt und Richard auch. Er hat sich das Wochenende in Sarah Lawrence frei genommen», sagte sie.

«Richard?» Hmmm, das dürfte interessant werden, dachte ich,

aber morgen war die Bums-Klamotten-Party, und ich konnte Sean unmöglich unbeaufsichtigt hier zurücklassen. «Du machst Witze», sagte ich zu ihr. «Ist das dein Ernst?»

Ich stand gegen die Wand gelehnt in der Telefonzelle im Welling. Ich war den ganzen Tag in der Stadt gewesen, hatte die meiste Zeit in einer Passage mit Sean verbracht, der versucht hatte, beim Joust den Rekord zu brechen und kläglich gescheitert war. Wir rauchten Pot und tranken jeder drei Bier beim Mittagessen, und ich war müde. Neben das Telefon hatte jemand einen Cartoon gezeichnet: In einem Käfig war ein Hot Dog, der traurige Augen hatte und eine böse Schnute machte, und seine dürren Arme hatten die Stäbe gepackt. Der Hot Dog fragte: «Wo ist meine Muddah?» und darunter hatte jemand geschrieben: «Ein Semester für die Wurst.»

«Also, kannst du am Freitag den Bus nach Boston nehmen oder den Zug?» fragte sie, obwohl sie verdammt genau wußte, daß Freitag morgen bedeutete. «Wieviel kostet das? Von Camden nach Boston?»

«Ich habe Geld. Das ist nicht das Problem. Aber *dieses* Wochenende?» fragte ich.

«Liebling», es gelang ihr, ernst zu klingen, sogar im Ferngespräch, «ich möchte reden.»

«Was ist mit Dad?»

Es folgte eine Pause, dann: «Was ist mit ihm?»

«Kommt er auch?» fragte ich, dann fügte ich hinzu. «Ich habe ihn seit einem Monat nicht mehr gesprochen.»

«Möchtest du, daß er mitkommt?» fragte sie.

«Nein. Ich weiß nicht.»

«Mach dir darüber keine Sorgen. Ich seh dich am Freitag im Ritz-Carlton. Stimmt's, mein Lieber?» fragte sie eilig.

«Mom», sagte ich.

«Ja?»

«Bist du sicher, daß du das willst?» Ich wurde schwach. Plötzlich deprimierte sie mich so sehr, daß ich unter keinen Umständen hätte «Nein» sagen können.

«Ja, Liebling. Mach dir jetzt keine Sorgen. Ich seh dich am Freitag, stimmt's?» Sie machte eine Pause und sagte dann: «Ich möchte reden. Es gibt Dinge, die wir besprechen müssen.»

Wie zum Beispiel? «In Ordnung», seufzte ich.

«Ruf mich an, wenn es Probleme gibt.»

«Ja.»

«Tschüs, mein Liebling», sagte sie.

«Ja, du auch», sagte ich.

Sie hängte zuerst ein, und ich stand eine Minute lang da, und dann knallte ich mit der Faust gegen die Wand und stürmte aus der Zelle. Das Timing meiner Mutter war noch nie so schlecht gewesen.

So wie er sich bewegt, weiß ich, daß er Bescheid weiß. Auf irgendeine Weise hat er kapiert, und ich bin nicht länger über den Boten im Dunkeln, der ich bin. Ich weiß, daß er Bescheid weiß. Wie er sich in einem Zimmer umsieht, im Speisesaal, wie er am Commons vorbeigeht. Alles über ihn. Und ich glaube, ich glaube einfach, daß er weiß, daß ich es bin. Ich habe gesehen, wie er mir ins Gesicht geblickt hat; diese sinnlichen, dunklen Augen überfliegen den Raum, in dem er ist, und sie blicken mich an. Hat er zu viel Scheu davor, an mich heranzutreten, und mir zu sagen, was er für mich empfindet? Ich höre mir «Be My Baby» an und tanze traurige Tänze und singe seinen Namen, während ich zuhöre und mich umarme. Ich weiß, daß er mich mag. Ich weiß es. Und morgen abend auf dem Ball wird es vollendet. Die endgültige Antwort heißt…

(Ich habe heute meine Mutter angerufen… Es ging ihr nicht gut… Ich erhielt eine nette Bemerkung von einem finster blikkenden Dozenten…)

Ein Dozent fragte uns heute im Unterricht, ob ein Mensch an gebrochenem Herzen sterben kann. Er meinte es ernst. Er ist auch ein Teufel. Meine Vorstellung von der Hölle ist, in einem Zimmer weit weg von dir eingesperrt zu werden, und dich trotzdem sehen und riechen können. Halt den Mund, halt den Mund, sage ich pausenlos zu mir. Wenn ich Dozentin wäre, würde ich dir sagen: «Du mußt mit mir schlafen und mich lieben, um den Kurs zu bestehen.» Ich muß lernen, meine Zettel für ihn schöner zu schreiben. Ich sitze ganz reglos da und denke an ihn. Habe Angst zu atmen. Manchmal denke ich, ich werde schreien. Mary, sage ich mir, morgen ist die Nacht. Woran denkst du? Worüber denkst du nach? Mich? Allein? Wer hat dich nackt gesehen, denke ich vor mich hin. Mit wem hast du geschlafen, wen hast du geliebt, ist da eine andere. Wieviele Zigaretten hast du geraucht, taucht auch auf. Zwei heute? Echt? Zweibleibreifreidreibyebye. Song für die arme Mary. Niemand mag mich, alle hassen mich. Also geh ich halt ein paar Würmer essen. Oh! Leg! Deine! Hände! Auf! Mich!

Ich bin jetzt in einem Seminar, und es geht nur noch vierzig Minuten. Ich glaube, ich werde mich übergeben. Ich muß dich sehen. Ich bin frustriert, sage ich mir ruhig, weil ich stöhnen und mich mit dir winden will, und ich will zu dir hingehen und deinen Mund küssen und dich zu mir herziehen und sagen «Lieb dich lieb dich lieb dich», während ich strippe, während der Sex beginnt. Ich möchte die häßlichen Mädchen umbringen, die im Pub um dich herumsitzen, aber ich kann nicht. Ich höre einen Bread-Song, und plötzlich tauchst du auf. Jemand kam zu mir und sagte «Löse das Karma, löse das Karma», und ich mußte an dich denken. Ich könnte fortgehen, irgendwohin gehen, schätze ich. Ferien machen... wo? Konzentration... worauf? Penn Station? Masturbation? Ich habe dieses Paar spazierengehen sehen, und sie schienen sehr glücklich zu sein, und ich möchte dich berühren. Ich möchte, daß du sie berührst. Magst du diese langweiligen, naiven, schüchternen, berechnenden Mädchen, ein Poster, das ich neulich in einem Zimmer sah, in das ich gespickt hatte: Wenn zwei Schlangenklapperer miteinander kämpfen, dann nur nach den Regeln. Keiner benutzt Giftzähne, das Ziel ist nur, den Kopf des Gegners auf den Boden zu zwingen und ihn dort ein paar Sekunden zu halten, so seine Übermacht zu demonstrieren. Dann wird der Griff gelockert, und der Verlierer entlassen. Wer kann die Welt mit ihrem Lächeln antörnen? Wer kann einen Nulltag nehmen und plötzlich etwas Wertvolles aus ihm machen? Nun, das bist du, Mädchen, und du solltest es wissen, mit jedem kleinen Blick und jeder Bewegung zeigst du es. Liebe ist überall, man muß sie nicht vortäuschen, du kannst alles haben, warum nimmst du es dir nicht, du wirst... manchmal hasse ich ihn. Morgen abend.

PAUL Wir lagen in meinem Bett, da der Franzmann zurück war. Sean saß gegen die Wand gelehnt und bat mich, ihm die Zigaretten zu reichen, die auf dem Boden lagen. Ich zündete mir selbst eine an, dann gab ich sie Sean.

«Stimmt was nicht?» fragte er. «Nein. Laß mich raten. Paul ist angespannt, stimmt's?»

«Zehn Punkte für Sean.»

Er stand angewidert auf und zog sich seine Boxershorts an.

«Warum trägst du Boxershorts?» fragte ich.

Er ignorierte mich und zog sich weiter an, die Zigarette baumelte in seinem Mund.

«Nein, ich meine, ich hab das vorher wirklich nie bemerkt, aber du trägst ja *Boxershorts.*»

Er zog ein T-Shirt über, und er schnürte dann seine farbbespritzten Stiefel. Warum waren sie mit Farbe bespritzt? Malte er mit Fingerfarben oder was?

«Hast du welche in verschiedenen Farben? Sagen wir, mauve? Oder vielleicht mandarin?»

Er zog sich fertig an, dann setzte er sich auf den Stuhl neben dem Bett.

«Oder gibt's die nur in diesem asphaltgrau?»

Er starrte mich nur an. Er wußte, daß ich mich wie ein Idiot benahm.

«Ich kannte mal in der neunten Klasse einen Jungen namens Tony Delana, der Boxershorts trug.»

«Das ist ja 'ne echte Sensation, Denton», sagte er.

«Ja?»

«Also du willst morgen nicht nach Boston fahren, ist es das?» fragte er.

«Also jetzt hast du zwanzig Punkte.» Ich drückte meine Zigarette in einer leeren Bierflasche aus, die auf meinem Nachttisch stand, und schüttelte sie.

Sean sah mich nur an und sagte: «So sehr mag ich dich auch nicht. Ich weiß nicht, warum ich hier bin.»

«Das tut mir leid», sagte ich, stand auf und zog mir einen Bademantel an. Ich roch am Bademantel. «Ich muß meine Wäsche waschen.»

Ich sah mich im Zimmer nach etwas zu trinken um, aber es war schon spät, und wir hatten das ganze Bier ausgetrunken. Ich langte über ihn weg und hielt eine Flasche gegen das Licht, um zu sehen, ob noch etwas drin war. Es war nichts mehr drin.

«Du wirst die ‹Bums-Klamotten-Party› versäumen», seine Stimme klang tief und unheilvoll.

«Ich weiß.» Ich versuchte, nicht in Panik zu geraten. «Gehst du hin?» fragte ich schließlich.

«Klar», er zuckte mit den Schultern, bewegte sich zum Spiegel hin, immer noch im Stuhl.

«Was ziehst du denn an?» fragte ich.

«Was ich sonst auch anhabe», sagte er, während er sich anstarrte. Der narzißtische kleine Hurensohn.

«Ist das wahr?» Ich sah mich im Zimmer um. Ich wußte nicht, was ich suchte. Ich wollte was zu trinken haben. Ich ging zum Plattenspieler hin und sah dahinter nach. Dort stand eine halbleere Flasche Beck's neben dem Lautsprecher. Ich setzte mich wieder aufs Bett.

Er stand auf. «Ich geh jetzt.»

«Wohin?» fragte ich. Beiläufig probierte ich die Flasche. Das Bier war warm und schal, und ich zog ein Gesicht, aber trank es trotzdem.

«In das Nacht-Studierzimmer», sagte er. Dieser narzißtische, verlogene kleine Hurensohn.

Er ging zur Tür, und ich platzte schließlich heraus: «Ich möchte am Wochenende nicht nach Boston fahren. Ich möchte meine Mutter nicht sehen. Ich möchte die Jareds nicht sehen» (obwohl ich Richard wahrscheinlich doch sehen wollte), «und ich möchte Richard vom Sarah Lawrence nicht sehen» (in der Hoffnung, ihn eifersüchtig zu machen) «... und...» ich hielt inne.

Er stand da und sagte nichts.

«Und ich glaube nicht, daß ich dich hier lassen möchte...» Weil ich dir nicht traue, sagte ich nicht.

«Ich geh jetzt», sagte er. Er machte die Tür auf und sah zurück. «Ich fahr dich morgen zur Bushaltestelle. Um wieviel Uhr geht er?»

«Ich glaube, um elf Uhr dreißig.» Ich trank noch einen Schluck Bier, dann mußte ich husten. Es schmeckte schrecklich.

«Okay, um elf an meinem Motorrad», sagte er auf dem Weg nach draußen.

«Um elf», sagte ich.

«Nacht.» Er schloß die Tür, und ich konnte im Gang das Echo seiner Schritte hören.

«Danke, Sean.»

Ich fing an zu packen und fragte mich, wie Richard jetzt wohl aussähe, versuchte, mich zu erinnern, wann ich ihn das letzte Mal gesehen hatte.

SEAN Jemand kommt in den Pub, sucht jemand, kann sie nicht finden und geht wieder, die Tür schließt sich hinter ihr. Es war nicht Lauren Hynde, das total schöne Mädchen, das mir pausenlos Zettel in meinen Kasten gelegt hat, der einzige Grund, warum ich heute abend im Pub bin, denn ich warte auf eine Begegnung. Ich hab sie letzten Samstag einen reinschieben sehen, als ich oben im Commons war. Ich konnte es nicht glauben. Ich war so schockiert, daß es tatsächlich jemand Gutaussehendes war, daß ich die letzte Woche in so einer Art Dämmerzustand verbrachte. Jetzt sitze ich mit vier oder fünf oder sechs Leuten an einem Tisch, höre mit halbem Ohr einer lahmen Unterhaltung zu und halte nach dem Mädchen Ausschau. Rede über das, was gerade im Bildhauer-Atelier läuft, über Bildhauereilehrer und Bildhauereiparties, über Tonys letzte Skulptur, obwohl sie keine Ahnung haben, was sie *aussagt*. Tony erzählte mir, es solle eine stählerne Vagina sein, aber keiner dieser Idioten kommt da drauf.

«Sie ist so beunruhigend, lyrisch», sagt das Mädchen mit einem großen Problem.

«Sehr potent. Undefinierbar», bestätigt ihre Freundin, eine Lesbe von Duke, die hier zu Besuch ist, und die aussieht, als hätte sie viel zu viel MDA geschluckt.

«Es ist Nimoy. Reiner Nimoy», sagt Getch.

Meine Aufmerksamkeit schweift ab. Jemand anderes kommt herein. Eine, die, wenn ich mich recht erinnere, mir auf der letzten Freitagnacht-Party völlig unverhofft einen Kuß auf die Lippen gab. Die Musikbox spielt immer noch Peter Gabriel.

«Aber das ist doch Diane Arbus, ohne diese Weltanschauung», sagt eines der Mädchen, und es ist ihr *Ernst*.

Über den Tisch wirft mir Denton einen stählernen Blick zu. Er kann das wahrscheinlich bestätigen.

«Aber die revisionistische Theorie über sie scheint völlig unmotiviert zu sein», wirft jemand anderes freudig ein. Nach einer Pause fragt jemand: «Was ist mit Wee Gee? Was haltet ihr denn von Wee Gee, um Gottes willen?»

Leicht angegeilt bestelle ich mir noch einen Krug Bier und eine Tüte Kartoffelchips, was mich verstopft. Aus Peter Gabriel wird noch mehr Peter Gabriel. Das Mädchen, das mich letzten Freitag auf die Lippen geküßt hat, geht, nachdem sie sich noch eine Schachtel Zigaretten gekauft hat, und auf eine verschrobene Art bin ich enttäuscht. Sie ist nicht allzu hübsch (asiatischer Einschlag, Hauptfach Tanz?), aber bumsen würde ich sie wahrscheinlich in jedem Fall. Zurück zur Unterhaltung.

«Spielberg ist diesmal zu weit gegangen», zischt der zornige, intellektuelle Mulatte im Neo-Beatnik-Look mit Baskenmütze, lässig, aber scharf, der sich an den Tisch gesellt hat.

Hinter uns streiten sich Leute aus dem fünften und sechsten Semester über Vietnam. Irgendein Typ kratzt sich am Kopf und sagt witzelnd: «Verdammt, wann war *das* denn?» und jemand anderes sagt: «O Mann, ist doch scheißegal.» Worauf dieses dicke, mürrisch dreinschauende Mädchen, das den Tränen nahe ist, brüllt: «Mir nicht!» Sozialwissenschaftlicher Zusammenbruch. Ich wende mich wieder unserem Tisch mit den Kunstfritzen zu, weil die mir weniger langweilig erscheinen.

Die Lesbe von Duke fragt: «Aber glaubt ihr denn nicht, daß dieser ganze säkulare Humanismus aus der verschrobenen Pop-Kultur der sechziger Jahre stammt und nicht von einem rigorosen modernistischen Standpunkt?» Ich wende mich wieder dem anderen Tisch zu, aber die sind auseinander gegangen. Die Lesbe stellt ihre Frage noch einmal, formuliert sie neu für den ernsten Mulatten. Wen zum Teufel fragt sie? Mich? Denton? Wen? Denton nickt immerzu mit dem Kopf, als würde sie etwas unglaublich Tiefsinniges sagen.

Wer *ist* dieses Mädchen? Warum lebt sie? Frage mich, ob ich jetzt gehen soll? Einfach aufstehen und sagen: «Gute Nacht, ihr Wichser, es war echt sensationell, und ich hoffe, daß ich keinen von euch je wiedersehen werde.» Aber wenn ich das mache, werden sie am Ende über mich reden, und das scheint mir schlimmer zu sein. Denn ich bin schwer betrunken. Das einzige hübsche Mädchen (ich habe ihren Namen vergessen) am Tisch steht auf und geht. Schwer, die Augen aufzuhalten. Eines der anderen Mädchen sagt, flüstert laut: «Sie hat... seid ihr bereit?»

Der Tisch beugt sich neugierig vor, auch ich. «... Lauren gebumst.»

Der Tisch hält kollektiv die Luft an. Wer ist Laurent? Der französische Typ, der im Sawtell wohnt? Oder ist es die Alkoholikerin aus Wisconsin, die in der Bibliothek arbeitet? Es kann doch nicht *meine* Lauren sein, sie kann es doch nicht sein. Die kann unmöglich lesbisch sein. Aber vielleicht legt sie ihre Zettel in den falschen Kasten. Ich will nicht fragen, welche (n) Lauren(t) sie meinen, obwohl ich es wissen will. Ich schaue zur Bar hinüber, versuche mich abzulenken, aber dort sind mindestens vier Mädchen, mit denen ich schon geschlafen habe. Sie stehen da, rauchen Zigaretten, ihre Blicke überfliegen den Raum – keine von ihnen sieht mich an – geschäftsmäßig, unpersönlich, Bier trinkend.

Ach, Fuck, ich muß verschwinden, so einfach ist das. Ich bin durch die Tür. Das Fels ist ganz in der Nähe. Ich habe ein paar Freunde, die dort wohnen, oder nicht? Aber der Gedanke daran langweilt mich tödlich, also spaziere ich ein bißchen im Wohnheim herum und haue dann ab. Sawtell ist am nächsten? Nee. Aber dieses Mädchen, dieses Mädchen, das mich geküßt hat... Ich glaube, sie wohnt im Noyes, Einzelzimmer Nummer 9. Ich gehe zu ihrer Tür und klopfe.

Ich glaube, ich höre Gelächter, dann eine hohe Stimme. Wessen? Ich komme mir wie ein Idiot vor, aber ich bin betrunken, also ist es cool. Tür geht auf, und es ist das Mädchen, das vom Tisch aufgestanden ist, nicht das Mädchen, das mich geküßt hat, und sie trägt einen Bademantel, und hinter ihr kann ich einen haarigen, bleichen Typ im Bett sehen, der sich auf einem Futon eine große lila Pfeife anzündet. Herrgott, das ist wirklich das Allerletzte, denke ich.

«Ähm, wohnt Susan denn nicht hier?» frage ich, werde rot, versuche, cool zu bleiben.

Das Mädchen sieht nach hinten auf den Typ im Bett. «Wohnt Susan hier irgendwo, Loren?»

Der Typ saugt an seiner Pfeife. «Nein», sagt er und bietet sie mir an. «Leigh, Nr. 9.»

Ich gehe, schnell. Ich gehe hinaus, schnell. Ich bin draußen, es ist kalt. Was mache ich jetzt? denke ich. *Was soll diese* Nacht, wenn ich nicht *irgendwas* tue? Ist das jetzt einfach *nichts*? Wie jede gottverdammte andere Nacht? Irgend etwas geht mir im Kopf herum. Ich beschließe, ins Leigh Nr. 9 zu gehen, wo Susan wohnt. Ich klopfe an die Tür. Außer Springsteens «Nebraska»-Album kann ich nicht viel hören. Tolle Musik zum Vögeln, denke ich. Es dauert eine Weile, aber Susan öffnet die Tür, endlich eine Antwort.

«Was läuft denn so, Susan? Hi. Tut mir leid, dich um diese Zeit zu belästigen.»

Sie sieht mich merkwürdig an, dann lächelt sie und sagt: «Kein Problem, komm rein.»

Ich gehe rein, die Hände in meinen Jackentaschen. An der Wand sind zwei fotokopierte Karten von Vermont... eigentlich ist es New Hampshire oder vielleicht Maryland, über dem Computer und der Flasche Stoli. Als ich hineinschwanke, wird mir klar, daß ich zu betrunken bin, um das zu tun und hole tief Luft. Susan macht die Tür zu und sagt: «Bin froh, daß du vorbeischaust» und schließt die Tür ab, und daß sie die Tür abschließt, deprimiert mich; dadurch wird mir klar, daß auch sie vögeln will, und daß es das ist, was von mir erwartet wird, und ich bin selber schuld, und in Wirklichkeit ist es Lauren Hynde, die ich will, und ich glaube, daß ich ohnmächtig werde, und sie sieht echt verzweifelt aus, echt jung.

«Wo warst du?» fragt sie.

«Kino. Wilder italienischer Film. Aber es ist alles auf italienisch, also kannst du ihn nicht stoned angucken», sage ich, versuche, grob zu sein, sie zu nerven. «Untertitel, weißt du.»

«Ja», sie lächelt freundlich, immer noch in mich verliebt.

«Was ich meine, also, ähm, warum sind diese Karten, ähm... Ja, also was sollen diese Karten da oben?» frage ich. Was für ein Schrott.

«Maryland ist cool», sagt Susan.

«Ich möchte mit dir ins Bett gehen, Susan», sage ich.

«Was?» Sie tut so, als hätte sie mich nicht verstanden.

«Hast du nicht verstanden?»

«Doch, hab ich», sagt sie. «Neulich abends ging's dir aber nicht so.»

«Also, was hältst du davon?» frage ich und lasse diese Bemerkung direkt an mir vorbeifliegen.

«Ich glaube, es ist irgendwie lächerlich», sagt sie.

«Aber wie? Ich meine, warum glaubst du das?»

«Weil ich einen Freund habe», sagt sie. «Erinnerst du dich?»

Eigentlich nicht, aber ich platze heraus: «Das spielt keine Rolle. *Deswegen* mußt du das Bumsen nicht sein lassen.»

«Ach wirklich?» fragt sie skeptisch, aber lächelnd. «Erklär mal.»

«Also, sieh mal, es ist so.» Ich setze mich aufs Bett. «Es ist so...»

«Du bist betrunken», sagt Susan. Herrgott, der Name Susan ist so häßlich. Er erinnert mich an das Wort Sinus. Sie fordert mich heraus. Ich kann beinahe riechen, wie falsch sie ist. Sie will es.

«Wo hast du denn mein ganzes Leben lang gesteckt?» frage ich.

«Hast du gewußt, daß ich in einem Holiday Inn geboren wurde», sagt sie, glaube ich.

Ich starre sie an, echt verwirrt, echt fertig. Sie ist jetzt neben mir auf dem Bett. Ich starre immer noch.

Ich sage schließlich: «Zieh dich einfach aus und leg dich oder stell dich, es ist mir egal, aufs Bett, und, also, es ist gleichgültig, ob du in einem Holiday Inn geboren wurdest. Verstehst du, was ich sagen will?»

«Vollkommen», sagt sie. «Hast du zufällig noch Kunst als Hauptfach?»

«Was?» fragte ich. Meine Augen pochen. Sie dimmt das Licht, und es passiert tatsächlich, Freund hin oder her. Ich bin betrunken, aber ich bin nicht betrunken genug, um «Nein» zu sagen. Auf der Toilette im Commons hatte jemand heute ungefähr fünfzehnmal «Robert McGlinn hat keinen Penis und keine Hoden» über die Toilette geschrieben.

Sie dreht sich zu mir her, ihr Fleisch glänzt grün wegen der leuchtenden Wörter auf dem Bildschirm des Computers, und sagt nichts. Ich lege mich hin, und sie fängt an, meinen Schwanz zu lutschen und versucht, einen Finger in meinen Arsch zu stecken. Es fühlt sich gut an, und sie kommt echt zur Sache, und ich denke, worüber unterhält man sich in so einer Situation? Bist du katholisch? Fandest du jemals die Beatles gut? Oder fragte man die Mädchen nach Aerosmith? High School-Mädchen, die man traf, die an dem Tag, als Steven Tyler heiratete, schwarze Armbänder trugen.

High School war das letzte. Sie lutschte immer noch, ihre Lippen waren feucht, aber fest. Ich faßte ihr unter das Hemd, massierte ihre Titten. Sie hat ein paar Stoppeln unter ihrem Arm, und das widert mich eigentlich nicht an. Es törnt mich aber auch nicht besonders an, aber es widert mich auch nicht an.

«Warte... warte...» Ich versuche, meine Unterhose ganz auszuziehen, dann die Jeans, aber ich bin auf dem Bett, und sie lutscht mich und versucht, meine Beine weiter auseinander zu schieben, und obwohl mich diese ganze Geschichte irgendwie abtörnt, geht es mir zu gut, um mich zu beschweren. Sie hebt den Kopf hoch. «Krankheiten?» fragt sie. «Neien», sage ich, obwohl ich einfach Filzläuse sagen und dies hier beenden sollte. Sie liegt quer über mir, und wir fangen an, uns zu küssen, tief, intensiv. Ich ziehe ihr das Hemd über den Kopf, eine grüne Speichelschnur hängt zwischen unseren Lippen, als sie den Kopf hebt. Ich berühre ihre Wange, dann knöpfe ich mein Hemd auf, schleudere meine Hose weg. «Warte, mach das Licht aus», sage ich zu ihr.

Sie grinst. «Ich hab es gern an.» Sie legt ihre Hände auf meine Brust.

«Nun, also, ach scheiß drauf. Ich möchte es aushaben. Laß gut sein.»

«Ich mach es aus.» Sie macht es. «Ist das besser so?»

Wir küssen uns wieder. Also, was passiert jetzt, frage ich mich. Wer wird mit dem befürchteten Bumsen anfangen? Was würden ihre Eltern sagen, wenn sie wüßten, daß das das einzige ist, was sie hier macht? Haikus auf ihrem ‹Apple› schreiben, Wodka trinken wie ein verrückter, versoffener Fisch, ständig bumsen? Würden sie sie verleugnen? Würden sie ihr noch mehr Geld geben? Was denn?

«O Baby», stöhnt sie.

«Gefällt dir das?» flüstere ich.

«Nein», seufzt sie wieder. «Ich möchte das Licht an haben. Ich möchte *dich* sehen.»

«Was?» Ich kann es nicht fassen.

«Ich möchte wissen, was ich hier gottverdammt noch mal tue», sagt sie.

«Mir ist nicht klar, wie du verwirrt sein kannst», sage ich zu ihr.

«Ich stehe auf Neon», sagt sie, aber sie macht es nicht wieder an. Ich drücke ihren Kopf hinunter.

Sie fängt wieder an, meinen Schwanz zu lutschen. Ich fange an, es ihr mit der Hand zu besorgen. Sie lutscht ganz anständig. Ich sage ihr «Warte – ich komme gleich...» Sie hebt den Kopf hoch, ich beuge mich über sie, langsam, küsse ihre Titten (die irgendwie zu groß sind), und dann über ihren Bauch zu ihrer Fotze, ausgebreitet, angeschwollen, drei Finger dringen ein, gleichzeitig lecke ich sie. Bruce singt von Johnny 69 oder so jemand, und dann ficken wir. Und ich komme. Spotz spotz. Wie ein schlechtes Gedicht, und was dann? Ich hasse diesen Aspekt des Sex. Immer nimmt jemand und gibt jemand, aber es ist schwer, mit dem, der gibt und dem, der nimmt, auszukommen. Es ist schwer, mit ihnen zurecht zu kommen, auch wenn es gut geht. Sie ist noch nicht gekommen, also beuge ich mich wieder über sie, und es schmeckt leicht nach Samen, und dann... Wohin geht man, wenn man erst mal gekommen ist? Die Desillusionierung schlägt zu. Ich kann das nicht ausstehen, und ich habe immer noch einen Steifen, also fange ich an, sie wieder zu ficken. Sie stöhnt jetzt, bäumt sich auf, runter, rauf, und ich lege ihr meine Hand über den Mund. Sie kommt, leckt meine Handfläche, schnaubt. Es ist vorbei.

«Susan?»

«Ja?»

«Wo sind die Kleenex?» frage ich. «Hast du ein Handtuch oder so was?»

«Bist du schon gekommen?» fragt sie verwirrt, als sie im Dunkeln liegt.

Ich bin immer noch in ihr drin, und ich sage: «O ja, also, ich komme gleich. Tatsächlich komme ich jetzt gerade.» Ich seufze ein bißchen, grunze täuschend echt, und dann ziehe ich mich zurück. Sie versucht, mich festzuhalten, aber ich frage nur nach Kleenex.

Susan sagt: «Ich habe keine», und dann bricht ihre Stimme, sie fängt an zu weinen.

«Was? Was ist denn?» frage ich alarmiert. «Warte. Ich hab dir doch gesagt, daß ich gekommen bin.»

LAUREN Victor hat nicht angerufen. Ich habe das Hauptfach gewechselt. Dichtung.

Was machen Franklin und ich eigentlich? Wir gehen auf Parties: Feuchter Mittwoch, Durstiger Donnerstag, Parties auf dem Friedhof, Parties am ‹Ende of the World›, Freitagabend-Parties, Vor-Samstagabend-Parties, Sonntagnachmittag-Parties.

Ich versuche, mit dem Rauchen aufzuhören. Schreibe im Computer-Seminar Briefe an Victor, die ich nie abschicke. Franklin scheint immer pleite zu sein. Er will Blut spenden, um etwas Bares zu kriegen, will vielleicht ein paar Drogen kaufen, vielleicht verkaufen. Ich verscheuere ein paar Kleider und alte Platten eines Nachmittags im Commons. Wir verbringen viel Zeit in meinem Zimmer, da ich ein Doppelbett habe. Ich habe mit dem Malen völlig aufgehört. Seit Sara weg ist (obwohl die Abtreibung nach ihren Worten nicht traumatisch genug war, um ihre Abwesenheit zu rechtfertigen), passe ich auf ihren Kater Seymour auf. Franklin haßt den Kater. Ich auch, aber ich sage ihm, daß ich ihn mag. Wir hängen im Sinnes-Betäubungs-Tank herum. Manchmal gehen Judy und Franklin und dieser Typ aus dem ersten Semester ins Kino. Wir trinken eine Menge Bier. Der Junge aus L. A., der immer noch Shorts trug und eine Sonnenbrille und sonst nichts, kam auf einer der Parties letzte Woche auf mich zu. Ich wäre beinah mit ihm nach Hause gegangen, aber Franklin fuhr dazwischen. Franklin ist ein Idiot, wirklich wahnsinnig, unfreiwillig komisch. Ich bin zu diesem Schluß gekommen, nicht weil ich seine Sachen gelesen habe, die Science Fiction sind, die «stark von Astrologie beeinflußt» ist, was schrecklich ist, sondern durch etwas, das ich nicht verstehe. Ich sage ihm, seine Geschichten gefielen mir, ich sage ihm mein Zeichen, und wir diskutieren über die Bedeutung der Geschichten, aber... ich hasse seine gottverdammten Räucherstäbchen, und ich weiß nicht, warum ich mir das antue, warum ich so eine Masochistin bin. Aber natürlich ist es wegen eines gewissen, gut aussehenden Horace Mann-Stipendiaten, der in Europa verschütt gegangen ist. Ich versuche, mit dem Rauchen aufzuhören.

(... keine Post von Victor...)

Aber Franklins Körper gefällt mir, und er ist gut im Bett, und bei ihm bekomme ich leicht einen Orgasmus, aber es fühlt sich nicht gut an, und wenn ich versuche, Phantasien von Victor zu haben, dann kann ich nicht.

Ich gehe ins Computer-Seminar. Ich hasse es, aber brauche den Schein.

«Hab ich dir schon erzählt, daß ich in Irland bis auf die Haut durchsucht worden bin?» wird Franklin beim Mittagessen erwähnen.

Ich werde stur geradeaus schauen und Augenkontakt vermeiden, wenn er solche Sachen sagt. Ich tue so, als würde ich ihn nicht hören. Er rasiert sich manchmal nicht, und die Stoppeln tun weh. Ich liebe ihn nicht, werde ich beim Abendessen flüsternd vor mich hinleiern, während er mit anderen pomadigen Literaturwissenschaftlern schräg gegenüber sitzt. Die alle schwarz gekleidet sind und einen trockenen, aber ätzenden Humor vor sich her tragen. Und ich werde ganz überwältigt sein, wie schwierig er einzuordnen ist. Aber kannst du dich wirklich daran erinnern, wie Victor aussah? Nein, kannst du nicht, stimmt's?

«Ich will mit meinem Vater reisen, bevor er stirbt», sagte Franklin heute mittag beim Essen.

Ich sagte sehr lange nichts, und dann fragte er: «Bist du high?» und ich sagte «High» und zündete mir noch eine Zigarette an.

SEAN Kommt nicht in Frage, daß ich den Macker zum Busbahnhof fahre. Ich kann überhaupt nicht glauben, daß er mich darum gebeten hat. Ich habe einen höllischen Kater und fühle mich so, als müßte ich gleich Blut spucken, und ich bin auf dem Fußboden einer Bude von irgendwem aufgewacht, und es ist kalt, und ich habe schlechte Laune, und ich schulde Rupert fünfhundert Mäuse. Er ist vermutlich stinksauer und hat gedroht, mich umzubringen. Ich kann kaum glauben, daß ich so früh auf bin. Ich habe mir in der Snackbar ein Zwiebelbrötchen gekauft, und es ist kalt, aber dennoch würge ich es hinunter. Er steht schon da, mit seiner Tasche und der Sonnenbrille und dem langen Mantel und liest irgendein Buch. Ich murmele «Guten Morgen».

«Gerade aufgestanden?» fragt er hämisch grinsend.

«Ja. Habe meinen Tutorenkurs Gitarre verpaßt. Scheiße.» Ich klettere auf das Motorrad und versuche, es zu starten. Ich reiche ihm das Zwiebelbrötchen. Ich drehe den Zündschlüssel. Ich beschließe, nur so zu tun; vorzutäuschen, daß das Motorrad nicht anspringt. Er wird das nicht durchschauen.

«Du hast dich rasiert», sage ich und versuche, eine Unterhaltung in Gang zu bringen; seine Aufmerksamkeit vom Motorrad abzulenken.

«Ja. Ich wurde da ein wenig schmuddelig», sagte er.

«Für Mami gemacht? Das ist aber nett», sage ich.

«M-hm», sagt er.

«Nett», sage ich.

«Kann ich mal von deinem Brötchen abbeißen?» fragt er.

Ausgeschlossen. Ich möchte ihm keinen Bissen meines Brötchens abgeben. Ich sage: «Klar.»

Ich bringe das Motorrad in Gang, rüttele die Schlüssel leicht, dann lasse ich es wieder absterben. Trete das Gaspedal mit dem Fuß; schalte es mit einer raschen Handbewegung ab. Dann starte ich es wieder. Das Motorrad macht ein spotzendes Geräusch, der Motor säuft ab.

«O Scheiße», sage ich.

Ich tue so, als würde ich es wieder versuchen. Das Motorrad springt natürlich nicht an.

«Scheiße.» Ich steige vom Rad und beuge mich hinunter. Er beobachtet mich genau.

«Stimmt was nicht?» fragt er.

Ich weiß nicht, was ich sagen soll, also sage ich: «Braucht einen fliegenden Start.» Lächele vor mich hin.

«Einen fliegenden Start? Herrgott», murmelt er und blickt auf seine Uhr. Ich steige wieder aufs Motorrad und mache den Trick noch mal. Das Motorrad will einfach nicht anspringen.

«Es springt nicht an», sage ich zu ihm.

«Was mach ich denn jetzt?» fragt er.

Ich sitze da, sehe über den Commons hinweg, esse das kalte Brötchen auf, gähne: «Wie spät ist es?»

«Elf», sagt er.

Er ist ein Lügner. Es ist erst zehn Uhr fünfundvierzig. Ich spiele mit. «Dein Bus fährt um elf Uhr dreißig, stimmt's?»

«Stimmt», sagt er.

«Zeit genug, jemand zu finden, der mir einen fliegenden Start gibt.» Ich gähne noch einmal.

Er sieht auf seine Uhr. «Ich weiß nicht.»
«Ich finde jemand. Getch macht es.»
«Getch hat jetzt Musik für Behinderte», sagt er zu mir.
Das wußte ich. «Ja?» frage ich.
«Ja.»
«Das habe ich nicht gewußt», sage ich. «Ich hab nicht gewußt, daß Getch das belegt hat.»
«Ich nehme ein Taxi», sagt er.
Gott sei Dank. «Okay», sage ich.
«Mach dir keine Sorgen deswegen», sagt er.
«Tut mir leid, Junge», sage ich.
«Schon in Ordnung.» Er ist irritiert. Er steigt vom Motorrad und stopft das Buch, das er gerade liest, in den Dufflebeutel, rückt seine Sonnenbrille zurecht.
«Ich seh dich am Sonntag, okay?» sagt er, fragt er.
«Ja. Servus», sage ich.
Gehe wieder auf mein Zimmer und trinke Nyquil, um einzuschlafen. Ich habe gehört, daß Junkies das Zeug nehmen, wenn sie kein Heroin oder Methadon kriegen können. Es erfüllt seinen Zweck. Das einzige Problem ist, daß ich von Lauren träume, und die ist ganz blau.

PAUL Es war ein Freitagmorgen, und ich wartete neben Seans Motorrad auf dem Studentenparkplatz. Es war erst zehn Uhr dreißig, und die Bushaltestelle in der Stadt war vielleicht fünf Minuten mit dem Auto vom Campus, aber ich wollte dort früh ankommen. Als ich sechzehn Jahre alt war, sollte ich meine Eltern einmal in Mexiko treffen. Sie waren die Woche zuvor dorthin geflogen und sagten mir, daß, wenn ich kommen wollte, ich mir ein Ticket holen könne und sie in Las Cruces besuchen. Als ich in O'Hare ankam, um den Flug nach Mexico-City zu kriegen, merkte ich, daß ich ihn verpaßt hatte. Als ich zu meinem Wagen zurückging, fand ich einen Strafzettel wegen Falschparkens an meiner Windschutzscheibe. Ich blieb zu Hause und gab eine Party und ruinierte die Couch von Sloane's und sah elf Filme und schwänzte die ganze Woche über die Schule. Und das ist wahrscheinlich der Grund, warum ich vor Reisen so durchdrehe. Seit damals komme ich auf Flughäfen und Bahnhöfen und Bushaltestellen viel früher an als nötig. Obwohl es zehn Uhr vierzig war, und ich wußte, daß ich den Bus nach Boston wahrscheinlich kriegen würde, konnte ich mich dennoch nicht auf *The Fountainhead* konzentrieren, das ich gerade las, auch nicht auf irgend etwas anderes. Letzten Sommer sagte Mitchell zu mir, ich sei ein Analphabet, und daß ich mehr lesen sollte. Deshalb schenkte er mir ein Exemplar von *The Fountainhead*, und ich fing das Buch an, ziemlich zögerlich. Als ich Mitchell eines Tages in irgendeinem Café sagte, daß Howard Roark mir nicht gefiel, sagte er, er müsse auf die Toilette, und er kam nie wieder. Ich zahlte die Rechnung. Ich erinnere mich, daß meine Eltern mir einen ausgestopften Leguan kauften und ihn für mich durch den Zoll schmuggelten. Warum?

Sean traf ein und bemerkte, daß ich mich rasiert hatte, er flirtete wie ein Bastard. Sein Motorrad sprang nicht an, also entschloß ich mich, ein Taxi zur Bushaltestelle zu nehmen, und mir tat es für ihn leid, daß sein Motorrad nicht ansprang, und er sah aus, als würde er mich wirklich vermissen, und ich beschloß, daß ich ihn anrufen würde, wenn ich in Boston war. Dann fiel mir die ‹Bums-Klamotten-Party› ein, und ich wußte, daß er mit jemand ins Bett gehen würde; daß das alle tun. Als das Taxi mich zur Bushaltestelle fuhr, rauchte ich bereits Kette und ich hatte mein Exemplar des *Fountainhead* so stark geknickt, daß es eine bleibende Falte erhalten hatte. Aber der Bus hatte sowieso Verspätung, als er um elf Uhr fünfundvierzig ankam, deshalb mußte ich mir keine Sorgen machen, zu spät zu kommen. Ich, eine junge, dicke Dame in einer blauen Jacke mit Würfeln auf dem Rücken und ihr blonder, kleiner Junge mit schmutzigem Gesicht und ein gutgekleideter Blinder waren die einzigen Menschen, die in Camden zustiegen. Da sonst niemand im Bus war, nahm ich hinten in der Rauchersektion Platz. Die dicke Frau stieg mit ihrem Sohn ein, und sie setzten sich vorne hin. Der blinde Mann brauchte eine Weile zum Einsteigen, und der Fahrer half ihm und führte ihn langsam zu einem Sitz. Ich hoffte, daß der blinde Mann nicht neben mir Platz nehmen würde. Er tat es nicht. Ich war erleichtert.

Der Bus verließ Camden und fuhr auf die Route 9. Ich war froh, daß heute niemand sonst im Bus war, der nach Boston fuhr. Es würde eine angenehme, ruhige Reise werden. Ich schlug das Buch auf, starrte aus dem Fenster und bekam den Eindruck, daß dieses Wochenende in Boston vielleicht gar nicht so schrecklich werden würde. Schließlich würde Richard auch da sein. Es interessierte mich sogar ein bißchen, worüber meine Mutter mit mir reden wollte. Ihren gestohlenen Cadillac? Das war wahrscheinlich sowieso ein Firmenwagen. Leicht zu ersetzen, nichts, worüber man sich Sorgen machen mußte. Das allein wäre ihr doch keine Reise nach Massachusetts wert. Ich nahm die Sonnenbrille ab, da es bewölkt war und zündete mir eine neue Zigarette an, versuchte zu lesen. Aber es war zu schön draußen, um nicht durch das Fenster auf die mittoktoberliche Landschaft zu starren, überall waren noch Anzeichen des Herbstes. Rot und Dunkelgrün und Orange und Gelb flogen vorbei. Ich las noch etwas in dem Buch, rauchte noch ein paar Zigaretten, wünschte, ich hätte meinen Walkman dabei.

Nach ungefähr einer Stunde fuhr der Bus in eine Stadt und hielt an einer kleinen Haltestelle, wo ein altes Paar zustieg und sich vorne hinsetzte. Der Bus verließ die Haltestelle und fuhr wieder ungefähr eine Meile auf dem Highway, dann hielt er vor einer riesigen Menschenmenge, Kids aus dem College in der Nähe, die vor zwei grünen Bänken standen. Ich wurde angespannt und mir wurde klar, als der Bus langsamer wurde und an den Straßenrand fuhr, daß diese Studenten tatsächlich in den Bus steigen würden. Einen Augenblick lang bekam ich Panik und setzte mich rasch auf einen Sitz am Gang.

Als die Kids aus dem College einstiegen, nahm ich meine Sonnenbrille ab und setzte sie dann wieder auf und sah in mein Buch in der Hoffnung, daß ihnen nicht klar würde, daß ich ein Student aus Camden war. Fünfzig oder sechzig dieser Kids drängten sich in den Bus, und es wurde unerträglich laut. Die meisten von ihnen waren Mädchen, die pink und blau gekleidet waren. Esprit und Benetton-Sweatshirts, zuckerfreien Kaugummi schnalzten, Walkmänner auf, Dosen mit koffeinfreiem Diät-Coke in der Hand, Ausgaben von *Vogue* und *Glamour* festgekrallt, so sahen sie aus, als wären sie einem Starburst-Werbespot entstiegen. Die Kerle, es waren acht oder neun, sahen meist gut aus, und sie setzten sich nach hinten, in meine Nähe, in die Rauchersektion. Einer trug einen großen Sony-Kassettenrecorder aus dem die neue Talking Heads dröhnte, Ausgaben des *Rolling Stone* und der *Business Week* wurden hin- und hergereicht. Sogar nachdem dieser ganze Pepsi-Abfall eingestiegen war, saß immer noch niemand neben mir. Ich fühlte mich langsam völlig gehemmt und dachte, mein Gott, ich muß bestimmt anmaßend aussehen, hinten sitzend, die Wayfarer auf, schwarzer Tweedmantel, der an der Schulter eingerissen ist, kettenrauchend, ein mitgenommenes Exemplar des *Fountainhead* in meinem Schoß. Das alles mußte «Camden!» brüllen. Aber ich war immer noch dankbar, daß niemand neben mir saß.

Aber gerade, als der Bus losfuhr, bemerkte ich *den* Jungen, der genauso wie Sean aussah, genauso deplaziert wirkte, wie er vorne im Bus stand und versuchte, sich einen Weg nach hinten zu bahnen. Er hatte wirres, längeres Haar und einen Siebentage-Bart. Er trug ein Billy Squier-T-Shirt (o mein Gott) und hielt einen prallen Kissensack. Ich kriegte mich wegen der Ähnlichkeit nicht ein, und mein Herz stand still, dann hüpfte es ein wenig, bevor es wieder normal schlug. Ich sah mich im Bus um und hatte das schreckliche Gefühl, daß dieser Sean-Doppelgänger, der auch fettverschmierte Hände hatte, eine zerknitterte Ausgabe des *Motor Trend* (fuhr dieser Typ nach Hampshire?) in der Hand hielt, daß er neben mir Platz nehmen müsse. Der Junge ging an dem leeren Platz vorbei, neben dem ich saß, und sah sich hinten im Bus um. Einer der College-Jungen, der eine Members Only-Jacke trug und in einer *Sports Illustrated* blätterte, seine hohen Turnschuhe auf den Vordersitz geknallt hatte, erzählte, wie er seinen Walkman im Wirtschaftsseminar der Erstsemester verloren hätte, wurde still, und als er das tat, sahen all die Typen auf den Sean-Jungen und schnaubten verächtlich und rollten ihre Augen. Ich dachte, bitte, setz dich nicht neben mich... Er sah Sean so ungemein ähnlich.

Er wußte, daß die College-Jungen sich über ihn lustig machten und bewegte sich auf mich zu.

«Ist dieser Platz besetzt?» fragte er.

Rund eine Minute lang wollte ich «Ja» sagen, aber das wäre natürlich lächerlich gewesen, also schüttelte ich den Kopf und schluckte heftig und stand auf, um den Jungen Platz nehmen zu lassen. Die Sitze waren nah beieinander, und ich mußte bis an den Rand meines Sitzes rutschen, damit wir es bequem hatten. Das

Haar auf seinem Kopf und seinen Armen hatte dieselbe Farbe, und er hatte auch eine Augenbraue und enge, zerrissene Jeans. Man konnte es schwerlich gut sein lassen.

Der Bus fuhr los, bevor alle Platz genommen hatten und schlingerte auf den Highway zurück. Ich versuchte, das Buch zu lesen, konnte aber nicht. Es fing an zu regnen, der Klang der Talking Heads kam aus dem funkelnden Kassettenrecorder, die Mädchen ließen Pepsi light und Nachos hin- und hergehen und versuchten, mit mir zu flirten, das unablässige Quasseln der College-Jungen hinten, der Rauch von Gewürzzigaretten, ein gelegentlicher Joint, sie unterhielten sich darüber, wie so eine Schlampe von so einem Typ namens Phil auf dem Rücksitz eines Toyota Nissan, der einem Mark gehörte, gebumst wurde, und wie Ursula Phil anlog und sagte, es wäre nicht sein Baby, aber er zahlte trotzdem für die Abtreibung, und es war alles so irritierend, daß ich mich nicht einmal auf irgend etwas konzentrieren konnte. Und als wir dann in der Nähe von Boston waren, war ich so wütend auf meine Mutter, weil sie mich gebeten hatte zu kommen, daß ich nur auf den Sean-Boy starrte, der wiederum nur aus dem Fenster stierte, mit seinen fettverschmierten Händen die Knicke seines Tickets glättete, während seine Swatch laut tickte.

SEAN Heute habe ich wieder einen Zettel in meinem Kasten von Lauren Hynde. Darauf steht: «Ich will dich heute abend treffen – wenn die Sonne untergeht – E-L-O-V wird man nicht länger so buchstabieren...» Ich kann nicht bis zur Party warten, bis «die Sonne untergeht», also versuche ich mit Lauren beim Mittagessen zu reden. Sie steht bei den Nachspeisen und raucht eine Zigarette mit Judy Holleran (die ich letztes Semester gebumst habe, und für die ich gelegentlich Stoff kaufe; sie ist auch echt abgefuckt, seit ewigen Zeiten bei einem Psychologen in Behandlung), und ich nähere mich ihnen langsam von hinten, und plötzlich möchte ich Lauren berühren, ich bin dabei, sie zart im Nacken zu berühren, aber mein Zimmergenosse, der Franzmann, den ich seit Tagen nicht gesehen habe, entschuldigt sich und langt nach einem

Croissant oder so was und zögert. Er nimmt mich wahr und sagt: «Ça va.» Ich sage «Ça va.» Lauren sagt «Hi» zu ihm, und sie wird rot und sieht Judy an, und Judy lächelt auch. Er sieht weiter Lauren an und geht dann fort. Lauren erzählt Judy gerade, wie sie ihren Ausweis verlor.

«Was läuft denn so?» frage ich Judy und nehme mir einen Teller mit Melonen.

«Hi, Sean. Nichts», sagt sie.

Lauren blickt über das Gebäck hinweg und spielt schwer-zu-fassen. Es ist so offensichtlich, daß es mir peinlich ist.

«Geht ihr auf die Party heute abend?» frage ich. «Wenn die Sonne untergeht?»

«Absolut ausgeflippt», sagt Judy, verteufelt sarkastisch.

Lauren lacht, als würde sie zustimmen. Wetten daß, denke ich.

Der Hirnie aus L. A. schnappt sich eine Orange aus der Obstschale, und Lauren schaut nach unten, worauf? Auf seine Beine? Die sind wirklich braun, und ich habe ihn noch nie ohne seine Sonnenbrille gesehen, na wenn schon. Als Zeichen des Erkennens hebt er die Augenbrauen. Ich auch. Ich sehe wieder Lauren an, und ich bin sprachlos, wie toll sie aussieht. Und wie sie so dasteht, auch wenn es nur eine Millisekunde ist, breche ich darunter zusammen, wie toll dieses Mädchen aussieht. Es verblüfft mich, wie ihre Beine auf mich wirken, die Brüste, ohne BH, unter einem «We are the World»-T-Shirt, die Schenkel. Sie sieht wie in Zeitlupe zu mir herüber. Ich kann dem Starren ihrer blauen Augen nicht standhalten. Sie ist *zu* großartig. Ihre perfekten, vollen Lippen sind immer noch zu diesem sorglosen, sexy Lächeln erstarrt. Sie ist perfekt gebaut. Sie lächelt, als sie mein Starren bemerkt, und ich erwidere ihr Lächeln. Ich denke, ich will dieses Mädchen *kennenlernen*.

«Ich glaube, es soll auch eine Toga-Party sein», sage ich.

«Toga? Jesus», sagt sie. «Was glauben die denn, daß dieser Laden hier ist? Williams?»

«Wo ist die Party?» fragt Judy.

«Im Wooley», sage ich zu ihr. Sie kann mich nicht einmal gottverdammt ansehen.

«Ich dachte, wir hätten schon eine gehabt», sagt sie und inspiziert einen Keks. Ihre Hände sind lang und zartgliedrig. Auf den Nägeln ist Klarlack aufgetragen. Ihre Hand, klein und sauber, kratzt an ihrer vollkommenen, kleinen Nase, während die andere Hand durch ihr blondes, kurzes Haar fährt und dann wieder über ihren Nacken. Ich versuche, sie zu riechen.

«Hatten wir auch», sage ich.

«Eine *Toga-Party*», sagt sie. «Du machst wohl Witze. Wer ist überhaupt im Vergnügungsausschuß?»

«Ich», sage ich und sehe sie direkt an.

Judy schiebt einen Haferflockenkeks rein und nimmt einen Zug von ihrer, Laurens Zigarette.

«Also, Getch und Tony werden ein paar Laken stehlen. Ein Faß ist auch da. Ich weiß nicht», sage ich und lache ein bißchen. «Es ist keine echte *Toga-Party*.»

«Also, hört sich so an, als würde es echt passieren», sagt sie.

Sie geht abrupt, nimmt einen Keks und fragt Judy: «Ich geh in die Stadt mit Beanhead, willste mit?»

Judy sagt: «Plath-Arbeit. Kann nicht.»

Lauren geht, ohne etwas zu mir zu sagen. Offensichtlich verlegen, durcheinander durch meine Anwesenheit.

Heute abend, denke ich. Ich gehe zum Tisch zurück.

«Der Gewichteraum wurde heute eröffnet», sagt Tony.

«Rock 'n' Roll», sage ich.

«Du bist ein Idiot», sagt er.

Wenn die Sonne untergeht, denke ich.

PAUL Ich steige mit den anderen College-Studenten und dem blinden Mann und der dicken Frau mit dem blonden Kind aus dem Bus und gehe mitten im Treibgut des großen Busbahnhofs in Boston unter. Dann war ich draußen, und es war Rush Hour und bedeckt, und ich sah mich nach einem Taxi um. Plötzlich tippte es an meine Schulter, und als ich mich umdrehte, stand ich dem Jungen, der aussieht wie Sean, gegenüber.

«Ja?» Ich schob meine Sonnenbrille herunter. Ich verspürte einen Adrenalinstoß.

«Mann, könntest du mir vielleicht fünf Mäuse borgen», fragte er.

Mir wurde schwindlig, und ich wollte «Nein» sagen, aber er sah so sehr wie Sean aus, daß ich nach meiner Brieftasche fingerte, keinen Fünfer finden konnte und ihm schließlich einen Zehner reichte.

«Danke, Mann», sagte er und schleuderte den Kopfkissenbezug über seine Schulter, nickte vor sich hin und ging fort.

Ich nickte auch, eine unfreiwillige Reaktion, und bekam Kopfschmerzen. «Ich bringe sie um», flüsterte ich vor mich hin, als ich endlich ein Taxi heranwinkte.

«Wohin?» fragte der Fahrer.

«Ritz-Carlton. Es ist auf der Arlington», sagte ich zu ihm und lehnte mich erschöpft im Sitz zurück.

Der Fahrer drehte den Kopf um und sah mich an, sagte aber nichts.

«Das Ritz-Carlton», sage ich noch einmal, leicht beunruhigt.

Er starrt immer noch.

«Auf... der Arlington...»

«Ich hab Sie verstanden», murmelt der Taxifahrer, ein alter Kerl, und dreht sich wieder um.

Was starren sie denn dann gottverdammt an? möchte ich hinausschreien.

Ich rieb mir die Augen. Meine Hände rochen furchtbar, und ich machte ein Päckchen Chuckles auf, das ich an der Bushaltestelle in Camden gekauft hatte. Ich aß eins. Das Taxi bewegte sich langsam durch den Verkehr. Es fing an zu regnen. Der Taxifahrer sah mich weiterhin im Rückspiegel an, schüttelte den Kopf, murmelte Dinge, die ich nicht verstehen konnte. Ich hörte auf, das Chuckle zu kauen. Das Taxi war kaum einen Block entlang gefahren, als es wendete und an den Bordstein fuhr. Ich bekam eine Panik und dachte, Herrgott, was ist jetzt? Würde er mich rausschmeißen, nur weil ich ein gottverdammtes Chuckle gegessen hatte? Ich steckte die Chuckles weg.

«Warum halten wir an?» fragte ich.

«Weil wir da sind», seufzte der Fahrer.

«Wir sind da?» Ich sah aus dem Fenster. «Oh.»

«Ja, das macht eins vierzig», grummelte er. Er hatte recht.

«Ich schätze, ich habe vergessen, daß es... so, hm, nah ist», sagte ich.

«Mhm», sagt der Fahrer. «Wie auch immer.»

«Ich hab 'ne Fußverletzung. Tut mir leid», ich schob ihm zwei Dollar hin und stolperte im Regen, als ich aus dem Taxi stieg, und ich weiß einfach, daß Sean auf der Party heute abend jemand fikken wird, und ich bin jetzt in der Lobby angekommen, ganz durchnäßt, und wehe, wenn das hier nicht gut wird.

Er weiß es nicht, aber ich hatte ihn den Sommer über gesehen. Letzten Sommer. Ich verbrachte meine Sommerferien auf Long Island, in den Hamptons mit meinem armen, betrunkenen Vater. Southhampton, Easthampton, Hampton Bays – über die Insel streifend mit den anderen Nomaden in den Gucci-Klamotten. Eine Nacht verbrachte ich bei meinem Bruder und besuchte eine längst verwitwete Tante auf Shelter Island, und ich wohnte haufenweise in Motels, Motels, die pink und grau und grün waren und im Licht der Hamptons glühten. Ich wohnte in diesen Häfen der Zuflucht, weil ich den Anblick der neuen Freundinnen meines Vaters nicht mehr ertragen konnte. Aber das ist eine andere Geschichte.

Ich sah ihn zuerst im Coast Grill an der Südküste und dann in diesem absoluten In-Lokal, diesem Barbecue, dessen entzückender Name mir im Augenblick nicht einfällt. Er aß halbgares Hühnchen und versuchte, nicht zu niesen. Er war mit einem weiblichen Wesen zusammen (einer Hure, ganz bestimmt), das magersüchtig wirkte. Schwule Barkeeper standen um beide herum, schauten gelangweilt drein, und ich bestellte mir Slow Comfortable Srews, um sie zu nerven und zu necken. «Wird das mit Rum gemacht?» lispelten die dann, und ich lispelte zurück: «Sicher», weil man «Nein» nicht lispeln kann. Mit dem Mund atmende Kellnerinnen kamen zu dir, dir, der du von bronzener Farbe wie ein junger Gott ausschautest, ein GQ-Mann, dein Haar nach hinten gecremt. Ich hörte, wie dein Name aufgerufen wurde – ein Anruf. Bateman. Sie sprachen ihn falsch aus – Dateman. Ich saß in Dunkelheit gehüllt an der langen, glatten Bar, und ich hatte gerade ach so diskret herausgefunden, daß ich drei von vier Seminaren im letzten Semester nicht bestanden hatte. Unglück-

licherweise hatte ich vergessen, die erforderlichen «gewissen Arbeiten» einzureichen, überhaupt fertigzustellen, bevor ich nach Arizona fuhr und in die Hamptons kam. Und da saßt du. Das letzte Mal, daß ich dich gesehen hatte, war beim Mitternachtsfrühstück; du warfst einen geballten Pfannkuchen an einen Tisch der Theater-Studenten. Jetzt zündetest du dir eine Zigarette an. Du bemühtest dich nicht, die der Hure anzuzünden. Ich folgte dir zur Telefonzelle.

«Hey, Mann, also, hast du denn nicht mit dem Dekan gesprochen und, also, eh, ihnen gesagt, wie ausgepowert ich bin?»

Ich nahm an, daß es dein Psychiater war.

Du gähntest und sagtest: «Doch, ich bin betroffen.»

Es gab eine gewisse Pause, und dann sagtest du: «Füll einfach das Librium wieder auf.»

Noch eine Pause. Du sahst dich um, erkanntest mich nicht wieder vom College. Ich, sonnenverbrannt und steif, versuchte zu trinken, war aber ach so nüchtern. «Ich bin bereit», sagtest du.

Du hängtest auf. Ich beobachtete dich, wie du nonchalant Geldscheine auf den Tisch warfst und vor der Hure aus dem Restaurant gingst. Die Tür ging vor ihr zu, aber sie folgte dir trotzdem. Ihr jagtet beide in einem hellroten Alfa Romeo davon, und ich betrank mich und wartete auf heute abend.

Heute abend. Ich habe den ganzen Nachmittag in einem Bad mit duftendem Wasser zugebracht, mich für dich vorbereitet, gereinigt, eingeseift, rasiert, geölt. Ich habe seit zwei Tagen nichts gegessen. Ich warte. Darin bin ich gut. Ich höre mir alte, bald vergessene Songs an und warte auf heute abend und auf dich. Warte auf diesen letzten Augenblick. Ein Augenblick, der mit solcher Erwartung und Sehnsucht gefüllt ist, daß ich beinahe sein Eintreten gar nicht mehr erleben möchte. Aber ich bin bereit. Eines schönen Tags wirst du mich als dein Mädchen haben wollen, weint mein Radio. Das stimmt. Heute abend.

PAUL Ich gehe auf den Empfang zu und stehe da, der Drang zu fliehen, nach Camden zurückzufahren, einfach die zwei Blocks im Regen zurückzugehen, zum Busbahnhof, einfach in den Bus zu steigen und Sean auf der ‹Bums-Klamotten-Party› abzufangen, überwältigt mich und ich stehe einfach da und starre mit aufgerissenen Augen auf die wohlgekleideten Männer hinter dem Empfang, bis einer schließlich hergleitet und sagt: «Ja, mein Herr?» Ich bin versucht zu gehen, abzuhauen, es zu tun.

«Ja, mein Herr?» fragt er noch einmal.

Ich kriege mich wieder ein. Ich sah ihn an. Es war zu spät. Es war alles zu spät.

«Ich glaube, meine Mutter hat für das Wochenende reserviert. Der Name ist Denton.»

«Denton, sehr schön», sagt der Angestellte, sieht mich zweifelnd von oben bis unten an, bevor er in seinen Listen nachsieht. Ich sah verwirrt an mir herunter, dann wieder den Angestellten an.

«Ja, Denton. Drei Tage. Das sind zwei Zimmer, richtig?» fragte der Angestellte.

«Ich denke doch.»

«Würden Sie das bitte unterschreiben?» Der Angestellte reichte mir etwas.

Ich trug die Adresse in Camden ein, aber ich wußte nicht warum. Meine Hände waren immer noch feucht. Sie befleckten die Karte.

«Wird Ihre Mutter bar bezahlen oder mit VISA, Mr. Denton?» fragte der Angestellte.

Ich hätte mit meiner American Express-Karte zahlen können, aber warum zum Teufel sollte ich das tun? Das wäre dumm gewesen. Die ganze Geschichte war dumm. «VISA, schätze ich.»

«Schön, Mr. Denton.»

«Ich schätze, die anderen kommen später.» Und nennen Sie mich nicht Mr. Denton. Ich heiße Paul, ihr Dummköpfe, Paul!

«Schön, Mr. Denton. Ist das das einzige Gepäck, das Sie haben?»

Ich stand naß da, mein Leben war ruiniert. Mit Sean war es vorbei. Schon wieder beißt einer ins Gras.

«Sir?» fragte der Angestellte hartnäckig.

«Was?» blinzele ich.

«Ich werde es sofort jemand hochbringen lassen», sagt er.

Ich konnte ihn nicht mal verstehen, nur «Danke» und knöpfe mir den Mantel auf, und jemand reicht mir einen Schlüssel und in einem Nebelschleier gehe ich in einen offenen Aufzug und drücke einen Knopf für den neunten Stock, nein, jemand anderes drückt ihn für mich, und irgendein Mensch führt mich einen Gang entlang und hilft mir, die beiden Zimmer zu finden.

Ich lag lange auf dem Bett, bevor ich mich entschloß aufzustehen. Ich öffnete die Türen, die die Suiten verbinden, und grübele, welches Zimmer besser aussah. Ich lag auf einem der Doppelbetten in dem anderen Zimmer, und ich beschließe, daß das erste Zimmer komfortabler war. Ich sehe das andere Doppelbett an, wo Richard schlafen würde. Ich überlegte, ob wir miteinander rummachen würden, weil wir das in der High School in Chicago getan hatten. Wegen ihm wäre ich beinahe aufs Sarah Lawrence gegangen. Er wäre beinahe nach Camden gegangen, stieg dann aber aus und sagte mir: «Es ist gottverdammt ausgeschlossen, daß ich meine Zeit in New Hampshire absitze», und ich hatte zu ihm gesagt: «Ich würde lieber in Las Vegas aufs College gehn als in Bronxville.» Richard sah ganz bestimmt sehr gut aus, aber mit ihm zusammen zu sein, war keine gute Idee, und mein Haupteinwand gegen Boston, abgesehen davon, Sean allein zu lassen. Ich schaltete den Fernseher ein und legte mich wieder hin und nahm dann eine Dusche, das Telefon läutete andauernd, ich legte es dauernd auf, zog mich an, sah noch etwas fern, rauchte weitere Zigaretten, wartete.

LAUREN Ich träume von Victor. Im Traum ist Camden an einen anderen Ort verlegt. Leute vom College laufen um ein Salat-Buffet am Strand herum. Judy steht am Meer. Das Meer hinter ihr ist manchmal weiß, manchmal rot, manchmal schwarz. Als ich sie frage, wo Victor ist, sagt sie: «Tot.» Ich wache auf. Einen langen, schmerzlichen Augenblick lang, zwischen dem Zeitpunkt, an dem ich den Alptraum habe, und dem Zeitpunkt, an dem er hoffentlich vergessen ist, liege ich da und denke über Victor nach. Ein ganz gewöhnlicher Morgen.

Ich sehe mich im Raum um. Franklin ist weg. Die Dinge um

mich herum deprimieren mich, scheinen meine erbärmliche Existenz zu definieren. Alles ist so langweilig: Meine Schreibmaschine – kein Farbband; Staffelei – keine Leinwand; mein Buchregal – keine Bücher; ein Scheck von Vater; ein Flugticket nach Saint Tropez, das jemand in meinen Kasten gestopft hat; ein Zettel mit der Absage des Elternwochenendes; die neuen Gedichte, die ich schreibe, zerknüllt neben dem Bett; die neue Geschichte, die Franklin mir dagelassen hat, *Saturn hat Augen* heißt sie; die halbleere Rotweinflasche (Franklin hat sie gekauft; jordanischer, zu süß), die wir gestern abend getrunken haben; die Aschenbecher; die Zigaretten in den Aschenbechern; die aufgerollte Bob Marley-Kassette – das alles deprimiert mich sehr. Ich versuche, wieder zu meinem Alptraum zurückzufinden. Kann nicht. Sehe hinüber zu den Weinflaschen, die auf dem Boden stehen, die leere Packung Gauloises (Franklin raucht sie; wie aufgesetzt). Ich kann mich nicht entschließen, ob ich nach dem Wein oder den Zigaretten langen oder das Radio andrehen soll. Mächtig verwirrt stolpere ich in den Gang hinaus, Reggae-Musik dringt – bomp, bomp – aus dem Aufenthaltsraum unten. Draußen sollte es hell sein, aber dann wird mir klar, daß es halb fünf Uhr nachmittags ist.

Ich mache Schluß mit Franklin. Ich habe es ihm gestern abend gesagt, bevor wir ins Bett gingen.

«Du machst wohl Witze», sagte er.

«Mach ich nicht», sagte ich.

«Bist du high?» fragte er.

«Das ist nicht das Thema», sagte ich. Dann machten wir Sex.

PAUL Ich spielte mit dem Gedanken, noch einmal zu duschen, mein Haar zu stylen oder Sean anzurufen, oder eine ganze Reihe von Dingen zu tun, als ich hörte, wie jemand versuchte, ins Zimmer zu kommen. Ich stand neben der Tür und hörte, wie meine Mutter und Mrs. Jared über irgend etwas plapperten.

«Ach, Mimi, hilf mir doch mal mit diesem verdammten Schloß.» Es war meine Mutter, die motzte.

«Herrgott, Eve», hörte ich Mrs. Jareds weinerliche Stimme antworten. «Wo ist denn der Page?»

Ich rannte zum Bett hin und warf mich darauf und zog mir ein Kissen über den Kopf, ich versuchte, lässig auszusehen. Ich sah lächerlich aus und stand auf, versuchsweise.

«Verdammt, Mimi, das ist der falsche Schlüssel. Versuch mal das andere Zimmer», hörte ich sie sich mit gepreßter Stimme beschweren.

Meine Mutter klopfte an die Tür und fragte: «Paul? Paul, bist du da drin?»

Ich wußte nicht, ob ich etwas sagen sollte, dann war mir klar, daß ich es mußte und sagte: «Ja. Wer ist es bitte?»

«Es ist deine Mutter, um Himmels willen», sagte sie und klang erschöpft. «Was glaubst du denn, wer es ist?»

«Oh», sagte ich. «Hi.»

«Könntest du mir bitte helfen, diese Tür zu öffnen?» bat sie.

Ich ging zur Tür hin und drehte den Knauf, versuchte, sie aufzuziehen, aber meine Mutter hatte es irgendwie verbockt und sie von außen verschlossen.

«Mutter?» Hab Geduld, Geduld.

«Ja, Paul?»

«Du hast abgeschlossen.»

Pause.

«Hab ich?»

«Ja, hast du.»

«Ach je.»

«Warum schließt du nicht auf?» schlug ich vor.

«Oh.» Es wurde still. «Mimi, komm hierüber. Mein Sohn sagt, daß ich die Tür aufschließen soll.

«Hallo, Paul, mein Lieber», sagte Mrs. Jared durch die Tür.

«Hi, Mrs. Jared», rief ich zurück.

«Es scheint, daß diese Tür abgeschlossen ist», bemerkte sie.

Ich zog wieder daran, aber die Tür ging nicht auf.

«Mutter?»

«Ja, mein Lieber?»

«Steckt der Schlüssel im Schloß?»

«Ja. Warum?»

«Warum drehst du ihn nicht einfach nach, sagen wir... links? Okay?»

«Nach links?»

«Ja, warum nicht?»

«Versuch es, Eve», drängte Mrs. Jared.

Ich hörte auf, an der Tür zu ziehen. Es klickte. Die Tür ging auf.

«Liebling», schrie meine Mutter, restlos ausgeflippt, und kam auf mich zu mit ausgestreckten Armen. Sie sah eigentlich recht hübsch aus. Vielleicht zu viel Make-up, aber dünner, und sie ist perfekt gekleidet, ihr Schmuck klappert überall, aber es hatte alles eine elegante Art, keine schäbige. Ihr Haar, brünett, dunkler als ich es in Erinnerung hatte, war nach dem neuesten Stil geschnitten, und es ließ sie viel jünger erscheinen. Oder vielleicht waren es die Augen oder die Augenfalte, die sie sich letzten Sommer hatte richten lassen, als wir nach Europa fuhren, die diesen Eindruck bewirkten.

«Mutter», sagte ich und stand reglos da.

Sie umarmte mich und sagte: «Ach, es ist ja so lange her.»

«Fünf Wochen?»

«Ach, das ist eine lange Zeit, mein Lieber», sagte sie.

«Eigentlich nicht.»

«Sag Mrs. Jared ‹Hallo›», sagte sie.

«O Paul, du siehst so süß aus», sagte Mrs. Jared und umarmte mich auch.

«Mrs. Jared», sagte ich.

«So groß und weit weg im College. Wir sind so stolz auf dich.»

«Er sieht ja so gut aus», sagte meine Mutter, ging zum Fenster hinüber und machte es auf, wedelte den Zigarettengeruch hinaus.

«Und lang», sagte Mrs. Jared. Ja, und deinen Sohn habe ich auch schon gefickt, dachte ich.

Ich setzte mich aufs Bett, unterließ es, mir eine Zigarette anzuzünden und schlug die Beine übereinander.

Meine Mutter eilte ins Bad und fing sofort an, ihre Haare zu bürsten.

Mrs. Jared zog ihre Schuhe aus und setzte sich mir gegenüber und fragte: «Sag mal, Paul, warum trägst du so viel Schwarz?»

STUART Nach dem Essen und einer Dusche kamen ein paar Freunde auf ein Glas Wein zu mir, und wir hatten alle eine Haar-Färbe-Party. Während sie das Badezimmer in Beschlag nahmen und sich die Haare in dem Becken wuschen, ging ich über den Flur in Paul Dentons Zimmer. Ich stand lange davor, zu nervös, um zu klopfen. Ich las die Zettel, die Leute an seine Tür geklebt hatten, dann fuhr ich mit der Hand darüber. Ich wollte ihn zu uns einladen, und ich war stoned genug, um mich zu trauen. Ich klopfte zuerst leise, und als niemand antwortete, klopfte ich stärker. Als niemand die Tür öffnete, ging ich weg, verwirrt und erleichtert. Ich sagte mir, ich würde ja heute abend mit ihm auf der Party reden; dann könnte ich meinen Schachzug machen. Ich kam in mein Zimmer zurück, und Dennis saß auf meinem Bett. Sein Haar war naß und frisch rot gefärbt, und er sah sich gerade die neue *Voice* an und spielte meine Bryan Ferry-Kassette. Ich habe die letzte Nacht mit ihm verbracht. Ich sage nichts. Er sagt zu mir: «Paul Denton wird niemals je mit dir schlafen.» Ich sage nichts. Betrinke mich nur noch mehr, drehe die Musik lauter und ziehe mich bumsmäßig an.

PAUL «Wie war der Flug?» fragte ich sie.

«Oh, unheimlich, unheimlich», sagte Mrs. Jared. «Deine Mutter hat in der ersten Klasse diesen absolut tollen Arzt von der Nordküste getroffen, der zum Elternwochenende in Brown fuhr, und weißt du, was deine Mutter gemacht hat?» lächelte Mrs. Jared wie ein ungezogenes kleines Mädchen.

«Nein.» Oh, ich konnte es kaum erwarten.

«O Mimi», seufzte meine Mutter, als sie aus dem Badezimmer kam.

«Sie hat ihm erzählt, sie sei *single*», rief Mrs. Jared aus und stand auf und nahm den Platz meiner Mutter im Badezimmer ein und schloß die Tür.

Es durfte keinerlei Stille herrschen, daher fragte mich meine Mutter: «Habe ich dir von dem Wagen erzählt?»

«Ja.» Ich konnte Mrs. Jared urinieren hören. Verlegen sprach ich lauter: «Ja, ja, hast du. Ich glaube, du hast mir von dem Wagen erzählt.»

«Typisch. Das ist alles so typisch. Ich hatte mich mit Dr. Vanderpool getroffen, und wir beide gingen ins 95th essen und –»

«Warte mal. Dr. Vanderpool? Dein Seelenklempner?» fragte ich.

Sie fing wieder an, sich die Haare zu bürsten und fragte: «Seelenklempner?»

«Tut mir leid», sagte ich. «Arzt.»

«Ja. Mein Arzt.» Meine Mutter sah mich merkwürdig an.

«Du gingst essen?» erinnerte ich sie.

«Ja», sagte sie. Ich hatte sie aus dem Gleichgewicht gebracht. Sie stand verblüfft da.

«Ich habe gedacht, das wäre bei Neiman's passiert», sagte ich, amüsiert, aber, Scheiße noch mal, wen interessiert das?

«Nein. Warum?» fragte sie, immer noch ihr Haar bürstend.

«Vergiß es.» Ich habe vergessen, daß ich mich über solche Dinge nicht mehr amüsieren sollte. Ich meine, ich bin ja erst, was, drei Jahre weg, stimmt's? Die Toilette wurde gespült, und ich schreckte auf, sah wieder auf den Fernseher, tat so, als hätte Mrs. Jared nicht gepißt.

«Also...» Meine Mutter sah mich an, als sei ich ein echter Hirnie. Ein echter Knallkopf.

«Mach schon», drängelte ich. «Mach schon.»

«Also», fuhr sie fort. «Ich kam aus seinem Büro, und er war weg. Völlig weg. Ist das zu fassen?» fragte sie mich.

«Typisch», sagte ich zu ihr. Tu einfach so, als sei sie nicht verrückt, und alles wird glattgehen.

«Ja.» Sie hörte auf, sich das Haar zu bürsten, aber fuhr fort, in den Spiegel zu starren.

Die Pagen brachten die Koffer hoch – alle acht. Ja, das stimmt. Natürlich, ein Wochenende in Boston, acht Koffer für zwei Leute, klar. Acht Gepäckstücke waren da: vier von Louis Vuitton, die meiner Mutter; und vier von Gucci, Mrs. Jareds.

«Was macht das College?» fragte meine Mutter, nachdem sie den Pagen Trinkgeld gegeben hatte (die nicht sexy waren, im Gegensatz zu Mrs. Jareds Anspielungen, daß sie es seien).

«Geht gut», sagte ich.

«Die Seminare», brachte sie sich in Erinnerung. «Was machen deine Seminare?»

«Gehen gut.»

«Was hast du belegt?» fragte sie.

Ich habe ihr das bestimmt schon gesagt, ihr eine Liste am Telefon durchgegeben, mindestens fünfmal.

«Seminare. Seminare eben. Schauspielern. Improvisation. Bühnenbild. Seminare. Drama.»

«Wie geht's diesem wunderbaren Freund von dir? Michael? Monty? Was?» fragte sie, während sie den Reißverschluß eines Koffers aufzog und in ihm suchte.

Ich konnte kaum glauben, daß sie solche Scheiße redete. Sie wußte seinen gottverdammten Namen verdammt gut, aber ich konnte nicht einmal wütend werden, also legte ich mich zurück und seufzte seinen Namen. «Mitchell. Er hieß Mitchell.»

«Ja. Mitchell. Das ist es.»

«Wie geht es ihm?» fragte ich.

«Ja.»

«Gut.» Ich fing wieder an, mir um Sean Sorgen zu machen. Sean auf der Party. Sean, wie er jemand fickt. Wen? Dieses Mädchen, das ihm Zettel in seinen Kasten steckt? Oder schlimmer noch... was, wenn er mit Raymond heimgeht oder mit Harry oder mit Donald? Was mach ich denn hier?

«Wann trifft Richard ein?» fragte ich, um das Thema zu wechseln.

«Ich weiß nicht», flüsterte meine Mutter, plötzlich besorgt. «Mimi?»

«So um sechs rum», sagte Mrs. Jared. «Ich hab ihm gesagt, daß wir um neun unten einen Tisch reserviert hätten, also weiß er, wann er hier sein muß.»

Was mach *ich* denn hier? Meine Mutter will mit mir über nichts reden. Es ist nur ein Trick, mich hierher zu locken, so daß sie sich beschweren kann, wie ich mich anziehe und wie ich esse und rauche und lebe und weiß Gott was noch. Meine Mutter und Mrs. Jared begeben sich in das andere Zimmer. «Wir lassen euch Jungs dieses Zimmer, damit ihr euch unterhalten könnt und was auch immer...»

Es klingt ominös und verdächtig, und was habe ich hier verloren? Ich sehe auf das Exemplar des *Fountainhead* auf dem Fernseher, eine Erinnerung an Michael? Monty? Ich sehe mir einen Zeichentrickfilm an. Meine Mutter und Mrs. Jared teilen sich eine Seconal oder was auch immer und fangen an, sich darüber Sorgen zu machen, was sie heute abend tragen sollen. Ich sehe mir noch mehr Zeichentrickfilme an und verfluche Sean und bestelle den Zimmerservice. Ich beschließe, mich frühzeitig zu betrinken.

SEAN Nachdem ich mich heute nachmittag betrunken hatte, suchte ich Lauren beim Essen heute abend. Sie war nicht da. Ich suchte sie, nachdem Getch und Tony und Tim und ich das ‹Wooley› hergerichtet hatten. Ich suchte sie, nachdem ich meine Toga angelegt hatte. (Da ich dem Verhütungskomitee angehöre, muß ich eine Toga tragen, aber ich zog meine Lederjacke darüber an, damit es geil aussah.) Ich suchte sogar ihr Zimmer, spazierte im Dunkeln über den Campus und versuchte mich zu erinnern, in welchem Haus sie wohnte. Aber es war zum Suchen zu kalt, also hörte ich auf und sah statt dessen im Commons fern und trank Bier. Ich wußte nicht, was ich ihr sagen würde, wenn ich sie gefunden hätte. Es war nur, daß ich sie *sehen* wollte. So dachte ich über sie nach, suchte sie überall, dann ging ich zurück auf mein Zimmer und holte mir einen runter, während ich Phantasien von ihr hatte. Es war etwas völlig Spontanes, etwas, das ich nicht vermeiden konnte. Es war, als ginge ich auf der Straße an einem schönen Mädchen vorbei, an jemand, den man einfach anschauen muß, jemand, den man einfach anpfeifen muß, jemand, der dich derart aufregt, dich derart geil macht. So empfand ich für Lauren, meine Toga war hochgezogen, ich berührte mich fiebrig in der Dunkelheit. Was gefällt ihr wohl, dachte ich. Fragen rasten mir durch den Kopf – dreht sie wild auf beim Sex, kommt sie leicht, flippt sie bei oralem Sex aus, macht es ihr etwas aus, wenn ein Kerl in ihrem Mund kommt? Dann war mir klar, daß ich mit einem Mädchen nicht ins Bett gehen würde, wenn sie das nicht macht. Ich werde auch nicht mit einem Mädchen ins Bett gehen, wenn sie keinen Orgasmus haben kann oder will, denn was soll das denn? Wenn man es nicht schafft, daß ein Mädchen kommt, warum dann die Mühe? Das kam mir immer so vor, wie wenn jemand Fragen stellt in einem Brief.

PAUL Ich rufe Sean an. Jemand nimmt das Telefon im Booth ab.

«Ja, bitte?» Die Person ist offensichtlich stoned.

«Kann ich Sean Bateman sprechen? Ich glaube, er wohnt oben», frage ich.

«Ja.» Echt lange Pause. «Wenn er schläft, soll ich ihn wecken?»

«Ja. Bitte.» *Wahrscheinlich* schläft der Idiot.

Ich sehe mich im Spiegel an und drehe mich um. Nebenan duscht sich entweder meine Mutter oder Mrs. Jared. Der Fernseher ist immer noch an. Ich beuge mich vor und drehe die Lautstärke runter.

«Ja, bitte? Hallo?» sagt Sean.

«Sean?»

«Ja? Wer ist denn da? Patrick?»

Patrick? Wer zum Teufel ist Patrick? «Nein. Es ist Paul.»

«Paul?»

«Ja. Kannst du dich an mich erinnern?»

«Nein. Hoffentlich ist das jetzt was Gescheites», sagt er.

«Ich wollte nur wissen, was so läuft», sage ich. «Wer ist Patrick?»

«Nein. Paul. Das ist es nicht. Was wolltest du?»

«Hast du geschlafen?»

«Nein, natürlich hab ich nicht geschlafen.»

«Was machst du denn?»

«Ich wollte gerade auf die Party gehen», sagt er.

«Mit wem?» frage ich. «Mit Patrick?»

«Was?»

«Mit wem?» frage ich noch einmal.

«Ich dachte, du hast mich das gefragt», sagt er.

«Nun?»

«Mit der Person, die mir Zettel in den Kasten steckt», sagt er laut und lacht.

«Tatsächlich?» frage ich und setze mich auf.

«Nein. Herrgott, rufst du mich an, um zu überprüfen, mit wem ich auf die Party gehe?» brüllt er ins Telefon. «Du bist krank!»

«Ich dachte... ich hatte eine sehr lebhafte... Vorstellung von dir.»

«Du bist auch ein schlechter Charakter-Kenner», sagt er und beruhigt sich.

«Tut mir leid», sage ich. «Entschuldigung.»
«Es ist okay.» Ich kann ihn gähnen hören.
«Also... mit wem gehst du denn dann?» frage ich nach einer Weile.
«Mit niemand, du Idiot!» brüllt er.
«Ich hab nur Spaß gemacht. Beruhige dich. Kannst du denn keinen Spaß vertragen?» frage ich. «Haben denn die Leute aus dem Süden keinen Sinn für Humor?»
Eine lange Pause entsteht, dann sagt er: «Wenn wir mit witzigen Leuten zusammen sind.»
«Ätzend, Sean, ätzend.»
«Rock 'n' Roll. Laß gut sein», murmelt er.
«Ja.» Ich versuche zu lachen. «Laß gut sein.»
«Hör mal, ich geh auf die Party, okay?» sagt er schließlich.
«Nun...»
«Ich sehe dich nächste Woche», sagt er.
«Aber ich komme schon Sonntag zurück», sage ich.
«Stimmt. Sonntag», sagt er.
«Tut mir leid mit dem Anruf», sage ich.
«Sonntag. Servus.» Er hängt ein.
Ich hänge auch ein, dann berühre ich mein Gesicht und trinke noch ein Bier; ich frage mich, warum Richard zu spät kommt.

LAUREN Judys Zimmer. Judy und ich beschließen, Togas auf der ‹Bums-Klamotten-Party› zu tragen. Nicht, weil wir es besonders wollen, sondern einfach, weil wir in den Togen besser aussehen. Ich zumindest sehe in der Toga besser aus als in dem Kleid, das ich anziehen wollte. Judy sieht in allem gut aus. Außerdem möchte ich nicht wieder auf mein Zimmer gehen, um das Kleid zu holen, da Franklin dort sein könnte, obwohl auch wieder nicht, denn ich hatte ihm gesagt, ich hielte *The Fate of the Earth* für das langweiligste Buch, das ich bis jetzt auf seinen Wunsch gelesen hatte (schlimmer als *Floating Dragon*), und er hatte so einen gewalttätigen Anfall (großes A: er zitterte, er lief rot an) und stürmte hinaus. Plus, ich will nicht sehen, ob meine Mutter zurückgerufen hat. Sie hatte heute schon früher angerufen, um zu erfahren, warum ich sie seit über drei Wochen nicht angerufen habe. Ich erzählte ihr, ich hätte meine Telefonkartennummer vergessen. Aber ich bin sowieso guter Stimmung, hauptsächlich, weil Vittorio, mein neuer Lyrikprofessor, sagt, ich sei vielversprechend, und deswegen habe ich noch an weiteren Gedichten gearbeitet, manche von ihnen sind recht gut; plus, Judy und ich könnten heute abend vielleicht etwas Ecstasy kaufen, und das scheint eine gute Idee zu sein, und es ist Freitag, und wir stehen vor ihrem Spiegel und probieren Make-up aus, und «Revolution» läuft im Radio, und mir geht es gut.

Judy sagt, daß neulich jemand eine Zigarette in ihrem Kasten ausgedrückt hat.

«Das ist wahrscheinlich Sam, das Erstsemester», sage ich.

«Er heißt Steve», sagt sie. «Er raucht nicht. Keiner aus dem ersten Semester raucht.»

Ich stehe auf, sehe mir die Toga an. «Wie sehe ich aus? Sehe ich doof aus?»

Judy prüft ihre Lippen, dann ihr Kinn. «Nein.»

«Dick?»

«Nein.» Sie begibt sich vom Tisch zum Bett hin, wo sie einen Joint fertig dreht und bei «Revolution» mitsingt. Sie erzählt mir, daß sie am Montag die Pille abgesetzt hat, und daß sie schon abgenommen hat, und ich glaube sogar, daß sie dünner aussieht. Der Gesundheitsdienst hat das Diaphragma besorgt.

«Der Gesundheitsdienst ist widerlich», sagt Judy. «Dieser Doktor ist so geil, daß er bei mir einen Abstrich gemacht hat, als ich wegen Ohrenschmerzen dort war.»

«Kaufen wir uns jetzt Ecstasy oder nicht?» frage ich.

«Nur, wenn er American Express nimmt», sagt sie. «Ich habe vergessen, heute einen Scheck einzulösen.»

«Macht er wahrscheinlich», murmele ich.

Ich sehe gut aus, wie ich so vor dem Spiegel stehe, und es macht mich traurig, daß ich davon überrascht bin; daß ich nicht mehr richtig aufgeregt war oder mich rausgeputzt habe, um auf eine Party zu gehen, seit Victor weg ist, und wann war das denn? Anfang September? Party im Surfclub? Ich weiß nicht warum, aber «Revolution» im Radio erinnert mich an ihn, und ich habe immer noch Bilder von ihm im Kopf, wie er in Europa herumläuft, Bilder irgendwo im Kopf, die in den merkwürdigsten Augenblicken wieder auftauchen: wie eine bestimmte Suppe, die beim Mittagessen serviert wird, oder beim Durchblättern des *GQ* oder beim Betrachten einer Jeans-Werbung im Fernsehen. Einmal war es ein Streichholzheftchen von Morgan's in New York, das ich letzten Sonntag unter meinem Bett fand.

Judy ist soweit, den Joint anzuzünden, aber sie kann keine Streichhölzer finden, also gehe ich nach nebenan in das Zimmer des Jungen aus L. A. Jemand hat «Ruhe in Frieden hat angerufen» in großen, roten Buchstaben auf seine Tür geschrieben. Drinnen kann ich die Eagles spielen hören, aber niemand antwortet, als ich klopfe. Im Badezimmer finde ich ein paar Streichhölzer von Maxim's und bringe sie Judy. «Revolution» endet, und ein Song der ‹Thompson Twins› kommt. Und Judy und ich rauchen Pot, werden high, machen uns Bloody Marys, versuchen, all die Kerle aufzulisten, mit denen wir in Camden geschlafen haben, aber wir verbocken die Liste mit unserem vernebelten Gedächtnis und dem Pot und der nervösen Erwartung, die eine Freitagabend-Party mit sich bringt, und oft schreiben wir einfach hin «Jacks Freund» oder «Typ vom Limelight», und die ganze Geschichte deprimiert mich, und ich schlage vor, daß wir uns ins Wooley begeben. Vielleicht sollte ich mit dem französischen Typ schlafen, wie Judy dauernd sagt. Aber es gibt noch andere Möglichkeiten, sage ich mir immer wieder. Was? frage ich mich. Die Orgie im Booth? Aber ich bin high und fühle mich gut, als wir Judys Wohnung verlassen, und wir können oben in ihrem Flur die Musik hören, die uns über den Commons hin ruft, begleitet von Kreischen und unterdrückten Schreien in der Nacht.

Aber dann muß Judy alles verderben, als wir aus ihrem Haus gehen, die Nacht ist herbstlich kalt, wir beide zittern in unseren Togen, gehen auf die Musik im Wooley zu.

«Hast du schon was von Victor gehört?» fragt sie.

Es war mir widerlich, es zu sagen, aber ich sagte es trotzdem. «Von wem?»

PAUL Richard kommt so gegen acht Uhr an. Ich sitze im «Jungen»-Zimmer, in einem Plüschsessel, habe schon diesen grauen Anzug und diese rote Seidenkrawatte an, die ich bei Bigsby & Kruthers gekauft habe, sehe mir MTV an, rauche, denke an Sean. Meine Mutter und Mrs. Jared sind in dem anderen Zimmer und ziehen sich fürs Abendessen an. Richard öffnet die Tür, er trägt einen Smoking und eine Sonnenbrille, sein Haar ist nach hinten pomadiert, er kommt herein, läßt die Tür zuknallen und schreit: «Hi, Paul!»

Nur leicht schockiert starre ich Richard an. Sein langes, blondes Haar ist jetzt kurz geschoren und in ein helles Platinblond gefärbt, das wegen des Regens oder des Gels dunkel wirkt. Er trägt ein eingerissenes, weißes Smokinghemd, eine schwarze Socke, eine weiße Socke und schwarze Converse Basketballschuhe und einen langen Mantel, auf dessen Rücken eine Zeichnung von ‹Siouxsie and the Banshees› geklebt ist. Ein winziger Zuchtdiamantenring im linken Ohr, die Wayfarers immer noch auf, schwarz und glänzend. Er trägt nur eine kleine, schwarze Tasche mit Aufklebern der Dead Kennedys und Bronski Beat, in der anderen Hand hält er einen sehr großen Kassettenrecorder und eine Flasche Jack Daniels, die fast leer ist. Er schwankt herein, dann lehnt er sich gegen den Türrahmen, gewinnt sein Gleichgewicht wieder.

«Richard», sage ich. Ich komme mir langsam so vor, als würde meine ganze Welt allmählich zu einer Nummer von *Vanity Fair*.

«Wann essen wir?» fragt er.

«Richard? Bist du das?» ruft seine Mutter aus dem anderen Raum.

«Ja. Ich bin's», sagt er. «Und ich heiße nicht Richard.»

Meine Mutter und Mrs. Jared kommen ins Zimmer, beide sind mitten im Anziehen, und sie starren Richard an, der wie ein komplettes Sarah Lawrence-Arschloch aussieht, aber vielleicht auch sexy.

«Ich heiße Dick», sagt er lüstern und dann: «Also, wann ist das Abendessen?» Er nimmt einen großen Schluck aus der Jack Danielsflasche, dann rülpst er.

SEAN Nervige Szene mit Rupert.

Rupert hat seinen Kopf rasiert. Ich mußte vor der Party noch bei Roxanne vorbei, um für so ein paar Erstsemesteridioten einzukaufen, und der Wichser hatte sich den Kopf rasiert. Er kokste gerade auf dem Boden des Wohnzimmers und starrte sich im Spiegel an, Hüsker Dü dröhnte, und so ein brasilianischer Typ saß auf dem Sofa und fummelte an einem tragbaren Casio-Gerät herum, als ich reinkam.

«Was läuft denn so?» schrie ich über die Musik hinweg. Ich ging zum Stereogerät und drehte es leiser.

«Du wirst dein Motorrad ja wohl verkaufen müssen», brummte Rupert, wischte den Spiegel mit seinem Finger ab und lutschte daran.

«Ach ja?» Ich lachte nervös. «Was ist los?»

«Wo ist das Geld, Freundchen?» fragte er.

«Nimmst'e American Express?» witzelte ich.

Rupert warf seinen großen, weißen, kahlen Kopf auf die Seite, ein paar Rasierschnitte, die schwarz getrocknet waren, ließen ihn noch gespenstischer aussehen, und er lachte zu lange. Ich fragte mich, ob der Brasilianer wohl Rupert den Kopf rasiert hätte. Der Gedanke bereitete mir Übelkeit. «Ach, Bateman, du bist nicht komisch.»

«Komischer Typ», sagte ich.

«Und weil du nicht komisch bist, werde ich dir zusetzen.» Er stand auf. Er sah groß aus, fast drohend, aber auf eine weibische Art, und er kam auf mich zu.

«Wieviel schulde ich dir?» fragte ich und wich ein wenig zurück.

«Ich werde dich nicht daran erinnern, Bateman», sagte er und fuhr mit seiner Hand über den glänzenden Kopf. Er sah auf das Pistolenhalfter, überlegte, welche geladen waren, aber er war zu vollgekokst, um mir etwas anzutun.

«Im Booth ist eine Orgie heute abend», sagte ich, obwohl es mir egal war. Ich würde sowieso mit Miss Hynde zusammen sein, und der Gedanke, sie zu küssen, erregte mich umgehend und beruhigte mich gleichzeitig, und alles, was ich sagte, war: «Brauche Stoff für ein paar Erstsemester.»

«Ich brauch mein Geld», sagte Rupert stinksauer, aber nach dem Klang seiner Stimme zu urteilen, würde er die Dinge wahrscheinlich laufen lassen. Er ging zum Schreibtisch in der Nähe des Pistolenhalfters hin und zog eine Schublade auf.

«Du weißt, daß ich pleite bin», sagte ich. «Hör auf, auf armen Jungens herumzuhacken.»

«Was ist mit dem Motorrad?» lächelte Rupert, ging zur Stereoanlage hin und drehte die Lautstärke auf, aber nicht so laut, wie es zuvor gewesen war.

«Was ist damit?» fragte ich.

«Du bist so ein Heini», seufzte er.

Bevor ich ging, fragte ich ihn: «Wo ist Roxanne?»

«Sie bumst den Brasilianer», Rupert zuckte mit den Achseln, machte einen Fingerzeig. Er reichte mir eine Tüte.

Der Brasilianer winkte.

«Cooler geht's nimmer», sagte ich.

«Ja, walk on the wild side», sagte Rupert und wandte sich von mir ab.

Ich schnappte mir den Stoff, ging raus, sprang auf mein Motorrad, und war um zehn wieder im College.

LAUREN Es ist blöd, aber ich habe Victor angerufen. Von der ‹Bums-Klamotten-Party›. Ich hatte eine Nummer übrig, unter der er, wie er sagte, vielleicht in New York zu erreichen sei, und wie eine Idiotin stand ich unten in der Telefonzelle im Wooley, heulte, trug diese fürchterliche Toga und sah zu, wie die Party losging und wartete darauf, daß Victor den Hörer abnahm. Ich mußte zweimal anrufen, weil ich meine Telefonkartennummer tatsächlich vergessen hatte, und als ich es endlich hingekriegt hatte, und das Telefon undeutlich und weit weg zu klingeln begann, hatte ich einen Schweißausbruch. Ich fing an zu zittern, mein Herz schlug wie verrückt, ich wartete auf Victors fröhliche, überraschte Stimme. Ein Laut, den ich seit über acht Wochen nicht mehr gehört hatte. Dann wurde mir klar, daß ich nicht nervös sein sollte und daß das hier einfach eine echt traurige Szene war. Ich hatte nicht vorgehabt, diese Nummer zu wählen. Ich war nicht mit der Absicht, Victor anzurufen, in die Telefonzelle gegangen, sondern weil Reggie Sedgewick auf mich zugekommen war, völlig nackt, und sagte: «Ich möchte, daß du...»

Er sah häßlich und trostlos aus und starrte auf den Pornofilm, der auf die Decke projiziert wurde, und ich suchte die Bar und sagte: «Ja?»

Und er sagte: «Ich möchte, daß du... meinen Schwanz lutschst.»

Und den sah ich mir an, dann wieder sein Gesicht und sagte: «Du bist wohl verrückt.»

Und er sagte: «Nein, Baby. Ich möchte, daß du meinen Schwanz lutschst, echt.»

Und ich dachte an Victor und machte mich zur Telefonzelle auf. «Lutsch ihn selber», sagte ich, den Tränen nahe und ging wie blind zur Tür.

«Glaubst du, daß ich dich fragen würde, wenn ich das könnte?» rief er, zeigte darauf, betrunken bis zur Bewußtlosigkeit, oder, vielleicht schlimmer noch, nüchtern.

Ich wurde so deprimiert, daß ich nur «Verpiß dich!» brüllte und fest die Tür der Telefonzelle zuknallte und den Anruf machte, nur leicht dadurch gedemütigt, daß ich die Nummer auswendig wußte. Als ich der Vermittlung die letzte Nummer der Telefonkarte durchgab, und während der Stille, die folgte, wußte ich, daß es aus war. Ich wußte es, als ich in dieser Telefonzelle stand und darauf wartete, daß Victor unter dieser fremden, feindlichen Nummer ans Telefon ging. Ich wußte, daß es aus war, sogar bevor ich später an diesem Abend Sean Bateman traf. Wie lange hatte ich mir so restlos etwas vorgemacht, fragte ich mich, als das erste Läuten zu hören war. Ich schämte mich, und ich brauchte eine Zigarette, und das Telefon klingelte fortwährend, und Reggie Sedgewick fing an, an die Tür zu klopfen und plapperte eine Entschuldigung, und jemand nahm ab, und es war Jaime, und ich legte auf und ging wieder auf die Party, Reggie schob ich aus dem Weg. Ich war fest entschlossen, diesem Abend ein bißchen Spaß abzugewinnen.

Also betrank ich mich, traf dann Sean, sah dann Stuart Jackson zu, wie er zu einem alten Billy Idol-Song tanzte, dröhnte mich dann in Ginas Wohnung zu. In dieser Reihenfolge.

PAUL Wir vier – ich, Richard, Mrs. Jared, meine Mutter – sitzen in der Mitte des Restaurants im Ritz-Carlton. Ein erfahrener Pianist spielt klassische Musik. Kellner, in neue, teure Smokings gekleidet, bewegen sich rasch und anmutig von Tisch zu Tisch. Ältere Frauen mit zuviel Make-up sitzen faul, betrunken in rote Samtsessel hingeplumpst, gaffen und lächeln. Wir sind umgeben von, wie Mrs. Jared es gern nennt, «altem, sehr altem Geld», als ob Mrs. Jareds Geld neu wäre, sehr neu. (Ja, diese Banken sind erst seit ungefähr anderthalb Jahrhunderten in der Familie, verkneife ich mir.) Die ganze Geschichte ist einfach echt nervend, zumal da Richard, selbst nach einer Dusche und einem neuen Anzug, das Haar immer noch nach hinten geliert, Sonnenbrille immer noch auf, bis jetzt noch nicht nüchtern ist. Er sieht dummerweise ganz schön scharf aus. Er sitzt mir gegenüber, macht obszöne Gesten, die, so bete ich, keine der beiden Mütter bemerken wird. Sein Fuß liegt jetzt in meinem Schritt, aber ich bin zu nervös, um eine Latte zu kriegen. Er trinkt Kir Royal und hat etwa vier gekippt, alle sorgfältig und, wie mir scheint, mit einer definitiven Absicht. Jetzt wird er abwechselnd auf sein Glas starren oder mich mit seinen Augenbrauen anrunzeln, dann seinen schuhlosen Fuß in meinen Schritt graben, und ich werde mich winden und Grimassen schneiden, und meine Mutter wird fragen, ob ich okay bin, und ich werde nur husten: «Ähem.» Richard starrt an die Decke, dann fängt er an, einen U 2-Song vor sich hin zu summen. Es ist so still in dieser eleganten, großen Höhle, daß ich befürchte, die Leute starren uns an, und wenn nicht uns, dann zumindest Richard, und sie tun es wahrscheinlich, und es gibt nichts zu tun, als sich noch mehr zu besaufen.

Nachdem Mrs. Jared Richard mindestens zum sechzehntenmal gebeten hat, seine Sonnenbrille abzunehmen, und er sich weigert, wendet sie schließlich den umgekehrten psychologischen Trick an und sagt: «Also, Richard, erzähl uns vom College.»

Richard sieht sie an und faßt in seine Tasche, zieht eine Marlboro heraus und schnappt sich die Kerze von der Mitte des Tisches, zündet sie an.

«Oh, rauch nicht», sagt Mrs. Jared mißbilligend, während sie die Kerze zurückstellt.

Ich habe den ganzen Abend davon abgesehen zu rauchen, und sterbe ernsthaft an einem bösen Nikotinanfall, und ich schiele hungrig auf Richards Zigarette. Ich versuche, meine Serviette entzweizureißen.

«Ich heiße nicht Richard», erinnert Richard sie ruhig.

Mrs. Jared sieht meine Mutter an, und dann Richard, und fragt dann: «Wie heißt du denn?»

«Dick», sagt er, und es klingt wie der schmutzigste Name, den man sich vorstellen kann.

«Was?» fragt Mrs. Jared.

«Dick. Du hast mich verstanden.» Richard nimmt einen langen Zug von der Marlboro und bläst ihn mir über den Tisch zu. Ich huste und nehme einen Schluck von meinem Drink.

«Nein. Dein Name ist Richard», korrigiert Mrs. Jared.

«Entschuldigung.» Richard schüttelt den Kopf. «Ich bin Dick.»

Mrs. Jared macht eine Pause. Sie schlittert. Sie hat nicht viel gegessen und hat ständig getrunken, sogar, bevor das Dinner begann, und jetzt fragt sie ruhig: «Also, Dick... wie *geht* es im College?»

«Schwanzlutschend gut», sagt Richard.

Ich trinke gerade von meinem Champagner, als er das sagt und platze lachend heraus, besprühe meinen Teller. Ich halte mir rasch die Serviette, die ich entzweizureißen versuche, vor den Mund, versuche zu schlucken, aber fange statt dessen an zu husten, dann zu würgen. Meine Augen füllen sich mit Wasser, und ich atme ein, ringe nach Luft.

«Was hast du für Fächer... Dick?» fragt Mrs. Jared, sieht mich an, versucht, ihre Fassung zu bewahren, ein tadelnder Blick prägt ihr Gesicht. Ich wische mir den Mund und zucke mit den Schultern.

«Ich weiß nicht. Einführung ins Dosenreißen. Tutorenkurs Koksen.» Richard zuckt mit den Schultern, lacht, gräbt seinen Fuß noch fester in meinen Schritt. Ich muß wieder husten und grabsche unter dem Tisch nach seinem Fuß. «Gefällt es dir?» fragt er.

«Was noch?» Mrs. Jared versucht ganz klar, nicht verdutzt auszusehen, aber ihre Hand zittert, als sie ihr Glas leert.

«Workshop Tuten und Blasen», sagt Richard.

«Mein Gott», flüstert meine Mutter, und sie hat den ganzen Abend noch kein Wort gesagt.

«Wie war das?» fragt Mrs. Jared, immer noch gefaßt. Umgekehrte Psychologie funktioniert nicht.

«Ich weiß 'nen Witz», sagt Richard, der immer noch seinen Fuß an mir reibt, an der Zigarette pafft. «Wollt ihr ihn hören?»

«Nein», sagen meine Mutter und Mrs. Jared einstimmig.

«Paul möchte aber», sagt er. «Also, Julio Iglesias und Diana Ross treffen sich auf dieser Party, und sie gehen heim in Julios Wohnung und sie ficken –»

«Ich möchte es nicht hören», sagt Mrs. Jared, winkt einem vorbeigehenden Ober zu, nachdem sie auf ihr leeres Glas gezeigt hat.

«Ich auch nicht.» Meine Mutter spricht wieder.

«Also, jedenfalls ficken sie», fährt Richard fort, «und hinterher sagt Diana Ross, die ungefähr fünfzigmal gekommen ist und noch mehr von Julios Schwanz will –»

«Ich möchte das auch nicht hören», wiederholt meine Mutter.

«Sie sagt», fährt Richard fort und wird lauter, «‹Julio, du mußt meine Muschi noch mal ficken, es hat mir so toll gefallen›, und Julio sagt, ‹Okay, Baby, aber ich muß ein bißchen schlafen –›»

«Was ist nur mit dir los?» fragt Mrs. Jared.

«‹Aber, du mußt eine Hand auf meinem Schwanz lassen und eine auf meinen Eiern›, sagt Julio, ‹und dann nach dreißig Minuten ficken wir wieder, okay?›» Richard kommt jetzt in Fahrt, und ich komme fast um, reiße an der Serviette.

«Oh, mein Gott», sagt meine Mutter angewidert.

«Und Diana sagt», und jetzt macht Richard eine wirklich üble Diana Ross-Persiflage: «‹Warum muß ich eine Hand auf deinem Schwanz und die andere auf deinen Eiern halten, Julio?›»

«Was ist nur mit dir los?» fragt Mrs. Jared und unterbricht schon wieder.

Richard wird stinksauer, daß sie ihn erneut unterbricht, und seine Stimme wird lauter, und ich kauere mich einfach tiefer in den Sessel, lasse die Serviette los und zünde mir eine Zigarette an. Warum nicht.

«Und Julio sagt: ‹Willst du wissen, warum du eine Hand auf meinem Schwanz und eine Hand auf meinen Eiern lassen mußt?›» Er sagt das mit einem grellen, lüsternen Blick im Gesicht.

«Was ist nur mit dir los?» Mrs. Jared schüttelt den Kopf, und sie tut mir leid, wie sie in diesem Restaurant sitzt, von ihrem Sohn schmählich behandelt wird, in diesen häßlichen Klamotten, die sie wahrscheinlich bei Loehmanns gekauft hat.

Richard wird sogar noch wütender, weil sie seinen Witz unterbricht, und ich weiß, was kommt, und es ist mir sogar egal, wen Sean heute nacht fickt, in diesem Augenblick. Ich möchte nur die Pointe hinter mich bringen, und Richard, das Arschloch, liefert sie laut, während er seine Mutter anstarrt: «‹Weil das letzte Mal, als ich eine Niggerin gefickt habe, hat die mir meine Brieftasche geklaut.›» Und dann lehnt er sich zurück, erschöpft, aber zufrieden. Der Tisch wird um Ruhe gebeten. Ich sehe mich im Raum um und lächle und nicke einer der alten Damen an dem Tisch gegenüber von unserem zu. Sie nickt zustimmend und erwidert mein Lächeln.

«Was ist nur mit dir los?» fragte Mrs. Jared zum viertenmal.

«Was meinst du denn, *was ist nur mit mir los*? Was glaubst du denn? fragt Richard, gefolgt von einem schroffen, verächtlichen Schnauben.

«Ich sehe schon, was das College dir angetan hat», sagt sie.

Klasse, denke ich. Sie hat drei Jahre gebraucht, um das herauszufinden? Eigentlich war Richard schon immer ein ungehobelter Trottel. Ich verstehe nicht, was jetzt die Riesenüberraschung ist. Ich schaue auf meinen Schoß hinunter, als der Fuß verschwindet. Ich leere meinen Drink und lutsche an einem Eiswürfel, lasse die Zigarette brennend, ungeraucht im Aschenbecher liegen.

«Wirklich schlimm, hä?» feixt Richard.

«Für mich ist es jetzt offensichtlich, daß wir dich dort nie hätten hinschicken sollen», sagt Mrs. Jared, und was immer auch Richard für ein Arschloch ist, sie ist immer noch ein Besen.

«Offensichtlich», sagt Richard, sie nachäffend.

«Möchtest du vom Tisch aufstehen?» fragt sie ihn.

«Warum?» fragt Richard, seine Stimme wird lauter, abwehrender.

«Würdest du bitte den Tisch verlassen», sagt sie.

«Nein», sagt Richard und wird hysterisch. «Ich werde nicht vom Tisch gehen.»

«Ich bitte dich, *jetzt* vom Tisch zu gehen», sagt Mrs. Jared, ihre Stimme wird leiser, aber heftiger.

Meine Mutter beobachtet diesen Austausch in stillem Entsetzen.

«Nein, nein, nein», sagt Richard und schüttelt den Kopf. «Ich werde nicht vom Tisch gehen.»

«Verlaß den Tisch.» Mrs. Jared wird puterrot vor Wut.

«Fick dich ins Knie!» schreit Richard.

Der Pianist hört auf zu spielen, und was immer es im Eßsaal an leisem Gesprächsgedröhn gibt, erstirbt. Richard macht eine Pause, dann nimmt er einen letzten Zug von seiner Marlboro, trinkt seinen Kir aus und steht auf, verbeugt sich und geht langsam aus dem Speisezimmer, einer seiner Füße ist unbeschuht. Der Geschäftsführer und der Oberkellner kommen an unseren Tisch angeschossen und fragen, ob irgendwas nicht stimme; ob wir vielleicht gerne die Rechnung hätten.

«Jetzt ist alles in Ordnung», sagt Mrs. Jared und bringt tatsächlich ein schwaches Lächeln auf. «Es tut mir wirklich schrecklich leid.»

«Sind Sie sicher?» Der Geschäftsführer beäugt mich mißtrauisch, als sei ich Richards Zwillingsbruder.

«Ganz sicher», sagt Mrs. Jared. «Mein Sohn fühlt sich nicht wohl. Er steht sehr unter Druck... wissen Sie, wegen... wegen der bevorstehenden Zwischenprüfungen.»

Zwischenprüfungen im Sarah Lawrence? Ich sehe zu meiner Mutter hin, die gerade ins Leere stiert.

Der Ober und der Geschäftsführer sehen sich einen Augenblick an, als wären sie nicht ganz sicher, wie sie weiter verfahren sollten, und als sie wieder Mrs. Jared anschauen, sagt sie: «Ich hätte gern noch einen Wodka Collins. Eve, möchtest du irgend etwas?»

«Ja», sagt meine Mutter verblüfft und schüttelt langsam den Kopf, immer noch entsetzt von Richards Abgang. Ich frage mich, ob ich heute abend wohl mit ihm schlafen werde. «Ich meine... nein», sagt sie. «Also... ja.» Meine Mutter ist immer noch verwirrt und sieht mich an – wofür? Um Hilfe?

«Bringen Sie ihr noch einen.» Ich zucke die Achseln.

Der Geschäftsführer nickt und geht weg, er bespricht sich mit dem Kellner. Der Pianist nimmt sein Spiel wieder auf, langsam, unsicher. Ein paar Leute, die hergestarrt hatten, sehen endlich weg. Als ich auf meinen Schoß hinuntersehe, merke ich, daß es mir beinahe gelungen ist, die Serviette in zwei Teile zu reißen.

Nach einer Weile sagt meine Mutter: «Ich glaube, ich möchte als nächsten Wagen einen blauen. Einen dunkelblauen.»

Niemand sagt etwas, bis die Drinks eintreffen.

«Was meinst du, Paul?» fragt sie.

Ich schließe die Augen und sage: «Blau.»

SEAN Lauren Hynde stand mit Freundinnen auf der Treppe. Sie hielt eine Tasse Kornpunsch in der Hand, der auf einer Mülltonne von diesem dicken, fast nackten Mädchen serviert wurde. Lauren trug auch eine Toga (wahrscheinlich, weil ich es heute nachmittag erwähnt hatte), und die war tief ausgeschnitten, und ihre Schultern waren braun und geschmeidig, und mir schoß das Blut hoch, es warf mich um, soviel Haut zu sehen. Plötzlich fragte ich mich, ob sie wohl eine Lesbe sei. Ich stand da mit Tony, beobachtete sie, ihren Rücken, ihre Beine, ihr Gesicht, Haar, sie redete mit ein paar Mädchen – häßlich, unscheinbar, verglichen mit ihr. Tony unterhielt sich mit mir über seine neue Skulptur und hatte keine Ahnung, daß ich dieses Mädchen anstarrte. Er trug nur eine Unterhose und hatte sich eine Matratze auf den Rücken geschnallt. Ich sah weiter auf zu ihr, und sie wußte es – sie erwiderte meine Blicke nicht, obwohl ich am Fuß der Treppe stand, direkt unterhalb von ihr. Ausklappbilder aus Pornomagazinen klebten überall an der Wand, und an der Decke über der Tanzfläche lief ein Film, doch die Mädchen darin waren fett und zu bleich, und es war weder sexy noch sonstwas.

Am Ende trafen wir uns im Badezimmer. Getch war da, lehnte am Waschbecken, war auf Ecstasy, und ich glaube, sie war auch drauf, und Getch stellte uns vor, aber wir sagten, wir würden uns schon kennen, aber nur «irgendwie», fügte sie hinzu. Ich holte ihr noch etwas Punsch, obwohl es mich schwer nervte, sie mit Getch im Badezimmer alleinzulassen (aber vielleicht war Getch schwul, dachte ich) und ich kam wieder, und Getch war weg, und sie sah sich im Spiegel an, und ich sah auch hin, bis sie sich umdrehte und mich anlächelte. Wir redeten, und ich sagte ihr, daß mir ihre Bilder gefielen, die ich letztes Semester in der Gallery 1 gesehen hätte (meine Vermutung), und sie sagte: «Das ist lieb», (obwohl ich die Bilder in Wirklichkeit gar nicht gesehen hatte, aber was soll's – ich wollte vögeln), und dann gingen wir ins Wohnzimmer, und sie wollte tanzen, aber ich konnte nicht sehr gut tanzen, also sah ich ihr zu, wie sie zu einem Song tanzte, der «Love of the Common People» heißt, aber dann wurde ich nervös, daß irgendeine Pfeife anfangen würde, mit ihr zu tanzen, wenn ich nicht eingreifen würde, also drückte ich rein, als «Love Will Tear Us Apart» von der Joy Division kam. Aber es war nicht die Version der Joy Division, es war jemand anderes, und es war aufgepoppt und ruiniert, aber ich tanzte trotzdem dazu, da wir wie verrückt flirteten, und sie war so wahnsinnig schön, daß ich nicht verstehen konnte, warum ich sie noch nicht gefickt hatte. Ich wurde zu erregt, um auf der Party bleiben zu können, und es wollte mir nicht einfallen, wie wir uns davonstehlen könnten. Dann drehte so eine Theaterschwuchtel mit perfektem Timing durch und führte einen wilden Solotanz in der Unterhose auf, als «Dancing with Myself» kam, er beherrschte die gesamte Tanzfläche. Ich sah Lauren zu, wie sie ihm zusah – sie klatschte und war betrunken und schwitzte, und ich gab ihr eine Zigarette, als Tim und Tony mir sagten, sie hätten in eine Heinekenflasche gepißt und wollten sie Deidre zu trinken geben, weil sie so betrunken sei. Ich wimmelte sie ab, als sie mir mit der Flasche vor dem Gesicht herumwedelten. Ich konnte nicht sagen, ob Lauren sie gehört hatte, denn die sah immer noch dem dürren kleinen Hampelmann zu, wie er im ganzen Zimmer herumsprang, seine Lippen sprachen lautlos den Songtext – die ganze Party stand auf der Seite und schrie und klatschte und tanzte, jemand warf ihm sogar eine Banane zu, und da packte ich sie am Arm und rannte zur Tür hinaus, auf den kühlen, dunklen Rasen, und ließ die Party Party sein.

EVE Mimi trank noch zwei Wodka Collins, und als wir drei aus dem Speisesaal gegangen waren und den Aufzug nach oben nahmen, fiel sie auf den Fahrstuhlführer und wäre beinahe ohnmächtig geworden. Ich führte sie ins Zimmer zurück, wo sie ein Valium nahm und sich schlafen legte. Paul ging in das andere Zimmer. Ich saß auf dem Bett und sah Mimi eine ganze Weile beim Schlafen zu, bevor ich mich entschloß, es ihm zu sagen. Ich ging in sein Zimmer. Er hatte sich schon ausgezogen und lag lesend im Bett. Richard war nicht da. Der Fernseher war an. Er sah auf, als ich die Tür öffnete. War er wütend? Hatte er nicht nach Boston kommen wollen? Hatte er nicht kommen und mich sehen wollen? In diesem Augenblick fühlte ich mich sehr alt und bedauernswert. Was ich ihm zu sagen hatte, konnte man nicht in einem Hotelzimmer sagen, und schließlich sprach ich: «Warum ziehst du dich nicht an?»

«Warum?» fragte er.

«Ich dachte, wir gehen vielleicht noch auf einen Drink nach unten», schlug ich beiläufig vor.

«Wozu?» fragte er.

«Ich möchte mir dir über etwas reden», sagte ich zu ihm.

Er sah sehr beunruhigt aus und sagte: «Warum nicht hier?»

«Laß uns nach unten gehen», sagte ich zu ihm und ging meine Handtasche holen.

Er zog sich Jeans an und einen grauen Pullover und einen zerrissenen schwarzen Tweedmantel, den ich nicht wiedererkannte, den ich ihm nicht gekauft hatte. Er traf mich im Flur.

Wir gingen nach unten in die Bar, und der Empfangsherr kam auf uns zu und sah Paul von oben bis unten an. «Ja, wir sind zu zweit», sagte ich.

«Ich fürchte nur, es gibt eine Kleidervorschrift», lächelte der Empfangsherr.

«Ja, und ...?» Ich wartete.

«Dieser junge Mann befolgt sie nicht», sagte der Empfangsherr immer noch lächelnd.

«Wo steht denn, daß es hier eine Kleidervorschrift gibt?»

Der Empfangsherr blickte starr, immer noch lächelnd, und ging dann zu einer weißen Tafel und zeigte auf die hellblaue Beschriftung, erst auf «Keine Jeans», und dann auf «Krawattenzwang». Ich bekam Kopfschmerzen und fühlte mich sehr müde.

«Vergiß es, Mom», sagte Paul. «Wir gehen woandershin.»

Ich sagte: «Wir sind Gäste in diesem Hotel.»

«Ja, dessen bin ich mir bewußt», erklärte der Empfangsherr. «Aber das gilt für alle.»

Ich öffnete meine Handtasche.

«Möchten Sie, daß ich Ihnen etwas für später reserviere?» fragte der Empfangsherr.

«Mein Sohn ist gut angezogen», sagte ich und reichte dem Empfangsherrn eine Zwanzigdollarnote. «Setzen Sie uns einfach nach hinten», sagte ich müde.

Der Empfangsherr nahm den Schein schnell und sagte: «Ja, da drüben in der Ecke, im Dunkeln, könnte noch ein Tisch frei sein.»

«In der Ecke, im Dunkeln», sagte ich.

Er setzte uns an einen schrecklich kleinen, schwach erleuchteten Tisch im hinteren Teil, abseits der großen, umdrängten Bar, aber ich war zu müde, um mich zu beschweren und bestellte einfach zwei Kir Royal. Paul versuchte, sich unauffällig eine Zigarette anzuzünden, und ganz plötzlich sah er so gut aus, wie er so dasaß, das Licht umspielte seine Gesichtszüge, sein Haar war blond und dick und zurückgekämmt, sein Gesicht schmal, die Nase königlich und dünn, daß ich ihn umarmen wollte, auf irgendeine Art berühren, aber «Liebling, ich wünschte, du würdest nicht rauchen», war alles, was ich sagen konnte.

«Mutter, tut mir leid», sagte er. «Aber ich brauche eine Zigarette. Dringend.»

Ich ließ es gut sein, und der Ober brachte die Kirs. Ich richtete meine ganze Aufmerksamkeit darauf, wie der Kellner die beiden kleinen Flaschen Taittinger rasch und behend öffnete und sie in die hohen, dünnen Gläser goß. Und wie wunderschön es aussah, wenn der Champagner den lila-rötlichen Cassis auf dem Grund der beiden Gläser langsam auflöste. Paul schlug die Beine übereinander und versuchte mich anzusehen, sobald der Ober gegangen war.

«Weißt du, dein Vater und ich waren vor siebzehn Jahren zum erstenmal hier zu unserem fünften Hochzeitstag. Es war im Dezember und es schneite, und wir bestellten uns das hier», sagte ich ruhig zu ihm, hielt das Glas hoch und probierte davon.

Er nahm einen Schluck von seinem Drink und schien zu entspannen.

Ich konnte lange nichts sagen. Ich trank aus, was im Glas war, und goß den Rest des Champagners aus der kleinen grünen Taittingerflasche hinein. Ich trank noch etwas, dann fragte ich nach Richard.

«Ich möchte wissen, was mit Richard passiert ist heute abend», sagte ich, um Konversation bemüht.

«Zwischenprüfungen», sagte Paul spöttisch, und dann: «Ich weiß nicht.»

«Irgend 'ne Ahnung?» fragte ich.

«Geht er?» seufzte er. «Ich weiß nicht.»

«Seine Mutter sagt, er hätte eine neue Freundin», erwähnte ich.

Paul wurde plötzlich sehr feindselig und verdrehte die Augen. «Mom, Richard ist bi.»

«Bi was?» fragte ich.

«Bi», sagte er und hob die Hände, als wolle er diesen Zustand beschreiben. «Du weißt schon. *Bi.*»

«Bibliophil?» fragte ich verwirrt. Ich war müde und brauchte Schlaf.

«Bisexuell», sagte er und starrte auf sein Glas.

«Oh», sagte ich.

Ich mochte meinen Sohn sehr. Wir waren zusammen in einer Bar, und er war höflich, und ich wollte seine Hand halten, aber ich sog nur Luft ein und ließ sie wieder ausströmen. Es war zu dunkel da, wo wir saßen. Ich berührte mein Haar und sah dann auf Paul. Und einen sehr kurzen Moment lang schien es, als hätte ich dieses Kind nie gekannt. Er saß da, sein Gesicht war ruhig, ausdruckslos. Mein Sohn – eine Chiffre. Wie konnte es so enden, fragte ich mich.

«Dein Vater und ich lassen uns scheiden», sagte ich.

«Warum?» fragte Paul nach einer Weile.

«Weil...» ich stockte. Sagte dann: «Wir lieben uns nicht mehr.»

Paul sagte nichts.

«Dein Vater und ich haben getrennt gelebt, seit du ins College gegangen bist», sagte ich zu ihm.

«Wo wohnt er jetzt?» fragte er.

«In der Stadt.»

«Oh», sagte Paul.

«Bist du bestürzt?» fragte ich. Ich glaubte, ich würde weinen, aber es ging vorbei.

Paul trank noch einen Schluck und setzte das übergeschlagene

Bein ab. «Bestürzt?» fragte er. «Nein. Ich wußte, es würde früher oder später passieren.» Er lächelte, als würde er sich an etwas Privates und Heiteres erinnern, und es stimmte mich traurig und alles, was ich sagen konnte, war: «Wir reichen nächsten Mittwochnachmittag die Klage ein.» Und dann fragte ich mich, warum ich ihm dies erzählte, warum ich ihm dieses Detail gab, diese Information. Ich fragte mich, wo Paul nächsten Mittwochnachmittag sein würde. Beim Mittagessen mit diesem Freund, Michael? Und ich wollte dringend wissen, was er im College machte – ob er beliebt war, ob er auf Parties ging, sogar mit wem er schlief. Ich fragte mich, ob er immer noch mit diesem Mädchen aus, war es Kairo? – ging. Oder Connecticut. Am Anfang des Jahres hatte er etwas von ihr erwähnt. Es tat mir leid, daß ich ihn für das Wochenende hatte nach Boston kommen lassen und ihm dieses Abendessen zugemutet hatte. Und ich hätte ihm diese Sache im Hotelzimmer sagen können. In der Bar zu sein, war ohne Belang.

«Was denkst du denn?» fragte ich meinen Sohn.

«Kommt es darauf an?» sagte er.

«Nein», sagte ich. «Eigentlich nicht.»

«Wolltest du darüber mit mir reden?»

«Ja.» Ich trank den Champagner aus. Es gab nichts mehr zu tun.

«Gibt es noch was?» fragte er.

«Noch was?» fragte ich.

«Ja», sagte er.

«Ich glaube nicht.»

«Okay.» Er drückte seine Zigarette aus und zündete sich keine mehr an.

STUART Ich weiß nicht, was in mich gefahren ist, aber ich gehe auf die ‹Bums-Klamotten-Party› nur in Unterhosen, denke, daß mein Körper okay aussieht, denke, ich will Paul Dentons Aufmerksamkeit erregen. Also kokse ich ein bißchen mit Jenkins und versaue mich restlos, als ich diesen krankhaft süßen, klebrigen Alkoholpunsch trinke, und als Billy Idol gespielt wird, werde ich einfach wahnsinnig und mache diese tolle Nummer. Die ganze

Party findet es riesig, und sie stehen alle im Kreis herum, und ich bin in der Mitte, wirbele und kreise und springe herum, hoffe, daß er mir zugesehen hat. Danach suchte ich ihn, angetörnt, mir ist schwindlig und ein bißchen übel, weil ich so wild getanzt habe, bin betrunken, stoned, Tanzstudenten machen mich an, und ich fühle mich richtig gut. Aber natürlich konnte ich ihn nicht finden. Er war nirgends. Er hielt es wahrscheinlich sowieso für zu uncool, zu diesen Dingen zu kommen. Aber wer geht denn *nicht* zur Bums-Klamotten-Party, außer dieser abartigen Gruppe Altphilologen (und die streifen wahrscheinlich über Land, opfern Bauern und führen heidnische Riten auf)? Es endete damit, daß ich allein nach Hause ging. Eigentlich nicht, ich machte noch ein bißchen mit Dennis rum, aber ich schlief ein, wie ich es gewöhnlich tue an Freitagabenden: ungebumst.

Es ist Partyzeit, und sie ist bereit. Die Party wirbelt und erscheint wunderbar, und sie hat sich so sorgfältig gekleidet, daß sie versucht, das Wohnzimmer und die Tanzfläche zu meiden, denn wenn sie sich verhunzt, denkt sie, wird sie dich niemals sehen, oder du wirst sie niemals sehen. Deshalb ist sie sehr sorgfältig, als sie durch das Partygewühl streift auf der Suche nach dir. Sie betritt das Wohnzimmer dieses Hauses, diese Gruft der Zerstörung, Songs, die sie liebt, werden zertanzt von schweißgebadeten Gefangenen der Umarmung dieses Raums. Sie ist schockiert, nicht froh, zu sehen, wie viele sich entschlossen haben, in weiße Laken gehüllt zu kommen. Hätte sie es auch tun sollen? Es ist so dunkel, daß sie nur die Blässe unbekleideter Körper ausmachen kann, eine Kamera, ein Videoteam in einer Ecke, das die Bilder dieser Nacht einfängt, andere Bilder, weniger graphisch, sie flackern über ihnen am oberen Ende der Wände, unter der Decke, ein magerer Jungenkörper tanzt enthusiastisch in einem Kreis, der aus denselben schweißgebadeten Gefangenen gebildet wird, fast nackte Menschen scheinen überall zu sein, aber es ist nicht, merkwürdigerweise, oder vielleicht ist es, merkwürdigerweise, erotisch, und sie geht an ihnen vorbei, durch die Wohngruft und in eine Ecke, wo ein rosafarbenes Getränk aus einem zylindrischen grauen Eimer von einem Mädchen gelöffelt wird, das so fleischig ist, daß sie kichern muß, und sie kann dich immer noch nicht sehen. Sie sucht in Fluren und Badezimmern, findet Paare, die unter dem Oktobermond auf dem Rasen ficken, Badezimmer im Obergeschoß, Schlafzimmer im Obergeschoß, streift durch den Flur, sogar durch die Küche, um Himmels willen, aber sie sieht dich erst, als sie wieder unter dem tödlich blauen Licht steht, in dem das Wohnzimmer jetzt leuchtet. Wie das Schicksal so spielt, tanzt du gerade, wiegst dich mit einem schönen Mädchen, das sie wiedererkennt, aber sie glaubt nicht, daß du sie magst, aber die Musik ist zu laut, um überhaupt etwas zu spüren, außer – daß du dich ihr hingeben wirst. Sie steht neben einem schwarzen Kasten, der größer als sie selbst ist, aus dem sich Musik ergießt, hält ein rosa Getränk in der Hand, und sie liebt es, wie dein Kopf zurückgeworfen wird, sich bewegt, den Beat zu halten versucht (du bist kein guter Tänzer), und der Song endet, ein neuer überschneidet sich mit ihm, und es gibt überhaupt keinen Sinn. Sie folgt dir aus dem Zimmer, du siehst wieder das Mädchen an und entschließt dich, sie am Arm zu fassen, und das blaue Licht läßt dein weißes Hemd erglühen unter dem Jackett, das du ausziehst, und sie folgt dir zum Licht an der Tür und sagt: «Hallo ...», und noch nie hat eine Sekunde so grausam weh getan und getrennt, gebrannt, weil die Musik zu laut ist, und du nichts hören kannst, nicht einmal etwas bemerkst, und statt dessen nimmst du sie an der Hand, und ihr geht zusammen. Du hast sie angelächelt, denkt sie. Aber da hatte sie sich schon in der Ecke des Zimmers versteckt, stand auf dem zusammengerollten Teppich, das Zimmer ist eine schwarz-blaue Masse, die sich zur Musik bewegt, ihre Liebe ist immer noch still und unerklärt, und es war an der Zeit, eine Entscheidung zu treffen. Was kann sie machen? Kann sie zu dir hingehen und dir Sachen sagen, ohne daß du sie für eine liebestolle Verrückte hältst? Nein. Vielleicht ist es nicht einmal das, aber es ist *vorbei. Und sie wird nicht bei dir sein. Es ist einfach. Aber das Echo deines Lächelns wirkt noch nach, und es* ist *zu spät. Sie steht in der Ecke, wartet, hört der Musik zu, Musik, die ihr nichts sagt, ihr nicht einmal einen Hinweis gibt, was sie jetzt tun sollte, sie spielt nur laut, derselbe unerträgliche, dumme Beat, der sie umfängt, sie nicht bewegt, und auf dem Weg nach draußen, allein, stößt sie mit jemand zusammen, der seinen Kopf rasiert hat, und er streckt ihr die Zunge raus, wedelt mit ihr, brüllt Orgieimboothorgieimbooth, aber sie hört nicht hin, immer noch heiß, aber starr vor Ablehnung ist ihr Gesicht, nach unten, auf den Boden gerichtet – es ist* aus. *Es ist Zeit. Glatzkopf lacht sie aus. Sie geht weg, am ‹Ende of the World› vorbei, blickt hinunter auf die Lichter der Stadt. Es wird keine Zettel mehr geben. Der letzte Aufruf.*

LAUREN Eine Glühbirne. Ich starre auf die Glühbirne über Seans Kopf. Wir sind in Lilas und Ginas Wohnung im Fels. Zwei Lesben aus dem Lyrik-Workshop, in den ich seit kurzem gehe. Tatsächlich hat Gina mir ganz im Vertrauen erzählt, daß sie die Pille nimmt, «für alle Fälle». Heißt das, daß sie nur nebenbei lesbisch ist? Lila wiederum hat mir anvertraut, sie befürchtet, daß Gina sie verläßt, seit es in diesem Semester plötzlich «in» sei, mit Frauen zu schlafen. Was sagt man zu so einer? Nun, was ist im nächsten Semester? Ja, *was ist denn* im nächsten Semester? Du beobachtest auch Sean, siehst ihm zu, wie er einen Joint dreht, und er macht es recht gut, was irgendwie meinen Wunsch mindert, mit ihm zu schlafen, aber was soll's. Jaime war am Apparat, stimmt's? Und es ist Freitag, und es wäre entweder er oder der Typ aus Frankreich. Seine Hände sind hübsch, sauber und groß, und er geht ziemlich sorgfältig mit dem Gras um, und ich will plötzlich, daß er meine Brüste berührt. Ich weiß nicht, warum ich das denke, aber es ist so. Nicht gerade gutaussehend, aber ganz passabel: helles Haar, zurückgekämmt, eher kleine Gesichtszüge (vielleicht ein bißchen wie 'ne Ratte?), vielleicht zu klein, vielleicht zu dünn; nein, nicht gutaussehend, nur vage Long-islandisch. Aber eine deutliche Verbesserung zu dem Kirsch schlürfenden persischen Lektor, den du gestern abend auf Vittorios letzter Party getroffen hast, der dir gesagt hat, du würdest die nächste Madonna werden. Als ich ihm erzählte, ich sei eine Dichterin, sagte er, er meine Marianne Moore.

«Also, wer hilft uns, den Gewichteraum zu bombardieren?» fragt Gina. Gina gehört zur «alten Garde» in Camden, und die Einrichtung eines Gewichteraums mitsamt Aerobiclehrer hat sie wütend gemacht (obwohl sie mit dem Aerobiclehrer ins Bett gehen will, der meiner Meinung nach gar nicht mal einen so tollen Körper hat). «Lila ist zerstört», sagt sie zu mir.

Lila nickt und ruht ihren Kopf auf dem Buch von Kathy Acker, das sie durchgeblättert hat.

«Ä-T-Z-E-N-D», buchstabiere ich seufzend. Sehe auf das Mapplethorpefoto von Susan Sontag, das über dem Waschbecken befestigt ist und kichere.

Sean lacht und sieht von den Joints auf, als hätte ich etwas Brillantes gesagt, und es ist nicht komisch, aber weil er lacht, lache ich auch.

«Tim findet es toll», sagt er.

«Bringen wir ihn um, und dann nennen wir's ein Kunstwerk», sagt Lila. Woher kennt Lila Tim, frage ich mich. Schläft Tim mit Lesben? Ich bin betrunken.

Immer noch halte ich ein Glas rosa Punsch in der Hand, und es dämmert mir, daß ich so betrunken bin, daß ich nicht aufstehen kann. Ich sage nur zu Lila: «Sei nicht deprimiert», und dann zu Gina: «Hast du Koks?» zu betrunken, um mich zu schämen.

«Depressionen stehen manchen Leuten», sagt Lila.

«Nein», Gina.

«Möchtest du welches?» fragt Sean.

«Nein.»

Depressionen stehen manchen Leuten?

Das kann man nicht bestreiten, also zünden wir den ersten Joint an. Wünschte, wir würden es treiben und brächten es hinter uns, so daß ich wieder in mein Zimmer mit den Daunenkissen und der warmen Steppdecke zurückkehren und würdevoll absacken kann. Lila steht auf, legt eine Kate Bush-Kassette ein und tanzt im Zimmer herum.

«Dieser Laden hat sich wirklich verändert.» Jemand reicht mir den Joint. Ich nehme einen langen, tiefen Zug und sehe mich in der Wohnung um und pflichte wem auch immer bei. Stephanie Myers und Susan Goldman und Amanda Taylor wohnten hier in meinem zweiten Jahr. Es *hat* sich verändert.

«Die siebziger Jahre haben nie aufgehört.» Sean Bateman, der Philosoph diesmal. Was für eine dumme Bemerkung, denke ich. Was für eine merkwürdige und äußerst dumme Bemerkung. Er lächelt mich an und denkt, es sei tiefschürfend. Mir ist übel. Ich will, daß sie die Musik leiser stellen.

«Ich möchte gern wissen, ob im College jeder durch soviel Höllen geht», räsoniert Lila, während sie neben meinem Stuhl tanzt und verträumt in meine Richtung schaut. Möchte ich mit einem anderen Mädchen schlafen? Nein.

«Mach dir keine Sorgen, Liebes», sagt Gina. «Wir sind nicht im Williams.»

Nicht im Williams. Nein, das bestimmt nicht. Rauche noch mehr Gras. Aus irgendeinem Grund sieht er Gina nicht an. Lila setzt sich hin und seufzt und sieht sich wieder die Zeichnungen in dem Buch von Acker an. Fahr nach Europa, wenn es dir nicht gefällt, denke ich. Victor, denke ich.

«Louis Farrakhan sollte zu Besuch kommen, aber im Studentenrat stimmten die aus dem ersten und zweiten Jahr dagegen», sagt Sean. «Ist das zu fassen?» Also ist er auch politisch bewußt drauf. Noch schlimmer. Er raucht mehr von dem Pot, als Gina und ich zusammen, jemand hat sogar eine Pfeife angeschleppt. Er hält sie, wie Victor sie hält. Ich sehe ihn an, angewidert, aber es ist zu verraucht, und Kate Bush ist zu kreischig, und er merkt es nicht. «Sie wollen sogar, daß jemand das Collegeemblem neu entwirft», fügt er hinzu.

«Warum?» höre ich mich fragen.

«Nicht den Achtzigern gemäß genug», schlägt Lila vor.

«Wollen wahrscheinlich zuckendes Neon», Gina.

«Hol Keith Haring oder Kenny Scharf», grimassiert Lila.

«Oder Schnabel», krümmt sich Gina.

«Viel zu passé», murmelt Lila.

«'ne Menge zerbrochener Teller und ‹anzügliche› Schmierereien», hat Sean das gesagt?

«Oder laß Fischel den Prospekt machen. So mit diesem schikken, nihilistischen europäischen Jet-Set-Abfall, der außerhalb des Campus lebt, nackt mit Hunden und Fischen herumsteht. Willkommen im Camden College – Ihr werdet euch niemals langweilen.» Gina fängt an zu lachen.

«Ich werde es neu entwerfen», sagt Lila. «Gewinnt das Geld. Kauft ein Gramm.»

Welches Geld? denke ich. Habe ich etwas verpaßt. Bin ich außen vor?

Das Gras ist gut, aber ich muß mir eine Zigarette anzünden, um wach zu bleiben, und während einer Pause auf der Schallplatte können wir alle auf der Party jemand nebenan schreien hören: «Das ist ja phallisch – Ja! Ja! Ja!» und wir schauen uns alle bekifft an, und wir kugeln uns irgendwie, und ich erinnere mich, daß ich Judy auf der Party oben weinend in einer Tür stehen sah, im Badezimmer, Franklin versuchte sie zu trösten, Franklin, der mich grell anstierte, als ich mit Sean wegging.

Jetzt das Unvermeidliche.

Wir sind in seinem Zimmer, und er spielt mir ein Lied vor. Auf seiner Gitarre. Er bringt mir ein *Ständchen*, und es ist beinahe peinlich genug, um mich nüchtern zu machen. «You're Too Good to Be True», und ich fange an zu heulen, aber nur, weil ich gar nicht anders kann, als an Victor zu denken, und er hört mittendrin auf und küßt mich, und wir landen schließlich im Bett. Und ich denke, was wäre, wenn ich jetzt in mein Zimmer zurückginge, und was wäre, wenn an der Tür ein Zettel hinge, daß Victor angerufen hat? Was wäre, wenn da einfach ein Zettel hinge? Ob er angerufen hat oder nicht, ist egal, nur einen Zettel zu sehen, nur vielleicht ein V zu sehen, und scheiß auf all die anderen Buchstaben. Wenn da nur ein Zeichen wäre. Es könnte mich eine Woche lang freudig erregen, nein, einen Tag lang. Ich lege in Ginas und Lilas Wohnung mein Diaphragma ein, damit es meinerseits keine trunkene Vergeßlichkeit gibt, kein Rennen ins Badezimmer mitten im Vorspiel.

Sean fickt mich. Es ist gar nicht so übel. Es ist vorbei. Ich atme leicht.

SEAN Wir gingen langsam in mein Schlafzimmer zurück (sie folgte mir, als wüßte sie, daß dies geschehen würde, zu gierig, zu sprachlos, um zu sprechen), an der Party vorbei, die noch im Gang war, über den Commons und ins Booth, die Treppe hoch. Ich war so erregt, daß ich nicht zu zittern aufhören konnte, und ich ließ den Schlüssel fallen, als ich versuchte, die Tür aufzuschließen. Sie setzte sich aufs Bett und lehnte sich gegen die Wand, die Augen geschlossen. Ich stöpselte die Fender rein und spielte ihr einen Song vor, den ich selbst geschrieben hatte, und dann wechselte ich über in «You're Too Good to Be True», und ich spielte es ruhig und sang die Worte langsam und leise, und sie war so gerührt, daß sie zu weinen anfing, und ich hörte zu spielen auf und kniete vor dem Bett nieder und berührte ihren Hals, aber sie konnte mich nicht ansehen; vielleicht war es das Gras, das wir bei den Lesben geraucht hatten, die den Gewichteraum in die Luft jagen wollen, oder vielleicht war es das Ecstasy, auf dem sie war, da bin ich ziemlich sicher; vielleicht war es, daß sie mich liebte. Als ich ihr Gesicht zu mir hochzog, waren ihre Augen so dankbar, daß...

...er sie rasch auf die Lippen küssen mußte, und... er bekam einen Steifen, fast sofort, als sie seinen Kuß erwiderte, immer noch weinend, ihr Gesicht war glitschig, und er fing an, ihre Toga auszuziehen, aber es gab eine Unterbrechung, für die er merkwürdigerweise dankbar war. Tim kam herein, ohne anzuklopfen und fragte, ob er eine Rasierklinge hätte, und er gab ihm eine, und Tim entschuldigte sich nicht für die Störung, weil er so zugekokst war, und er vergewisserte sich, daß die Tür zugeschlossen war, nachdem er gegangen war. Aber er war merkwürdigerweise noch immer nicht erregt. Er wandte sich wieder ihr zu und schaltete den Verstärker aus, dann legte er sich aufs Bett.

Sie hatte schon angefangen, ihre Toga auszuziehen, und außer ihrem Höschen hatte sie darunter nichts an. Sie hatte den Körper eines viel jüngeren Mädchens. Ihre Brüste waren klein, aber voll, dennoch waren ihre Brustwarzen nicht hart, nicht einmal, nachdem er sie berührt, dann geküßt und geleckt hatte. Er half ihr, das Höschen zu entfernen, sah, wie klein auch ihre Fotze war, das Schamhaar war hell und spärlich, als er sie jedoch drückte, erst fest, dann sanft, einen Finger reinschob, spürte er nichts. Sie wurde nicht feucht, obwohl sie leise kleine Seufzer von sich gab. Er war halb steif, aber immer noch nicht erregt. Irgendwas fehlte. ...Irgendwo gab es ein Problem, einen Fehler. Er wußte nicht was. Verwirrt begann er sie zu ficken, und bevor er kam, fiel es ihm ein: Er kann sich daran erinnern, wann er es zum letztenmal nüchtern getrieben hatte...

PAUL Ich sitze allein in meinem Zimmer, in einem Stuhl, vor dem Fernseher, ich trinke Bier, das ich beim Zimmerservice bestellt habe und sehe mir Freitagabendvideos an. Video von Huey Lewis and the News kommt. Huey Lewis kommt auf eine Party und sieht verwirrt aus. Huey Lewis erinnert mich an Sean. Huey Lewis erinnert mich auch an meinen Turnlehrer in der neunten Klasse. Sean erinnert mich nicht an meinen Turnlehrer in der neunten Klasse. Richard macht die Tür auf, immer noch in dem Smoking, den er beim Essen trug, und er setzt sich auf eines der Betten, und alles, was er sagt, ist: «Hab meine Sonnenbrille verloren.»

Ich beobachte Huey Lewis, der auf der Party nicht den Ausgang finden kann. Er hält Händchen mit so einer blonden Schnepfe, und sie können den Ausgang nicht finden. Sie machen laufend Türen auf, und hinter keiner ist ein Ausgang. Hinter einer ist ein Zug, der auf sie zurast, eine andere hat einen Vampir dahinter versteckt, aber keine bietet einen Weg nach draußen. Wie symbolisch.

«Hast du Koks?» fragt Richard.

Eine Woge der Irritation läßt mich die Heinekenflasche fester packen. Ich sage nichts.

«Im Sarah Lawrence gibt es eine Menge Koks», sagt er.

Das Video ist zu Ende, und ein neues kommt, aber es ist kein Video, es ist ein Werbespot für Seife, und ich sehe zu ihm rüber.

«Was ist los?» fragt er.

«Ich weiß nicht», sage ich. «Was ist los?»

«Mit mir?» fragt er.

«Vermutlich», sage ich. «Mit wem sonst, Idiot?»

«Ich weiß nicht», sagt Richard. «Ich bin ausgegangen.»

«Du bist ausgegangen», wiederhole ich.

«In eine Bar», seufzt er.

«Glück gehabt?» frage ich.

«Wäre ich dann hier bei dir, wenn ich's gehabt hätte?» sagt er.

Sein grober Versuch einer Kränkung, wenn es eine Kränkung war, irritiert mich mehr, als wenn er mit einer echten ... was? Sensation? angekommen wäre.

«Bist du betrunken?» frage ich, in der vagen Hoffnung, daß es stimmt.

«Ich wünschte, ich wär's», seufzt er.

«Ehrlich?» frage ich.

«Ja. Ehrlich», seufzt er wieder und legt sich rückwärts aufs Bett.

«War 'ne ganz schöne Szene, die du beim Essen gemacht hast», bemerke ich.

Wir sehen uns noch ein Video an, oder vielleicht ist es noch ein Werbespot, ich kann's nicht sagen, und dann sagt er: «Fick dich ins Knie. Ist mir egal.» Nach einem Augenblick der nachdenklichen Stille, fragt er dann: «Schlafen die beiden schon?» und sieht zu der Wand hin, die die beiden Zimmer voneinander trennt.

«Ja.» Ich nicke.

«Ich bin ins Kino gegangen», gibt er zu.

«Ist mir egal», sage ich.

«War das letzte», sagt er.

Er steht auf und geht zu dem Kassettenspieler hin und legt eine Kassette ein; Hard Punk-Musik dröhnt aus dem Lautsprecher, und ich springe auf, völlig entgeistert, und er zieht ein Gesicht und stellt es leiser, dann fängt er gehässig zu kichern an und setzt sich in den Sessel neben meinem.

«Was siehst du dir an?» fragt er. Er hält die Flasche Jack Daniel's in der Hand, die wie durch Zauberei wieder aufgetaucht ist, und bietet sie mir an, während er den Verschluß abschraubt. Ich schüttle den Kopf und schiebe sie weg. «Videos», sage ich.

Er sieht mich an, dann steht er auf und starrt zum Fenster hinaus; er hat diese rastlose Vor-dem-Fick-Aura um sich; erwartungsvolle, nervöse Energie. «Ich bin zurückgekommen, weil es angefangen hat zu regnen.» Ich höre, wie er sich eine Zigarette anzündet, rieche den Rauch. Ich schließe die Augen und lehne mich im Sessel zurück, und erinnere mich, wie ich an einem regnerischen Nachmittag mit Sean im Commons saß, beide hatten wir einen Kater, wir teilten uns einen Teller Pommes frites, den wir in der Snackbar geholt hatten, da wir das Mittagessen verpaßt hatten. Wir verpaßten das Mittagessen immer. Es regnete immer.

«Erinnerst du dich an diese Wochenenden in Saugatuck und Mackinac Island?» fragte er.

«Nein. Ich erinnere mich nur an teuflische Wochenenden am Lake Winnebago. Ich war nämlich noch nie auf Mackinaw Island», sagte ich ruhig.

«Mackinac», sagt er.

«Naw», sage ich.

«Du bist schwierig, Paul», sagt er süßlich.

«Erschieß mich.»

«Also gut, jedenfalls, erinnerst du dich, daß die Thomases auch immer mitkamen?» fragt er. «Erinnerst du dich an Brad Thomas? Gutaussehend, aber ein Megatrottel.»

«Megatrottel?» frage ich. «Brad? Brad von Latin?»

«Nein, Brad von Fenwick», sagt er.

«Ich kann mich nicht an Brad Thomas erinnern», sage ich, obwohl ich doch mit Brad und Richard nach Fenwick gegangen war. Tatsächlich hatte ich mich in Brad verknallt. Oder war das Bill?

«Erinnerst du dich an jenen 4. Juli, als mein Vater dich und Kirk und mich auf dem Boot so betrunken gemacht hat, und meine Mutter einen Anfall hatte? Wir hörten uns den Top 100 Countdown im Radio an, und einer ist vom Boot gefallen, stimmt's?» sagt er. «Erinnerst du dich?»

«Der 4. Juli? Auf einem Boot?» frage ich. Ich frage mich plötzlich, wo mein Vater heute abend ist, und ich bin leicht überrascht, daß es mich nicht deprimiert, weil ich mich irgendwie doch an das Boot meines Vaters erinnere, und ich erinnere mich, daß ich Brad dringend nackt sehen wollte, aber ich kann mich nicht erinnern, ob irgend jemand von einem Boot gefallen ist, und ich bin zu müde, um mich Richard überhaupt zu nähern, also lasse ich mich in den Sessel plumpsen und sage zu ihm: «Ich erinnere mich. Mach weiter. Was ist die Pointe?»

«Ich vermisse diese Zeit», sagt Richard einfach.

«Du bist ein Trottel», sage ich.

«Was ist passiert?» fragt er und dreht sich vom Fenster weg.

Also, wie war das, dein Vater hat deine Mutter wegen einer anderen Frau verlassen, und du wurdest drogenabhängig und gingst ins College, und ich wurde auch für eine Weile drogenabhängig und ging nach Camden, wo ich nicht mehr drogenabhängig war, im Vergleich, und ich meine, was möchtest du denn hören, Richard? Da ich etwas sagen muß, sage ich statt dessen einfach wieder: «Du bist ein Trottel.»

«Ich schätze, wir sind erwachsen geworden», sagt er traurig.

«Erwachsen geworden», sage ich. «Tiefsinnig.»

Er setzt sich wieder neben mich in den anderen Sessel. «Ich hasse das College.»

«Ist es für eine Beschwerde nicht etwas zu spät?» frage ich.

Er ignoriert mich. «Ich hasse es.»

«Nun, die ersten beiden Jahre sind übel», sage ich.

«Und was ist mit dem Rest?» Er sieht zu mir her, erwartet ernsthaft meine Antwort.

«Man gewöhnt sich dran», sage ich nach einer Weile.

Wir starren auf den Fernseher. Noch mehr Werbespots, die aussehen wie Videos. Noch mehr Videos.

«Ich möchte Billy Idol bumsen», sagt er geistesabwesend.

«Ja?» gähne ich.

«Ich möchte dich auch bumsen», sagt er mit derselben abwesenden Stimme.

«Schätze, ich bin in feiner Gesellschaft.» Wegen seiner Bemerkungen verspüre ich den Wunsch, einen Schluck aus der Jack Daniel's-Flasche zu trinken. Ich tue es. Es schmeckt gut. Ich gebe ihm die Flasche zurück.

«Hör auf zu flirten», sagt er lachend. «Du bist ein schlechter Flirter.»

«Nein, bin ich nicht», sage ich, gekränkt, daß er glaubt, ich würde ihn anmachen.

Er packt spielerisch mein Handgelenk und sagt: «Warst du immer.»

«Richard, ich weiß nicht, wovon du redest», sage ich, ziehe mein Handgelenk aus seinem Griff zurück, sehe ihn spöttisch an, dann wende ich mich wieder dem Fernseher zu.

Aus einem weiteren Video wird ein Werbespot, und dann läßt uns ein lauter Donnerschlag verstummen.

«Es regnet wirklich stark», sagt er.

«Ja, es regnet stark», sage ich.

«Gehst du mit jemand dort?» fragt er. «Ich meine im College.»

«Mit einem aus dem 3. Semester, aus dem Süden, der Motorrad fährt. Ich kann es nicht erklären», sage ich, und dann ist mir klar, daß es eine ganz schön genaue Beschreibung von Sean ist, und sie läßt ihn viel weniger strahlend aussehen, als er mir einmal erschien. Weil, was gibt es sonst noch über ihn zu sagen? Eine Minute lang kann ich mich nicht an seinen Namen erinnern, kann mir nicht einmal seine Gesichtszüge vorstellen, ein Gesicht, irgendeine Form. «Und was ist mit dir?» würge ich heraus, ich fürchte die Antwort.

«Was mit mir ist?» fragt er. Was für ein feingeschliffener Humor.

«Hast du jemand ‹kennengelernt›?» formuliere ich die Frage neu.

«Jemand ‹kennengelernt›?» fragt er kokett.

«Wen fickst du? Ist das besser? Ich meine, ich möchte es eigentlich gar nicht wissen. Ich betreibe nur Konversation.»

«Oh, Gott», seufzt er. «So einen Typ von Brown. Er studiert Semiotik. Ich glaube, das ist das Studium des Wäschereiwesens oder so was. Jedenfalls ist er in der Rudermannschaft. Ich sehe ihn an den Wochenenden, weißt du.»

«Wen noch?» frage ich. «Was ist im College?»

«Oh, diesen Typ aus Kalifornien, aus Encino, heißt Jaime. Von der U.C.L.A. übergewechselt. Blond, Jude. Er ist auch in der Rudermannschaft.»

«Das ist ja so was von *gelogen*», muß ich herausplatzen.

«Was?» Er wird verlegen, sieht schockiert aus. «Was meinst du denn damit?»

«Du sagst immer, daß du mit jemand aus der ‹Rudermannschaft› gehst. Und du tust es nie. Was ist denn eine ‹Ruder›-Mannschaft?» frage ich und bemerke, daß wir das ganze Gespräch im Flüsterton geführt haben. «Es gibt keine Rudermannschaft im Sarah Lawrence, du Schwachkopf. Glaubst du, du kommst damit durch, wenn du mich anlügst?»

«Ach, halt den Mund, du bist ja völlig verrückt», sagt er, angewidert von mir, er winkt mich weg.

Wir sehen noch etwas fern und hören uns gleichzeitig die Musik an, die vom Kassettenspieler kommt und trinken den Jack Daniel's aus. Nachdem wir alle Zigaretten im Zimmer geraucht haben, fragt er schließlich: «Wie geht's bei dir?»

Ich sage: «Es geht nicht.»

Er lehnt sich vor und sieht aus dem Fenster. Richard hat einen wirklich guten Körper.

Ich nehme die Flasche zur Hand und huste, als ich die letzten Tropfen schlucke.

Richard sagt: «Du weißt, daß es schlecht ist, wenn man nachts den Regen sehen kann.»

Wir sind eine Minute lang ruhig, und dann sieht er mich an, und ich fange an ihn auszulachen.

«Was ist denn so komisch?» fragt er lächelnd.

«‹Du weißt, es ist schlecht, wenn man nachts den Regen sehen kann?› Was ist denn das? Ein gottverdammter ‹Bonnie Tyler›-Song?»

Dank dem Alkohol fühle ich mich gut, und er lehnt sich nahe an mich, lacht auch, und ich kann den warmen Whiskey in seinem Atem riechen, und zuerst küßt er mich zu hart, und ich schiebe ihn ein bißchen zurück und ich kann die Stelle spüren, wo die Stoppeln und die Lippe zusammentreffen, und ich denke, ich höre irgendwo eine Tür auf- und zugehen, und es ist mir egal, ob es Mrs. Jared ist oder meine Mutter, betrunken, in Scheidung lebend, von Seconal eingeschläfert, in einem Nachthemd von Marshall Fields, und obwohl ich es nicht möchte, ziehen wir uns gegenseitig aus, und ich gehe mit Richard ins Bett. Hinterher, früh am Morgen, vor Tagesanbruch, packe ich still meine Sachen, ohne mich von jemand zu verabschieden und gehe im Regen zum Busbahnhof und nehme den ersten Bus nach Camden.

Ich liege im warmen Wasser, in einer Badewanne im Sawtell. Ich tue dies, weil ich weiß, daß ich ihn nie haben werde. Ich fahre mit der Rasierklinge fest über die heiße Haut unter Wasser, und das Fleisch schält sich rasch zurück, Blut schießt heraus, schießt richtiggehend heraus, aus meinem Unterarm. Ich fahre damit im Zickzack über das andere Handgelenk, rauf und runter, und das Wasser wird rosa. Als ich meinen Arm hochhebe, aus dem Wasser heraus, schießt das Blut mächtig hoch, und ich muß mein Handgelenk wieder eintauchen, damit ich nicht bespritzt werde. Ich setze mich auf, schlitze mir nur ein Fußgelenk auf, weil mich die Schwäche durchdringt, und ich lege mich zurück, das Wasser wird unmöglich rot, und dann fange ich an zu träumen, und ich träume immer weiter, und dann bin ich mir nicht einmal mehr sicher, ob dies wirklich das richtige ist. Ich kann Musik aus einem anderen Haus irgendwo kommen hören, und vielleicht versuche ich, mitzusingen, aber, wie gewöhnlich stellt sich heraus, daß ich schon am Schluß angelangt bin, bevor er da ist. Vielleicht hätte ich einen anderen Weg einschlagen sollen. Den, zu dem mir der kleine Mann in der Tankstelle in Phoenix geraten hat, oder soll ich sagen, gedrängt hat oder auch – rate mal? Keine Zeit. Gott Jesus Christus unser mein nichts Retter.

LAUREN Und es ist ruhig jetzt, und vorbei. Ich stehe an Seans Fenster. Es ist beinahe Morgen, aber immer noch dunkel. Es ist verrückt und vielleicht ist es meine Phantasie, aber ich bin ganz sicher, daß ich die Arie aus *La Wally* hören kann, sie kommt von irgendwoher, nicht von der anderen Rasenseite, da die Party aus ist, sondern es könnte vielleicht irgendwo in diesem Haus sein. Ich habe meine Toga um mich geschlungen, und gelegentlich sehe ich zu ihm hin und beobachte ihn, wie er im Schimmer des blauen Lichts seines Digitalweckers schläft. Ich bin nicht mehr müde. Ich rauche eine Zigarette. Eine Silhouette bewegt sich in einem anderen Fenster, in einem anderen Haus gegenüber. Irgendwo zerspringt eine Flasche. Die Arie geht weiter, baut sich auf, gefolgt von Schreien und dem Zerbersten eines Fensters, weit weg. Dann ist es wieder still. Aber die Stille wird bald durch Gelächter von nebenan durchbrochen, Freunde von Sean, die Drogen nehmen. Ich bin überraschend ruhig, friedlich in dieser merkwürdigen Vorhölle zwischen Nüchternheit und totaler Besoffenheit. Ein Nebel bedeckt heute nacht den Campus, über dem ein hoher, voller Mond steht. Die Silhouette steht immer noch am Fenster. Eine andere gesellt sich dazu. Die erste geht. Dann sehe ich Pauls Zimmer, d. h. wenn er immer noch im Leigh wohnt. Das Zimmer ist dunkel, und ich frage mich, mit wem er heute nacht zusammen ist. Ich berühre meine Brüste, dann nehme ich meine Hand weg, schamvoll, brennend. Frage mich, was mit dem da schiefgegangen ist. Was ist geschehen, als wir das letzte Mal zusammen waren? Ich kann mich nicht einmal erinnern. Letztes Semester, irgendwann. Aber nein... jene Nacht im September. Anfang dieses Semesters. Letztes Semester wußtest du jedoch, daß es aus war. Er fuhr für drei Tage mit Mitchell nach Cape Cod in das Haus von Mitchells Eltern, aber dir erzählte er, er würde seine Eltern in New York besuchen – aber dann, wer hat es dir erzählt? Es war Roxanne, und war sie nicht mit Mitchell gegangen? Vielleicht war es die Lüge von jemand anderem. Aber ich bin trotzdem fast vor Sehnsucht nach seiner wohlbehaltenen Rückkehr gestorben; was war er für ein Arschloch. Vielleicht irre ich mich. Vielleicht war er zärtlich, vielleicht warst du gierig. Ich drücke die Zigarette auf dem Rand des Fenstersimses aus und sehe wieder Sean an, der sich jetzt umgedreht hat, der träumt. Er hat die Decken über den Kopf gezogen.

PAUL Mein Mangel an Vertrauen in ihn erstaunt mich, aber ich kann es nicht ändern: *Ich mag Sean nicht.* Es ist niemand sonst im Bus, als wir aus Boston fahren, und nicht allzu viele Leute steigen an den verschiedenen Haltestellen unterwegs ein. Nur ich und ein altes Ehepaar vorne sind die meiste Zeit im Bus. Ich stelle mir die müßige Frage, was Mutter wohl zu meinem abrupten Aufbruch sagen wird. Wird sie eine Seconal einwerfen? Wird sie weinen? Bleiben? Mit den Pagen flirten? Richard wird wahrscheinlich erleichtert sein, aber er wird sich dennoch um eine Verabredung am Samstagabend kümmern, und Mrs. Jared wird es gleichgültig sein – was geht es mich überhaupt an, was sie denkt? Ich versuche zu schlafen, als der Bus auf irgendeiner namenlosen Straße (7? 9? 89? 119?) Richtung Camden dahinrumpelt. Und irgendwo in der Nähe von Lawrence hört es zu regnen auf, und die Sonne kommt raus, voll aufsteigend, bei Bellows.

Ich kann nicht schlafen. – Ich werde direkt in Seans Zimmer rasen, und was werde ich vorfinden? Ihn im Bett mit einem Mädchen, das ich nie zuvor zur Kenntnis genommen oder mit dem ich nie geredet habe, die ich aber sofort wiedererkennen werde, oder vielleicht wird er müde sein, aber lächelnd aufwachen, und wir werden uns ansehen und uns berühren und die Hände schütteln, und während wir die Hände schütteln, zieht er mich zu sich aufs Bett hinunter, und danach werden wir in dieses französische Café am Stadtrand fahren – ausgeschlossen, Sean würde dort nie essen. Er ist wahrscheinlich noch nie in einem guten Restaurant gewesen; einfach ein Leben mit Viertelpfündern, Tastee Freezes, Friendlys. Haben sie überhaupt Friendlys im Süden? Kein Walkman, keine Zigaretten, keine Zeitschriften, das kann in einem Bus unerträglich sein. Ich werde verrückt, bin immer noch geil von dem ganz ordentlichen Sex letzte Nacht, und ich versuche, auf der Bustoilette zu masturbieren, aber als mir klar wird, was ich tue, wie der Abfall unter mir klatscht, als ich auf der Toilette sitze, die Hand um meinen Schwanz gewickelt, fange ich an zu lachen, mit hoher Stimme, manisch, gruselig. – Ein paar Leute steigen in Newport ein. Ein paar Leute steigen in Wolcott aus, und noch ein paar steigen in Winchester zu. Hungrig, erschöpft, mit abstoßendem Mundgeruch, steige ich endlich an der Haltestelle in Camden aus und nehme ein Taxi zurück zum Campus, und als ich dort ankomme, ist es beinahe zwölf. Ich muß das alles träumen.

ROXANNE Ich fand das Mädchen, als ich am nächsten Morgen aufwachte...

Ich hatte die Nacht mit Tim verbracht, Rupert war zu der Orgie im Booth gegangen... Ich verbrachte die Nacht mit Norris. Ich war betrunken und noch ein wenig auf dem Trip vom XTC, und als ich ins Badezimmer ging...

...Ich wollte duschen, also...

Als ich die Kabinentür öffnete, mußte ich den Vorhang...

Das Mädchen war (es ist schwer zu beschreiben) sehr blau...

Kein Wasser sollte jemals so rot aussehen, weil es so dunkel war...

...Natürlich fing ich an durchzudrehen und fing an zu schreien und zu ziehen...

Ich erinnere mich nicht, daß ich den Feueralarm in manchen Häusern abgerissen habe, obwohl, ich schätze...

Tim erzählte mir, daß so die Wachmänner dorthin kamen, nachdem...

...ich anfing herumzurennen.

Ich hörte erst auf, durchzudrehen, als Rupert mir Xanax gab...

...Norris schlief während dieser ganzen Geschichte...

PAUL Dann entdecke ich, daß ich den College Drive entlang gehe, mich dem Wooley House nähere, wo die Bums-Klamotten-Party war. Der Campus ist tot, noch nicht erwacht, obwohl es schon fast Mittag ist, was bedeutet, sie werden alle den Brunch verpaßt haben, und ich lächle befriedigt, wissend, daß ihnen dieser Luxus vorenthalten wurde. Fast alle Fenster im Wooley sind eingeworfen worden, zerrissene Laken liegen in Bällen zusammengerollt über den ganzen grünen Rasen verstreut, vor den eingeworfenen Glastüren, die vom Wohnzimmer in den Garten führen, oder hängen wie große, geplatzte Geisterballons an Bäumen. Fliegen summen um drei klebrige Mülleimer, die in der kühlen Herbstsonne auf der Seite liegen, und trocknen. Im Wohnzimmer sind drei Leute, eingeschlafen oder tot, zwei von ihnen sitzen auf, einer liegt nackt da, mit dem Gesicht nach unten. Erbrochenes,

Bier, Wein, Zigarettenrauch, Punsch, Marihuana, sogar der Geruch von Sex, Samen, Schweiß, Frauen, durchdringen den Raum, hängen in der Luft wie Nebel. Ich weiß nicht einmal, was ich hier soll, denn Seans Zimmer, das Haus, in dem er wohnt, ist direkt gegenüber vom Wooley auf der anderen Seite des Commons-Rasens (hast Angst, nicht wahr?). Ich trage immer noch meine Tasche, achte darauf, sie nicht auf den Boden kommen zu lassen, der jedesmal knackende Geräusche von sich gibt, wenn ich einen Schritt gehe. Bier und Punsch, oder vielleicht ist es Erbrochenes, sind überall, in Lachen, in einem Strahl an die Wände geworfen, an denen große Brocken Stuck fehlen. Ein kaputter Filmprojektor, halb zermalmt, liegt in der Ecke, umgeben von abgespulten Rollen. Zigarettenkippen bedecken den Fußboden wie große, plattgedrückte weiße Käfer. Im Flur sind zwei Leute, tot, schlafend, übereinander. Das Haus selbst ist unglaublich ruhig, sogar für einen Samstagmorgen.

Und dann fangen die Schreie an, die Schreie eines Mädchens, und im Stokes und im Windham geht der Feueralarm an, und ich gehe nach draußen, steige über das zusammengeklebte Paar, meine Füße zermahlen gesplittertes Glas, gehen über zahlreiche Plastikbecher, die Schreie des Mädchens kommen näher. Es ist dieser lesbische Besen, der außerhalb des Campus mit Rupert Guest lebt (der, muß ich leider zugeben, echt goldig ist), und sie ist von Sinnen, brüllt «Oh, Fuck» immer und immer wieder. Die Leute fangen an, die Köpfe aus den offenen Fenstern zu stecken, die den Rasen des Commons überblicken, geweckt durch ihre Schreie. Sie verschwindet in einem anderen Haus, und dann geht der Feueralarm im Booth an. Ich sehe zu dem Haus herüber, auf das verrückte, schreiende Mädchen, die halb aus dem Haus stolpert, halb rennt, mit ungewissem Ziel, wirklich nur im Kreis herumrennt. In der oberen Ecke des Hauses geht Seans Fenster auf, und aus seinem Fenster starrt, dem Fenster, das sie aufgezogen hat, ganz kurz erscheint ihre Brust – niemand anders als Lauren. Dann späht Seans Kopf heraus. Er sieht sich um, beschattet die Augen mit der Hand, er hat kein Hemd an. Er erblickt mich und winkt, brüllt: «Hi, Dent!» und ich stehe da, zu benommen, um zu lachen, um nicht zu winken.

Also gehe ich zurück in mein Zimmer, verschiedentlich brüllt noch der Feueralarm, an Pärchen vorbei, die letzte Nacht gebumst haben, die in verkatertem Erstaunen über das kauderwelschende Mädchen dastehen, das schreit und sich am Gesicht zieht, nur mit blauen Jungenboxershorts und einem Pee Wee Herman-T-Shirt bekleidet. Und dann bin ich wieder in meinem Zimmer – auf einem Zettel an meiner Tür steht, meine Mutter habe angerufen, und noch ein Flugblatt vom Young Republicans Committee. Ich sitze da, starre auf mein Bett, frage mich, ob ich es war, der es gemacht hat, bevor ich fortfuhr. Ich bin ein wenig erstaunt, aber nicht annähernd so schockiert, wie ich sein sollte, oder wahrscheinlich sein sollte. Lauren. Na und.

SEAN Am Samstag hingen wir rum, fuhren nach Manchester. Ich, Lauren, Judy und ein Typ, mit dem Judy schlief, namens Frank, in dessen Saab wir nach Manchester fuhren. Wir schauten in den Plattenladen rein, gingen spazieren, kauften Eis für die Mädchen, sprachen davon, ein bißchen Ecstasy zu kaufen, da so ein Typ, der an diesem Wochenende aus Kanada zu Besuch da war, welches auf den Campus mitgebracht hatte. Wir hielten an einem Schnapsladen und kauften ein paar Sechserpackungen Bier und eine Flasche Wein, die wir später trinken wollten, falls wir keine Party finden oder das Kino verpassen würden. Wir aßen zu Abend bei diesem Italiener, der recht gut war, und Frank bezahlte mit seiner American Express-Karte. Frank schien cool zu sein, und ich erwärmte mich gerade für ihn, auch wenn er mir, nachdem ich ihn gefragt hatte, was er werden wolle, mit totaler Ernsthaftigkeit antwortete, «Rock-Kritiker». Hatte sie mit ihm geschlafen? Ich hatte Gerüchte gehört, bedeutungslosen Klatsch, daß sie es getan hätte, aber man kann ja sowieso nur die Hälfte von dem Quatsch glauben, den man hört, also vergaß ich es. Wenn ich daran dachte, daß sie vielleicht mit ihm geschlafen hatte, dann waren das die Augenblicke, in denen ich weniger an den Typ dachte, und Sachen, die er sagte, daß er nächstes Semester im Austausch nach Paris gehen wolle, da er mit «Amerika nicht zurechtkäme», was ihn wie einen *Hirnie* erscheinen ließ, wie jemand, den sie nie mögen könnte, schon gar nicht mit ihm schlafen.

Wir waren in dem italienischen Restaurant, als Frank das sagte, und Lauren unterdrückte ein Kichern und trank rasch aus ihrem Rotweinglas. Ich langte unter den Tisch und drückte ihren Schenkel, dieses schöne, lange, glatte Bein, diesen fleischigen, jedoch straffen (seidenen möchte ich sagen, aber nicht wirklich) Schenkel. Wie ich sie ansah, war ich so verrückt nach diesem Mädchen und so erleichtert, daß ich eine anständig aussehende, vielleicht dauerhafte Freundin hatte, daß mir plötzlich einfiel, in diesem italienischen Restaurant in Manchester, und auf der Fahrt zurück nach Camden – ich bekam eine Latte, nur weil ich daran dachte, wie sie mich gestern abend geküßt hatte –, daß ich noch so was wie vier Arbeiten hatte, die seit letztem Semester fällig waren, die ich gar nicht erst anfangen würde, und es wäre egal, da ich mit Lauren zusammen war. Es machte mir auch nicht besonders viel aus, daß sie Dichtung als Hauptfach hatte, weil man mit Mädchen, die Dichtung als Hauptfach haben, gewöhnlich unmöglich zu Rande kommt. Sie fragte mich, was ich als Hauptfach hätte, und ich sagte «Computer» (was letzten Endes sogar wahr werden könnte), nur um sie zu beeindrucken, und ich schätze, daß das gelang, weil sie lächelte, diese tiefblauen, langwimprigen Augen aufschlug und «Wirklich?» sagte, und dieses geheime, jedoch bemerkbare schmutzige Lächeln ließ ihre Lippen kräuseln.

Da wir keine Parties in Manchester finden konnten, fuhren wir zum Campus zurück und hingen in ihrem Zimmer rum. Ich hatte meine Zweifel dabei und guten Pot und wir wurden high. Ich wollte etwas Koks rausholen, das ich zuvor gekauft hatte, aber ich befürchtete, daß sie alle sauer werden würden und dächten, daß ich vielleicht in Wirklichkeit Medizinstudent sei. Wir lagen halb auf, halb neben der großen Doppelmatratze, die einen großen Teil des Fußbodens in ihrem Zimmer im Canfield bedeckte, redeten über Leute, die wir nicht mochten, Seminare, die wir nicht besuchten, wie lahm die Erstsemester seien, warum die Flagge auf Halbmast stand. Lauren sagte, ein Mädchen habe sich gestern abend umgebracht. Frank und ich lachten und sagten, das wäre wahrscheinlich, weil sie nicht gebumst wurde. Judy und Lauren wurden sauer (aber nicht wirklich, der Pot hatte uns beruhigt, hatte alle Spannungen begraben, die es hätte geben können) und sagten, es wäre wahrscheinlich, weil sie gebumst wurde. Im Radio spielten die Talking Heads, REM, New Order, alter Iggy Pop. Ich kam ihr näher. Sie fing an, Kerzen anzuzünden.

Ich wußte, daß sie mich liebte, und nicht nur wegen der Zettel, die zu erwähnen ich mich weigerte (warum sie in Verlegenheit bringen?), sondern weil, wenn sie mich ansah, ich sehen konnte, zum erstenmal, einfach spüren konnte, daß sie der einzige Mensch war, den ich je getroffen hatte, der nicht durch mich hindurchsah. Sie war wirklich der erste Mensch, der hinsah und anhielt. Es war schwer, mir das selbst zu erklären, damit zurechtzukommen, aber es machte nichts aus. Es war nicht der wichtigste Aspekt. Das war ihre Schönheit. Es war eine typisch amerikanische Schönheit, die Art von Schönheit, die man nur an amerikanischen Mädchen findet, mit dem blonden Haar, und den Brüsten, die nur amerikanische Mädchen haben. Dieser schön proportionierte Körper, dünn, aber nicht magersüchtig, ihre Haut, WASP-cremig und empfindlich rein, in völligem Gegensatz zu ihrem Gesichtsausdruck, der immer leicht schmutzig erschien, als wäre sie ein böses Mädchen, und das fand ich sogar noch aufregender. Ihre Herkunft war mir egal, die lupenreine Upper-East-Side-Park-Avenue-Scheiße war, aber sie war nicht zickig und paranoid und defensiv deswegen, wie es Mädchen aus der Park Avenue sonst unausweichlich sind, denn alles, was ich wollte, war, ihr Gesicht anzuschauen, das wunderbar, vollkommen zusammengesetzt schien, und ihren Körper, der genauso schön gebaut war, wenn nicht noch besser.

Und ich sagte ihr das alles an jenem Abend, als wir vier im Dunkeln auf ihrer Matratze lagen, die Kerzen brannten nach und nach ab, wir hörten klassische Lieder im Radio, stoned, Judy und Frank betrunken, abgesackt, vollgedröhnt, und ich konnte nicht warten; konnte nicht warten, wieder in mein Zimmer zu kommen, und ich schob mich rasch, ruhig auf sie, und sie legte ihre Beine um meine und drückte. Sie weinte dankbar an jenem Abend, kaute meine Lippen, ihre Händen glitten in meine Jeans, bewegten sich dann meinen Rücken hoch, drückten mich tiefer in sie hinein, wir beide bewegten uns langsam, sogar als wir zusammen kamen; immer noch still grub sie ihr Gesicht in meinen Hals; wir keuchten laut; ich hatte immer noch einen Steifen. Ich zog mich nicht zurück, sondern flüsterte ihr etwas ins Ohr, ein Teil ihres Haares klebte verfilzt an meinem Gesicht, das heiß und verschwitzt war.

Sie erwiderte etwas flüsternd, und da wußte ich, daß sie mich liebte. Und da fing auch Judy im Dunkeln an zu reden und sagte: «Ich hoffe, euch beiden hat das genausoviel Spaß gemacht wie uns», und dann hörte ich Frank lachen, und wir kriegten auch einen Lachanfall, wir waren zu müde, als daß es uns peinlich gewesen wäre, ich war immer noch in ihr und wollte nicht raus, ihre Arme waren immer noch um meinen Rücken geschlungen.

Am Sonntag, nach einem langen Mittagessen in der Brasserie am Stadtrand verbrachten wir den Rest des Tages zusammen im Bett.

CLAY Die Leute fürchten sich, nach Mitternacht über den Campus zu gehen. Jemand, der auf einem Acid-Trip ist, flüstert mir dies zu, in mein Ohr, eines Sonntags im Morgengrauen, nachdem ich fast die ganze Woche auf Methedrinpulver drauf war, er heult, und ich weiß, daß das stimmt. Dieser Mensch ist in meinem Computerseminar (was jetzt mein Hauptfach ist), und ich sehe ihn im Gewichteraum und manchmal sehe ich ihn im Hallenbad auf der Main Street, in der Stadt. Ein Ort, an dem ich wie manche Leute meinen, übermäßig viel Zeit zubringe. (Die haben nebenan auch ein gutes Bräunungsstudio). Ich behalte in diesem Semester oft meinen Walkman auf, höre mir Gruppen an, die sich getrennt haben: The Eagles, The Doors, The Go-Gos, The Plimsouls, weil ich nichts von dem verstümmelten Mädchen hören will, das sie aufgeschlitzt in North Ashton (richtiggehend in zwei Teile zerrissen) aufgefunden haben, von jemand, den die Dörfler den Ashton Ripper nennen, oder von dem Mädchen im Swan House, die sich in der Badewanne im Erdgeschoß dieses Hauses die Kehle durchgeschnitten hat, und die am Abend der ‹Bums-Klamotten-Party› verblutet ist, oder die Stimmen der Inzestopfer dieser Stadt hören, die dumpf durch den Price Chopper streifen, ein Laden, in dem ich gern rumhänge, ein Laden, der mich an Kalifornien erinnert, ein Laden, der mich an die Tiefkühlabteilung von Gelson's erinnert, ein Laden, der mich an Zu Hause erinnert.

Ich fahre zu einem Elvis Costello-Konzert nach New York, verfranse mich aber auf dem Weg zurück nach Camden. Ich kann kein Kabel bekommen, um MTV in meinem Zimmer im Wohnheim reinzukriegen, also kaufe ich mir einen Videorecorder und hole mir Videos in einem billigen Videoverleih in der Stadt. Ich kaufe mir einen Porsche, aus zweiter Hand, in New York, bevor das Semester anfängt, damit ich einen Wagen habe, um diese Dinge zu tun. Die Leute fürchten sich auch, Sushi in New Hampshire zu essen.

Andere Geschichten: Jemand schreibt Sinnes-Betäubungs-Tank auf die Tür, die in den Pub führt. Rip ruft mich tatsächlich ein paarmal aus L. A. an. Jemand schreibt seinen Namen mit rotem Markierstift auf meine Tür. Ich bin nicht sicher, ob er es wirklich ist, weil Blair auf einer Kassette, die sie mir geschickt hat, ganz sicher war, daß er ermordet wurde. Sie erzählte mir auch, sie habe Jim Morrison im Häagen Dazs in Westwood gesehen. Ich gehe eine Weile mit diesem Mädchen, Vanden, die mir meinen Futonrahmen schwarz anmalt und die aufhörte, mit mir zu gehen, weil sie sagte, sie habe «eine Spinne so groß wie Norman Mailer» auf meiner Toilette gesehen. Ich fragte sie nicht, wer Norman Mailer sei, und ich bat sie nicht, wiederzukommen. Dann hänge ich noch mit diesem Typ aus Brasilien rum, aber hauptsächlich nur, um Ecstasy zu erwerben. Dann war es diese Tanzstudentin aus Connecticut, die glaubte, sie sei eine Hexe. Wir hielten eine Séance um ein Bierfaß herum und versuchten, den Geist eines Studenten aus dem 8. Semester zu rufen, der nach Bard gewechselt hatte. Dann wurde das Ouija-Brett herausgezogen, und wir fragten es, ob wir Kokain finden könnten. Es antwortete OWTQ. Dann verbrachten wir eine Stunde damit, herauszubekommen, was es bedeutete. Sie verließ mich wegen eines Literaturstudenten namens Justin. Ich schlafe mit ein paar reichen Jungen, mit ein paar noch reicheren Mädchen, einem Paar aus Nord-Kalifornien, einer Französischlehrerin, einem Mädchen von Vassar, die eine meiner Schwestern kennt, mit einem Mädchen, das nie aufhörte, Nyquil zu trinken...

Und ich kann meinen Fensterladen nicht offenlassen, weil ich die Geschichte gehört habe, warum die Indianer nicht auf dem Land siedeln konnten, auf dem der Campus errichtet wurde, weil die vier Winde sich dort auf dem Rasen des Commons treffen, und ein paar der Indianer wurden völlig verrückt und mußten getötet werden, ihre Leichen wurden den Göttern geopfert und dann auf dem Commons begraben. Und manche sagen, in warmen Herbstnächten würden sie nach Mitternacht auferstehen, ihre verzerrten, blutigen Gesichter würden in Fenster stieren, finster blickend, auf der Suche nach neuen Opfern, mit gezückten Tomahawks.

Und in einem Badezimmer hat jemand über die Toilette überallhin den Satz geschrieben «Ronald McGlinn hat einen kleinen Penis und keine Hoden». Jemand aus L. A. hat mir eine Videokassette ohne Etikett geschickt, und ich fürchte mich, sie zu spielen, werde es aber wahrscheinlich tun. Ich habe meinen Ausweis in diesem Semester dreimal verloren. Ich sage dem Menschen, den ich in der psychologischen Beratung treffe, daß ich die Apokalypse kommen spüre. Sie fragt mich, ob mein Flötenkurs Fortschritte macht. Ich erzähle ihr nicht, daß ich aufgehört und statt dessen angefangen habe, einen Videokurs für Fortgeschrittene zu belegen.

Jemand fragt mich: «Was läuft denn so?»

«Ich weiß nicht», sage ich. «Was läuft denn *wirklich*?»

Sinnes-Betäubungs-Tank.

Ruhe in Frieden.

Leute haben Angst, sich nach Mitternacht auf dem Campus zu vereinigen.

Indianer in einem Video, aufblitzend, an, aus, an.

Ronald McGlinn hat einen kleinen Penis...

Und keine Hoden. Macker.

«Was läuft denn so?»

«...*I'd be safe and warm if I was back in L. A....*»

Ich vermisse den Strand.

PAUL «Es ist aus, oder?» Ich frage das, als ich auf dem Parkplatz von McDonald's in einem Wagen sitze, den Sean von jemand geliehen hat.

Es ist zu kalt, um mit dem Motorrad zu fahren, sagte er, als ich rüber in sein Zimmer kam. (Sein Zimmer war ein Chaos. Das Bett war nicht gemacht, Armbänder lagen verstreut auf dem Tisch, der Spiegel war von der Wand genommen und auf einen Sessel gelegt worden, gefaltetes Papier lag auf ihm verstreut, eine dünne Tünche von weißem Staub bedeckte ihn.) Er sagte, und ich hörte sorgfältig zu, du kannst das Klo nicht benutzen.

Aber ich will das Klo gar nicht benutzen.

Kotze überall, sagte er.

Ich will das Klo nicht benutzen, sagte ich ruhig.

Er zuckte mit den Achseln. Er sagte nein zum Abendessen.

Ich sagte, du magst mich nicht. Du gehst mit jemand anderem.

Und er sagte, das ist nicht wahr.

Und ich sagte, schwör's.

Und er sagte, mach ich.

Ich sagte, ich glaube dir nicht.

Er sagte, du kannst das Klo nicht benutzen.

Schließlich überrede ich ihn zu McDonald's, und wie er hier im Wagen sitzt, spuckt er aus dem Fenster, ißt einen Teil seines Big Mac auf, wirft den Rest hinaus und zündet sich eine Parliament an. Er versucht, den Wagen zu starten, aber es ist eiskalt, obwohl es erst Oktober ist, und der geliehene Wagen (Wessen? Ist es Jerrys?) will nicht anspringen.

«Also?» frage ich. Ich kann nicht essen. Ich kann mir nicht einmal eine Zigarette anzünden.

«Ja», sagt er. «Gottverdammt», schreit er und schlägt gegen das Lenkrad. «Warum will dieser Wichser nicht anspringen?»

«Ich schätze, es ist nicht deine Schuld, daß du nicht so wie ich empfindest», sage ich zu ihm.

«Ja. Nicht meine Schuld», sagt er, versucht immer noch, den Wagen zu starten.

«Aber es wird nichts daran ändern, wie ich empfinde», sage ich ihm.

«Es sollte schon.» Er murmelt das, starrt durch die Windschutzscheibe. Autos fahren vorbei, ihre Fahrer stecken die Köpfe aus den geöffneten Fenstern, schreien Bestellungen heraus, holen sie ab, fahren weiter, von neuen Wagen ersetzt, weitere Bestellungen. Ich berühre sein Bein und sage: «Tut es aber nicht.»

«Nun, für mich ist es auch schwer», sagt er und schubst meine Hand weg.

«Ich weiß», sage ich. Wie konnte ich nur auf so einen Trottel reinfallen? dachte ich, während ich mir seinen Körper besah, dann sein Gesicht, und versuchte, meine Augen von seinem Schritt abzuwenden.

«Wessen Schuld ist es denn?» schreit er. Nervös versucht er wieder, den Wagen zu starten. «Es ist deine. Du hast unsere Freundschaft mit Sex ruiniert», sagt er angewidert.

Er steigt aus dem Wagen, knallt die Tür zu und läuft ein paarmal um ihn herum. Der Geruch des Essens, das ich bestellt habe, in meinem Schoß, das kalt wird, ungegessen, bereitet mir leichte Übelkeit, aber ich kann mich nicht rühren, kann es nicht hinauswerfen. Jetzt stehe ich auf dem Parkplatz. Es wird plötzlich sehr kalt. Keiner von uns beiden kann sehr lange still bleiben. Er faßt nach hinten und schlägt den Kragen seiner Lederjacke hoch. Ich strecke den Arm aus und berühre seine Wange, wische etwas ab. Er zieht sein Gesicht weg und lächelt nicht. Ich sehe irritiert weg. Irgendwo hupt ein Auto.

«Mir gefällt dieses Arrangement nicht», sage ich.

Wieder im Wagen, sagt er, ohne mich anzusehen: «Dann geh.»

Moral der Geschichte?

SEAN Ich roch immer an den Kissen, wenn sie gegangen war. Sie schlief nicht gern in meinem Bett; sie sagte, es sei zu klein und daß es letzten Endes nicht darauf ankomme, zusammen zu schlafen. Ich stimmte ihr zu. Wenn sie gegangen war, und nachdem ich an den Kissen gerochen hatte, dann an meinen Armen, meinen Händen, meinen Fingern, dachte ich daran, wie wir gefickt hatten, und dann holte ich mir einen runter, kam einmal mehr, dachte über uns nach, phantasierte und formte den Sex neu, ließ ihn intensiver und wilder erscheinen, als er tatsächlich gewesen war. Und im Bett mit ihr konnte ich mich kaum zurückhalten. Das erste Mal fickte ich sie meistens schnell, damit ich es los wurde, dann verbrachte ich Stunden damit, sie zu essen, zu lecken, ständig ihre Fotze zu lutschen; dann tat mir die Zunge weh, sie war vom Reiben meines Mundes geschwollen, ich grub mein Kinn in sie, mein Mund wurde so trocken, daß ich nicht einmal schlucken konnte, und ich mußte den Kopf heben und tatsächlich nach Luft schnappen.

Es brauchte sehr wenig, so gut wie gar nichts, von ihr angetörnt zu werden. Ich sah, wie sie sich bückte, nur im Höschen, etwas aufhob, das sie fallengelassen hatte, oder sah ihr beim Anziehen zu, wie sie sich ein T-Shirt oder einen Pullover überzog, sich rauchend aus meinem Fenster lehnte. Sogar der kleine Akt, die Bewegung des Anzündens einer Zigarette, und ich mußte gegen den Drang ankämpfen, sie zu packen, dieses Höschen runterzureißen, sie zu lecken und zu riechen und an ihr zu züngeln. Manchmal war die Begierde so stark, daß ich nur im Bett liegen konnte, unbeweglich, an ihren Körper dachte, an einen gewissen Blick dachte, den sie mir zugeworfen hatte, und ich bekam umgehend einen Steifen.

Sie redete selten mit mir und erwähnte nie etwas von Sex – wahrscheinlich, weil sie so zufrieden war, und ich gab nicht viel zur Antwort. Daher gab es wenig Rückschläge in unserer Beziehung, weniger Meinungsverschiedenheiten. Zum Beispiel mußte ich ihr nicht sagen, was ich von ihren Gedichten hielt, die wirklich das letzte waren, obwohl ein paar ihrer Gedichte sogar zur Veröffentlichung im Literaturfetzen des College und für eine Lyrikzeitschrift, die ihre Dozentin herausgab, ausgewählt worden waren. Wenn sie doch jemals zur Sprache kämen, würde ich ihr einfach sagen, daß sie mir gefallen und eine Bemerkung über ihre Bildersprache machen. Aber was waren schon Gedichte, oder irgend etwas anderes, was das betrifft, im Vergleich zu diesen Brüsten, und diesem Arsch, diesem unersättlichen Zentrum zwischen diesen langen Beinen, die sich um meine Hüften schlangen, diesem schönen Gesicht, das vor Freude weinte?

LAUREN Immer noch keine Post von Victor. Keine Postkarte. Kein Anruf. Kein Brief. Keine Nachricht. Mir egal, wenn der Bastard in der Hölle verrottet.

«Das College geht wirklich vor die Hunde», sagt Judy zu mir, erklärt, daß ich dankbar sein sollte, im letzten Jahr zu sein, und daher im nächsten Jahr nicht mehr wiederkommen muß. Und ich schätze, ich muß ihr recht geben. Die Band der Erstsemester heißt The Parents – das dürfte ausreichen, den Sensoren der Leute eine Botschaft zu schicken, daß etwas vor die Hunde geht, was nicht in Ordnung ist. Oktober scheint ewig zu dauern wegen Judys Bewertung. Der Collegeabschluß scheint unerreichbar weit weg zu sein.

Gina hat *doch* den Preis für den Wechsel des Collegeemblems gewonnen, und mit dem Preisgeld haben wir etwas XTC gekauft, was ich noch nie zuvor genommen hatte, nicht einmal mit Victor, und es war ganz schön unglaublich. Ich glaube jedoch nicht, daß Sean es mochte. Er schwitzte nur heftig und mahlte mit seinen Zähnen, schwankte hin und her, und später in dieser Nacht war er noch geiler als sonst, was überhaupt nicht komisch war. Ich fing an, eine Menge Bier zu trinken, weil das und die Videospiele im Grunde das einzige ist, was der Junge machen möchte. Aber er sieht mit der Zeit immer besser aus und obwohl der Sex nur in Ordnung ist und wenn er auch nicht so toll im Bett ist, zumindest ist er phantasievoll. Er törnt mich jedoch nicht an. Keine echten Orgasmen. (Nun, vielleicht ein paar.) Nur weil er so verdammt hartnäckig ist. (Im Gegensatz zur allgemeinen Meinung ist es nicht meine Vorstellung von Vergnügen, zwei Stunden lang nonstop ausgelutscht zu werden.) Er scheint auch mißtrauisch zu sein. Ich habe das Gefühl, daß er der führende Kopf der Young Conservatives Party ist, die letzten Samstag dieses große Tanzfest im Greenwall hatte. Außer daß er im Vergnügungsausschuß ist, habe ich keine Ahnung, was er hier macht, und letzten Endes, wie Judy sagt, möchte ich es eigentlich auch nicht wissen. Möchte nur, daß es Dezember wird, nur aus diesem Laden verschwinden. Weil ich nicht weiß, wie lange ich noch Bier trinken kann und zusehen, wie er die höchste Punktzahl im Pole Position kriegt, worin er ganz vorzüglich ist.

Ich fragte ihn eines Abends danach, und er grummelte nur eine einsilbige Antwort. Aber was kann man denn sonst schon im College machen außer Bier trinken oder sich das Handgelenk aufschlitzen? dachte ich vor mich hin, als er aufstand, zur Videomaschine stakste, noch einen Quarter reinsteckte. Ich hörte auf, mich zu beschweren.

Mädchen, das sich umgebracht hatte, bekam das Flugblatt in

ihren Kasten, das wir andern alle erhielten, es sagte ihr, daß sie tatsächlich tot war und daß ein Trauergottesdienst für sie im Tishman sein würde. Ich erwähnte dies eines Abends, als Sean und ich im Pub waren und ein Prä-Partybier tranken, und er sah mich an und schnaubte: «Ironie. Junge, Junge», aber er hätte genausogut schnauben können: «Na und?»

Die Gedichte machen Fortschritte. Ich habe nicht aufgehört zu rauchen. Judy erzählte mir, daß Roxanne ihr erzählt hätte, daß Sean mit Drogen dealt. Ich sage zu ihr: «Wenigstens macht er keinen Breakdance.»

SEAN Ich schleppe mich, und Lauren geht den Hügel zu Vittorios Haus hoch. Es ist nicht zu kalt, wenn es auch schon spät im Oktober ist, aber ich hatte ihr gesagt, sie solle einen Pullover tragen, für den Fall, daß es kalt werden würde, wenn wir heimgingen. Ich trug ein T-Shirt und Jeans, als ich ihr das sagte, und sie fragte mich, als wir in ihrem Zimmer waren und uns anzogen, warum sie einen Pullover tragen müsse, wenn ich nur ein kurzärmliges Hemd anhätte und deshalb bequemer angezogen sei. Ich konnte ihr nicht die Wahrheit sagen: Daß mir der Gedanke nicht gefiel, daß Vittorio auf ihre Titten starren würde. Also ging ich zurück in mein Zimmer und zog eine alte schwarze Jacke über und tauschte meine Tennisschuhe gegen Penny Loafers, als zusätzliche Gefälligkeit für sie.

Die Jacke ist jetzt um meine Taille geschlungen, die Ärmel schlagen gegen meine Schenkel, während wir den Hügel hochgehen. Ich gehe jetzt langsamer, in der Hoffnung, daß ich ihr vielleicht Vittorios Party ausreden könne, in der Hoffnung, daß sie es sich anders überlegen und mit mir zum Campus zurückkehren würde. Der einzige Grund, warum ich das tue, ist, weil ich weiß, daß es ihr eine Menge bedeutet (obwohl ich nicht verstehen kann, warum), und daß dies Vittorios letztes Beisammensein ist, bevor er nach Italien fährt am Sonntag, bevor er durch einen Säufer ersetzt wird, der aus dem Literaturdozenten-Kollegium in Harvard gefeuert wurde (das habe ich von Norris gesteckt bekommen, der den ganzen Dozentenklatsch kennt). Ich trete vor das Gartentor, das zur Tür von Vittorios Haus hochführt. Sie geht weiter, hält dann an, seufzt, dreht sich nicht um.

«Bist du sicher, daß du das machen willst?» frage ich.

«Darüber haben wir schon geredet», sagt sie.

«Ich glaube, ich habe es mir anders überlegt.»

«Wir sind da. Wir gehen rein. Ich gehe rein.»

Ich folge ihr zur Tür. «Wenn er sich dir nähert, prügel ich ihm die Scheiße raus.» Ich wickle die Jacke von meiner Taille und ziehe sie an.

«Was machst du?» fragt sie, als sie läutet.

«Ich weiß nicht.» Ich glätte die Jacke. Ich habe Koks dabei für den Fall, daß ich hier nicht zurechtkomme, aber das habe ich ihr nicht gesagt. Ich frage mich, ob noch andere Mädchen dasein werden.

«Du bist eifersüchtig auf meinen Literaturdozenten», sagt sie. «Ich kann's einfach nicht glauben.»

«Ich kann einfach nicht glauben, daß er dich bei diesen gottverdammten Dingern praktisch vergewaltigt», flüstere ich ihr laut zu. «Und du liebst das», füge ich hinzu.

«Mein Gott, Sean, er ist fast 70», sagt sie. «Außerdem warst du noch nie bei einem dieser Dinger dabei, also woher zum Teufel willst du das wissen?»

«Na und? Mir ist egal, wie alt er ist, er treibt es immer noch. Du hast es mir gesagt.» Ich kann Fußschritte hören, Vittorios, er kommt zur Tür geschlurft.

«Er hat mir eine Menge beigebracht, und ich bin es ihm schuldig, zu kommen.» Sie sieht auf meine Uhr, hebt mein Handgelenk, dann läßt sie es fallen. «Wir sind spät dran. Jedenfalls geht er, und du wirst dich damit nicht mehr rumärgern müssen.»

Das ist das Ende der Beziehung. Ich wußte, daß es enden würde. Sie fing schon an, mich zu langweilen. Und vielleicht ist diese Party ein guter Grund, Schluß zu machen, der gesuchte Sündenbock. Mir egal. Rock 'n' Roll. Ich sehe sie ein letztes Mal an, in den Sekunden, bevor die Tür aufgeht, und ich versuche mich verzweifelt zu erinnern, warum wir überhaupt zusammengefunden haben.

Die Tür geht auf und Vittorio, der ausgebeulte Cordhosen und einen alten L. L. Bean-Pullover trägt, sein dünnes, graues Haar ist lang, ungekämmt, hebt zur Begrüßung die Arme und sagt: «Lauren, Lauren... oh, was für eine wunderschöne, wunderschöne Überraschung...» Seine leise Stimme ist jetzt hoch und erregt. Das ist Vittorio? Der Typ, der Lauren nachstellt? denke ich. Er umarmt sie, als sie reingeht, und sie sieht zu mir her und rollt über Vittorios alte, gebeugte Schulter hinweg mit den Augen. Ich registriere es, aber es macht keinen Unterschied. Warum fickt sie ihn nicht einfach? Denke ich.

«...wunderschöne, wunderschöne Überraschung...»

«Ich dachte, wir wären eingeladen», sage ich verärgert.

«Oh, ihr seid, ihr seid», sagt Vittorio, sieht Lauren an, als hätte sie gesprochen. «Aber es ist so eine wunderschöne... wunderschöne Überraschung...»

«Vittorio, du erinnerst dich an Sean», sagt sie. «Du warst in einem von Vittorios Seminaren, nicht wahr?» fragt sie mich.

Ich habe diesen Kerl noch nie in meinem Leben gesehen, nur von seinen wollüstigen Aktivitäten gehört, von Lauren, die klar und leicht davon sprach, als ob es ein Witz wäre. Wenn sie zu mir über sein Benehmen sprach, war es schwer zu sagen, ob sie übertrieb oder absichtlich versuchte, mich runterzuziehen. Was auch immer.

«Ja», sage ich. «Hi.»

«Ja, ja... Sean», sagt er und starrt immer noch auf Lauren.

«Nun...» sage ich

Er atmet schwer, und ich kann den Alkohol im Atem des Knakkers riechen.

«Ja», sagt er geistesabwesend, während er Lauren ins Wohnzimmer führt, er vergißt die Haustür hinter sich zu schließen. Ich schließe die Tür. Ich folge.

Es sind nur noch sechs weitere Leute auf der sogenannten Party. (Ich verstehe nicht, warum Lauren nicht klar ist, daß sechs Leute keine «Party» bilden, sondern eher so was wie eine gottverdammte «Zusammenkunft».) Und sie sitzen alle um einen Tisch im Wohnzimmer. Ein junger bleicher Typ mit einem rasierten Schädel, der eine John-Lennon-Brille trägt und eine Mobil-Tankstellenuniform, Export A raucht, in einem Sessel sitzt, beäugt uns geringschätzig, als wir hereinkommen. Dieses Ehepaar aus San Francisco, Trav und seine scharfe Frau Mona, die in der Nähe des College wohnen, solange Trav seinen Roman fertig schreibt, und

Mona einen Lyriktutorenkurs bei Vittorio belegt hat, sitzen auf zwei Stühlen neben der Couch, wo zwei gruselige Lektorinnen von der Literaturzeitschrift, die Vittorio herausgibt, sitzen, zusammen mit Marie, einer plumpen, ruhigen Frau, Mitte 40, die das Aussehen einer italienischen Witwe hat und die, schätze ich, Vittorio versorgt.

Lauren kennt eine der beiden Lektorinnen, die gerade ein Gedicht von ihr in der letzten Ausgabe dieser Zeitschrift veröffentlicht hat. Von diesem Gedicht hatte ich dasselbe gehalten wie von all den restlichen. In keinem von ihnen konnte ich irgendeinen Sinn erkennen. All dieses Zeug über deprimierte Mädchen, die in leeren Zimmern herumsitzen, an ehemalige Freunde denken, oder masturbieren, oder Zigaretten rauchen auf schaumgetränkten Bettlaken, sich über Menstruationskrämpfe beklagen. Es schien mir, als würde Lauren nur ein einziges endloses Gedicht schreiben, und ich sagte ihr ehrlich eines Abends, nachdem wir Sex in ihrem Zimmer gemacht hatten, daß ich in keinem – nein, nicht keinem; das sagt ich nicht –, daß ich in vielen keinen Sinn finden konnte. Sie hatte nur gesagt: «Keinen Sinn finden», und sich auf das Kissen gelegt, das wir uns teilten, und als ich versuchte, sie zu küssen, später an diesem Abend, schienen ihr Mund und ihre Umarmung kalt zu sein, gleichgültig, frigide.

«Dies hier ist eine ganz vielversprechende junge Dichterin… ähm, ja…» sagt Vittorio von Lauren, seine fleischige, haarige Tatze ruht auf ihrer Schulter.

Dann wendet sich Vittorio dem glatzköpfigen Typ im Sessel zu und sagt von dem anmaßenden Hampelmann: «Und dies ist Stump, noch ein… ja, sehr vielversprechender Dichter…»

«Wir kennen uns», flirtet Lauren lächelnd. «Du hast letztes Semester deine Hausarbeit mit Glickman gemacht, stimmt's? Über…» Sie hat es vergessen. Muß einen großen Eindruck auf sie gemacht haben.

«Ja», sagt Stump. «Hunter S. Thompson.»

«Stimmt», sagt sie. «Das ist Sean Bateman.»

«Hi, Stump?» Ich biete meine Hand an.

«Ja. War früher mal Carcass, aber ich hab ihn geändert.» Er salutiert, anstatt meine Hand zu nehmen.

«Du… siehst vertraut aus», sage ich und nehme Platz.

«Wein? Ah, Wodka? Gin?» fragt Vittorio, der im Sessel neben Lauren sitzt, auf den Tisch zeigt, um den wir alle «versammelt» sind. «Du magst doch Gin, nicht wahr... Lauren?»

Woher zum Teufel weiß er das?

«Ja, Gin», sagt Lauren. «Hast du auch Tonic?»

«Oh, natürlich, ja natürlich... Ich mach es», sagt Vittorio mit seiner leisen, fast schwuchteligen Stimme, langt über Laurens Knie nach dem Eimer mit den Eiswürfeln.

«Ich nehm dann mal so ein Bier da», sage ich, aber als Vittorio sich nicht rührt, mir eins zu geben, lange ich rüber und nehme mir ein Beck's.

Es ist still. Alle warten darauf, daß Vittorio Laurens Drink macht. Ich sitze da, schaue auf Vittorios zitternde Hände, alarmiert darüber, wieviel Gin er Lauren ins Glas gießt. Als er sich umdreht, um ihr das Glas zu reichen, scheint er schockiert zu sein, verblüfft, und als sie den Drink von ihm nimmt, sagt er: «Oh, sieh mal... sieh mal die Sonne, die Sonne... durch dein goldenes... goldenes Haar...» Seine Stimme zittert jetzt. «Das Sonnenlicht...» murmelt er. «Sieh nur, wie es glüht... Im Sonnenlicht glüht...»

Jesus Christus, das macht mich hier richtig krank. *Sie* macht mich krank. Ich packe das Bier fest, reiße an dem feuchten Etikett. Dann sehe ich Lauren an.

Die Sonne steht immer noch hoch, und ihr Licht strömt durch das große bemalte Fenster und es läßt Laurens Haar tatsächlich erglühen und sie sieht in meinen Augen jetzt sehr schön aus. Alle kichern, und Vittorio beugt sich vor und riecht an ihrem Haar. «Ah, süß wie Nektar... Nektar», sagt er.

Ich werde schreien. Ich werde schreien. Nein, werde ich nicht.

«Süß wie Nektar...» murmelt Vittorio noch einmal, und dann zieht er sich zurück, Strähnen ihres Haars fallen wieder auf ihren Platz zurück.

«O Vittorio», sagt Lauren. «Bitte, hör auf.»

Sie liebt es, denke ich. Sie liebt es, gottverdammt.

«Nektar...» sagt Vittorio einmal mehr.

Eine der Lektorinnen spricht nach einem langen Schweigen wieder und sagt: «Mona erzählte uns gerade von einigen der Projekte, an denen sie gearbeitet hat.»

Mona trägt eine weiße, durchsichtige Bluse und enge, verwaschene Jeans und Cowboystiefel, sie sieht ganz schön sexy aus, lockiges, blondes Haar, hochgesteckt auf ihrem Kopf, und ein tiefgebräuntes Gesicht. Das Gerücht geht, daß sie im Dewey herumhängt und Studenten im 3. Semester Pot anbietet und sie dann bumst. Ich versuche, Augenkontakt herzustellen. Sie nimmt einen großen Schluck von ihrer Weißweinschorle, bevor sie etwas sagt. «Also, grundsätzlich arbeite ich jetzt frei. Habe gerade ein Interview fertig mit zwei Videojockeys von MTV.»

«Hah!» ruft Stump aus. «MTV! Videojockeys! Wie total funkelnd!»

«Eigentlich war es ganz...» Mona neigt den Kopf, «erfrischend.»

«Erfrischend», nickt Trav.

«Auf welche Art?» möchte Stump wissen.

«Auf die Art, daß sie wirklich den Sinn dieser monolithischen, konzernhaften Superstruktur erfaßt hat, welche die ‹Unschuldigen Amerikas› niederknüppelt und infiziert, indem sie sie mit diesen... diesen grundsätzlich sexistischen, faschistischen, offen bourgeoisen Videofilmen ins Hirn fickt. Video hat das Radio auf dem Gewissen, dieses Zeugs», sagt Trav.

Keiner sagt lange etwas, bis Mona wieder spricht.

«Eigentlich ist es nicht so... aggressiv.» Sie nimmt einen Schluck von ihrem Drink und neigt den Kopf, sieht zu Trav rüber. «Das ist eher das, wovon dein Buch handelt, Trav.»

«Ach ja, Travis», sagt eine der Lektorinnen und rückt ihre Brille zurecht. «Erzähl uns von dem Buch.»

«Er hat lange daran gearbeitet», zwitschert Mona.

«Hast du den Job bei Rizzoli aufgegeben?» fragt die andere Lektorin.

«Mhm. Jap», nickt Trav. «Muß dieses Buch fertig kriegen. Wir sind aus L. A. abgereist vor, was?» Er wendet sich an Mona, die, glaube ich, mit mir flirtet. «Neun Monaten? Wir waren zwei in New York und jetzt sind wir hier. Aber ich muß dieses Buch fertig schreiben.»

«Wir kennen jemand bei St. Martin's, der echt interessiert ist», sagt Mona. «Aber Trav muß es fertig schreiben.»

«Yeah, Baby», sagt Trav. «Muß ich.»

«Wie lange hast du denn daran gearbeitet?» fragt Stump.

«Nicht sehr lange», sagt Trav.

«Dreizehn Jahre?» fragt Mona. «Nicht sehr lange?»

«Nun, Zeit ist subjektiv», sagt Trav.

«Was *ist* denn Zeit?» fragt eine der Lektorinnen. «Ich meine, wirklich?»

Ich sehe Vittorio an, der von einem Glas Rotwein trinkt und Lauren anstarrt. Lauren nimmt eine Packung Camel aus ihrer Handtasche, und Vittorio zündet die Zigarette für sie an. Ich trinke das Beck's rasch zu Ende und starre weiter auf Lauren. Als sie zu mir hersieht, sehe ich weg.

Trav sagt: «Aber glaubt ihr denn nicht, daß die Rockmusik die Poesie getötet hat?»

Lauren und Stump und Mona lachen alle, und ich sehe zu Lauren rüber, und sie verdreht ihre Augen. Sie sieht mich an und lächelt, und ich bin mitfühlend erleichtert. Aber ich erwidere ihr Lächeln nicht, kann es nicht, solange sie neben Vittorio sitzt, also sehe ich ihr zu, wie sie die Zigarette tief inhaliert, die Vittorio angezündet hat.

«Natürlich», schreit Stump richtiggehend. «Ich habe von Black Flag mehr gelernt als je von Stevens oder Cummings oder Yeats oder sogar Lowell, aber, mein Gott, heilige Scheiße, Black Flag *ist* Poesie, Mann.»

«Black Flag... Black Flag... wer ist dieser Black Flag?» fragt Vittorio mit halbgeschlossenen Augen.

«Ich sag's dir später, Vittorio», sagt Stump amüsiert.

Trav begreift, was Stump gesagt hat, und nickt, während er sich eine Zigarette anzündet.

Stump bietet mir eine Export A an. Ich schüttle den Kopf und sage zu ihm: «Ich rauche nicht.»

Stump sagt: «Ich auch nicht», und zündet sich eine an.

«Stump... ähm, arbeitet an einer sehr interessanten... Serie von Geschichten über...» Vittorio hält inne. «Oh, wie kann... wie kann ich dies sagen... ähm, o je...»

«Bestialität?» schlägt Stump vor.

Ich ziehe ein Päckchen Parliaments raus und zünde mir eine an.

«Nun, meine... meine, ja... ich, schätze, das ist es...» murmelt Vittorio verlegen.

«Ja, ich habe an diesem Konzept gearbeitet, daß wenn der Mensch Tiere fickt, er die Natur fickt, denn er ist ja so computerisiert geworden und alles.» Stump hält inne und nimmt einen Schluck aus einem silbernen Flachmann, den er aus seiner Tasche zieht, und sagt: «Ich arbeite jetzt gerade an dem Abschnitt, wo dieser Typ einen Hund fesselt und mit ihm Geschlechtsverkehr hat, weil er denkt, der Hund sei Gott. DOG... GOD. Gott rückwärts buchstabiert. Kapiert? Seht ihr?!»

Alle nicken, außer mir. Ich suche auf dem Tisch nach einer weiteren Flasche Bier. Ich schnappe mir ein Beck's und mache es rasch auf, nehme einen langen, tiefen Schluck. Ich sehe Marie an, die, wie ich, für die gesamte Dauer dieses alptraumartigen Ereignisses überstill gewesen ist.

«Das ist seltsam, daß du das erwähnst», sagt Lauren. «Ich habe heute morgen zwei Hunde gesehen, die sich vor meinem Wohnheim liebten. Es war echt merkwürdig, aber es war, zugegebenermaßen, poetisch im Sinne der erotischen Bildersprache.»

Ich habe endlich etwas zu sagen. «Lauren, Hunde lieben sich nicht», sage ich zu ihr. «Sie ficken.»

«Also, sie haben sicherlich keine Bedenken gegen oralen Sex», lacht Mona.

«Hunde lieben sich nicht?» fragt Stump mich ungläubig. «Das würde ich mir noch mal überlegen, wenn ich du wäre.»

«Ähem, nein... nein... ich glaube doch, daß Hunde sich lieben... ähm, ja, sie lieben sich im... im Sonnenlicht», sagt Vittorio wehmütig. «Im goldenen, goldenen... Sonnenlicht lieben sie sich.»

Ich entschuldige mich und stehe auf, gehe durch die Küche, im Glauben, daß sie ins Badezimmer führt, dann die Treppe hoch und durch Vittorios Zimmer in sein Badezimmer. Ich wasche mir die Hände und sehe mein Bild im Spiegel an und sage mir, daß ich zurückgehen und Lauren sagen werde, daß ich mich nicht wohl fühle und daß wir besser zurück zum Campus gehen sollten. Was wird sie sagen? Sie wird mir wahrscheinlich sagen, daß wir gerade erst gekommen seien, und daß, wenn ich gehen wolle, ich gehen könne, und sie wird mich auf dem Campus treffen. Habe ich tatsächlich etwas gesagt über Hunde, die ficken? Vergiß Koks, beschließe ich, und öffne Vittorios Medikamentenschrank, eher aus Langeweile denn aus Neugierde. Sea Breeze, Vitalis, Topol Zahnlack, Ben-Gay, Pepto Bismol, Tube Preparation H, Librium-Rezept. Wie schick. Ich nehme das Fläschchen aus dem Schrank und öffne es, schütte die grünschwarzen Kapseln in meine Hand und werfe dann eine ein, um mich zu beruhigen, spüle sie mit einer Handvoll Wasser aus dem Waschbekken hinunter. Dann wische ich mir Mund und Hände an einem Handtuch ab, das über der Duschkabine hängt, und gehe wieder nach unten ins Wohnzimmer, ich verfluche mich bereits, weil ich Lauren so lange unbeaufsichtigt bei Vittorio gelassen habe.

Sie reden alle über ein Buch, das ich nicht gelesen habe. Ich setze mich wieder in den Sessel neben Lauren und höre eine der Lektorinnen sagen: «Zukunftsträchtig… zukunftsträchtig», und eine andere sagt: «Ja, ein Markstein.» Ich mache noch ein Bier auf und sehe wieder Lauren an, die mir so einen fragenden, bittenden Blick zuwirft. Ich kippe die Flasche nach hinten und sehe hinüber zu Mona und ihrer durchsichtigen Bluse.

«Die Art, wie sie die irgendwie totale Erdmutterfigur darstellt, war erstaunlich, um nicht zu sagen verwegen», sagt Mona und nickt heftig mit dem Kopf.

«Aber es war nicht nur die Art, wie sie sie darstellte», sagt Stump. «Es waren die Joyceschen Implikationen, die mich hingerissen haben.»

«So Joyceisch, so Joyceisch», pflichtet Mona bei.

«Sollte ich dieses Buch lesen?» frage ich Lauren, in der Hoffnung, daß sie sich umdrehen und mir ins Gesicht sehen werde; sich von Vittorio abwenden.

«Es würde dir nicht gefallen», sagt sie, ohne mich anzusehen.

«Warum nicht?» frage ich.

«Du wirst ‹keinen Sinn darin erkennen›.» Sie nimmt einen Schluck von ihrem Drink.

«Nicht nur Joyce, sondern es erinnert mich ein bißchen an Akkers Werk», sagt Trav. «Hat jemand übrigens Crad Kilodneys *Lightning Struck My Dick* gelesen? Es ist erstaunlich, erstaunlich.» Er schüttelt den Kopf.

«Was soll das heißen?» frage ich sie.

«Denk drüber nach», flüstert sie.

Ich lehne mich zurück, unterdrücke ein Gähnen, trinke noch mehr Bier.

Trav wendet sich an Vittorio. «Aber Vittorio, darf ich dich mal fragen, glaubst du nicht, daß die zugegebenermaßen punkigen, bohèmehaften Desperadokritzeleien dieser verbrauchten Post-Vietnam, Post-Watergate, Post-... Teufel noch mal, Post-alles-Bankelsänger das Produkt sind eines literarischen Establishments, das eine verlorene Generation mit wertloser Propaganda bombardiert, unter Ausbeutung von Gier, blasierter sexueller Attitüden und geistkorrumpierender abstumpfender Fadheit, und deswegen werden Werke wie *Just Another Asshole*, eine ausgedörrte, ausgedörrte Sammlung von ‹Untergrundliteratur›, potente Bestandteile in den Köpfen dieses Clans von milieugestörten, nihilistischen, mißvergnügten, sich selbst bedienenden... nun, Teufel auch, Mißgeburten, oder glaubst du, das ist alles...» und jetzt hält Trav inne, sucht nach dem richtigen Wort. «...Schmu?»

«Oh, Tra-av», sagt Mona.

«Ähm... Schmu?» murmelt Vittorio. «Was ist dieser Schmu... von dem ihr sprecht? Ich habe... das Buch nicht gelesen... ähm...» Er wendet sich an Lauren. «Schmu?... mmm, hat dir das Buch gefallen?»

«Oh, doch», nickt Lauren. «Es war wirklich gut.»

«Ich... ich habe dieses... dieses Buch nicht gelesen», sagt Vittorio schüchtern und sieht auf seinen Drink.

Ich sehe zu Vittorio hin und sympathisiere plötzlich mit dem Mann. Ich möchte ihm sagen, daß ich das Buch auch nicht gelesen habe, und ich kann sehen, daß Lauren genauso empfindet, denn sie wendet sich ihm zu und sagt: «O Vittorio, ich wünschte, du würdest bleiben.»

Vittorio errötet und sagt: «Ich muß zurück... zu meiner Familie.»

«Was ist mit Marie?» fragt sie zärtlich, eine Hand auf seinem Handgelenk.

Ich sehe zu Marie hin, die sich mit Trav über das Buch unterhält.

«Oh», sagt Vittorio, sieht zu ihr hin, dann blickt er abrupt wieder Lauren an, «ich werde sie sehr vermissen... sehr.»

Ich möchte dasselbe zu Lauren sagen, aber gähne statt dessen und trinke noch mehr Beck's, ich fühle mich schläfrig, und ein bißchen high. Es ist aus, ganz bestimmt. Ich will es ihr gerade sagen, aber Stump springt auf und legt eine Circle Jerks-Kassette auf, der niemand zuhören kann, und Mona und Trav möchten Los Lobos hören, also schließen alle einen Kompromiß, und wir hören Yaz. Stump fängt in dem inzwischen dunklen Zimmer mit Mona und Trav an zu tanzen, und die beiden Lektorinnen versuchen auch zu der Musik zu tanzen. Stump drängt sogar Marie, sich zu ihnen zu gesellen, aber die lächelt nur und sagt, sie sei sehr müde.

Vittorio lacht über die Musik und macht allen neue Drinks. Marie zündet Kerzen an. Vittorio beugt sich vor und flüstert Lauren etwas ins Ohr. Lauren schaut immer wieder zu mir her. Ich trinke jetzt Whiskey aus Stumps Flachmann und bin kurz davor, einzuschlafen. Ich kann nicht verstehen, worüber die beiden sich unterhalten, und ich bin dankbar. Ich spüle den Geschmack des billigen Whiskeys mit dem Rest eines warmen Beck's aus dem Mund. Später bringen alle einen Toast aus, wünschen Vittorio alles Gute für seine Reise, sogar Marie, die traurig aussieht, als sie ihr Glas hebt und lautlos spricht: «Mi amore», zu Vittorio, verheiratet, Vater, Vittorio. Das ist das letzte, woran ich mich deutlich erinnern kann.

Ich gebe den Geist auf.

Ich wache auf und finde mich schwitzend auf Vittorios Bett wieder, ich stehe auf und sehe auf meine Uhr und sehe, daß es kurz vor Mitternacht ist. Ich richte mich vorsichtig auf, dann schwanke ich die Treppe hinunter und ins Wohnzimmer rein. Alle sind gegangen außer Lauren und Vittorio, die jetzt auf die Couch gezogen sind, sie reden, die Kerzen auf dem Tisch vor ihnen brennen noch. Wie viele Biere habe ich getrunken? Wieviel Whiskey? Leise italienische Musik kommt jetzt vom Plattenspieler. Habe ich tatsächlich versucht zu tanzen? Habe ich tatsächlich den Whiskey aus Stumps Flachmann geleert? Ich kann mich nicht erinnern.

«Gerade aufgestanden?» fragt sie.

«Was ist los?» sage ich, versuche, mich einzukriegen, als ich mich setze.

«Wir trinken», sagt sie und hält ein Glas hoch – was zum Teufel ist das? *Port?* «Möchtest du einen?»

Ich kann sehen, daß sie betrunken ist, wegen der steifen Art, in der sie auf der Couch sitzt und versucht, die Reste ihrer Fassung zu bewahren. Sie zündet sich schlampig eine Zigarette an, und Vittorio gießt sich das bißchen ein, was noch an Rotwein in der Flasche übrig ist. Wie lange sitzen sie schon so auf der Couch? Ich sehe auf meine Uhr.

«Nein», sage ich. Ich gieße mir mit zitternden Händen ein Glas Tonic ein und trinke davon. «Wie bin ich in Vittorios Zimmer geraten?»

«Du warst echt betrunken», sagt sie. «Geht's dir besser?»

«Nein. Geht nicht besser.» Ich reibe mir die Stirn. «Ich war echt betrunken?»

«Ja. Wir hatten beschlossen, dich eine Weile ausruhen zu lassen, bevor wir gehen würden.»

Wir? Was heißt «Wir»? Wer ist «Wir»? Ich sehe mich im Zimmer um und dann wieder sie an und bemerke, daß ihre Schuhe ausgezogen sind. «Warum sind deine Schuhe ausgezogen?»

«Was?» fragt sie. Wer, ich? Kleine Miss Unschuldig.

«Deine Schuhe. Warum – sind – sie – ausgezogen?» frage ich, jedes Wort betonend.

«Ich habe getanzt», sagt sie.

«Toll.» Ein Bild von ihr, wie sie langsam mit Vittorio tanzt, seine Wurstfinger liebkosen ihren Rücken, ihren Arsch, Lauren seufzt: «Oh, bitte», auf diese leise Art, auf die Lauren immer seufzt: «Oh, bitte, Vittorio.» Das zuckt mir alles durch den Kopf, und meine Kopfschmerzen werden schlimmer. Ich sehe sie an. Ich kenne sie nicht. Sie ist nichts.

«Du... du hast wunderbare... wunderbare Füße», murmelt Vittorio betrunken und beugt sich über sie.

«Vittorio», sagt sie warnend.

«Nein... nein, laß mich gucken.» Er hebt eines ihrer Beine hoch.

«Vittorio», sagt sie, wie mir scheint, kokett.

Vittorio beugt sich hinunter und küßt ihren Fuß.

Ich stehe auf. «Okay. Wir gehen.»

«Willst du?» Sie sieht auf, während Vittorio anfängt, ihr Fußgelenk zu hätscheln, seine Hand fährt ihr gottverdammtes Knie hoch.

«Ja. Jetzt», fordere ich.

«Vittorio, wir müssen gehen», sagt sie und versucht aufzustehen.

«Oh, nein, nein, nein... nein, nein, nein... nicht, geh nicht», sagt Vittorio in Panik.

«Wir müssen, Vittorio», sagt sie und trinkt ihr Glas leer.

«Nein! Nein!» ruft Vittorio aus, versucht, ihre Hand zu fassen.

«Jesus, Lauren, komm jetzt!» sage ich zu ihr.

«Ich komme, ich komme», sagt sie und zuckt hilflos mit den Schultern.

Sie geht zum Sessel hin, in dem ich saß, und fängt an, ihre Schuhe anzuziehen.

«Ich will nicht, daß du... gehst», ruft Vittorio von der Couch mit geschlossenen Augen.

«Vittorio, wir müssen. Es ist spät», sagt sie besänftigend.

«Zieh sie draußen an», sage ich zu ihr. «Gehn wir.»

«O Sean», sagt sie. «Halt den Mund.»

«Wo ist Marie?» frage ich. «Sag mir nicht, ich solle den Mund halten.»

«Sie hat Mona und Trav nach Hause gefahren.» Sie langt nach ihrer Handtasche auf dem Tisch.

Vittorio erhebt sich von der Couch, aber er kann die Balance nicht halten und fällt gegen den Tisch, knallt auf den Boden, fängt an zu stöhnen.

«Oh, mein Gott», sagt Lauren und eilt zu ihm hin.

«Ich will nicht nach Italien fahren», brüllt er. Sie kniet sich neben ihn und versucht, ihn an die Couch zu schieben. «Ich will nicht gehen», sagt er noch einmal.

«Lauren, laß uns hier abhauen», brülle ich.

«Hast du denn gar kein Mitgefühl?» brüllt sie zurück.

«Lauren, der Mann ist ein Säufer», schreie ich. «Laß uns verschwinden.»

«Geh nicht, Lauren... geh nicht», stöhnt Vittorio mit geschlossenen Augen.

«Ich bin da, Vittorio, ich bin da», sagt sie. «Sean, hol einen Waschlappen.»

«Ganz bestimmt nicht», schreie ich sie an.

«Lauren», wiederholt Vittorio immer noch stöhnend, zusammengekauert wie ein kleines Kind. «Wo ist Lauren? Lauren?»

«Lauren», sage ich, ich stehe über ihnen, restlos angewidert von der Szene.

«Ich bin da», sagt sie, «ich bin da, Vittorio. Mach dir keine Sorgen.» Sie fährt mit ihrer Hand über seine Augenbraue, dann sieht sie mich an. «Wenn du jetzt keinen Waschlappen holst und wenn du mir jetzt nicht hilfst, kannst du gehen und draußen warten, wenn du möchtest. Ich bleibe.»

Es ist aus. Ich sage ihr, daß ich gehe, aber es ist egal. Ich gehe zur Haustür und warte, um zu sehen, ob sie kommt. Ich stehe drei Minuten lang da und höre nur Geflüstere aus dem Wohnzimmer. Dann gehe ich nach draußen, den Weg hinunter und durch das Tor. Es ist kalt jetzt, und ich ziehe die Jacke wieder an, die ich ausgezogen hatte. Ich setze mich auf den Bordstein auf der gegenüberliegenden Straßenseite. Die Lichter in Vittorios Zimmer gehen an, dann aus, nach einer Minute. Ich warte auf dem Bordstein, weiß nicht, was ich tun soll, starre lange auf das Haus.

Ich gehe zurück zum Campus, finde Judy im Pub, und wir rauchen etwas Pot und gehen dann auf mein Zimmer, wo ein Drohzettel von Rupert an meiner Tür hängt («Du schuldest mir»). Ich zerknülle ihn und reiche ihn Judy. Judy fragt mich, von wem er sei. Ich sage ihr, von Frank. Sie wird traurig und fängt an zu weinen und sagt mir, daß es mit Franklin aus sei, daß sie ihn nie gemocht hätte, daß sie sich gar nicht erst hätten zusammentun sollen. Danach fühlt sie sich besser, sie macht mich an.

«Was soll ich denn Lauren erzählen?» frage ich, sehe ihr beim Anziehen zu, nachdem wir es getrieben haben.

«Ich weiß nicht», sagt sie.

«Daß ich dich gebumst habe?» schlage ich vor.

«Nein. Nein», sagt sie, obwohl ich wetten könnte, daß ihr die Idee gefällt.

LAUREN Liege nackt in meinem Bett. Spät. Halb eins. Zimmer nebenan spielt jemand die neue ‹Talking Heads›-Platte. Rauche die Zigarette zu Ende und zünde mir eine neue an. Sehe Sean an. Er sieht immer schuldbewußt aus. Lehnt seinen Kopf gegen die Wand. Saras Kater, Seymour, kommt zum Bett und springt mir auf den Schoß, miaut hungrig. Streichle dem Kater den Kopf und sehe wieder Sean an. Er sieht mich an, dann auf die Stelle an der Wand, die er schon die ganze Zeit anstarrt. Er weiß, daß ich will, daß er geht. Dieses klare Verständnis ist ihm ins Gesicht geätzt; zieh dich an, geh, denke ich. Ich gähne. Im Zimmer nebenan hat die Platte einen Kratzer, beginnt von neuem. Ich will nicht, daß er mich nackt sieht, also schlage ich das Laken um mich herum.

«Sag was», sage ich, streichle den Kater.

«Zum Beispiel?»

Der Kater sieht ihn an und miaut.

«Zum Beispiel, warum sind wir immer in meinem Zimmer?» frage ich.

«Weil ich diesen gräßlichen französischen Zimmergenossen habe, deshalb», sagt er.

«Ist er gräßlich, weil er Franzose ist?»

«Ja», nickt er.

«O Gott.» Blicke auf die Zigarette, die ich in der Hand halte; das goldene Kettchen, das am Handgelenk baumelt. Er sieht mich an. Er weiß, ich rauche die Zigarette nur, um ihn zu irritieren, blase Rauch in seine Richtung.

«Weißt du, was er gemacht hat?» fragt er mich.

Rieche an meinem Handgelenk, dann an den Fingern. «Was?»

«Da morgen Halloween ist, hat er einen Kürbis geschnitzt, den er in der Stadt gekauft hat, und einen von diesen französischen Hüten draufgesetzt, einen Chapeau, weißt du, eine von diesen Baskenmützen, und er hat sie dem gottverdammten Kürbis aufgesetzt und ihm auf den Rücken geschrieben, ‹Paris ist ewig›.»

Das ist das meiste, was ich ihn je habe sagen hören, und ich bin beeindruckt, aber ich sage nichts. Warum geht Victor mit Jaime? Ich mag ihn mehr als sie ihn. Das ist verrückt. Ich konzentriere mich auf Seymour, der zufrieden schnurrt.

«Was ist schlimmer als ein Pariser als Zimmergenosse?» fragt er mich.

«Was?» Bringe kaum Interesse auf.

«Ein Pariser als Zimmergenosse, der sein eigenes Telefon hat.»

«Da muß ich drüber nachdenken.»

«Was ist schlimmer als ein Pariser als Zimmergenosse, der sein eigenes Telefon hat?»

«Was?» Erbost. «Sean?»

«Ein Pariser als Zimmergenosse, der sein eigenes Telefon hat und der eine breite Krawatte trägt», sagt er.

Im Zimmer nebenan spielt jemand wieder die Seite 1 von vorne.

Ich steige aus dem Bett. «Wenn ich diesen Song noch einmal hören muß, brüll ich los.» Ziehe meinen Bademantel an, setze mich in einen Sessel am Fenster und wünschte, er würde gehen. «Laß uns zum Price Chopper fahren», schlage ich vor.

Er setzt sich jetzt auf. Er weiß mit Sicherheit, daß ich will, daß er geht. Er weiß, daß ich es dringend will, sobald wie möglich. «Warum?» fragt er, während er Seymour zuschaut, der in seinen Schoß klettert und miaut.

«Weil ich Tampons brauche», lüge ich. «Und Zahnpasta, Katzenfutter, Tab, Evian Wasser, Peanut Butter Cups.» Ich lange nach meiner Handtasche und, ach du Scheiße: «Ich glaube, ich habe kein Geld.»

«Nimm die Karte», sagt er.

«O Gott», murmele ich. «Ich hasse es, wenn du sarkastisch bist.»

Er schubst die Katze vom Bett und fängt an, sich anzuziehen. Er langt nach seiner Unterhose, die in den Bettüchern verheddert ist, und zieht sie an, und ich frage ihn: «Warum hast du den Kater vom Bett geschubst?»

Er fragt zurück: «Weil mir danach war?»

«Komm her, Kitty, komm her, Seymour», rufe ich. Ich hasse den Kater auch, aber ich tue so, als wäre ich besorgt, nur um ihn zu nerven. Der Kater miaut wieder und springt auf meinen Schoß. Streichle ihn. Sehe Sean beim Anziehen zu. Angespannte Stille. Er zieht seine Jeans an. Setzt sich dann wieder auf die Bettkante, weg von mir, ohne Hemd. Er sieht so aus, als hätte er das schreckliche Gefühl, daß ich etwas weiß und deswegen sauer bin. Armes Baby. Legt den Kopf in die Hände, reibt sich das Gesicht. Und jetzt frage ich ihn: «Was ist das Ding auf deinem Hals?»

Wird so sichtbar nervöser, daß ich beinahe lache. «Was für ein Ding?»

«Sieht aus wie ein Knutschfleck.» Ich bin locker.

Er geht zum Spiegel hin, macht ein großes Theater daraus, seinen Hals zu berühren, das Mal zu untersuchen. Sein Kiefer zuckt leicht. Sehe zu, wie er sich im Spiegel anstarrt; seine dumpfe Schönheit.

«Es ist ein Muttermal», sagt er.

Stimmt, Doofie. «Du bist so ein Narziß.»

Dann kommt es: «Warum bist du so ein Besen heute abend?»

Er fragt es, während er mir den Rücken zugewandt hat, während er in sein T-Shirt schlüpft.

Streichle Seymours Kopf. «Ich bin kein Besen.»

Er geht zurück zum Spiegel und besieht sich die kleine lila-gelbe Quetschung. Hätte es nicht einmal bemerkt, wenn ich nicht die Neuigkeit erfahren hätte. Und jetzt sagt er: «Ich weiß nicht, wovon du redest. Das ist kein Knutschfleck. Es ist ein Muttermal.»

Und jetzt komme ich heraus und sage es, das erwartete Vergnügen stellt sich nicht ein. «Du hast Judy gebumst. Das ist alles.» Ich sage es schnell, wirklich schnell und spontan, und es wirft ihn aus dem Gleichgewicht. Er bemüht sich sehr, nicht zusammenzuzukken oder einen Verzögerungseffekt zu zeigen.

Er wendet sich vom Spiegel ab. «Was?»

«Du hast mich verstanden, Sean.» Ich drücke Seymour zu kräftig. Er schnurrt nicht mehr.

«Du bist krank», sagt er.

«Oh, bin ich?» frage ich. «Ich habe gehört, du hast sie in die Innenseite ihrer Schenkel gebissen.» Der Kater kreischt und springt mir vom Schoß; tapst über den Boden zur Tür.

Er lacht. Er versucht, mich zu ignorieren. Er sitzt auf dem Bett und schnürt sich die Schuhe. Er lacht immer weiter, schüttelt den Kopf. «O je, o je. Wer hat dir das erzählt? Susan? Roxanne? Komm schon, wer?» fragt er mit unschuldigem Lächeln.

Dramatische Pause. Sehe Seymour an, auch unschuldig, sitzt in der Nähe der Tür, leckt sich die Pfoten. Er sieht auch zu mir auf, wartet auf meine Antwort.

«Judy», sage ich.

Jetzt hört er auf zu lachen. Er hört auf, den Kopf zu schütteln, sein Gesicht wird immer länger. Er zieht den anderen Schuh an. Er murmelt: «Ich habe niemand auf die Innenseite der Schenkel gebissen. Ich habe dich nicht in deine gebissen, oder?»

«Was willst du denn, daß ich tun soll?» frage ich verwirrt. «Ihr sagen, sie soll die Beine breit machen und mich nachsehen lassen?» Wovon reden wir denn? Es macht mir gar nicht soviel aus. Es scheint mir so unbedeutend zu sein, daß ich nicht verstehe, warum ich ihm so zusetze. Wahrscheinlich, weil ich diese Geschichte hinter mich bringen will, und Judy ist eine brauchbare Gedenktafel.

«Herrgott», sagt er und er sieht enttäuscht aus. «Ich glaube das nicht. Ist das dein Ernst, oder hast du deine Periode?»

«Du hast recht», sage ich. «Ich habe meine Periode. Es ist nicht passiert.»

Der Schwachkopf sieht tatsächlich erleichtert aus und sagt: «Das habe ich mir gedacht.»

Ich versuche, überwältigt und untröstlich auszusehen, und sage einfach: «Warum hast du es getan, Sean?»

«Ich gehe», sagt er und schließt die Tür auf. Tritt in den Gang hinaus. Leute sind im Badezimmer und schneiden sich die Haare, machen Lärm. Er sieht entnervt aus. Ich zünde mir eine Zigarette an.

«Ist das wirklich dein Ernst?» fragt er, als er dasteht. «Glaubst du ihr wirklich?»

Ich fange an zu lachen.

Er fragt: «Was ist denn so komisch?»

Ich sehe ihn an, denke darüber nach, höre auf zu lachen. «Nichts.»

Er schließt die Tür, schüttelt immer noch den Kopf, murmelt immer noch: «Ich kann es nicht glauben.»

Ich schiebe den Sessel von mir weg, drücke die Zigarette aus, dann lege ich mich aufs Bett. Im Zimmer nebenan nimmt jemand die Nadel von der Platte und schickt sich an, Seite 1 noch mal zu spielen. Im Kühlschrank in der Halle gibt es Eis von Ben & Jerry's, das ich zu stehlen vorhabe und zu essen, aber ich kann ihn hören, wie er draußen vor der Tür steht und lauscht. Ich sitze reglos, atme kaum. Der Kater miaut. Die Platte hüpft. Seine Schritte klingen durch den Gang, poltern die Treppe hinunter; unten knallt die Tür zu. Ich gehe ans Fenster und beobachte ihn, wie er auf sein Haus zugeht. Halbwegs über den Commons ändert er seine Richtung und steuert das Wooley an, wo Judy wohnt.

PAUL Eines Nachmittags Anfang November war ich in der Stadt und kam zufällig an dem Pizzaladen auf der Main Street vorbei und sah durch das Schneegestöber und die Fensterscheibe und das rote Neon-Pizzaschild Mitchell alleine in einer Ecke sitzen, eine halbgegessene Pizza (nur Käse; so bestellte Mitchell sie sich immer; mild) vor sich auf dem Tisch. Ich ging hinein. Er riß gerade ein Sweet 'n' Low-Päckchen auf, schüttete es aus und teilte das Pulver zu langen Linien auf, die Kokain ähnelten. Ich nahm an, daß er allein war.

«Hast du dich verirrt oder was?» fragte er und zündete sich eine Zigarette an.

«Kann ich eine haben?» fragte ich.

Er gab mir eine, aber kein Feuer.

«Wie war die Party gestern abend?» fragte er.

Ich stand da. Wie war die Party? Das Haus gerammelt voll mit betrunkenen, verschwitzten, geilen Körpern, die zu alten Songs tanzten, ziellos herumstreiften, sich gegenseitig blind fickten? Wen kümmert's? Hanna hatte mir ihren 17 Jahre alten Bruder anvertraut, auf den ich aufpassen sollte, der aus Besonhurst zu Besuch da war, um zu sehen, ob er nach Camden gehen möchte. Ich fand den Jungen anziehend, aber er war so hetero (er erkundigte sich laufend nach irgendwelchen häßlichen Mädchen, die alle Herpes hatten, so erzählte ich ihm), daß ich alle möglichen losen Gedanken von mir schob, die ich hatte. Er redete über die Basketballmannschaft, in der er war, und kaute Tabak und hatte keine Ahnung, daß seine Schwester die Lesbenkönigin im McCullough war. Wir gingen wieder auf mein Zimmer, um ein letztes Bier zu trinken. Ich ging ins Bad und wusch mir das Gesicht, und als ich zurückkam, hatte er sein Sweatshirt ausgezogen, hatte sich reingeschüttet, was von meinem Absolut übrig gewesen war, und benutzte gerade die leere Flasche als Spucknapf, fragte mich, ob ich Platten von Twisted Sister hätte. Überflüssig zu erwähnen, daß er einen tollen Körper hatte und er betrunken eine ziemlich hektische Fickrunde startete. Zwischen Gestöhne von «Fick mich, fick mich» flüsterte er abwechselnd: «Erzähl's meiner Schwester nicht, erzähl's meiner Schwester nicht.» Ich war ihm in beiden Punkten gefällig. Wie war die Party? «Okay.»

Mitchell hatte seine American Express-Karte herausgezogen und knallte sie neben die beiden Linien Sweet'n'Low auf den

Tisch, und er sah mich mit solcher Vehemenz an, daß ich mir wie ein kleines Blinklicht vorkam, ein Furz im Verlauf seines Lebens. Er erzählt mir, daß dieser Anwalt, mit dem er letzten Sommer in New York etwas gehabt hätte (vor mir, vor uns), ein richtiger Trottel, der gern jedermann Feuer gab, und der die ganze Zeit zwinkerte, gerade aus Nicaragua zurückgekommen sei und ihm gesagt hätte, es sei «Dynamit», also könne es durchaus sein, daß Mitchell über Weihnachten dort hinfahren würde. Er sagte das, um mich zu irritieren, aber ich zuckte nicht zusammen. Er wußte, daß das ein echter Gesprächsstopper war.

Ich zuckte nicht einmal zusammen, als Katrina, das blonde Mädchen aus dem ersten Semester, die allen erzählte, ich könne ihn nicht hochkriegen, in der Ecke Platz nahm, zu ihm auf die Bank rutschte.

«Ihr kennt euch?» fragte Mitchell.

«Nein», sagte sie lächelnd und stellte sich vor.

SEAN Ich bin mittendrin, alberne Alpträume zu haben, als das Telefon auf der anderen Seite des Zimmers hinter dem grünschwarz gestreiften Fallschirm klingelt, den Bertrand am Anfang dieses Semesters aufgehängt hat, und mich weckt. Ich schlage die Augen auf, in der Hoffnung, daß es aufhören wird, frage mich, ob Bertrands Anrufbeantworter eingeschaltet ist. Aber das Telefon läutet weiter. Ich steige aus dem Bett, nackt, mit einer Latte aus dem Alptraum, gehe durch den Schlitz im Fallschirm und bücke mich hinunter, um es abzunehmen. «Hallo?»

Es ist ein Ferngespräch und es sind viele atmosphärische Störungen da. «Hallo?» ruft eine weibliche Stimme.

«Hallo?» sage ich noch einmal.

«Allo? Bertrand?» Weitere Störungen.

«Bertrand ist nicht da.» Ich werfe einen kurzen Blick auf den Kürbis mit der Baskenmütze auf. Jesus.

«Ist es Jean-Jacques?» ruft die Stimme. «Allo? Ça va?»

«Jesus», murmele ich.

«Ça va? Ça va?»

Ich lege den Hörer auf, gehe durch den Schlitz im Fallschirm zurück und lege mich hin. Dann trifft es mich wie ein Schlag: Ich erinnere mich an gestern abend. Ich stöhne und decke meinen Kopf mit dem Kissen zu, aber es riecht wie sie, und ich muß es von meinem Gesicht nehmen. Warum zum Teufel hat Judy es Lauren erzählt? Was zum Teufel ging im Kopf dieses Mädchens vor, als sie es Lauren erzählte? Ich habe gestern abend versucht, mit dem Besen zu reden, aber ich bekam keine Antwort, als ich in ihrem Zimmer im Wooley vorbeisah. Ich stöhne noch einmal und werfe das Kissen gegen die Wand, deprimiert und angespannt und geil. Fahre mit der Hand über meine Latte, versuche es und wichse ein bißchen, lange unter mein Bett und hole das Oktoberheft des *Playboy* rauf, lange ein bißchen weiter nach unten und finde *Penthouse*.

Ich klappe den *Playboy* in der Mitte auf. Erst sehe ich mir das Gesicht des Mädchens an, obwohl ich nicht sicher bin, warum, denn es ist ihr Körper, ihre Titten, Fotze, ihr Arsch, die so viel hervorstechender zu sein scheinen. Dieses Mädchen sieht okay aus; verführerisch hübsch; ihre Titten sind braun und groß und weich; das Fleisch sieht salzig aus; fahre mit der Hand über das dicke, glänzende Papier, das kleine Dreieck ihres Haars zwischen den Beinen ist sorgfältig gebürstet und flaumig. Die Beine gefallen mir nicht so sehr, deshalb klappe ich den Teil der Tafel zu. Dieses Mädchen denkt, sie sei gescheit. Ihr Lieblingsfilm ist *Das Boot*, was verrückt ist, denn eine Menge dieser Mädchen haben in letzter Zeit als Lieblingsfilm *Das Boot* gehabt, aber sie ist offensichtlich zurückgeblieben, obwohl sie doch hübsche Titten hat. Ich spucke mir auf die Hand und denke, sie sieht vielleicht sogar ein bißchen geil aus, und ich bewege meine Hand schneller, aber die Spucke trocknet immer ein, und ich kann keine Vaseline in dem Durcheinander meines Zimmers finden, also bumse ich das ausrangierte Kissen statt dessen und lese ihre Maße. 89-56-86.

Und dann sehe ich es: Neben den Maßen, neben der Größe und dem Gewicht (Soll diese Information uns antörnen? Vielleicht tut sie es) und der Farbe der Augen ist ihr Geburtsdatum. Ich subtrahiere rasch im Kopf, und mir wird klar, daß dieses Mädchen 19 ist und ich, Sean, 21 bin. Dieses Mädchen ist *jünger* als ich, und da haben wir's – augenblickliche Depression. Diese Frau, dieses Fleisch war immer älter, und das war ein Teil des Antörnens, aber jetzt, als ich darauf stoße, regt mich etwas, das ich zuvor nie bemerkt hatte, mehr auf, als wenn ich an das Gespräch denke, das Lauren und Judy gehabt haben mußten. Ich muß den *Playboy* zuklappen und lange nach *Penthouse* und blättere es auf bis zur Forumrubrik, aber es ist zu spät, und ich kann mich nicht auf die Wörter konzentrieren und ich überlege ständig, ob ich tatsächlich in die Innenseite von Judys Schenkeln gebissen habe, und, wenn ja, warum? Ich kann mich nicht einmal mehr erinnern, warum es geschehen ist oder wie. War es vor einer Woche? Es war in der Nacht von Vittorios Cocktailparty. Hatte es da noch jemand gegeben seit Lauren? Ich schließe die Augen und versuche, mich zu erinnern.

Werfe das *Penthouse* durch das Zimmer, wo es zufällig die Stereoanlage trifft und sie irgendwie einschaltet, und es ist Journey, und dann «The Monster Mash», die von einem Sender in Keene kommen, und ich muß wieder stöhnen, meine Erektion ist total zusammengefallen. Ich schleppe mich aus dem Bett, ziehe meine Unterhose an, gehe zum Schrank, mache ihn auf, sehe mich im Spiegel an, der dort hängt, fummle an dem Knutschfleck herum, den Judy (oder war es Brooke oder Susan, die ich letzte Nacht traf, nachdem ich bei Judy vorbeigeschaut hatte?) mir gegeben hat, ich blicke das Spiegelbild finster an. Ich lange nach einem Drahtbügel, wegen der Krawatte, die darüber drapiert ist, eine braune Ralph Lauren-Krawatte, die mir Patrick zu einem Geburtstag schenkte, den ich vergessen habe. Ich ziehe daran, strecke sie, werfe sie fort. Nehme eine andere Krawatte in die Hand, die ich bei Brooks Brothers gekauft habe, und sie scheint stärker zu sein. Ich ziehe daran, teste ihre Stärke, dann verknote ich sie sorgfältig, mache eine Schlinge, nehme den Farn, den mir irgendein Mädchen geschenkt hat, von dem großen goldenen Haken, den irgendein anderes Mädchen in der Decke angebracht hat, und stelle die tote Pflanze auf den Fußboden, führe den Teil der Krawatte mit dem Knoten über den Haken. Ich gehe zu meinem Schreibtisch, hole von dort rasch den Stuhl, stelle mich auf den Stuhl, stecke meinen Kopf durch die pinkgrau gestreifte Baumwollschlinge und, wie ich dabei bin, mich zu erhängen, erinnere ich mich an eine Weihnachtsmesse, warum? «The Monster Mash» kommt immer noch im Radio, ohne weiter zu zögern, schließe ich die Augen und...

Ich kicke den Stuhl weg...

Ich hänge ungefähr eine Sekunde lang da (nicht einmal eine Sekunde), bevor die Krawatte entzweireißt, und ich falle wie ein Idiot auf den Boden und schreie: «Scheiße.» Ich liege in meinen Boxershorts auf dem Rücken und starre zu diesem Krawattenfetzen hoch, der am Haken baumelt. «The Monster Mash» ist zu Ende. Ein fröhlicher Diskjockey sagt: «Fröhliches Halloween, New Hampshire!» Ich stehe vom Boden auf und ziehe mich an. Ich gehe über den Campus zum Speisesaal. Bringe es hinter mich.

LAUREN Ich sehe den Trottel zuerst in der Poststelle, wo er Briefe wegwirft, ohne sie anzusehen. Dann kommt er zu mir her, während ich mit Roxanne beim Mittagessen sitze. Lese *Artforum*, trage Sonnenbrille, teile mir mit ihr eine Flasche Bier, die jemand dagelassen hat, der sich selbst The Party Pig nennt. Roxanne hat wahrscheinlich mit ihm geschlafen. Roxanne trägt T-Shirt und Perlen, ihr Haar ist stark geliert. Ich trinke Tee und ein Glas Tab, kein Hunger. Roxanne sieht ihn mißtrauisch an, als er Platz nimmt. Er nimmt seine Sonnenbrille ab. Ich sehe ihn mir von oben bis unten an. Mit diesem Mensch habe ich Sex gehabt?

«Hi, Roxanne», sagt er.

«Hi, Sean.» Sie steht auf. «Wir reden dann später», sagt sie zu mir, nimmt ein Buch in die Hand, geht, kommt zurück wegen des Biers. Ich nicke, schlage eine Seite um. Er nimmt einen Schluck von meinem Tab. Ich zünde mir eine Zigarette an.

«Ich habe heute morgen versucht, mich umzubringen», sagt er spontan.

«Hast du? Hast du wirklich?» frage ich und nehme einen tiefen, befriedigenden Zug von der Zigarette.

«Ja», sagt er. Er ist nervös, sieht sich ständig im Raum um.

«Aha. Klar», murmle ich skeptisch.

«Hab ich wirklich. Ich hab versucht, mich zu erhängen.»

«O je, o je.» Gähne. Schlage eine Seite um. «Echt?»

Er sieht mich an, als wolle er mir die Sonnenbrille abnehmen, aber ich kann es nicht ertragen, ihn ohne diesen bläulichen Schimmer anzusehen. Schließlich sagt er: «Nein.»

«Wenn du es versucht hast», frage ich ihn, «warum hast du es getan? Schuldgefühle?»

«Ich glaube, wir sollten mal reden», sagt er.

«Da gibt es nichts zu sagen», warne ich ihn, und was ganz überraschend ist, da gibt es wirklich nichts. Er sieht sich immer noch nervös in dem großen, offenen Raum um, wahrscheinlich auf der Suche nach Judy, die, nachdem sie einen Zusammenbruch gehabt und mir von der Sache erzählt hatte, mit Franklin nach New York gefahren ist, zur Halloween-Party im Area. Er sieht traurig aus, als wenn ihn *doch* etwas beschäftigte, und ich kann nicht verstehen, warum er nicht begreift, daß ich will, daß er mich in Ruhe läßt, daß ich nichts für ihn empfinde. Wie kann er immer noch glauben, daß ich ihn wirklich mag? Daß ich ihn je gemocht habe?

«Wir müssen mal reden», sagt er.

«Aber ich sage dir doch, es gibt nichts zu sagen», lächle ich und trinke einen Schluck Tee. «Worüber möchtest du denn reden?»

«Was los ist?» fragt er.

«Hör zu. Du hast Judy gebumst. Das ist los.»

Er sagt nichts.

«Hast du oder hast du nicht?» frage ich, gelangweilt bis zum Geht-nicht-mehr.

«Ich kann mich nicht erinnern», sagt er nach einer Weile.

«Du kannst dich nicht erinnern?»

«Hör mal, du machst eine viel zu große Sache daraus. Mir ist klar, daß du verletzt bist und dich aufregst, aber du mußt wissen, daß es mir nichts bedeutet hat. Willst du, daß ich zugebe, daß ich mir deswegen beschissen vorkomme?» fragt er.

«Nein», sage ich. «Will ich nicht.»

«Schön. Ich gebe es zu. Ich komme mir beschissen vor.»

«Ich komme mir erniedrigt vor», sage ich halb sarkastisch, aber er ist zu dumm, um es zu kapieren.

«Erniedrigt? Warum?» fragt er.

«Du bist mit meiner besten Freundin ins Bett gegangen», sage ich und versuche, wütend zu wirken, packe meine Teetasse, verschütte ein bißchen, versuche, ein bißchen Gefühl herauszukitzeln.

Schließlich sagt er: «Sie ist nicht deine ‹beste Freundin›.»

«Doch, ist sie, Sean.»

«Also», sagt er. «Das habe ich nicht gewußt.»

«Das macht nichts», sage ich laut.

«Was macht nichts?» fragt er.

«Nichts.» Ich stehe auf. Er packt mich am Handgelenk, als ich nach der Zeitschrift greife.

«Warum hast du dann doch noch mit mir geschlafen, wenn du es gewußt hast?» fragt er.

«Weil es mir egal war», sage ich.

«Ich weiß, daß es dir nicht egal ist, Lauren», sagt er.

«Du bist so trostlos und verwirrt», sage ich zu ihm.

«Moment mal», sagt er. «Warum sollte es denn was ausmachen, wie viele ich gebumst habe? Oder wen ich gebumst habe? Seit, ja, seit wann bedeutet Sex mit jemand anderem zu haben, ja, daß ich dir nicht treu bin?»

Darüber denke ich nach, bis er mein Handgelenk losläßt, und ich fange an zu lachen. Ich sehe mich im Speisesaal nach einem anderen Tisch zum Sitzen um. Vielleicht gehe ich ins Seminar. Was für ein Tag ist heute?

«Du hast recht, schätze ich», sage ich, versuche so eine Art Abgang.

Bevor ich von ihm weggehe und mir immer noch über Victor Gedanken mache (keine besonderen Überlegungen, nur allgemeine vage), fragt er: «Warum liebst du mich nicht, Lauren?»

«Mach, daß du rauskommst», sage ich zu ihm.

SEAN Mein restlicher Tag.

Ich und Norris stecken in Norris' rotem Saab und fahren in die Stadt. Norris ist müde und hat einen Kater (zuviel MDA, zuviel Sex mit verschiedenen Erstsemestern). Er fährt zu schnell, und ich sage nichts dagegen; starre nur aus dem Fenster auf die grauen Wolken, die sich über roten und grünen und orangefarbenen Hügeln formen, «Monster Mash» dröhnt aus dem Radio und bringt uns diesen Morgen wieder.

«Lauren weiß über Judy Bescheid», sage ich zu ihm.

«Wie denn?» fragt er, während er das Fenster aufmacht. «Ist meine Pfeife im Handschuhfach?»

Ich sehe nach. «Nein. Judy hat es ihr erzählt.»

«Fotze», sagt er. «Machst du Witze? Warum nur?»

«Ist das zu fassen? Ich weiß nicht», sage ich kopfschüttelnd.

«Herrgott. Ist sie sauer?»

Wir kommen an einem sexy Mädchen aus dem Dorf vorbei, das in der Nähe der High School Stoffe und Kürbisse verkauft. Norris fährt langsamer.

«Ist wer sauer?»

«Irgend jemand», sagt Norris. «Ich hätte schwören können, daß meine Pfeife da drin ist. Sieh noch mal nach.»

«Ja. Sie ist sauer», sage ich. «Wärst du nicht sauer, wenn das Mädchen, das du liebst, deinen besten Freund fickt?»

«Ja, ich denke schon. Stark.»

«Ja. Ich muß mit ihr reden.»

«Klar. Klar doch», sagt Norris. «Aber sie ist dieses Wochenende nach New York gefahren.»

«Was? Wer? Lauren?»

«Nein. Judy.»

Von der hatte ich nicht geredet, aber ich bin trotzdem erleichtert. «Echt?»

«Ja. Sie hat einen Freund dort.»

«Großartig.»

«Er ist Rechtsanwalt. Neunundzwanzig. Central Park West. Heißt Jeb», sagt Norris.

«Was ist mit Frank?» frage ich, dann *«Jeb?»*

«Der Typ kennt Franklin», sagt Norris.

Vielleicht ist noch nicht Schluß mit Lauren, denke ich. Vielleicht kommt sie zurück. Norris parkt den Saab hinter der Bank auf der Main Street und sucht selbst nach der Pfeife.

Im Drugstore. Während Norris sich Ritalin auf Rezept holt, blättere ich mich durch das Pornoregal, das neben der Abteilung für Mundhygiene steht. Öffne eine Ausgabe des *Hustler* – typisch – exklusive Nacktfotos von Prinz Andrew, Brooke Shields, Michael Jackson, alle grobkörnig, alle in Schwarz-Weiß. Das Magazin verspricht Nacktfotos von Pat Boone und Boy George für nächsten Monat. Nein. Lege es wieder aufs Regal, schlage die Oktoberausgabe von *Chic* auf. Auf der Ausklapptafel ist eine Frau als Hexe verkleidet, ihr Cape ist aufgerissen, und sie masturbiert mit einem Besenstiel. Sie sieht besser als Lauren aus, aber auf eine schmierige Art, und es erregt mich nicht. Irgendwie löst sich die Ausklapptafel und rutscht auf den Boden, aufgeschlagen, neben die Füße einer blauhaarigen Oma, die liest, nicht anschaut, nicht überfliegt, sondern gottverdammt *liest*, was hinten auf einer Flasche Lavoris steht. Sie blickt nach unten auf die Ausklapptafel, und ihr Mund klappt auf, und sie geht rasch fort in einen anderen Gang. Ich lasse es dort und gehe wieder zu Norris rüber, der mit seinem Rezept an der Ausgabe steht, und sage zu ihm: «Machen wir, daß wir rauskommen.» Ich seufze und überblicke das Süßigkeitenregal unterhalb der Kasse. Ich nehme mir eine Packung Peanut Butter Cups, befingere sie schuldbewußt, und erinnere mich an gestern abend, aber nur vage. Worüber haben wir uns gestritten? Gab es denn irgendwelche echten Emotionen? Irgendwelche lauten Stimmen? Oder war es nur allgemeines Gefühl der Verachtung und des Verrats und der Ungläubigkeit? Ich bitte Norris, die Süßigkeiten für mich zu kaufen und eine Tube Juxblut. Norris bezahlt und fragt die schüchterne, pickelübersäte Kassiererin, ob sie wisse, wer *Notes from the Underground* geschrieben hat. Das Mädchen, das so häßlich ist, daß man mit ihm nicht einmal für Geld schlafen könnte, für gar nichts, lächelt und sagt: «Nein», und daß er in die Taschenbuchbestseller schauen könne, wenn er wollte. Wir gehen aus dem Laden und Norris sagt ein bißchen zu böse, zu hämisch: «Die Dörfler sind ja solche Ignoranten.»

Dann kommt ‹The Record Rack› dran. Norris wirft ein paar Ritalin ein. Ich starre auf das Cover der neuen ‹Talking Heads›. Wurden die nicht gestern abend, während unserer Unterhaltung, irgendwo gespielt? Es deprimiert mich nicht, bereitet mir nur so ein komisches Gefühl. Ich lege es hin und beschließe, ihr eine Platte zu kaufen. Ich versuche, mich zu erinnern, welches ihre Lieblingsgruppen sind, über diese Dinge haben wir uns nie unterhalten. Vergeblich nehme ich eine alte Platte der Police in die Hand, aber Sting sieht einfach zu gut aus, und ich fange an, Alben von Gruppen zu suchen, die keine gutaussehenden Typen aufweisen. Aber dann, vielleicht sind auch die Peanut Butter Cups genug, und ich gehe zurück zu Norris, der mir zuzwinkert, dabei ist, einen Motown-Sampler zu kaufen, und er reicht sie dem dicken, blonden Mädchen hinter der Theke, die eine grüne Skijacke trägt und ein 38er Spezial-T-Shirt. Als sie Norris' Sachen eintippt, fragt er sie, ob sie wisse, wer *Notes from the Underground* geschrieben hat. Sie lacht ihn verächtlich aus (ein Lauren-Lachen) und sagt: «Dostojewski», und gibt Norris das Album zurück und kein Wechselgeld, und wir beide fahren zum Campus zurück, leicht überrascht.

Sitze im Seminar. Es ist irgendwas genannt Kafka / Kundera: Die versteckte Beziehung. Ich starre auf dieses Mädchen, Deborah, glaube ich, die mir gegenüber am Tisch sitzt. Ich kann mich auf nichts konzentrieren und bin nur ins Seminar gegangen, weil ich kein Pot mehr habe. Sie hat kurze, blonde Haare, modisch hinten und an der Seite rasiert, pomadiert, hat immer noch eine Sonnenbrille auf, Lederhosen, hochhackige Polizeistiefel, schwarze Bluse, schweren Silberschmuck (ganz bestimmt rebellisches Material aus Darien, Connecticut), und sie erinnert mich nachhaltig an Lauren. Lauren beim Mittagessen. Lauren, wie sie die Sonnenbrille nicht abnimmt. Laurens Konfektionshose aufgekrempelt, die Knöchel sexy und golden, der blauschwarze Pullover mit dem tiefen V-Ausschnitt. Ich blicke auf den fotokopierten Aufsatz vor mir, aber ich kann ihn nicht lesen. Ich bin unersättlich geil, weil ich heute morgen nicht zu Ende gewichst habe. Wann habe ich es zuletzt gemacht? Vor vier Tagen. Die Worte, für die ich Interesse heuchle, geben keinen Sinn. Ich sehe wieder das Mädchen an und phantasiere, es mit ihr zu treiben, mit ihr und Lauren gleichzeitig, nur sie und Lauren nackt, aufeinander, sie reiben ihre Fotzen aneinander, seufzen. Ich muß mich anders setzen, meine Latte fühlt sich tatsächlich nicht gut an, ist eng in die Jeans gepreßt. Warum turnt mich lesbischer Sex an?

Die Dozentin, eine große, freundliche Frau (aber nicht fickbar) fragt: «Sean?»

Ich schlage die Beine übereinander, niemand kann es sehen (nur ein Reflex), ich richte mich auf: «Ja?»

Dozentin fragt: «Warum erzählst du uns nicht, was der letzte Absatz bedeutet.»

Alles, was ich sagen kann, ist: «Ähm.» Sehe mir den letzten Absatz an.

Dozentin sagt: «Faß es einfach für uns zusammen.»

Ich sage: «Zusammenfassen.»

Dozentin sagt: «Ja. Zusammenfassen.»

«Also...» und jetzt habe ich das fürchterliche Gefühl, daß dieses Mädchen mit der Sonnenbrille lacht, mich hämisch anlacht.

Ich sehe kurz zu ihr rüber. Sie lacht nicht. Ich blicke wieder auf den Aufsatz. Welcher letzte Absatz? Lauren.

Dozentin verliert Geduld. «Was glaubst du denn, daß es *bedeutet?*»

Ich überfliege den letzten Absatz. Was ist das hier? High School, um Himmels willen? Ich werde das Studium abbrechen. Ich hoffe, daß ich lange genug schweige, daß sie jemand anderes fragen wird, und deshalb warte ich. Leute starren. Der Junge mit dem gestutzten roten Haar, der ein «Du bist wahnsinnig»-Button auf seiner schäbigen, schwarzen Nero-Jacke hat, hebt die Hand. Ebenso der Idiot am Ende des Tisches, der aussieht, als sei er der Leadsänger der Bay City Rollers. Sogar der blonde Macker aus L. A., dessen IQ bestimmt nicht viel höher als 40 ist, schafft es, einen braunen Arm zu heben. Was zum Teufel ist hier los? Ich werde das Studium abbrechen. Hab ich denn irgendwas gelernt?

«Worum geht es darin, Sean?» fragt die Dozentin.

«Es geht um seine Unzufriedenheit wegen des Regimes?» frage ich und rate.

Das Mädchen mit der Sonnenbrille hebt eine Hand. Trägst du ein Diaphragma überall, wo du hingehst? möchte ich schreien, halte mich aber zurück, weil mich die Vorstellung wirklich erregt.

«Eigentlich handelt es vom Gegenteil», sagt die Dozentin, die bestimmt eine Lesbe ist, während sie an einer langen Perlenkette fummelt. «Clay?» fragt die Dozentin.

«Also, der Macker war irgendwie total deprimiert, weil, also, der Macker hat sich in einen Käfer verwandelt und ist ausgerastet...»

Ich blicke zu Boden und möchte hinausschreien: «Hey, ich halte es für ein gottverdammtes Meisterwerk», aber ich habe es nicht gelesen, also kann ich nicht.

Dieses Mädchen, das mir gegenüber sitzt, erinnert mich nicht an Lauren. Niemand erinnert mich an sie. Sie schiebt einen Kaugummi in ihren Mund. Ich bin nicht mehr erregt.

Und das Seminar in der Pause zu verlassen, mit der Absicht, nicht wiederzukommen, ist auch nicht besser, denn ich muß meinen Berater, Mr. Masur, aufsuchen, dessen Büro in der Scheune ist. Auch bekannt als Verwaltungsallee. Und wie ich den schmalen Kiesweg hochgehe, frage ich mich, was Lauren jetzt wohl macht, in dieser Sekunde. Ist sie in ihrem Zimmer im Canfield, oder bei

Freunden drüben im Swan, mit denen sie Kürbisse schnitzt und sich betrinkt? Oben im Tanzatelier? Im Computerraum mit Vittorio? Nein, Vittorio ist fort. Mit Stump? Vielleicht hängt sie auch im Commons rum, unterhält sich mit Judy oder Stephanie oder wem auch zum Teufel immer, liest die *Times*, versucht sich am freitäglichen Kreuzworträtsel. Ich ziehe meinen Mantel enger zusammen. Ich ekle mich. Ich gehe schneller. Das schwedische Mädchen aus dem Bingham, die ich immer für irgendwie gutaussehend hielt (die auch Mitchell bumst), kommt mir auf dem Weg entgegen. Mir wird klar, daß ich an diesem schwedischen Mädchen vorbei muß und etwas sagen oder lächeln muß. Es wäre zu unhöflich, nichts zu sagen. Aber sie geht vorbei und lächelt und sagt: «Hi», und ich sage gar nichts. Ich habe aus irgendeinem Grund noch nie etwas zu dem schwedischen Mädchen gesagt, und ich habe Schuldgefühle und drehe mich um und sage laut: «Hi!» Das schwedische Mädchen dreht sich um und lächelt verwirrt, und ich fange an, in Richtung Scheune zu joggen, errötend, schwer verlegen, fieberhaft, und ich gehe durch den Haupteingang, winke Getch zu, der gerade eine Fossilienausstellung aufbaut, nehme zwei Treppenstufen auf einmal, und dann bin ich in Masurs Büro. Ich klopfe, außer Atem.

«Herein, herein», sagt Mr. Masur.

Ich trete ein.

«Ah, Mr. Bateman, schön, Sie jeden, was ist es noch mal, Monat oder so? zu sehen», fragt der Hundesohn sarkastisch.

Ich grinse und lasse mich in den Sessel gegenüber von Masurs Schreibtisch plumpsen.

«Wo haben Sie gesteckt? Wir sollten uns doch jede Woche treffen», sagt Masur und lehnt sich zurück.

«Nun...» Da. «Ich war schwer beschäftigt.»

«Oh, tatsächlich?» fragt Masur grinsend. Er fährt mit einer Hand durch sein langes, graues Haar, inhaliert, während er sich eine Pfeife anzündet, wie ein echter Ex-Bohemien.

«Ich hab Ihre Nachricht bekommen. Worum geht es?» Ich weiß, daß es etwas Übles sein wird.

«Ja. Also...» Er raschelt mit Papieren. «Wie Sie wissen, sind wir mitten im Semester, und es wurde mir zugetragen, daß Sie drei Ihrer Kurse nicht bestehen werden. Stimmt das?»

Ich versuche, überrascht auszusehen. Tatsächlich dachte ich,

ich würde vier Kurse nicht bestehen. Ich versuche zu erraten, welchen ich bestehe. «Ähm, ja, also, ich habe Schwierigkeiten in ein paar Seminaren.» Pause. «Falle ich im Bildhauerworkshop durch?»

«Also, ja, in der Tat», sagt Masur, während er bedeutungsvoll auf ein rosa Blatt Papier schaut, das er hochhält.

«Ich verstehe nicht, warum», sage ich unschuldig.

«Es scheint, daß Mr. Winters gesagt hat, daß anscheinend alles, was Sie für Ihr Semesterprojekt bis jetzt getan hätten, war, drei Steine, die Sie hinter Ihrem Wohnheim gefunden haben, zusammenzukleben und sie blau anzumalen.» Masur sieht gequält aus.

Ich sage kein Wort.

«Und Mr. Russell sagt, daß Sie nicht regelmäßig im Seminar erscheinen», sagt Masur, während er mich beäugt.

«Und wo bestehe ich?»

«Nun, Mr. Schonbeck sagt, Sie kämen recht gut zurecht», sagt Masur überrascht.

Wer ist Mr. Schonbeck? Ich war noch nie in einem Seminar, das von einem Schonbeck unterrichtet wurde.

«Nun, ich war krank. Krank.»

«Krank?» fragt Masur und sieht noch gequälter aus.

«Nun, ja, krank.»

«Ähem.» Darauf folgt eine ungemütliche Stille. Der Geruch von Masurs Pfeife ekelt mich an. Der Drang zu gehen, schlägt hart zu. Mich macht auch krank, daß Masur, obwohl er nicht aus England stammt, mit einem leichten britischen Akzent spricht.

«Unnötig zu sagen, Mr. Bateman, ähm, Sean, Ihre Situation ist, sagen wir, ziemlich... labil?»

«Labil, ja nun, ähm...»

«Was wollen wir denn dagegen tun?» fragt er.

«Ich werde es in den Griff kriegen.»

«Werden Sie?» seufzt er.

«Ja. Darauf können Sie wetten.»

«Nun. Gut, gut», Masur sieht verwirrt aus, aber lächelt, als er das sagt.

«Okay?» Ich stehe auf.

«Ist mir recht», sagt Masur.

«Also dann bis später?» frage ich.

«Also, mir ist's recht», lacht Masur.

Ich lache auch, öffne die Tür, blicke zurück auf Masur, der einen echten Lachanfall hat, dennoch verblüfft ist, und dann schließe ich die Tür, plane in Gedanken meine Überdosis.

Beba ist in meinem Zimmer, Bertrands Freundin. Sie sitzt auf der Matratze unterhalb der wandlangen Tafel, die zum Zimmer gehört, der ausgeschnitzte Kürbis liegt in ihrem Schoß, alte Nummern von *Details* liegen um sie herum verstreut. Beba ist im dritten Semester und freßsüchtig und hat die ganze Zeit *Edie* gelesen, seit sie hier letzten September ankam. Bertrands Telefon ist in ihren Nacken geklemmt, von schulterlangem, platinblondem Haar bedeckt. Sie zündet sich eine Zigarette an und winkt mir schwach zu, als ich durch den Schlitz im Fallschirm gehe. Ich setze mich auf mein Bett, Gesicht in den Händen, im Zimmer ist es still, von Beba abgesehen. «Ja, ich wollte mich nach einem Zellophan für morgen erkundigen, sagen wir, so um halb drei?» Die gerissene Krawatte hängt noch am Haken, und ich lange hoch, reiße sie ab und werfe sie gegen die Wand. Ich fange an, mein Zimmer zu durchwühlen. Kein Nyquil mehr, kein Librium mehr, kein Xanax mehr. Finde eine Flasche Actifed, die ich in meine Schweißhände ausschütte. Zwanzig Stück. Ich sehe mich im Zimmer nach etwas um, womit ich sie einnehmen kann. Ich höre, wie Beba das Telefon auflegt, dann fangen Siouxsie and the Banshees an zu spielen.

«Beba, hat Bert irgendwas zu trinken da drüben?» rufe ich.

«Ich seh mal nach.» Ich höre, wie sie die Musik leiser stellt, über etwas stolpert. Dann ragt ein Arm durch den Schlitz des Fallschirms und reicht mir ein Bier.

«Danke.» Ich nehme das Bier aus der Hand.

«Hat Alonzo noch Coke?» fragt sie.

«Nein. Alonzo ist dieses Wochenende in die Stadt gefahren», sage ich zu ihr.

«O mein Gott», höre ich sie seufzen.

Ich frage mich, ob ich einen Brief hinterlassen sollte. Irgendeinen Grund angeben, warum ich das tue, warum ich meine ganzen Actifed schlucke. Das Telefon läutet. Beba nimmt ab. Ich lege mich hin, nachdem ich fünf genommen habe. Grolsch – was für ein Arschloch. Beba legt eine andere Kassette auf, The Cure. Ich nehme noch drei Pillen. Beba sagt: «Ja, ich sag ihm, daß Jean-Jacques angerufen hat. Stimmt, ça va, ja, ça va.» Ich schlafe ein, lachend – versuche ich wirklich, mich mit Actifed umzubringen? Ich höre, wie Bertrand die Tür aufmacht und lacht: «Ich bin wieder da.» Ich lasse mich treiben.

Aber Norris weckt mich irgendwann nach neun. Ich bin nicht tot, nur hundeelend. Ich liege unter den Decken, aber immer noch in meinen Kleidern. Es ist dunkel im Zimmer.

«Du hast das Abendessen verschlafen», sagt Norris.

«Habe ich.» Ich versuche, mich aufzusetzen.

«Hast du.»

«Was habe ich versäumt?» Ich versuche, meine Zunge von einem sehr trockenen, schalen Gaumen zu lösen.

«Einen Lesben-Boxkampf. Einen Kürbis-Schnitzwettbewerb. Party-Pig hat gekotzt», sagt Norris schulterzuckend.

«O Mann, ich bin ja so müde.» Ich versuche, mich wieder aufzusetzen. Norris steht im Türrahmen und knipst ein Licht an. Er kommt zum Bett her.

«Da liegen ja lauter Actifed um dich herum», Norris zeigt darauf.

Ich hebe eine auf, werfe sie weg. «Ja. Stimmt.»

«Was hast du denn vorgehabt? Selbstmord mit Actifed?» lacht er und bückt sich.

«Erzähl's niemand», sage ich und stehe auf. «Ich brauch 'ne Dusche.»

«Ganz unter uns», sagt er und setzt sich hin.

«Wo sind denn die anderen alle?» frage ich, während ich meine Kleider ausziehe.

«Im Windham. Halloween-Party. Dein Zimmergenosse ist als Quaalude gegangen.» Norris hebt ein Exemplar von *The Face* auf, das aus irgendeinem Grund auf meiner Seite des Zimmers liegt. Er blättert es nachhaltig gelangweilt durch. «Entweder das oder als Blätterteig. Ich kann's nicht sagen.»

«Ich gehe jetzt duschen», sage ich zu ihm. Ich schnappe meinen Bademantel.

Norris nimmt die Peanut Butter Cups in die Hand. «Kann ich eine haben?»

«Nein, laß sie zu.» Ich komme aus meiner Erstarrung. «Die sind für Lauren.»

«Beruhig dich, Bateman.»

«Die sind für Lauren.» Ich stolpere auf die Tür zu.

«Entspann dich!» schreit er.

Ich mache mich auf in Richtung Badezimmer, mir schwindelt, auf dem Weg durch den Gang kriege ich mich wieder ein, dann bin ich im Bad. Betrete die Zelle, ziehe den Bademantel aus, gehe unter die Dusche, lehne mich an die Wand, bevor ich die Dusche aufdrehe, ich glaube, ich werde ohnmächtig. Ich schüttele den Kopf: das Gefühl klingt ab, ich drehe das Wasser auf. Es trifft mich nur schwach, und ich versuche, den Druck zu erhöhen, aber das Wasser tröpfelt weiter, kaum warm, aus dem rostigen Duschkopf.

Als ich mich auf den Boden der Dusche setze, merke ich, daß Bertrands Gillette-Rasierer neben einer Tube Clinique-Rasiercreme in der Ecke liegt. Ich hebe den Rasierer an seinem silbernen Griff auf und starre ihn an. Ich fahre mit ihm über mein Handgelenk. Ich drehe meine Hand um, die Innenfläche nach oben, und bewege ihn langsam den Arm hoch, die Klinge erfaßt einige der Haare, die die Haut bedecken. Ich ziehe die Klinge weg und wasche das Haar ab. Dann lege ich ihn wieder auf meinen Arm, diesmal bringe ich den Griff bis zum Handgelenk, drücke ihn stark, versuche, die Haut zu durchbrechen. Aber es klappt nicht. Ich wende noch mehr Druck an, aber der hinterläßt nur rote Male. Ich versuche es mit dem anderen Handgelenk, lege meine ganze Kraft hinein, stöhne fast vor Anstrengung, lauwarmes Wasser spritzt mir in die Augen. Die Klinge ist zu stumpf. Ich drücke sie noch einmal kraftlos gegen das Handgelenk.

Durch das Geräusch des fallenden Wassers hindurch kann ich hören, wie Norris ruft: «Sean, wie lange brauchst du denn?»

Ich stehe unbeholfen auf, lehne mich gegen die Wand. «Noch ein paar Minuten.» Der Rasierer fällt zu Boden und scheppert laut.

«Hör mal, ich bin auf der Party, okay?»

«Ja. Okay.»

«Schau mal vorbei.»

Ich frage mich, ob Lauren dort sein wird. Ich stelle mir vor, wie ich ins Wohnzimmer im Windham komme, unsere Blicke begegnen sich, ihr Gesicht ist voller Bedauern und Sehnsucht, kommt auf mich zu. Wir beide umarmen uns mitten in dem überfüllten Zimmer, während alle jubeln, klatschen und wieder anfangen zu tanzen. Wir beide stehen nur da und halten uns.

«Ja. Okay, mach ich.» Das Badezimmer dampft jetzt, nicht, weil das Wasser so heiß ist, sondern weil es im Wohnheim so kalt ist.

«Wir sehen uns dort.» Norris geht.

Ich starre auf meine Handgelenke, dann fummle ich an dem blasser werdenden Knutschfleck in meinem Nacken.

Ich wasche mir die Haare zweimal, trockne mich ab und gehe wieder in mein Zimmer, wo ich die gerissene Krawatte wegwerfe, zusammen mit den Actifed, die über den ganzen Boden verstreut sind. Ich ziehe mich schnell an, bin aufgeregt, nehme die Peanut Butter Cups, und gerade, als ich gehen will, auch Bertrands Kürbis, der erleuchtet auf dem Fenstersims liegt. Ich blicke in das erleuchtete Gesicht der Kürbislaterne, und da ich einfach weiß, daß er Lauren riesigen Spaß machen wird, muß ich ihn stibitzen. Ich bin so erregt über die Aussicht, mich mit ihr zu versöhnen, daß es mir egal ist, ob der Franzmann sauer ist.

Ich gehe aus dem Zimmer, ohne die Tür abzuschließen, und eile über den Campus in ihr Zimmer, gehe vorsichtig über den nassen Rasen des Commons, damit die Kerze im Kürbis nicht ausgeht. Zwei Jungen, die als Mädchen gekleidet sind, und zwei Mädchen, die als Jungen gekleidet sind, kommen betrunken vorbei, brüllen «Fröhliches Halloween» und werfen mit kleinen, harten Bonbons nach mir. Ich öffne die Hintertür des Canfield, gehe durch das dunkle Treppenhaus zu ihrem Zimmer. Ich klopfe. Keine Antwort. Ich warte und klopfe lauter. Ich stehe da, verfluche mich, jemand, der als Joint verkleidet ist, streicht an mir vorbei und geht ins Badezimmer. Meine freudige Erwartung, sie zu sehen, fängt langsam an, sich zu verflüchtigen. Sie muß wohl auf der Party sein, deshalb gehe ich mit dem immer noch erleuchteten Kürbis und den Peanut Butter Cups, die matschig und geschmolzen in meiner Gesäßtasche stecken, über den Commons in Richtung Windham.

Das Wohnzimmer des Windham ist in dieses unheimliche, düstere, orange Licht getaucht. Ein alter Stevie Wonder-Song, «Superstition», spielt laut. Ich gehe auf die Fensterbank der Vorderseite des Hauses zu. Das Wohnzimmer ist gedrängt voll von Leuten, die in Kostümen tanzen. Alle Glühbirnen in den Lampen und an den Wänden wurden durch orange ersetzt. Bertrand ist da als Quaalude, aber er sieht eigentlich wie ein Kreis aus. Getch als schwangere Nonne. Tony als Hamburger. Ein paar Madonna-Doppelgängerinnen. Rupert als Ledergesicht aus *The Texas Chainsaw Massacre*. Ein paar Wichser aus dem ersten Semester als Rambo.

Ich erblicke Lauren fast sofort, sie tanzt mitten auf der Tanzfläche mit Justin Simmons, einem großen, bleichen, schwarzhaarigen Literaturwissenschaftler, der schwarze Sonnenbrille trägt, schwarze Jeans, schwarzes T-Shirt mit einem Totenkopf hinten drauf. Ihr Kopf ist zurückgeworfen, und sie lacht, und Justin hat beide Hände auf ihren Schultern liegen.

Ich seufze leise und trete vom Fenster zurück.

Ich renne zurück ins Canfield und schleudere Bertrands Kürbis an die Wand neben ihrer Tür, und verschmiere die Peanut Butter Cups über die ganze Tür. Reiße den Stift von der Tür, der dort an einer Schnur hängt, sowie ein Stück Papier und schreibe in großen schwarzen Buchstaben «Verpiß dich und stirb». Das bringe ich neben dem geborstenen Kürbis und den zermatschten, geschmolzenen Süßigkeiten an. Ich stakse die Treppe hinunter, in die Nacht hinaus.

Halbwegs über den Rasen des Commons stiere ich aufs Windham House, die Party ist jetzt lauter als zuvor, scheint sich über mich lustig zu machen, ich halte an und beschließe, den Zettel vom Kürbis zu entfernen. Ich gehe zurück ins Canfield, die Treppe hoch zu ihrer Tür und entferne den Zettel von dem Kürbisgesicht und nehme ihn mit. Als ich beim Vordereingang des Canfield ankomme, beschließe ich erneut, den Zettel dort zu lassen, wo er war. Ich gehe wieder die Treppe hoch und klebe den Zettel wieder auf den Kürbis. Ich starre ihn an. Verpiß dich und stirb. Ich verlasse das Canfield und gehe in mein Zimmer zurück.

Ich liege fast eine Stunde im Dunkeln auf meinem Bett, trinke die letzte Flasche Grolsch aus Bertrands Sechser-Packung und höre «Funeral for a Friend» und versuche, es auf meiner Gitarre zu begleiten, während ich an Lauren denke. Jetzt fällt mir etwas ein. Ich gehe im Dunkeln hinüber zu meinem Schreibtisch und nehme die Tube Juxblut, die ich heute früh in der Stadt gekauft hatte. Ich sitze betrunken im Sessel, schalte die Tensor-Lampe an und lese die Anleitung. Da ich keine Schere habe, um die Kappe abzuschneiden, beiße ich sie statt dessen ab, ich schmecke ein paar Tropfen der Flüssigkeit, die nach Plastik schmeckt. Ich spucke sie aus, spüle den Geschmack mit warmem Grolsch hinunter. Dann drücke ich auf die Tube, ein bißchen auf meine Finger. Es sieht sehr echt aus, und ich halte mein Handgelenk hin und drücke eine dicke, rote Linie darüber, die kühle Flüssigkeit tropft langsam von meinem Handgelenk auf den Schreibtisch. Ich drücke noch eine Linie über das andere Handgelenk. Aus «Funeral for a Friend» wird «Love Lies Bleeding». Ich hebe meine Arme hoch, von beiden tropft Juxblut, Juxblut fließt auf meine Achselhöhlen zu. Ich lehne mich im Sessel zurück und drücke mir noch mehr Juxblut über die Arme. Ich stehe auf, gehe zum Schrank und betrachte mich im Spiegel. Ich lege den Kopf zurück und drücke eine dicke Linie über meinen Hals. Ich fühle mich erleichtert. Juxblut läuft mir die Brust hinunter, macht Flecken auf meinem Hemd. Ich zeichne eine dicke Linie über meine Stirn. Ich entferne mich vom Spiegel und setze mich auf den Boden neben einen der Lautsprecher, Juxblut tropft von meiner Stirn, an meiner Nase vorbei auf meine Lippen. Ich drehe die Lautstärke auf.

Die Tür geht langsam auf, und ich kann über die Musik weg, durch den Fallschirm Lauren rufen hören. «Ich hab geklopft, Sean. Hallo?» Eine Hand teilt den Schlitz im Fallschirm.

«Sean?» ruft sie. «Ich hab deine... Nachricht erhalten. Du hast recht. Wir müssen miteinander reden.»

Sie tritt durch den Fallschirm und blickt auf mein Bett und dann auf mich. Ich rühre mich nicht. Sie hält die Luft an. Aber ich kann es nicht vermeiden, ich bekomme einen Lachanfall. Ich sehe zu ihr hin, betrunken und lächelnd, glänzend vor lauter Juxblut.

«Du bist so gottverdammt krank», schreit sie. «Du bist ja so krank! Ich komm mit dir nicht zu Rande.»

Aber dann dreht sie sich um, bevor sie durch den Fallschirm gleitet, und kommt zurück in mein Zimmer. Sie hat es sich anders überlegt. Sie kniet vor mir hin. Die Musik schwillt zu einem Crescendo an, als sie mir sanft das Gesicht abwischt. Sie küßt mich.

LAUREN Gehe in den Pub, stehe in der Nähe des Zigarettenautomaten. Außer Betrieb. ‹Talking Heads› dröhnen aus der Musikbox. Sean steht in der Nähe der Bar und trägt eine Polizeijacke und ein schwarzes T-Shirt. Punker auf Besuch unterhalten sich mit ihm. Gehe hin und frage ihn: «Bist du okay?» Sitze schließlich bei ihm, starre auf den Flipperkasten, Royal Flush, während er schmollt.

«Mir kommt es vor, als ginge mein Leben nirgendwo hin. Ich komme mir unglaublich einsam vor», sagt er.

«Möchtest du ein Beck's?» frage ich ihn.

«Ja. Ein dunkles», sagt er.

Ich komme mit diesem Menschen keine einzige Minute mehr zurecht. Streiche an Franklin vorbei, der an dem kaputten Zigarettenautomaten lehnt. Lächelt matt. Schubse mich bis zur Bar vor und bestelle zwei Bier. Unterhalte mich mit diesem netten Mädchen aus Rockaway und ihrer schrecklichen Zimmergenossin. Diese merkwürdige Gruppe von Altphilologen steht daneben, sie sehen aus wie Leichenbestatter. Typischer Abend im Pub. Leute in Unterwäsche, Theaterleute, die noch ihr Make-up drauf haben. Typ aus Brasilien, der nichts trinken kann, weil er seinen Ausweis verloren hat. Jemand kneift mich in den Arsch, aber ich drehe mich nicht um, um zu schauen. Bringe das Bier an den Tisch zurück. Sean hat schwache, rote Flecken in seinem Gesicht, und ich will gerade eine Serviette mit Beck's befeuchten, um sie abzureiben. Aber er fängt an, sich zu beschweren und sieht mich hart an, als er fragt: «Warum magst du mich nicht?»

Ich stehe auf, gehe auf die Toilette, warte in der Schlange, und als ich zurückkomme, fragt er mich noch einmal.

«Ich weiß nicht», seufze ich.

«Ich meine, was ist denn los?» fragt er.

Zucke mit den Schultern und sehe mich im Zimmer um. Er steht auf, um zu flippern. «So was würde in Europa nicht passieren», sagt jemand in Surferausrüstung – tatsächlich der Junge aus L.A. – und natürlich fällt mir Victor ein, und dann, ach du Scheiße, kniet sich jemand neben meinen Sessel hin und erzählt mir, wie sie das erste Mal MDA geworfen hätte, zeigt mir die Flasche Cuervos, die sie in den Pub geschmuggelt haben, und zu meiner Enttäuschung interessiert es mich. Sean setzt sich wieder hin, und ich weiß einfach, daß wir uns streiten werden.

Ich seufze und sage zu ihm: «Ich mag einen anderen.»

Er flippert wieder. Ich gehe wieder auf die Toilette, in der Hoffnung, daß jemand unseren Tisch belegt. Ich stehe mit denselben Leuten in der Schlange, mit denen ich das letzte Mal in der Schlange stand. Als ich zum Tisch zurückkomme, ist er da. «Was ist los?»

«Ich mag einen anderen», sage ich zu ihm.

Der süße Joseph, mit dem Alex-das-nette-Mädchen-aus-Rockaway schläft, kommt herein und reicht dem Jungen aus Brasilien etwas. Dann bemerke ich Paul. Er schaut Joseph an, dann den Brasilianer. Paul hat eine neue Brikettfrisur, die okay aussieht, sexy auf eine irre Art, und er sieht zu mir her, und ich runzle die Stirn und lächle. Er sieht Sean an und dann mich und winkt müde. Dann sieht er wieder Sean an.

«Ich möchte dich kennenlernen», quengelt Sean.

«Was?»

«Dich kennenlernen. Ich möchte dich *kennenlernen.*» Er bittet.

«Was soll das heißen? Mich *kennenlernen*?» frage ich ihn. «Mich *kennenlernen*? Niemand kann einen anderen je *kennen*. Niemals. Du wirst mich nie kennen.»

«Hör mal», sagt er und berührt meine Hände.

«Willst du dich bitte beruhigen», sage ich zu ihm. «Möchtest du etwas Motrin?»

Drüben bei der Musikbox bricht ein Kampf aus. Leute aus dem siebten Semester wollen Kassetten auflegen und die Musikbox ausschalten. Leute aus dem ersten Semester wollen das nicht, und ich versuche, mich darauf zu konzentrieren. Die aus dem ersten Semester gewinnen, nur weil sie größer sind als die aus dem siebten. Physisch größer. Wie ist das passiert? «Boys of Summer» spielt jetzt. Denke an Victor. Sean steht auf, um mit dem unglücklichen Franklin weiter zu flippern. Royal Flush heißt das Spiel. Es gibt einen König und eine Königin und einen Buben, die aufleuchten, alle direkt die Person ansehen, die flippert, und die Kronen auf ihren jeweiligen Häuptern blinken an und ab, wenn der Spieler Punkte macht. Eine Zeitlang ist es ganz witzig.

Ich sehe wieder über den überfüllten Pub zu Paul hin. Er sieht elend aus. Er sieht Sean an. Er starrt Sean an. Sean schaut weiter zu mir her. Als wüßte er, daß Paul ihn ansieht, und dann sehe ich zu Paul, und Paul starrt immer noch Sean an. Sean merkt das, errötet und verdreht die Augen, dann wendet er sich wieder dem Flipperkasten zu. Ich sehe wieder Paul an. Er zerknüllt seinen Plastikbecher und sieht gequält weg. Und ich fange an zu kapieren, und dann denke ich, unmöglich, ausgeschlossen. Das nicht. Ich sehe wieder Sean an, eine halbe Erkenntnis trifft mich, verschwindet aber wieder, weil er nicht auf Paul zurückstarrt. Und dann werde ich wütend, erinnere mich wieder, wie schrecklich das mit Paul und Mitchell war. Paul, der alles leugnete, wie trostlos ich wohl wirken mußte, ich überlegte ständig, wie ich mich benehmen sollte, wo es doch keinen echten Wettbewerb gab. Wenn es ein anderes Mädchen gewesen wäre bei Paul an diesem Wochenende bei Cape Cod an Stelle von Mitchell, oder ein anderes Mädchen jetzt hier im Pub, die Sean ihren Arsch zeigt, das wäre in Ordnung gewesen, Klasse, ich könnte es leicht «gut sein lassen». Aber es war Paul gewesen, und es war Mitchell gewesen, und da konnte ich nichts tun. Meine Stimme senken? So nebenbei erwähnen, daß ich mich rasieren müsse, wie Judy und ich eines Abends im letzten Semester vorschlugen, ganz hysterisch, aber letzten Endes war es eigentlich nicht komisch, und wir hörten auf zu lachen. Jetzt besteht die Möglichkeit, daß Mr. Denton vielleicht mich anstarrt und nicht Sean. «Boys of Summer» endet, fängt erneut an.

Rupert setzt sich neben mich, er trägt einen Filzhut und ein David Bowie-T-Shirt, hat immer noch nicht die furchtbare Maske abgenommen, die er trägt, und bietet mir von seinem Koks an. Ich frage ihn, wo Roxanne ist. Er sagt mir, sie sei mit Justin heimgegangen. Einfach nur lächeln.

VICTOR New York war echt mühsam. Am Ende wohnte ich bei einem Mädchen, das glaubte, seine Post käme vom Jupiter. Es hatte keine Hüften und war Mannequin für Gitano Jeans aus Akron, aber es war trotzdem total nervig. Sie erwischte mich, wie ich mit der Tochter von Philip Glass ausging, und warf mich raus. Ich wohnte ein paar Nächte im Morgan's und verdrückte mich, ohne die Rechnung zu bezahlen. Dann wohnte ich am Park bei einem, der in Camden studiert hatte, und zog alle Telefonstecker raus, da die Eltern nicht wissen sollten, daß ich wieder in der Stadt war. Versuchte, einen Job im Palladium zu bekommen, aber ein anderer Student aus Camden bekam den einzigen Job, der übrig war, die Garderobe. Kam in eine Rockband rein, dealte mit Acid, ging auf ein paar ganz gute Parties, ging mit einem Mädchen aus, die für *Interview* arbeitete, und die versuchte, mich bei Hunter unterzubringen, ging mit noch einem Mannequin, eine von Malcolm McLarens Assistentinnen, versuchte, wieder nach Europa zu fahren, beschloß dann jedoch an einem kalten, partylosen Abend im November, mich wieder auf den Weg nach New Hampshire und Camden zu machen. Roxanne Forest nahm mich mit, die wegen einer Filmpremiere in der Stadt war oder wegen der Eröffnung von einem weiteren Cajun-Restaurant, und ich wohnte bei ihr und Rupert Guest, dem Dealer, in ihrer Wohnung in North Camden, was cool war, denn er hatte unbegrenzte Vorräte von Indica-Pot und Weihnachtsbier. Darüber hinaus wollte ich wieder mit Jaime Verbindung aufnehmen. Als ich im Canfield anrief, nahm ein Mädchen ab, deren Stimme mir nicht vertraut war.

«Hallo? Canfield House.»

«Hallo?» sagte ich.

Es gab eine Pause, und dann erkannte das Mädchen meine Stimme und nannte meinen Namen: «Victor?»

«Ja? Wer ist das?» fragte ich, überlegte, ob es wohl Jaime sei, ich war sauer, daß sie nicht in Manhattan gewesen war, als ich zurückkam.

«Victor», lachte das Mädchen. «Ich bin's.»

«Ach ja», sagte ich. «Du.»

Rupert war auf dem Boden und versuchte, seine Bierpfeife zu kleben, die er selbst gemacht hatte, aber er war vollgedröhnt und bekam dauernd Lachanfälle. Ich bekam auch einen Anfall, als ich ihm zusah, und sagte zu der Stimme im Telefon: «Und wie geht's *dir* denn?»

«Victor, warum hast du mich nicht angerufen? Wo bist du?» fragte sie. Entweder das, oder ich war auf einem schlimmen Trip.

«Ich bin in New York City, wo die Mädels hübsch sind und das Leben irgendwie beschissen, und die Vögelchen ganz klein.» Ich lachte, dann nahm ich Bewegungen auf Ruperts Seite wahr. Er sprang auf und legte Run D. M. C. auf den Plattenspieler und fing an, bei ihnen mitzurappen und sang in seine Pfeife.

«Gib sie mir», sagte ich und langte nach der Pfeife.

«Ich war...» Die Stimme erstarb.

«Du warst was, Liebes?» fragte ich.

«Ich habe dich vermißt», sagte sie.

«Hey, Schätzchen. Also, ich hab dich auch vermißt.» Dieses Mädchen redete irre, und ich bekam wieder einen Lachkrampf, versuchte, die Pfeife anzuzünden, aber der Pot fiel dauernd raus.

«Es klingt nicht so, als wärst du in New York», sagte die Stimme.

«Also, vielleicht bin ich es nicht», sagte ich.

Danach hörte die Stimme auf zu reden und atmete nur noch schwer ins Telefon. Ich wartete eine Minute und reichte dann das Telefon Rupert, der Schweinegeräusche hineinmachte, dann den Videorecorder einschaltete, während er die ganze Zeit bei «You Talk Too Much» mitrappte. Er beugte sich runter und sagte: «Du hältst nie den Mund in den Hörer», dann «Setz dich doch bitte auf mein Gesicht.» Ich mußte meine Hand über den Hörer legen, damit das Mädchen mich nicht lachen hörte. Ich schubste Rupert weg.

Er sprach lautlos: «Wer ist es?»

Ich erwiderte lautlos: «Ich weiß es nicht.»

Ich kriegte mich ein und fragte dann dieses Mädchen endlich, weswegen ich überhaupt angerufen hatte: «Hör mal, ist Jaime Fields da? Zimmer 19, glaube ich.» Die Pfeife fiel auf den Tisch. Ich hob sie auf, bevor sie vom Tisch rollen und zerbrechen konnte.

«Du Arschloch! Paß doch auf», schrie Rupert lachend.

Das Mädchen am Apparat sagte nichts.

«Hallo? Jemand da?» Ich klopfte mit dem Hörer auf den Boden. «Ich möchte einen Vokal kaufen, bitte.»

Das Mädchen nannte endlich meinen Namen, flüsterte ihn eigentlich, dann legte sie den Hörer auf und warf mich aus der Leitung.

LAUREN Betrunken. Verschwommen. Sein Zimmer. Ich wache auf. Musik dröhnt von oben herunter. Stolpere in den Flur. Susie hatte zuvor versucht, sich umzubringen. Das Handgelenk aufgeschnitten. Die Tür auf der anderen Seite des Flurs ist über und über mit Blut beschmiert. Typ, den sie mag. Gehe auf die Toilette, trage sein Hemd, schwarzer Raum, kann kein Licht finden, es ist eiskalt. Mein Gesicht, so aufgequollen vom Heulen, daß ich kaum die Augen aufkriege. Wasche mein Gesicht. Versuche, mich zu übergeben. Gehe zurück in sein Zimmer. Weinlaute kommen aus der Telefonzelle. Wahrscheinlich Susie aus dem Krankenhaus zurück. Gehe am Telefon vorbei. Nicht Susie, sondern Sean, kniet, heult in den Apparat: «Fick dich, fick dich, fick dich.» Gehe wieder in sein Zimmer. Lasse mich wieder aufs Bett fallen. Später kommt er rein, wischt sich sein Gesicht, schnieft laut. Gebe vor zu schlafen, während er packt, schiebt ein paar Hemden in eine alte Ledertasche und schnappt seine Polizeijacke und läßt die Tür offen. Erwarte, daß er zurückkommt. Er kommt nicht. Franzose, der mir gesagt hat, er liebe mich, kommt betrunken ins Zimmer. Sieht auf mich herunter, wie ich auf dem Bett seines Zimmergenossen liege. Er lacht und läßt sich neben mich aufs Bett fallen. «Je savais toujours que tu viendrais», sagt er und gibt den Geist auf.

SEAN Das letzte Mal, daß ich meinen Vater gesehen hatte, war im März gewesen, als ich ihn zu einem langen Wochenende in New York traf, um meinen einundzwanzigsten Geburtstag zu feiern. Ich kann mich ganz deutlich an die gesamte Reise erinnern, was mich überrascht, wenn man bedenkt, wie betrunken ich die meiste Zeit war. Ich erinnere mich, wie der Morgen auf einem Flughafen in New Hampshire aussah, wie ich Gin-Rommee mit einem Typ aus Dartmouth spielte, an eine unverschämte Stewardess. Es gab ein Essen im Four Seasons, dann war da der Nachmittag, an dem wir die Limousine verloren, die Stunden, die wir beim Einkaufen bei Barney's verbrachten, dann bei Gucci. Mein Vater war da, offensichtlich schon sterbend: Sein Gesicht gelblich, seine Finger so dünn wie Zigaretten, Augen, die aufgerissen waren und mich immer anstarrten, fast ungläubig. Ich erwiderte dann das Starren, fand es unmöglich, sich jemand so dünn vorstellen zu können. Aber er benahm sich, als ob ihm das gar nicht widerfuhr. Er hatte noch so einen gewissen Grad an Normalität an sich. Er schien nicht verängstigt zu sein, und für jemand, der offensichtlich sehr krank ist, hatte er eine enorme Widerstandskraft. Wir sahen uns trotz allem ein paar alberne Musicals am Broadway an, und wir nahmen immer noch Drinks in der Bar im Carlyle zu uns, und wir gingen immer noch zu P. J. Clarke's, wo ich Songs in der Musikbox spielte, von denen ich wußte, daß sie ihm gefallen würden, obwohl ich mich nicht erinnern kann, warum dieser Anfall von Großzügigkeit auftrat, woher er kam.

Es war auch ein Wochenende, an dem zwei Frauen Mitte Zwanzig erfolglos versuchten, meinen Vater und mich abzuschleppen. Sie waren beide betrunken, und wegen des kalten Wetters war ich wieder nüchtern geworden, egal, von welcher Sauftour ich auch gerade zurückkam, und mein Vater hatte völlig zu trinken aufgehört, und wir logen sie an. Wir erzählten ihnen, wir seien Ölbarone aus Texas, und daß ich nach Harvard ginge und an den Wochenenden nach Manhattan käme. Sie gingen mit uns aus der Bar welche auch immer, in der sie mit uns waren, und wir quetschten uns in die Limousine, die uns zu einer Party brachte, die jemand, den mein Vater kannte, im Trump Tower gab, wo wir sie verloren. Was merkwürdig an dieser Situation war, war nicht das Abschleppen als solches, denn mein Vater war immer recht geschickt gewesen beim gelegentlichen Abschleppen von Frauen. Es war, daß mein Vater, der normalerweise mit diesen beiden geflirtet hätte, das im letzten März nicht tat. Nicht in der Bar, nicht in der Limousine, nicht auf der Party auf der Fifth Avenue, auf der wir sie verloren.

Mein Vater konnte auch nicht essen. Also blieben Speisen übrig, verschwendet, im Le Cirque, im Elaine's und im Russian Tea Room; Drinks wurden bestellt und nicht angefaßt im 21 und in der Oak Room Bar; wir redeten beide nicht, waren gegenseitig erleichtert, wenn die Bar oder das Restaurant, in dem wir waren, besonders laut waren. Dann gab es ein trauriges Mittagessen bei Mortimer's mit Freunden von ihm aus Washington. Ein düsteres Geburtstagsdinner im Lutece, mit einem Mädchen, das ich im Blue and Gold getroffen hatte, mit Patrick und seiner Freundin

Evelyn, die zum Führungsnachwuchs bei American Express gehörte, und meinem Vater. Das war zwei Monate, nachdem er Mutter nach Sandstone hatte einweisen lassen, und woran ich mich bei diesem Geburtstag am besten erinnern kann, war die Tatsache, daß niemand das erwähnte. Niemand erwähnte es je außer Patrick, der mir im Vertrauen zuflüsterte: «Es war ja wohl Zeit.» Patrick schenkte mir an diesem Abend eine Krawatte.

Nach dem trüben Geburtstagsdinner gingen wir zurück in das Zimmer meines Vaters im Carlyle. Als er schlafen ging, warf er mir einen mißbilligenden Blick zu, als ich mit dem Mädchen auf dem Sofa im Wohnzimmer saß und Videos anguckte. Das Mädchen und ich trieben es später auf dem Fußboden des Wohnzimmers. An diesem Morgen wachte ich irgendwann früh auf und hörte ein Stöhnen aus dem Schlafzimmer kommen. Ein Licht war an, Stimmen waren zu hören. In dieser Nacht fing es an zu schneien, kurz vor dem Morgengrauen. Am nächsten Tag fuhr ich ab.

Im Flugzeug nach New York und später in der Suite meines Vaters im Carlyle, beim Auspacken, Auf- und Abgehen, beim Trinken einer Flasche Jack Daniel's, der Plattenspieler ist an, denke ich über die Gründe nach, warum ich nach New York gekommen bin, und es fällt mir nur einer ein. Ich bin nicht gekommen, um meinen Vater sterben zu sehen. Und ich bin nicht gekommen, um mich mit meinem Bruder zu streiten. Und ich bin nicht gekommen, weil ich Seminare im College schwänzen wollte. Und ich bin nicht gekommen, um meine Mutter zu besuchen. Ich bin nach New York gekommen, weil ich Rupert Guest sechshundert Dollar schulde und ich das nicht gut sein lassen kann.

PAUL Warst du je schlechtert drauf in letzter Zeit?

Das Erstsemester, in das du verknallt bist, geht an dir vorbei, die Treppe runter von den Speisesälen, und wenn du ihn fragst, wohin er geht, sagt er «Hibachi». Du hast deinen Ausweis vergessen, also machen sie dir deswegen Ärger, aber lassen dich trotzdem rein. Du holst dir Kaffee und aus einem perversen Grund eine Schüssel Jell-O und gehst zu deinem Tisch. Anscheinend sind Donald und Harry gestern abend nach Montreal gefahren, um die Einheimischen zu besuchen, und heute morgen zurückgekehrt. «Ich habe seit elf Tagen nicht mehr masturbiert», flüstert Donald, als du Platz nimmst. «Ich beneide dich», flüsterst du zurück.

Und dann ist da noch Raymond, der Steve, welcher in gewissen Kreisen den Spitznamen Schöner Trottel hat, mit an den Tisch gebracht hat. Steve ist Volkswirtschaftler, der «in Video dilettiert». Steve hat einen BMW. Er kommt von Long Island. Also, Raymond hat nicht mit diesem Kerl geschlafen (schwule Erstsemester – das dämmert dir jetzt – sind inzwischen eine Anomalie), obwohl er doch gestern abend die Party mit ihm verlassen hat. Aber Raymond ist immer noch ganz erpicht darauf, daß alle das glauben. Er lacht über jeden albernen Gesprächsversuch, den dieser Idiot von Steve macht, und fragt ihn ständig, ob er etwas möchte, und bringt ihm Sachen (Kekse, einen gräßlichen/komischen Salat, von der Salatbar gestohlene Garnierungen), sogar wenn er «Nein» gesagt hat. Es ist so ekelerregend, daß du aufstehen und gehen möchtest, woanders sitzen. Was noch ekelerregender ist, ist, daß du es nicht machst. Du bleibst, weil Steve doch heiß ist. Und das deprimiert dich, stimmt dich nachdenklich, wirst du ewig die exemplarische Schwuchtel sein? Wirst du immer nur diesen blond-braun-guter-Körper-blöden-Schwachköpfen hinterher japsen? Und wirst du den gescheiten, aufmerksamen, sensiblen Typus immer ignorieren, der vielleicht nur einsdreißig groß ist und Pickel auf seinem Rücken hat, aber der dennoch grundsätzlich *gescheit* ist? Wirst du immer der blauäugigen Flasche hinterher japsen, die Theoretische Posaune als Hauptfach hat, und den liebevollen Dramaschwulen ignorieren, der seine Hausarbeit über Joe Orton schreibt? Du möchtest, daß es aufhört, aber...

...dann bittet dich das große, blauäugige Erstsemester, das nicht einmal einen Funken Interesse an dir hat, um eine Zigarette, und du wirst ganz hingerissen sein. Aber die Erstsemester, hier von Steve repräsentiert, sehen so dumm aus, so verzweifelt vergnügungssüchtig, sie bemühen sich so sehr, sie haben nichts im Sinn außer Parties, sind angezogen, als wären sie Werbung für Freizeitkleidung von Esprit. Tatsache bleibt jedoch: Sie sehen besser als die aus den höheren Semestern aus.

«Wie war die Party?» fragt Harry.

«Das Bar Mitzvah meines Bruders hat mehr Spaß gemacht, *vielleicht*», sagt Raymond, der kurz zu Steve rübersieht, dessen Augen ständig halb geschlossen aussehen, ein blödes Grinsen hat sich in sein Gesicht gegraben, er nickt ins Leere.

«Die haben tatsächlich *Springsteen* gespielt», sagt Steve.

«Herrgott, ich weiß», pflichtet Raymond bei. «Springsteen, um Gottes willen. Wer war der Diskjockey?»

«Aber du magst doch Springsteen, Raymond», sagst du, ignorierst das grüne Jell-O, zündest dir eine Zigarette an, deine vierhundertste heute.

«Nein, mag ich nicht», sagt Raymond, wird rot, schaut nervös auf Steve.

«Tatsächlich?» fragt Steve ihn.

«Nein, mag ich nicht», sagt Raymond. «Ich weiß nicht, wo Paul das her hat.»

«Sieh mal, Raymond hat da so eine Theorie, daß Springsteen gerne, um es vorsichtig auszudrücken, *arschgefickt* wird», sagst du, vorgebeugt, direkt an Steve gewandt. «Springsteen, um Gottes willen.»

«Hör dir mal ‹Backstreets› an. Ganz klar ein schwuler Song», sagt Donald nickend.

«Das hab ich nie gesagt», lacht Raymond unbehaglich. «Paul verwechselt mich mit jemand.»

«Was war das für ein Adjektiv, mit dem du das Cover des ‹Born in the U. S. A›-Albums zu beschreiben pflegtest?» fragst du.

«Köstlich?»

Aber Steve hört nicht mehr zu. Es interessiert ihn nicht, was am Tisch als Unterhaltung durchgeht. Er spricht mit dem Jungen aus Brasilien. Er fragt ihn, ob er ihm für heute abend etwas Ecstasy besorgen könne. Der Junge aus Brasilien sagt: «Schwächt dein Rückenmark, Mann.»

«Paul, warum kümmerst du dich nicht einfach um deine eigenen Angelegenheiten», sagt Raymond mit einem grollenden, starrenden Blick. «... Und hol mir mal ein Sprite.»

«Du hattest doch diese Liste, Raymond», sagst du und richtest noch mehr Unheil an. «Wer war denn noch drauf? Es war 'ne ganz schöne Liste: Shakespeare, Sam Shephard, Rob Lowe, Ronald Reagan, sein Sohn –»

«Also, sein Sohn», sagt Donald.

«Aber ist das nicht das Jahrhundert, wo sich keiner kümmert?» fragt Harry.

«Worum?» fragt ihr alle zurück.

«Hä?» fragt Steve, nachdem der Brasilianer gegangen ist.

Aber du hörst auf, zuzuhören, weil wir alle geschmackliche Aussätze haben; wir haben alle schon mit Leuten geschlafen, mit denen wir nicht hätten schlafen sollen. Was ist mit diesem großen, schlaksigen Typ mit der Freundin aus Asien, von dem du glaubtest, daß er Herpes hatte, was aber nicht stimmte, und ihr beiden gelobtet euch, niemand von euren beiden Nächten zusammen zu erzählen. Er sitzt jetzt gerade gegenüber in diesem Zimmer bei nämlichem kleinen, orientalischen Mädchen. Sie streiten sich. Sie steht auf. Er zeigt ihr den Finger, hinter ihrem Rücken, die Memme. Jetzt erzählt Raymond gerade, wie toll Steves «Dilettieren in Video» sei.

«Dein Zeug ist Klasse. Taugt dieses Seminar was?» fragt er. Du weißt ja, daß Raymond alles verabscheut, was mit Video zu tun hat, und selbst wenn dieser Typ etwas Erstaunliches täte, was zweifelhaft ist, würde es Raymond dennoch verabscheuen.

«Ich habe eine Menge in diesem Seminar gelernt», sagt Steve.

«Was zum Beispiel?» flüsterst du Donald zu. «Das Alphabet?»

Raymond hört es und reißt die Augen auf.

Steve sagt einfach: «Wah?»

Harry fragt: «Hat es am Wochenende irgendwo einen Atomkrieg gegeben?» Du wendest dich ab und siehst dich im Zimmer um. Dann ein letzter Blick auf Steve, der neben Raymond sitzt, beide lachen jetzt über etwas. Steve ist nicht klar, was gerade passiert, Raymond hält seinen starren Blick immer noch auf uns drei gerichtet, und seine Hand zittert eine Sekunde lang, als er sein Glas zum Mund führt, und er wirft Steve einen schnellen, kurzen Blick zu, den Steve auffängt. Der kurze, schnelle Blick verrät alles. Aber was könnte er dem blonden Jungen von Long Island überhaupt bedeuten? Nichts. Er bedeutete ihm nur «kurzer, schneller Blick» und nichts darüber hinaus. Er bedeutete eine zitternde Hand, die sich noch eine Zigarette anzündet. Nachdem Sean gegangen war, bekamen Songs, die mir normalerweise nicht gefallen hätten, plötzlich eine schmerzliche Bedeutung für mich.

PATRICK Die Limousine hat ihn sicher irgendwann zwischen zehn Uhr dreißig und zehn Uhr fünfundvierzig abgeholt. Er sollte mindestens bis zehn vor zwölf am Flughafen in Keene sein, von wo ihn der Lear-Jet zum Kennedy fliegen wird, wo seine Ankunftszeit ein Uhr dreißig oder ein Uhr fünfundvierzig betragen sollte. Er hätte vor dreißig Minuten im Krankenhaus sein müssen, aber, wie ich Sean kenne, ist er wahrscheinlich zuerst ins Carlyle gefahren, um sich zu betrinken oder Marihuana zu rauchen oder was zum Teufel auch immer er macht. Aber da er schon immer so nachlässig und verantwortungslos war und immer Leute warten ließ, bin ich eigentlich überhaupt nicht überrascht. Ich warte in der Lobby des Krankenhauses, sehe auf die Uhr, rufe mehrmals Evelyn an, die nicht ins Krankenhaus mitkommen möchte, warte darauf, daß ihn die Limousine herbringt. Als es so aussieht, daß er beschlossen hat, nicht aufzukreuzen, fahre ich mit dem Aufzug in den fünften Stock und warte, gehe auf und ab, während die Assistenten meines Vaters neben der Tür zu seinem Zimmer sitzen, sich miteinander besprechen, gelegentlich nervös zu mir herblikken. Einer hatte mir früher am Abend, wie mir schien, zu meiner Sonnenbräune gratuliert, die ich mir letzte Woche mit Evelyn auf den Bahamas zugelegt hatte. Er geht wieder vorbei, Richtung Toiletten. Er lächelt. Ich ignoriere ihn völlig. Mag keinen dieser Männer, und sie werden beide gefeuert werden, sobald mein Vater gestorben ist.

Sean kommt durch den abgedunkelten Korridor auf mich zu. Er sieht mich mit vergnüglicher Abneigung an, und ich weiche angewidert zurück. Er gestikuliert wortlos mit seinem Arm, ob er in das Zimmer gehen könne. Ich zucke mit den Schultern und lasse ihn gehen.

Augenblicke später kommt er wieder aus dem Zimmer, und zwar nicht mit der weißen Maske des Schocks, die er, wie ich glaubte, tragen würde, sondern mit einem einfachen und ausdruckslosen Gesicht. Kein Lächeln, keine Trauer. Seinen Augen, blutunterlaufen und halb geschlossen, gelingt es immer noch, Haß auszuströmen und eine Charakterschwäche, die ich abschreckend finde. Aber er ist mein Bruder, und zunächst mal lasse ich es durchgehen. Er geht auf die Toiletten zu.

Ich frage ihn: «Hey, wohin gehst du denn?»

«Auf den Lokus», ruft er zurück.

Die Nachtschwester blickt an ihrem Schreibtisch von der Karte auf, mit der sie zugange ist, um uns zum Schweigen zu bringen, aber als sie sieht, daß ich ihr gestikuliere, läßt sie sich erweichen.

«Wir treffen uns in der Cafeteria», sage ich zu ihm, bevor die Tür zur Toilette schließt. Was er da drin macht, ist für mich so erbärmlich offensichtlich (Kokain? Ist er auf Crack?), daß ich mich für seinen Mangel an Betroffenheit schäme und für seine Fähigkeit, mich zusammenzustauchen.

Er sitzt mir in der abgedunkelten Cafeteria gegenüber und raucht Zigaretten.

«Geben sie dir dort oben nichts zu essen?» frage ich.

Er sieht mich nicht an. «Theoretisch ja.»

Er spielt mit einem Rührlöffel. Ich trinke den Rest meines Evian-Wassers. Er drückt die Zigarette aus und zündet sich die nächste an.

«Nun... amüsieren wir uns?» fragt er. «Was ist los? Warum bin ich hier?»

«Er ist schon fast tot», sage ich zu ihm, in der Hoffnung, daß ein Fitzelchen Wirklichkeit in diesen verbrauchten, hirnlosen Kopf dringt, der vor mir hin- und herzuckt.

«Nein», sagt er und fährt hoch, und ich bin eine Millisekunde lang nicht auf diesen Ausbruch von Emotion vorbereitet, aber dann sagt er: «Was für eine scharfsinnige Beobachtung», und mein Erstaunen ist mir peinlich.

«Wo warst du?» begehre ich zu wissen.

«In der Gegend», sagt er. «Ich war in der Gegend.»

«Wo bist du gewesen?» frage ich noch einmal. «Genauer.»

«Ich bin gekommen», sagt er. «Ist das nicht genug?»

«Wo bist du gewesen?»

«Hast du in letzter Zeit Mom besucht?» fragt er.

«Das ist nicht das Thema, über das wir reden», sage ich und lasse mich damit nicht abschütteln.

«Hör auf, mir Fragen zu stellen», sagt er lachend.

«Hör auf, mich absichtlich mißzuverstehen», sage ich, ohne zu lachen.

«Laß gut sein», sagt er.

«Nein, Sean.» Ich zeige mit dem Finger auf ihn, ernsthaft, kein Witz. «Laß *du* es gut sein.»

Einer der Assistenten meines Vaters kommt in die leere Cafeteria und flüstert mir etwas ins Ohr. Ich nicke, immer noch auf Sean starrend. Der Assistent geht.

«Wer's das denn?» fragt er. «C. I. A.?»

«Wo hängst du denn jetzt drauf?» frage ich. «Koks? Quaalude?»

Er blickt wieder mit derselben treffenden Verachtung auf und lacht: «Koks? Quaalude?»

«Ich habe sieben Riesen auf dein Konto überwiesen. Wo sind sie?» frage ich.

Eine Krankenschwester geht vorbei, und er beäugt sie, bevor er antwortet. «Sie sind da. Sie sind immer noch da.»

Drei Minuten lang wird nichts gesprochen. Ich sehe dauernd auf meine Uhr, frage mich, was Evelyn jetzt wohl macht. Sie sagte, sie würde schlafen, aber ich konnte im Hintergrund leise Musik hören. Ich habe Robert angerufen. Niemand hat abgenommen. Als ich Evelyn wieder anrief, war ihr Anrufbeantworter eingeschaltet. Seans Gesicht sieht immer gleich aus. Ich versuche, mich zu erinnern, wann er anfing, mich zu hassen, wann ich das Gefühl erwiderte. Er spielt weiter mit dem Rührlöffel. Mein Magen knurrt. Er hat mir nichts zu sagen, und ich habe letzten Endes nichts, worüber ich mich mit ihm unterhalten könnte.

«Was wirst du denn tun?» frage ich.

«Was meinst du denn?» Er sah beinah überrascht aus.

«Ich meine, willst du dir einen Job besorgen?»

«Nicht in Dads Laden», sagt er.

«Wo denn dann?» frage ich ihn. Es ist eine faire Frage.

«Was meinst du?» fragt er. «Vorschläge?»

«Ich frage dich», sage ich zu ihm.

«Weil? ...» Er hebt die Hände hoch, läßt sie einen Augenblick lang aufgehoben.

«Weil du dort oben kein weiteres Semester überstehen wirst», lasse ich ihn wissen.

«Also, was willst du denn? Einen Anwalt? Einen Priester? Einen Neurochirurgen?» fragt er. «Was *du* machst?»

«Wie wär's mit dem Sohn, den dein Vater sich gewünscht hat?» frage ich.

«Denkst du, das Ding da drin kümmert sich überhaupt darum?» fragt er lachend zurück und zeigt mit dem Daumen zurück in den Gang und schnieft heftig.

«Er würde sich freuen, wenn er wüßte, daß du, sagen wir mal, dich von diesem Laden ‹beurlauben› lassen würdest», sage ich. Ich wäge andere Möglichkeiten ab, schärfere Taktiken. «Du weißt, daß er sich immer aufgeregt hat über die vielen Football-Stipendien, die du sausen lassen hast», sage ich.

Er starrt mich streng, unversöhnlich an. «Stimmt.»

«Was wirst du tun?» frage ich.

«Ich weiß nicht», sagt er.

«Wo wirst du hingehen?» frage ich.

«Ich weiß nicht.»

«Wohin?»

«Ich weiß nicht. Utah», schreit er. «Ich gehe nach Utah! Utah oder Europa.» Er steht auf, schubst sich vom Tisch weg. «Ich beantworte keine deiner bescheuerten Fragen mehr.»

«Setz dich, Sean», sage ich.

«Du machst mich krank», sagt er.

«Du kommst da nicht raus», sage ich zu ihm. «Und jetzt setz dich hin.»

Er ignoriert mich und geht den Flur entlang, am Zimmer seines Vaters vorbei, an anderen Zimmern entlang.

«Ich fahre mit der Limo zu Dads Suite zurück», sagt er und haut einen Finger auf den Knopf für den Fahrstuhl. Ein plötzliches Ping, und die Tür gleitet auf. Er tritt ein, ohne sich umzusehen.

Ich nehme den Rührlöffel in die Hand, den er verbogen hat. Ich gehe aus der Cafeteria, den Flur entlang, an den Assistenten vorbei, die sich gar nicht erst bemühen, zu mir aufzusehen. Vom Münzfernsprecher in der Halle aus rufe ich Evelyn an. Sie sagt mir, ich solle sie später anrufen, erwähnt, daß es mitten in der Nacht sei. Sie hängt ein, und ich stehe da mit dem Apparat in der Hand, habe Angst, ihn einzuhängen. Die beiden Männer, die neben der Tür sitzen, sind jetzt interessiert, beobachten mich jetzt.

PAUL Im Carousel habe ich ein Gespräch mit einem Dörfler angefangen, der für einen Dörfler recht gut aussieht. Er arbeitet für Holmes Spedition und Lagerhaus in der Stadt, und er denkt, daß Fassbinder ein Bier aus Frankreich ist. Mit anderen Worten, er ist vollkommen. Aber Victor Johnson, den ich nie sehr mochte, und der aus irgendeinem Grund wieder in der Stadt ist, in derselben Verfassung – alkoholisiert – wie er gegangen war, und er nervt mich ständig damit, wo denn alle seien, und ich muß ihn immer wieder wegschieben. Dann steht er irgendwann bei den Videospielen im Hintergrund mit diesem abscheulichen Dichter zusammen, der goldig war, bevor er sich den Kopf rasierte, und schneidet mir Grimassen. Ich frage den Dörfler, was er machen wird, wenn er bei Holmes aufhört («Arbeitsmarktprobleme», vertraut er mir an).

«Nach L. A. fahren», sagt er.

«Echt?» Ich gebe ihm Feuer und bestelle noch eine Seabreeze. «Eine doppelte», forme ich für den Bartender mit den Lippen. Ich kaufe dem Dörfler auch noch ein Gläschen Jack Daniel's und ein Rolling Rock. Er redet mich hauptsächlich mit «Sir»an, wie in «Danke, Sir».

Lizzie, ein schreckliches Mädchen aus der Theaterabteilung, kommt her, gerade, als ich dem Dörfler erzähle, wie toll L. A. sei (Ich bin nie dort gewesen), und sagt: «Hi, Paul.»

«Hi, Elizabeth», sage ich und bemerke, wie der tumbe Dörfler Liz von oben bis unten anschaut; erleichtert, als er sich wieder seinem Drink zuwendet. Liz hat schon lange versucht, mich ins Bett zu kriegen. Wenn es geschieht, dann nicht heute abend. Sie hat die Regie in dem Shephard-Stück gemacht und ist nicht gerade häßlich, tatsächlich ist sie für das Schwulenliebchen, das sie ist, echt hübsch, aber trotzdem «Nein, danke». Außerdem habe ich es mir zum Privileg gemacht, nie mit Theaterleuten zu schlafen.

«Möchtest du meinen Freund Gerald kennenlernen?» fragt sie.

«Was soll das heißen?» sage ich.

«Wir haben ein bißchen Ecstasy», sagt sie.

«Soll mich das verführen?» Ich sehe wieder den Dörfler an und sage dann zu Liz: «Später.»

«Okay», quietscht sie und hüpft davon.

Ich sehe den Dörfler wieder an, seinen Gesichtsausdruck – es gibt keinen –, sein schmieriges T-Shirt und die zerrissenen Jeans, das lange, ungekämmte Haar und das schöne Gesicht, den starken, straffen Körper und die römische Nase, bin unsicher. Dann wende ich mich ab und setze meine Sonnenbrille auf, messe den Raum ab; es ist spät und draußen schneit es, und sonst ist niemand greifbar. Als ich den Dörfler wieder anschaue, schenkt er mir, was ich für ein Schulterzucken halte. Aber bilde ich mir etwas ein, habe ich das Schulterzucken erfunden? Habe ich jede betrunkene Geste genommen und sie zu dem geformt, was ich haben wollte? Nur weil der Typ ein Ohio-T-Shirt trägt, heißt das nicht unbedingt, daß er vom Ohio-State kommt.

Dennoch treffe ich die Entscheidung, mit dem Dörfler nach Hause zu gehen. Ich entschuldige mich und gehe zuerst auf die Toilette. Jemand hat «Pink Floyd Rules» auf die Wand geschrieben, und ich schreibe darunter: «Kommt schon, werdet erwachsen.» Als ich herauskomme, warten in der Schlange Lizzie und Gerald, ein Schauspieler, dem ich schon früher ein paarmal begegnet bin. Wir waren vor zwei Semestern zusammen in einem Strindberg-Stück. Gerald: Ganz gut aussehend, blondes, lockiges Haar, ein bißchen zu dünn, hübscher Anzug.

«Ich sehe, du hast einen phantastischen Dörfler da drüben», sagt Gerald. «Willste ihn mit uns teilen?»

«Gerald», sage ich und sehe ihn von oben bis unten an; er ist erwartungsvoll. «Nein.»

«Kennst du ihn?» fragt er.

«Ja. Also, ich weiß nicht», murmele ich, recke den Hals, um sicherzugehen, daß der Dörfler noch da ist, wo ich ihn zurückgelassen habe. «Und du?»

«Nein», sagt Gerald, «ich kenne aber seine Freundin», und jetzt lächelt er.

Es herrscht ein langes Schweigen. Jemand drängt sich vor uns rein und schließt die Tür zur Toilette. Neuer Song in der Musikbox. Eine Toilette wird gespült. Ich starre Gerald und dann wieder den Dörfler an. Ich lehne mich gegen die Wand und murmele: «Scheiße.» Ein Mädchen aus dem Dorf hat schon meinen Hocker an der Bar übernommen. Also geselle ich mich zu Gerald und der entzückenden Lizzie auf ein paar Drinks in ihre Sitzecke. Gerald zwinkert mir zu, als der Dörfler mit dem Mädchen weggeht, das neben ihm saß.

«Was läuft denn so?» frage ich.

«Gerald möchte in den Gewichteraum gehen», sagt Lizzie. «Aber natürlich nur zum Zugucken.»

«Natürlich», sage ich.

«Was heißt ‹racecar› rückwärts, Paul?» fragt Gerald. Ich starre auf den Boden, während ich versuche, es herauszubekommen. «Rakcar? Raka – Ich weiß nicht. Ich gebe auf.»

«Es heißt ‹racecar›», quietscht Lizzie aufgeregt.

«Wie clever», murmle ich. – Gerald zwinkert mir wieder zu.

SEAN Nach dem Abendessen im Jams gehen Robert und ich ins Trader Vic's. Ich habe eine Paisley-Smoking-Jacke an und eine Fliege, die ich im Schrank meines Vaters im Carlyle gefunden habe. Robert, der gerade aus Monte Carlo zurück ist, trägt ein blaues Sportsakko aus den fünfziger Jahren und einen grünen Kummerbund, den ihm seine fast perfekte Freundin Holly geschenkt hat. Er trägt auch eine Fliege, die er heute, als wir einkaufen waren, gekauft hat, aber ich kann mich nicht erinnern, wo er zugeschlagen hat. Es könnte bei Paul Stewart gewesen sein oder Brooks Brothers oder Barney's oder Charivari oder Armani – irgendwo. Holly ist noch nicht wieder in der Stadt, und wir sind beide geil und auf der Lauer. Ich habe Holly einmal gebumst, als sie mit Robert ging. Ich glaube nicht, daß er es weiß. Das und die Tatsache, daß wir beide Cornelia gebumst haben, sind wirklich die einzigen Dinge, die Robert und ich gemein haben.

Ich ging gestern abend spät am Haus in Larchmont vorbei. Es stand zum Verkauf. Harold wohnt noch im hinteren Teil. Mein MG stand glücklicherweise noch in einer der Garagen, aber mein Zimmer oben war leer, aber die meisten Möbel waren aus dem Haus entfernt und an einen Ort gebracht worden, nach dem ich zu fragen vergessen hatte. Das Haus selbst war verschlossen, und ich mußte durch eine der Gartentüren einbrechen. Das Haus erscheint mir immer noch enorm, jetzt sogar noch größer als damals, als ich darin aufwuchs. Aber ich hatte nicht viel Zeit in dem Haus verbracht. Die Schule war in Andover, die Ferien verbrachte man gewöhnlich woanders. Das Haus brachte mir nur wenige, fast gar keine Erinnerungen; die, die ich hatte, drehten sich komischerweise auch um Patrick. Ich spiele mit ihm im Schnee auf dem Rasen vor dem Haus, der sich meilenweit zu erstrecken schien. Wir sind high und spielen Pingpong im Hobbyraum. Dann war da der Pool, in dem niemand schwimmen durfte, und die Regeln wegen des Lärms. Das war alles, was ich heraufholen konnte, da dieser Ort für mich wie ein Durchgangslager war. Ich fand die Schlüssel für den MG in einem Fach in einer der Garagen, und ich startete den Wagen in der Hoffnung, daß Harold mich nicht hören würde. Aber er stand da am Ende der Auffahrt mitten in der kalten, verschneiten Novembernacht, und er öffnete das Tor für mich, pflichtbewußt bis zum Ende. Ich legte einen Finger auf die Lippen – Sshhh – als ich an ihm vorbeifuhr.

Robert und ich teilen uns eine Scorpion Bowl und rauchen Camel. Wir starren schon eine Weile auf einen Tisch im Hintergrund, an dem vier Mädchen sitzen – alle sehr scharf, alle sehr blond.

«Riverdale», sage ich.

«Nein. Dorten», sagt er.

«Vielleicht Choate?» schlage ich vor.

«Ganz bestimmt Dorten», sagt Robert.

«Ich wette mit dir, die sind aus Wasser», sage ich mit Bestimmtheit.

Robert arbeitet jetzt in der Wall Street, und es scheint ihm nichts auszumachen. Robert und ich waren zusammen im Internat. Er ging nach Yale, und dort traf er Holly. Nachdem ich ihn heute im Seaport beim Squash geschlagen hatte, sagte er mir, während wir Bier tranken, daß er ihr den Laufpaß geben würde, aber ich hatte den Eindruck, daß Holly ihm in Monte Carlo den Laufpaß gegeben hatte und sie deswegen noch nicht zurück war.

Wir gingen früher zusammen ins Village, erinnere ich mich jetzt vage, saßen im Trader Vic's und hatten uns völlig verausgabt.

«Laß uns koksen», schlägt Robert vor.

«Ich bin okay», sage ich, immer noch high vom Rum, versuche, mit zumindest einem der Mädchen den Augenkontakt herzustellen.

«Ich bin dann auf der Toilette», sagt er und steht auf. «Bestell mir ein St. Pauli-Girl.»

Er geht. Ich rauche noch eine Zigarette. Die vier Mädchen sehen jetzt zu mir rüber. Ich bestelle mir noch eine von diesen Scorpion Bowls. Plötzlich brechen alle in Gelächter aus. Der polynesische Barmann sieht mich böse an. Ich ziehe für ihn rasch eine goldene American Express-Karte heraus. Er macht den Drink.

Ich schlage die Beine übereinander, und das Mädchen, mit dem ich den Augenkontakt aufgenommen hatte, kommt nicht her. Aber eine ihrer Freundinnen.

«Hi», sagt sie und kichert. «Wie heißt du?»

«Blaine», sage ich. «Hi.»

«Was läuft denn so, Blaine?» fragt sie.

«Nicht allzu viel», sagt Blaine.

«Toll», sagt sie.

«Wo wart ihr denn?» fragt Blaine.

«Nirgends. Palladium», sagt sie. «Und was ist mit dir und deinem Freund?»

«Hängen nur herum», sage ich. Der Barmann stellt den frischen, neuen Drink auf die Bar. Ich nicke.

«Das hört sich jetzt bestimmt ganz dumm an», sagt sie.

«Mach schon.» Ich wette.

«Aber ist dein Freund vielleicht Michael J. Fox?» fragt sie.

«Äh, nein», sage ich.

«Seid ihr beiden schwul, oder was?» sagt sie und wird ein bißchen ruhiger.

«Nein», sage ich. «Du und deine Freundinnen, seid ihr Lesben?»

«Wie meinst du das denn?» fragt sie.

Blaine denkt: Vergiß dieses Mädchen, auch wenn es ihm nichts ausmachen würde, mit ihm zu schlafen, aber sie raucht Mentholzigaretten und sieht zu fett aus.

Michael J. Fox kommt zurück und schenkt dem Mädchen einen Verpiß-dich-Blick, und er flüstert mir etwas ins Ohr und reicht mir die Phiole. Ich sage ihm, er solle sich mit diesem Mädchen abgeben, und flüstere ihm wieder: «Sie glaubt, daß du Michael J. Fox bist.» Ich gehe, in Richtung Toilette. «Also, hast du *Back to the Future* gesehen?» fragt er.

Auf der Herrentoilette sitze ich in einer Kabine und spüle die Toilette immer, wenn ich mir einen reinziehe. Ich komme aus der Kabine und fühle mich besser, eigentlich fühle ich mich richtig gut, und ich gehe zum Waschbecken, um mir die Hände zu waschen, sicherzugehen, daß meine Nase sauber ist. Ich kann hören, wie jemand sich in einer der anderen Kabinen übergibt, während ich mich sorgfältig im Spiegel anstarre und mir irgendwelche Reste unter meiner Nase abwische. Ich gehe zurück zur Bar.

Michel J. Fox hat die Mädchen überredet, mit uns wegzugehen. Also nehmen wir sie mit ins Palladium, wo wir sie auf der Tanzfläche lassen und dann in den Mike Todd Room abhauen, wo wir rumhängen und uns noch mehr volldröhnen. Irgendwo im weiteren Verlauf verliere ich meine Concord-Quarzuhr, sage Bianca Jagger etwas Unverschämtes über ihre Brüste ins Gesicht und lande mit irgendeiner Schnalle wieder in der Suite meines Vaters im Carlyle. Robert ist im Zimmer nebenan mit einer anderen Schnalle, irgendeiner Camden-Aussteigerin namens Janey Fields, mit der er, glaube ich, eine Affäre hatte. Es hört immer so auf. Keine große Überraschung.

LAUREN Lande bei Noel heute abend. Süßer, langhaariger, post-Punk Neo-Hippie, dessen Freundin Janet über das Wochenende in New York ist, und der eigentlich mit Mary geht, diesem Mädchen aus Indiana. Ich war eine kurze Zeit mit Janets altem Freund Neal gegangen, bevor Noel, der Neals bester Freund war, anfing, mit Janet zusammenzusein. Nachdem wir mit Noels dunkelblauem Saab durch den Schnee zu einem chinesischen Restaurant in die Stadt gefahren waren, und nachdem wir das Essen geordert hatten, das frei von allem MSG war, und nachdem wir auf einer öden Party im Fels reingeschaut hatten, gehen wir in Noels Zimmer, wo er *2001* in den Videorecorder schiebt, der auf einer Milchkiste am Fuße seines Futonbettes steht. Dann teilen wir uns einen Blue Dragon und sehen uns den Film an, warten auf den Trip. Alles, woran ich denken kann, ist die Nacht im letzten Semester, als Victor und ich uns im Tishman liebten, während sie die Filmrollen wechselten, und jetzt schneite es für April sehr stark, und wir waren vom Sake betrunken, und «The Unforgettable Fire» spielte, und er roch nach Chapstick. . . . Aber Noel erregt sich und läßt mich nicht in Ruhe, und ich möchte den Film sehen, auf den ich mich sowieso nicht richtig konzentrieren kann – er ist zu lang und langsam, und die Szenen und Einstellungen dauern ewig. Ich brauche etwas Klares und Schnelles, und ich bin nicht einmal sicher, ob das Acid seine Wirkung tut. Verstehe nicht, was los ist. Noel küßt meinen Hals und reibt die Innenseite meines Schenkels, und obwohl ich diese Harnweginfektion habe und die ganze Zeit Pferdepillen nehme, um sie los zu werden, laß ich ihn machen, was er will. Als der Film sich ausschaltet und er sich hinüberwälzt, um Musik aufzulegen, sage ich: «Aber ich hasse die Beatles.»

Er sieht mich an und zieht sein Grateful Dead-T-Shirt aus, entblößt seinen schönen Körper dabei, dem ich nicht widerstehen kann, zieht seine Reebok-Tennisschuhe aus und sagt: «Hey, ich hasse die Beatles auch.»

SEAN Ich fahre nach New Hampshire und finde mich auf dem Campus wieder, auf der Suche nach Lauren, erinnere mich an meinen Mund auf ihrem Hals, ihre Arme um mich. Ich gehe in ihr Zimmer, aber sie ist nicht da. Roxanne ist im Wohnzimmer im Canfield und erzählt mir, daß Rupert mit mir reden möchte, daß er hinter mir her ist. Ich lande im Pub, aber dort ist sie auch nicht. Noch sind dort allzu viele andere Leute, die meisten von ihnen sind wahrscheinlich irgendwo auf einer Party. Ich bestelle mir ein Bier. Ungefähr fünfzehn Leute sind heute abend im Pub, sitzen entweder an Tischen oder lungern bei den Videospielen herum, ein paar Mädchen stehen neben der Musikbox, zwei Erstsemester sitzen allein in der Ecke und diskutieren über Filme. Ich bezahle das Bier und setze mich an einen leeren Tisch in der Nähe der Videospiele. Mir wird mit deprimierender, kristallener Klarheit bewußt, daß ich mit drei der Mädchen, die heute im Pub sind, schon geschlafen habe.

Eine von ihnen steht neben der Musikbox. Susan steht an der Bar. Die andere ist das Mädchen aus dem ersten Semester, das auf der Couch sitzt und sich mit ihrer Freundin unterhält. Und ich gebe mir die Anweisung, wahllose Eine-Nacht-Geschichten nach

Freitagabend-Parties zu vermeiden, ebenso jeden besoffenen, bedeutungslosen Fick an lahmen Samstagabenden, und mir wird klar, daß ich niemand außer Lauren will. «Heaven», was Trauriges von den ‹Talking Heads›, spielt in der Musikbox. Ich kriege Depressionen. Susan geht vorüber.

«Hi, Sean», sagt sie.

«Hi, Susan», sage ich und hoffe, sie wird sich nicht hinsetzen.

«Gehst du auf die Party?» fragt sie lächelnd und setzt sich nicht.

«Ja, vielleicht.» Ich zucke die Schultern. «Wenn ich dieses Bier getrunken habe.»

Sie sieht sich im Raum um. «Ja, ich habe gehört, es ist ganz gut.»

«Ja?»

«Ja. Wo ist Lauren?» fragt sie.

«Wahrscheinlich dort. Vermute ich.»

«Oh», sagt Susan. «Habe gehört, ihr zwei hättet Probleme miteinander.»

«Nein.» Ich schüttele den Kopf. «Überhaupt nicht. Wo hast du denn das gehört?»

«Och, hier und da.»

«Also nicht doch», sage ich. «Mach dir keine Sorgen darüber.»

«Okay.»

«Klasse.» Ich nehme einen Schluck Bier und frage mich, wieviele Leute wohl schon davon wissen; wie viele es interessiert?

«Also, ich seh dich dann auf der Party, vielleicht später, okay?» fragt sie, sie steht da, ist ganz verrückt danach, sich zu mir setzen zu können.

«Okay, klar», nicke ich, kann mich nicht erinnern, wie es mit uns beiden war, lächele.

Sie steht noch eine Weile länger da.

Ich sehe auf und lächele ein weiteres Mal.

Endlich geht sie zu ihrer Freundin zurück.

Ich hoffe, Lauren und ich werden nie solch ein Gespräch führen: oberflächlich, deprimierend, hoffnungslos. Und ich vermisse sie so sehr und möchte sie zurückgewinnen, daß der Wunsch, sie zu halten und zu spüren, in mir sticht, mich vorübergehend erblinden läßt, und ich trinke das Bier rasch aus, ich fühle mich besser, da ich weiß, daß es ihr genauso geht. Einer der Typen, der Crystal Castles spielt, tritt gegen die Maschine und knurrt: «Fick dich ins Knie, Schlampe.» Der Song «Heaven» spielt weiter.

Es gibt Dinge, die ich nie tun werde: ich werde nie Käse-Popcorn im Pub kaufen. Ich werde nie einem Videospiel sagen, es solle sich ins Knie ficken. Ich werde nie Graffiti über mich wegwischen, das ich zufällig in Toiletten auf dem Campus entdecke. Ich werde nie mit jemand anderem als mit Lauren schlafen. Ich werde nie einen Kürbis gegen ihre Tür werfen. Ich werde nie «Burning Down the House» auf der Musikbox spielen.

PAUL Ich gebe vor, alte Mitschriften von der Sitzung des Studentenrats letzte Woche zu lesen, die zerknüllt und verschmuddelt in Lizzies Wagen hinten auf dem Boden liegen. Gerald sitzt neben mir und versucht, mir einen runterzuholen, wir beide sind hinten eingezwängt. Irgend jemand hat Sean in den riesigen Buick geschleift, und er ist vorne mit noch ungefähr fünf anderen Leuten, elf sind insgesamt in den Wagen gequetscht. Alle sind betrunken, niemand weiß, wohin wir fahren, vage Vorstellung von einer Fahrt über die Landstraße. Gerald reibt meine Schenkel. Es ist eiskalt. Wir haben uns verfahren.

Das letzte Mal, daß ich Sean gesehen hatte, war er irgendwann Mitte November in meinem Zimmer vorbeigekommen. Ich saß gerade an meinem Schreibtisch und tat nichts, als ich ein Klopfen an meiner Tür hörte. «Herein», sagte ich. Es war still, dann folgte ein weiteres Klopfen, diesmal lauter: «Herein.» Ich stand auf. Die Tür ging auf. Ich setzte mich wieder hin. Ich saß da, sah ihn an, und dann stand ich ganz langsam auf.

«Hi, Sean», sagte ich.

«Hi, Dent», sagte er.

Dent? Hatte er mich je so genannt? Darüber dachte ich nach, als wir in die Stadt fuhren, aßen, zum Campus zurückkamen. Er parkte vor dem Booth ein. Sein Zimmer schien größer und leerer zu sein, als ich es erinnerte. Das schmale Bett auf dem Fußboden, der Schreibtisch, ein Sessel, eine Kommode, ein kaputter Plattenspieler, keine Poster, keine Fotos, eine Menge Schallplatten, in der Ecke an einer Wand lehnend. Und ich wachte am nächsten Morgen auf und lag auf der kleinen Matratze. Er war schon auf, saß in seinem Sessel, starrte aus seinem Fenster auf den morgendlichen Schneefall. Er war unrasiert, sein Haar stand hoch. Ich zog mich still an. Es war heiß im Zimmer. Er sagte nichts. Er saß nur im Sessel und rauchte Parliaments. Ich näherte mich dem Sessel von hinten, um ihm zu sagen, daß ich gehen würde. Ich stand so nahe, daß ich seine Wange hätte berühren können, seinen Hals, aber ich tat es nicht. Ich ging einfach. Dann stand ich im Flur und hörte, wie er die Tür abschloß...

Gerald wird klar, daß ich kein Interesse habe, aber er bemüht sich weiter. Ich sehe aus dem Wagenfenster hinaus, auf den Schnee, frage mich, wie ich hier reingeraten bin. Ich kenne die Hälfte der Leute in dem Wagen nicht: Heroinsüchtige, ein Erstsemester, ein Paar, das außerhalb des Campus lebt, irgend jemand, der an der Snack-Bar arbeitet, Lizzie, Gerald, Sean und ich, und dieser Typ aus Korea.

Ich habe ein Auge auf den Jungen aus Korea geworfen, irgendein Punker mit Hauptfach Asiatische Kunst, mit dem ich, glaube ich, letztes Semester rumgemacht habe, der nur Selbstporträts seines Penis malt. Er sitzt auf meiner anderen Seite, ist auf einem Trip und wiederholt ständig das Wort «Wow». Lizzie fährt ständig auf der Main Street und um sie herum, dann ist sie auf dem Highway, der aus Camden hinausführt, sie sucht einen Laden, der offen ist, wo wir Bier kriegen können. Ein Joint wandert herum. Dann noch einer. Wir verfahren uns wieder. Die ‹Smiths› singen, und jemand sagt: «Stell diese schwule Angstmusik ab.» Die ‹Replacements› ersetzen sie und singen «Unsatisfied». Niemand hat einen Ausweis dabei, so ist der Konsens, also können wir kein Bier bekommen, da Kids aus Camden fast immer gefragt werden. Beinahe werden wir von der Polizei angehalten. Lizzie fährt uns beinahe in einen See. Der Junge aus Korea schreit andauernd: «Nennen wir's halt Kunst», und ich flüstere ihm in seinen ruhigeren Momenten immer wieder ins Ohr: «Komm mit auf mein Zimmer.» Aber als wir wieder auf dem Campus sind, und ich in meinem Zimmer auf ihn warte, kommt Gerald statt dessen vorbei und zieht seine Kleider aus, was heißt, so schätze ich, daß ich meine auch ausziehen soll.

Später, im Bett, hören wir jemand an die Tür klopfen.

Gerald macht: «Sssshhh.»

Ich stehe auf und ziehe meine Jeans über und einen Pullover. Ich öffne die Tür. Es ist Sean, nicht der Koreaner. Er hat eine Flasche

Jack Daniel's in der Hand und einen Kassettenrecorder, auf dem die ‹Smiths› spielen. «Kann ich reinkommen?» flüstert er.

«Warte.» Hinter mir ist alles dunkel. Er kann nichts sehen. «Ich komme raus», sage ich.

Ich schließe die Tür und ziehe meine Stiefel an, schnappe meinen Mantel, irgendeinen Mantel, aus der Dunkelheit des Schranks. Gerald fragt: «Wer zum Teufel ist es?»

«Ich bin in einer Minute wieder da», sage ich zu ihm.

Er sagt: «Hoffentlich.»

Sean und ich landen auf einem Spaziergang durch die Wälder in der Nähe des Campus. Es schneit leicht, und es ist nicht allzu kalt, der Mond steht hoch, ist voll, und läßt den Boden weiß erglühen. Die ‹Smiths› singen «Reel Around the Fountain». Er reicht mir die Flasche. Ich sage ihm: «Ich ertappe mich dabei, daß ich mit dir rede, wenn du nicht da bist. Einfach rede. Die Gespräche weiterführe.» Das stimmt eigentlich nicht, aber es scheint richtig zu sein, es ihm zu erzählen, und er sieht wirklich viel besser als Gerald aus.

«Ich wünschte, du würdest mir nicht so eine Scheiße erzählen», sagt er. «Es ist gruslig. Es nervt mich total.»

Später lieben wir uns im Schnee. Danach sage ich ihm, daß ich Tickets für das REM-Konzert in Hanover nächste Woche habe. Er bedeckt sein Gesicht mit den Händen.

«Hör mal», sagt er und steht auf. «Es tut mir leid.»

«Lieber nicht», sage ich. «Solche Dinge passieren.»

«Ich möchte nicht mit dir fahren.»

«Ich möchte nicht, daß die Dinge so enden», warne ich ihn.

«Ich möchte nicht, daß du verletzt bist.»

«Ach ja? Also, ist denn...» Ich halte inne. «Kannst du etwas daran ändern?» Er macht eine Pause, dann: «Nein, ich schätze, ich kann es nicht. Nicht mehr.»

Ich sage zu ihm: «Aber ich möchte dich kennenlernen. Ich möchte wissen, wer du eigentlich bist.»

Er zuckt zurück und wendet sich mir zu und sagt zuerst mit lauter Stimme und dann leiser werdend: «Niemand wird jemals jemand kennen. Wir müssen einfach miteinander auskommen. Du wirst mich niemals *kennen*.»

«Was zum Teufel soll das heißen?» frage ich.

«Es heißt einfach, daß du mich niemals je *kennen* wirst», sagt er. «Denk drüber nach. Laß es gut sein.»

Es ist still, es hört auf zu schneien. Von da, wo wir liegen, können wir den Campus durch die Bäume sehen, er leuchtet, vollkommen wie auf einer Postkarte. Das Band schaltet sich aus und spielt dann automatisch die andere Seite. Er trinkt den Jack Daniel's aus und geht fort. Ich gehe in mein Zimmer zurück, allein. Gerald ist gegangen, hat mir eine lange Botschaft hinterlassen, in der er beschreibt, was für ein Riesenarschloch ich bin. Aber das macht nichts, weil es heute abend irgendwie witzig war, im Schnee, betrunken, und nicht mit dem Koreaner.

LAUREN Es geschieht ganz plötzlich, während wir auf dem Winterjahrmarkt in der Stadt sind.

Zuvor hatten wir den halbherzigen Versuch einer Schneeballschlacht auf dem Rasen des Commons unternommen (ich habe ihm tatsächlich einen Schneeball an den Kopf geworfen; er hatte nicht genügend Energie, um einen zu machen, ganz zu schweigen davon, einen nach mir zu werfen), dann fuhren wir in dem MG des Freundes in die Stadt und nahmen einen Brunch ein. Nachdem wir es im Riesenrad getrieben hatten und Pot in der Geisterbahn geraucht haben, sage ich es ihm. Ich sage es ihm, während wir auf gebratenen Teig warten. Ich hätte ihm die Wahrheit sagen können, oder mit ihm Schluß machen können oder ich hätte zurück zu Franklin gehen können. Aber keine dieser Möglichkeiten schien letzten Endes vernünftig zu sein, und die Chancen standen ganz gut, daß keine von ihnen funktioniert hätte. Ich starre ihn an. Er ist stoned und hält einen Def Leppard-Kokainspiegel in der Hand, den er gewonnen hat, indem er mit Basebällen auf Milchkannen warf. Er lächelt, als er den gebratenen Teig bezahlt.

S: Was willst du tun, wenn wir zurückkommen?

Ich: Ich weiß nicht.

S: Sollten wir das Achtel kaufen oder einen Film leihen oder was?

Ich: Ich weiß nicht.

S: Was ist es denn? Was ist dein Problem?

Ich: Ich bin schwanger.

S: Echt?

Ich: Ja.

S: Ist es meins?

Ich: Ja.

S: Ist es wirklich meins?

Ich: Hör mal, ich werde mich... «darum kümmern», also mach dir keine Sorgen.

S: Nein. Tu's nicht. Du wirst es nicht tun.

Ich: Was? Warum nicht?

S: Hör zu, ich hab eine Idee.

Ich: *Du* hast eine Idee?

S: Laß uns heiraten.

Ich: Wovon redest du denn?

S: Heirate mich. Laß uns heiraten.

Ich (ungesagt): Es könnte von Franklin sein, und es besteht immer die Möglichkeit, daß es tatsächlich von Sean sein könnte. Aber ich war sehr spät dran und hatte es schon lange getragen, und ich kann mich nicht erinnern, wann Sean und ich uns begegnet sind. Es könnte auch von Noel sein, obwohl das unwahrscheinlich ist, und es könnte auch von Steve, dem Erstsemester, stammen, aber das ist noch unwahrscheinlicher. Es könnte auch von Paul sein. Das sind die einzigen Leute, mit denen ich in diesem Semester zusammen war.

S: Also?

Ich: Okay.

SEAN Lauren und ich haben beschlossen, heute nicht zum Brunch zu gehen, da dort zu viele Augen sein würden, zu viele Leute, die herumgingen und versuchten, herauszubekommen, wer die Party gestern abend mit wem verlassen hat, das Eßzimmer würde so spät am Morgen kalt und dunkel sein, den Leuten würde endlich klar werden, mit wem sie die Nacht verbracht hatten, sie würden voller Bedauern auf ihren durchweichten French Toast starren; es würden zu viele Leute da sein, die wir kannten. Also fuhren wir statt dessen zum Brunch in die Brasserie am Rande der Stadt.

Roxanne war in der Brasserie, aber nicht mit Rupert. Susan Greenberg war da mit diesem Arschloch von Justin. Paul Denton saß in einer Ecke mit dieser Lesbe, Elizabeth Seelan, aus der Theaterabteilung, und einem Typ, von dem ich nicht einmal annahm, daß er nach Camden ging. Ein Dozent, dem ich mit Sicherheit mindestens vier Arbeiten schuldete, saß hinten. Ein Dörfler, für den ich dealte, war an der Musikbox. Die vollendete Paranoia.

Lauren und ich sahen uns an, nachdem wir uns gesetzt hatten, und dann bekamen wir einen Lachanfall. Bei Bloody Marys merkte ich, wie gern ich sie heiraten wollte, wie sehr ich wollte, daß sie mich heiratete. Und nach einem weiteren Drink, wie sehr ich wollte, daß sie meinen Sohn bekam. Nach einem dritten Drink schien es einfach eine witzige Idee zu sein und kein Versprechen, das schwer zu halten war. Sie sah an diesem Tag wirklich hübsch aus. Wir hatten zuvor Pot geraucht, und wir waren high und ausgehungert. Sie sah mich die ganze Zeit mit diesen Augen an, die wild verliebt waren und nicht anders konnten, und ich fühlte mich gut, erwiderte ihre tiefen Blicke, und wir aßen eine Menge, und ich beugte mich vor und küßte sie auf den Hals, hörte jedoch auf, als ich bemerkte, daß jemand zu unserem Tisch herübersah.

«Laß uns wohin gehen», sagte ich zu ihr, als sie die Rechnung bezahlte. «Laß uns vom Campus verschwinden. Wir können wohin gehen und es treiben.»

Sie sagte: «Okay.»

LAUREN Wir fuhren nach New York und wohnten bei Freunden von mir, die den Abschluß gemacht hatten, als ich im vierten Semester war. Sie waren jetzt verheiratet und hatten eine Dachwohnung auf der Sixth Avenue im Village. Sean und ich fuhren in dem MG seines Freundes hin, und sie brachten uns dort in einem zusätzlichen Zimmer dahinter unter. Wir wohnten bei ihnen, da Sean nicht genug Geld hatte, um im Hotel zu wohnen. Aber es funktionierte auch so ganz gut. Es war eine große Wohnung, und wir hatten unseren eigenen Bereich und viel Platz, und letzten Endes war es egal, denn ich war immer noch leicht erregt bei der Vorstellung, tatsächlich zu heiraten, tatsächlich die Zeremonie zu erleben, sogar Mutter zu werden. Aber nach zwei Tagen bei Scott und Ann wurde ich zögerlicher, und die Zukunft schien weiter weg zu sein und nicht so klar, wie sie mir an diesem Tag auf dem Winterjahrmarkt erschienen war. Meine Zweifel wuchsen.

Scott arbeitete in einer Werbeagentur, und Ann machte mit dem Geld ihres Vaters Restaurants auf. Sie hatten ein vietnamesisches Kind adoptiert, einen Jungen von dreizehn Jahren, im Jahr nach ihrer Hochzeit, und hatten ihn Scott junior genannt und ihn umgehend nach Exeter geschickt, wo Scott zur Schule gegangen war. Ich ging oft stumm durch ihre Dachwohnung, während sie beide bei der Arbeit waren, trank Evian-Wasser, sah Sean beim Schlafen zu, berührte Sachen im Zimmer von Scott junior, mir wurde klar, wie schnell die Zeit verstrich, daß das Semester beinahe vorüber war. Vielleicht hatte ich zu schnell auf Seans Antrag reagiert, dachte ich dann für mich, während ich in Anns luxuriöser, eingelassener Badewanne lag. Aber ich verdrängte den Gedanken aus meinem Kopf und sagte mir, daß ich das Richtige täte. Ich erzählte Ann nicht, daß ich schwanger war oder daß ich Sean heiraten würde, denn ich war sicher, daß sie meine Mutter anrufen und sich das bestätigen lassen würde, und ich wollte meine Mutter so sehr überraschen. Ich sah fern. Sie hatten eine Katze namens Cappuccino.

Am zweiten Abend, den wir in New York waren, gingen wir zu viert in ein Restaurant auf der Columbus Avenue: Gespräch kreiste um das neue Buch von John Irving, Restaurantkritiker, das Soundtrack-Album von *Amadeus* und ein neues Thai-Restaurant, das uptown aufgemacht hatte. Ich beoabachtete Scott und Ann an diesem Abend sehr genau.

«Es nennt sich California Cuisine», erzählte Ann Sean und lehnte sich an ihn.

«Warum gehen wir morgen nicht mit ihnen ins Indochine?» schlug Scott vor. Er trug einen übergroßen Ralph Lauren-Pullover und teure, ausgebeulte Cordhosen. Und eine Swatch.

«Das ist eine gute Idee. Das gefällt mir», sagte Ann und legte ihre Speisekarte hin, mit der Vorderseite nach unten. Sie wußte schon, was sie wollte. Sie war beinahe genauso angezogen wie Scott.

Ein Ober kam her und nahm unsere Getränkebestellung entgegen.

«Scotch. Pur», sagte Sean.

Ich bestellte mir Champagner auf Eis.

«Oh», sagte Ann und überlegte. «Ich nehme nur ein Cola light.»

Scott sah besorgt auf. «Du trinkst heute abend nichts?»

«Ach, ich weiß nicht», sagte Ann und wurde weich. «Ich wag es mal und nehme einen Rum Cola light.»

Der Ober ging. Ann fragte uns, ob wir neulich die Ausstellung von Alex Katz gesehen hätten. Wir sagten nein. Sie erkundigte sich nach Victor.

Scott fragte: «Wer ist Victor?»

Ann sagte zu ihm: «Ihr Freund, stimmt's?» Sie sah mich an.

«Nun», sagte ich, konnte mich nicht dazu bringen zu sagen, «Ex». «Ich habe ein paarmal mit ihm gesprochen. Er ist in Europa.»

Sean kippte seinen Drink, sobald er ihn bekam, und winkte dem Ober wegen eines weiteren.

Ich versuchte, mich mit Ann zu unterhalten, aber kam mir völlig verloren vor. Während sie mir etwas über die Vorzüge von natriumarmen Reiskuchen und New Age-Musik erzählte, blitzte etwas in mir auf und stach mich. Sean und ich in vier Jahren. Ich sah Sean über den Tisch weg an. Er und Scott unterhielten sich über Scotts neuen CD-Spieler.

«Du mußt dir das mal anhören», sagte er zu Sean. «Der Klang», er machte eine Pause, schloß ekstatisch die Augen, «...ist phantastisch.»

Sean sah mich nicht an, aber wußte, daß ich ihn ansah. «Ja?» nickte er.

«Ja», fuhr Sean fort. «Habe heute die neue von Phil Collins gekauft.»

«Ihr solltet mal hören, wie toll ‹Sussudio› darauf klingt», pflichtete Ann bei. Die beiden waren in Camden große Genesis-Fans gewesen und hatten mich gezwungen, mir «Lamb Lies Down on Broadway» eines Abends anzuhören, als wir drei eines Abends in meinem ersten Jahr gekokst hatten. Aber was will man machen?

Sean saß teilnahmslos da, sein Gesicht wurde ein bißchen länger. Und obwohl mir in diesem Augenblick klar wurde, daß ich ihn nicht liebte und nie geliebt hatte, und daß ich auf einen bizarren Impuls hin handelte, hoffte ich immer noch, daß er dasselbe dachte wie ich: So möchte ich nicht enden.

Später in jener Nacht träumte ich von unserer neuen Welt der Ehe. Die Welt, in der Sean und ich leben würden. Im Traum wurde Sean durch Victor ersetzt, aber wir waren immer noch chic und jung und fuhren BMWs, und die Tatsache, daß Sean ersetzt worden war, änderte nicht die Bedeutung des Traums für mich. Wir wählten nicht nur in diesem Traum, sondern wir wählten dieselbe Person, die unsere Eltern wählten. Wir tranken Evian-Wasser und aßen Kiwis und mampften Kleie-Muffins; ich verwandelte mich in Ann. Sean, vormals Victor, agierte jetzt als Scott. Es war unangenehm, aber nicht unerträglich, und auf eine undefinierbare Art fühlte ich mich sicher.

Am nächsten Morgen, beim Frühstück mit Kleie-Muffins und Kiwi und Evian-Wasser und Weizensaft, erwähnte Ann etwas vom Kauf eines BMWs, und ich mußte mich zurückhalten, um nicht zu schreien. Es war klar, daß dies nicht mein bestes Semester gewesen war; es war klar, daß es mir verlorenging.

Nachts lag Sean dann neben mir, und ich dachte über das Baby nach, etwas, das Sean nie erwähnte. Er beklagte sich bitter, wie trostlos Ann und Scott seien, und ich bekam merkwürdige, unerklärbare Anwandlungen, meine Mutter oder meine Schwester im R.I.S.D. anzurufen; anzurufen und ihnen zu erklären, was los war. Aber das verschwand, wie mein Infragestellen meiner Beziehung zu Sean. Am letzten Abend, den wir in der Dachwohnung verbrachten, drehte er sich zu mir um und sagte: «Ich kann mich nicht an das erste Mal erinnern, das wir...» Er hielt inne, und ich wußte, er wollte sagen, gefickt haben, ins Bett gegangen sind, es getrieben haben, auf dem Boden gebumst haben, aber er konnte sich nicht dazu bringen, es zu sagen, ohne in äußerste Verlegenheit zu geraten, also sagte er ruhig, «...uns getroffen haben.»

Ich sah ihn scharf an: «Ich auch nicht.»

Er war verschwitzt, und sein Haar klebte an seiner Stirn. Ich rauchte eine seiner Zigaretten, unsere Gesichter waren blau wegen des Fernsehapparats. Das Laken war abgestreift, gerade so weit, daß ich das Haar unterhalb seiner Taille sehen konnte. Ich trug ein T-Shirt.

«Jene Nacht auf der Party», sagte er.

Sein Gesicht wurde traurig, oder nicht? Dann schwand der Ausdruck. Als er mich berührte, war mein Flüstern tödlich und klar, und alles, was ich sagte, war: «Tut mir leid.»

Und er fragte mich: «Warum hast du mir nicht gesagt, daß du diesen Typ liebst?»

«Wen?» fragte ich. «Meinst du Victor?»

«Ja.»

«Weil ich Angst hatte», sagte ich und vielleicht hatte ich das irgendwann gehabt.

«Wovor?» fragte er.

Ich seufzte und wollte nicht da sein, und ohne ihn anzusehen, sprach ich. «Ich hatte Angst, du würdest mich verlassen.»

«Du willst, daß er mich mag?» fragte er verwirrt. «Hast du das gesagt?»

Ich gab mir keine Mühe, ihn zu korrigieren oder mich zu wiederholen, also sagte ich: «Ja. Er mag dich.»

«Er kennt mich ja nicht einmal», sagte er.

«Aber er weiß von dir», log ich.

«Klasse», murmelte er.

«Ja», sagte ich, dachte an Victor, dachte, wie kann man wissen, und dennoch hoffen? Ich schloß die Augen, versuchte zu schlafen.

«Woher willst du wissen, daß es nicht... seins ist?» fragte er schließlich, nervös, mißtrauisch.

«Weil es nicht seins ist», sagte ich zu ihm.

Das war wahrscheinlich unser letztes richtiges Gespräch. Er schaltete den Fernseher aus. Das Zimmer wurde dunkel. Ich lag da und hielt mir den Magen, dann fuhr ich mit den Fingern meinen Bauch auf und ab.

«Die haben die ‹Sex Pistols› auf CD», sagte er. Die Feststellung hing da, bezichtigte mich irgendeiner Sache.

Ich schlief ein. Wir fuhren am nächsten Morgen ab.

PAUL Wieder nur so eine Nacht. Dezember, sehen fern im Commons, bevor das Licht am Samstagmorgen ausgeht, immer noch leicht betrunken und beim Pilzeln mit Gerald. Gestern abend hatte es nichts zu tun gegeben. Der Film hieß *Die barfüßigen Ärzte im ländlichen China* oder so ähnlich, und die Party erschien hoffnungslos lahm.

Victor Johnson war da, und obwohl ich es widerwärtig fand, daß Rupert Guest und er Tims Nikolaus eine Phiole mit Sperma und eine Duschhaube geschenkt hatten und sich amüsierten, als sie Gerri Robinson im Badezimmer weinen sahen, nachdem sie es ausgepackt hatte, so konnte ich dennoch nicht umhin, mit Victor zu flirten, und wir teilten uns einen Joint, und er fragte mich dauernd, wo Jaime Fields wäre. Ich hatte von Raymond gehört, daß Victor schon in einer geschlossenen Anstalt gewesen sei, was bedeutete, daß ich mehr als nur eine Fifty-fifty-Chance hätte, ihn ins Bett zu kriegen. Als er mir eine Flasche Bier anbot, dankte ich ihm und fragte: «Also, wie läuft es denn bei dir?»

Er sagte: «Phantastisch.»

Ich fragte ihn: «Wo warst du denn?»

«Europa», sagte er.

«Wie war es?» fragte ich.

«Cool», sagte er und dann, mit weniger Begeisterung, «eigentlich war es ganz okay.»

«Gefällt es dir, wieder hier zu sein?» fragte ich.

«Amerika gefällt mir.» Er zwinkerte. «Aber nur aus der Distanz.»

O bitte. Gerald hatte die Szene aus einer Ecke des Raumes beobachtet; bevor er herkommen und sie ruinieren konnte, tauschte ich eine Eintrittskarte für das REM-Konzert gegen eine Tüte Mushrooms.

Jetzt blitzen die vertrauten Worte – Hanna Barbera – häufig auf und erinnern mich an eine Zeit, in der ich samstagmorgens früh aufwachen wollte, um mir Zeichentrickfilme anzusehen. Die Party im McCullough ist immer noch im Gang, und Gerald redet von alten Freunden, GQ-Dressmen, Mitglieder einer ungenannten Rudermannschaft, er lügt schamlos. Ich küsse ihn, um ihn zum Schweigen zu bringen. Dann richte ich meine Aufmerksamkeit wieder auf den Fernsehschirm. Ein besonders lauter Song von ‹New Order› dringt aus den offenen Fenstern im McCullough, «Your Silent Face». Sean gefällt dieser Song, Mitchell aber auch. Gerald sagt: «Herrgott, ich hasse diesen Song.» Ich küsse ihn ein weiteres Mal. Es stellt sich raus, daß es der letzte Song auf der Party war. Er wird ausgeblendet, durch nichts ersetzt.

Nichts ergibt einen Sinn, wenn man fernsieht. Auf einen Acutrim-Werbespot folgt ein Snickers-Werbespot, folgt ein Video mit den ‹Kinks›, folgt die Nachrichtensendung. Meiner Mom gefällt das neue Kinks-Video. Das deprimiert mich noch mehr als Gerald.

«Bist du per Anhalter gefahren?» fragt er.

Ich sehe ihn an. «Er mag ihn. Er mag sie. Ich glaube, sie mag jemand anders, wahrscheinlich mich. Das ist alles. Keine Logik.»

«Hmmmmm», sagt Gerald und sieht in seinen Taschen nach. Er zieht die Serviette raus, in der er die Mushrooms hatte. Es ist nichts übrig, nur Mushroomkrümel.

«Niemand mag den richtigen Menschen», sage ich.

«Das ist nicht wahr», sagt er. «Ich mag dich.»

Das ist nicht gerade das, was ich meinte oder hören wollte, aber ich frage ihn ernst: «Ja?»

Es entsteht eine Pause. «Klar. Warum denn nicht?» sagt er.

Nichts ist schlimmer, als betrunken zu sein *und* widerlegt zu werden.

LAUREN Die nächste Woche (oder vielleicht waren es ein paar Tage) schien wie verwischt. Motelzimmer, Autofahren die ganze Nacht hindurch, stoned werden, während der MG seines Freundes über die schneebedeckten Straßen jagte. Alles erschien beschleunigt, die Zeit verging schneller. Es gab keine Konversation, wir sprachen an diesen Tagen auf der Straße nicht miteinander. Wir waren an einem Punkt angelangt, wo es einfach *nichts* mehr zu reden gab. Wir hatten sogar schon die elementarsten Stufen der Konversation hinter uns gelassen. Es gab nicht einmal mehr höfliche «Wie-geht's-dir»s am Morgen; einfache Fragen wie «Können wir mal an der nächsten Tankstelle anhalten?» wurden ausgeschaltet. Nichts wurde gesagt, wir redeten beide nicht.

Dennoch gab es Augenblicke in dieser Woche, sogar, als wir wortlos in diesem Auto herumbrausten, daß ich tatsächlich glaubte, ihn beschäftige etwas. Er fuhr manchmal langsamer, wenn wir an irgend etwas vorbeikamen, das einer Kapelle oder einer Kirche auch nur entfernt ähnelte, und starrte darauf, bei laufendem Motor. Dann jagte er wieder davon und hielt erst an, wenn er irgendwo ein passendes Motel gefunden hatte. Und in diesen

Motelzimmern zogen wir uns dann das Kokain rein, das er bei sich hatte, und wegen des Kokains schienen die Tage, die eh schon kurz waren, noch kürzer zu werden, und er fuhr noch schneller, rücksichtsloser, versuchte, an irgendeinen unbekannten Zielort zu gelangen. Wir blieben ganze Nächte lang in Motels auf, Fernseher an, inhalierten das Kokain, und wenn wir dann später etwas zu essen brauchten, um weitermachen zu können, um unsere Mägen zu füllen, damit wir noch mehr koksen konnten, ohne Krämpfe zu bekommen, ging er aus dem Motelzimmer und kam mit Zigaretten, Cheeseburgern und Süßigkeiten wieder zurück, die er mit irgendeiner American Express-Karte von irgendwem bezahlt hatte, da er kein Bargeld bei sich hatte.

Das Kokain machte uns beide merkwürdigerweise nicht gesprächig. Wir zogen ein paar Linien rein und, statt daß wir dann verlogen drauflos plapperten, sahen wir fern und rauchten, ohne einander je zu konfrontieren, wir saßen nur da, oder im MG, oder in Coffee-Shops, beinahe verlegen. Er wurde dünner, hagerer, wie der Kokainvorrat schwand, den er bei sich trug. Noch mehr Motels, noch mehr Tankstellen, noch ein Dinner irgendwo.

Ich aß nur Bonbonstangen und trank Cola light. Das Radio war immer an, egal, ob Sender in der Nähe waren oder nicht. Es kamen Nachrichten, aber es gab eigentlich nichts zu hören. Erdbeben, das Wetter, Politik, Massensterben. Es war alles langweilig. Ich trug eine Fotografie von Victor bei mir, und ich nahm sie heraus und saß im Wagen, Sean schniefte ständig neben mir, seine Sonnenbrille behielt er auf, um die glasigen Augen zu bedecken, und ich berührte die Fotografie. Sie war schwarz-weiß, und Victor hatte kein Hemd an, rauchte eine Zigarette, schielte halb lüstern in die Linsen der Kamera, versuchte, wie ein alt-junger, verblaßter Filmstar auszusehen, die Augenlider halb geschlossen, eine sexy Parodie. Ich mochte Victor sogar mehr wegen dieser Fotografie und des Geheimnisses, das sie barg. Aber dann mochte ich ihn wieder nicht, konnte ihn nicht mögen, weil er bei Jaime wohnte, und das war unverzeihlich. Die einzige Kassette im Wagen war eine alte von Pink Floyd, und Sean hörte sich nur «Us and Them» an und sonst nichts, spulte sie immer und immer wieder zurück, und der schleppende Rhythmus wiegte mich dann in den Schlaf, was Sean wahrscheinlich wollte, dann drehte er jedoch voll auf, wann immer der Chor «*Haven't you heard, it's a ...*» herausposaunte, dann fuhr ich hoch, setzte mich auf, mein Herz schlug und ich drehte die Lautstärke runter, sobald seine Finger den Knopf freigaben. Dann wurde der Song ausgeblendet, und er spulte wieder zurück. Ich sagte nichts.

Sean zündete Zigaretten an, warf das Streichholz aus dem Fenster, nahm einen Zug, drückte die Zigarette aus.

SEAN Die Bäume waren alle tot. Es gab tote Stinktiere und Hunde und sogar gelegentlich ein Reh am Straßenrand, ihr Blut befleckte den Schnee. Es gab Berge voll mit toten Bäumen. Orangefarbene Zeichen kündigten Straßenarbeiten an. Das Radio war nur noch gestört, der Kassettenspieler oft kaputt, wenn nicht, dann spielte er jedoch Roxy Music laut und entstellt. Die Straße schien endlos. Motel. Lebensmittel kaufen in Ladenstraßen. Lauren erbrach sich ständig. Sie sprach nicht mit mir. Ich konzentrierte mich einfach auf die Straße oder auf die Leute in den anderen Autos. Wenn wir einen Sender reinbekamen, dann spielte der nur Songs von ‹Creedence Clearwater›, was mich traurig stimmte, aber ich wußte nicht warum. In den Motelzimmern waren ihre Augen stumm und anklagend; ihr Körper verbraucht und trostlos. Sie griff nach mir – eine wehleidige Berührung, und ich sagte ihr, sie solle mich in Ruhe lassen. An einer Tankstelle in einem Ort namens Bethel, über der Grenze in Maine, hätte ich sie beinahe verlassen, während sie auf der Toilette war, um sich zu übergeben. Ich legte mit dem Wagen annähernd 2000 Meilen in dieser Woche zurück. Aus irgendeinem Grund dachte ich oft an Roxanne. Ich überlegte, wo ich hingehen könnte, aber mir fiel kein Ort ein. Dann war es wieder ein anderes Motel oder eine andere Tankstelle. Sie saß teilnahmslos neben mir. Sie zerschmetterte Gläser in den Badezimmern der Motels. Sie hörte auf, Schuhe zu tragen. Ich trank viel. Ich wachte dann am nächsten Morgen mit einem Kater auf, wenn ich überhaupt schlafen ging, und ich sah auf ihren jämmerlichen Körper im Bett neben mir und überlegte mir wieder, ob ich sie verlassen sollte. Ohne sie aufzuwecken, ihr ganzes Zeug zu stehlen, ihr Make-up, das sie sowieso nicht mehr trug, ihre Kleider, alles, und abhauen. Sie nahm ihre Sonnenbrille nie ab, nicht einmal, wenn es Nacht war und heftig schneite. Der Schnee war matschig und fiel schwer. Um vier Uhr nachmittags wurde es dunkel, der Schnee trieb über das Auf und Ab der Landschaft... Wir kamen zu dieser Tankstelle in Bethel zurück – irgendwie waren wir einen kompletten Kreis gefahren – und während sie auf die Toilette ging und wiederkam, durch den Schnee stapfte, sich dem Wagen näherte, nachdem sie sich erbrochen hatte, machte etwas klick. Der Schnee auf der Windschutzscheibe fing an zu schmelzen. Ich griff zum Radio und stellte es an, konnte aber nichts finden. Die Roxy Music-Cassette war ruiniert. Ich fand dann einen anderen Sender, der ‹Grateful Dead› spielte, die sich weit entfernt anhörten. Ich zündete mir eine Zigarette an, obwohl der Typ immer noch volltankte. Sie öffnete die Tür und setzte sich. Ich bot ihr eine an. Sie schüttelte den Kopf, nein. Ich bezahlte den Typ und fuhr aus der Tankstelle. Es war früh am Morgen und es schneite heftig. Als wir wieder auf dem Highway waren, sagte ich, ohne sie anzusehen: «Ich werde es bezahlen», dann räusperte ich mich.

LAUREN Er setzt mich ab, wartet beim Dunkin' Donuts unten an der Straße... es war zwölf Wochen her. Ich denke immer wieder, es muß diese Nacht mit Paul gewesen sein. Es muß diese Nacht mit Paul gewesen sein. Formulare zum Ausfüllen. Sie akzeptieren meine American Express-Karte nicht, nur Master Charge. Wollen mein Alter wissen, meine Religion. Eine Abtreibung in New Hampshire: mein Leben reduziert. Ich bin ruhig, aber das hält nicht an. Verkrampfe mich, als ich die Worte lese: Hiermit Autorisieren Beendigen Schwangerschaft. Graffiti auf den Tischen im Wartezimmer: Feminines Chaos, Ende des Semesters – Dinge, die nur andere Mädchen aus dem College geschrieben hatten. War Sara hier? Sie geben mir Valium. Jemand erklärt mir die Operation. Als ich auf dem Rücken liege, überlege ich vage, ob es wohl ein Junge oder ein Mädchen ist. «Okay, Laurie», sagt der Arzt. Eine Untersuchung von Lauries Gebärmutter. Der Tisch hebt sich. Ich seufze. Heben Sie bitte die Hüften. Etwas Antiseptisches. Ich kann nicht anders und keuche. Die Krankenschwester sieht mich an. Sie scheint nett zu sein. Summendes Geräusch. Mein Magen beginnt, sich auf und ab zu bewegen. Saugende Geräusche. Es ist vorüber. Ich schwitze. Ich gehe in das Erholungszimmer. Es ist egal. Ich komme an anderen Mädchen vorbei, manche weinen, die meisten von ihnen nicht. Gehe auf die Straße hinaus, nachdem Sean mich abgeholt hat, fünfundvierzig Minuten, eine Stunde später. Zwei Mädchen aus der High School gehen vorbei. Ich denke, ich war auch mal so jung.

Im Auto auf der Fahrt zurück zum Campus fragt Sean: «Frieden?»

Und ich sage zu ihm: «Keineswegs.»

SEAN Auf der Party konnte ich die Kellnerin nicht finden, die ich zuvor im Dunkin' Donuts abgeschleppt hatte und die ich zur Party eingeladen hatte, aber ich drehte sowieso durch, betrank mich und feierte das Ende des Semesters, indem ich Judy wieder in ihrem Zimmer bumste – packte sie einfach am Arm, und wir gingen – und dann kam ich mit dem Hippie-Mädchen auf dem Weg zurück ins Windham zur Sache. Wieder auf ein Bier zurück zur Party, ich fange an, mich richtig wohl zu fühlen, und bin immer noch geil, also trieb ich es mit Susan und ging schließlich so um zwei mit diesem schwedischen Mädchen heim. Danach kam ich zurück und sah, daß die Party noch im Gang war, und so saß ich mit allen zusammen, die auf jemand warteten, der noch mehr bringen sollte, die meisten Erstsemester waren sauer, weil sie Leichtbier wollten. Ich war richtig betrunken, und ich wußte, daß das Bier ganz lange nicht eintreffen würde und daß der Pub schon seit Stunden geschlossen war, und ich hätte heimgehen sollen, irgendwohin gehen, vielleicht zurück auf Susans Zimmer, oder vielleicht Lauren besuchen, aber ich wollte nicht. Von dieser Scheiße war ich schon Welten entfernt. Und als ich mich plötzlich im Wohnzimmer des Windham umsah, ‹Roxy Music› dröhnte, ein Feuer tobte, ein halbdekorierter Christbaum neigte sich mit BHs und Höschen behängt zur Seite in einer Ecke, haßte ich diese

Leute, wollte jedoch hier bei ihnen bleiben, sogar bei dem Typ, der ein beschissener Gitarrenspieler war und mit dem großmäuligen Alkoholiker redete; sogar bei der Lesbe aus dem Welling, sogar bei der Kellnerin aus dem Dunkin' Donuts, die aufgekreuzt war und sich an Tims Arm gehängt hatte; sogar bei Getch, der richtig breit war, in der Ecke heulte und ein Minifaß liebkoste. Dies waren Leute, mit denen ich außerhalb dieses Zimmers nicht gesprochen hätte, aber hier, auf der Party, verachtete ich sie mehr, als ich für möglich gehalten hatte. Die Musik war laut, und draußen schneite es leicht. Im Zimmer war es dunkel, abgesehen vom Kamin und den flackernden Lichtern auf dem Christbaum in der Ecke. Dies war der Augenblick, der zählte. Hier kam alles zusammen. Hier wollte ich sein. Sogar bei der Ehemaligen, die im Begriff war, Tony zu bumsen. Sogar bei ihr. Alles, was zählte, war, daß wir hier waren…

Dieses Gefühl wurde irgendwie ausgeknipst, als das Bier nicht kam und die Jungs, die versucht hatten, es zu holen, wegen Trunkenheit am Steuer verhaftet worden waren, wie Getch verkündete. Aber ich war immer noch in diesem Zimmer, und wir waren immer noch alle zusammen: zwei Leute, die ich abwies, zwei Leute, die mich abgewiesen hatten, ein Mädchen, zu dem ich rüpelhaft gewesen war, aber jetzt zählte das nicht. Tim ging mit der Kellnerin aus dem Dunkin' Donuts hinaus. Ich ging zurück zum Zimmer des schwedischen Mädchens und klopfte. Aber sie hatte die Tür verschlossen und schlief wahrscheinlich. Ich stapfte durch den Schnee zurück zu meinem Haus und in ein kaltes, leeres Zimmer. Mein Fenster war offen. Ich hatte vergessen, es zu schließen.

LAUREN

MITCHELL Ich spürte schon, daß es nicht gut ausgehen würde, als ich herausfand, daß ich mit Sean Bateman mitfahren mußte, nur weil ich einfach für zehn Dollar Pot kaufen wollte. Ich kannte Bateman wirklich nicht so gut, aber so, wie er aussah, konnte ich einschätzen, was für eine Sorte Kerl er war: hörte sich wahrscheinlich oft George Winston an, aß Käse und trank Weißwein, spielte Cello. Ich war sauer, daß er den Nerv hatte, in mein Zimmer zu kommen und mir zu sagen, wir müßten in das Haus dieses fiesen Idioten Rupert fahren, worauf ich von vornherein wirklich nicht scharf war, aber das Semester war schon fast zu Ende, und ich brauchte etwas Gras für die Fahrt zurück nach Chicago. Ich stritt mich eine Weile mit ihm, aber Candice saß gerade auf meinem Bett und versuchte, eine überfällige Arbeit zu beenden, und sie sagte mir, ich solle gehen, und ich konnte nicht «Nein» sagen, obwohl ich doch das ganze Semester lang geplant hatte, mit ihr Schluß zu machen. Ich nahm ein Xanax und stieg in seinen Wagen und fuhr vom Campus nach North Camden, wo Rupert und Roxanne wohnten. Die Straßen waren glatt, und er fuhr zu schnell, und ein paarmal waren wir nahe dran, uns zu drehen, aber wir gelangten dorthin, ohne uns irgendwelche Glieder zu brechen oder eine Massenkarambolage zu verursachen.

Das Haus war dunkel, und ich bemerkte, daß vielleicht niemand zu Hause sei. Auf der anderen Straßenseite war eine Party im Gang. Ich sagte ihm, ich würde im Wagen warten.

Er sagte: «Nein, es ist okay. Nur Roxanne ist hier.»

«Was soll das heißen?» fragte ich. «Ich möchte nicht reingehen.»

«Komm doch rein», sagte er. «Bringen wir's hinter uns.»

Ich folgte ihm den Fußweg zur Tür hoch, und er klopfte ängstlich. Niemand antwortete. Er klopfte noch einmal, dann versuchte er, die Tür zu öffnen. Jemand riß sie abrupt auf und da stand Guest und grinste wie ein Idiot. Er sagte uns, wir sollten reinkommen, dann lachte er teuflisch.

In dem abgedunkelten Wohnzimmer waren noch weitere Dörfler und hörten ‹Led Zeppelin›. Jemand hatte Kerzen angezündet. Ich wurde mißtrauisch. Rupert ging in der Küche umher. «Also weswegen seid ihr hier, Jungs?»

Die Dörfler kicherten im Wohnzimmer. Es waren vier oder fünf. Im Kerzenlicht schimmerte etwas in der Dunkelheit.

Ich gähnte nervös, meine Augen füllten sich mit Wasser.

«Nur gekommen, um ein bißchen Stoff zu holen», sagte Bateman echt unschuldig.

«Seid ihr?» fragte Rupert, der abwechselnd ins Dunkel trat und aus ihm auftauchte, uns umzingelte.

«Wo ist Roxanne?» fragte Bateman. «Du bist unmöglich.»

«Wo ist mein Geld, gottverdammich, Bateman?» brüllte Rupert, als wäre er taub und hätte Bateman nicht gehört. Ich konnte es nicht glauben.

«Du bist verrückt», sagte Sean perplex. «Wo ist Roxanne?»

Einer der Dörfler war aufgestanden. Er sah gemein aus: Bierbauch, Bürstenhaarschnitt. Er lehnte an der Küchentür. Ich wich zurück und stieß gegen einen Schrank. Ich hatte keine Ahnung, was das Problem war, obwohl mir klar zu sein schien, daß es mit Geld zu tun hatte. Ich wußte nicht, ob Rupert Bateman etwas schuldete oder ob Bateman Rupert etwas schuldete, aber irgendwas war richtig fuzzy. Rupert war vollgekokst und versuchte, den starken Max zu markieren, aber er war nicht überzeugend und wirkte nicht sehr bedrohlich. Es gab wenig Licht in der Küche, und woher es kam, konnte ich nicht sagen. In der Dunkelheit blitzte etwas auf und schimmerte dann wieder.

«Wo ist das Geld, du Arschloch?» verlangte Rupert zu wissen.

«Ich warte im Wagen», sagte ich. «Entschuldigt mich.»

«Warte», sagte Bateman und hielt mich fest.

«Warten auf was, du Arschloch?» fragte Rupert.

«Hör zu», Sean machte eine Pause. Dann sah er mich an. «*Er* hat es.»

«Du hast es?» fragte Rupert, beruhigte sich und war ernsthaft interessiert.

Aus dem Augenwinkel sah ich, daß einer der Dörfler, groß und betrunken, eine Machete in der Hand hielt. Was zum Teufel hatte eine gottverdammte Machete in New Hampshire zu suchen?

«Wow, also warte mal», sagte ich und hob die Hände. «Also, ich weiß nicht, was zum Teufel hier los ist. Ich bin nur wegen 'nem bißchen Gras hier. Ich gehe.»

«Komm schon, Mitchell», sagte Sean. «Gib Rupert das Geld.»

«Wovon redest du denn, gottverdammt noch mal?» schrie ich. «Ich warte im Wagen.»

Ich fing an, mir einen Weg nach draußen zu bahnen, aber ein

anderer Dörfler war gerade aufgestanden und blockierte den Ausgang. Ich konnte hinter ihm durch das Fenster den Wagen stehen sehen, im Schnee, dahinter die Party. Ich glaubte, Melissa Hertzburg und Henry Rogers zu erkennen, aber ich war mir nicht sicher. Ich konnte Weihnachtslieder hören.

«Das ist absolut Scheiße», sagte ich.

«Hast du es wirklich?» fragte Rupert mich, während er näherkam.

«Habe ich was?» schrie ich wieder. «Also warte mal, hör mal, dieser Typ –»

«Hat dieser Typ das Geld oder nicht?» fragte Rupert Bateman.

«Wirst du es ihm vielleicht gottverdammt sagen», brüllte ich Bateman an.

Es herrschte Stille. Alle warteten auf Seans Antwort.

«Okay, er hat es nicht», gab er zu.

«Was hast du für mich?» fragte Rupert ihn.

«Ich hab das hier.» Er langte in seine Tasche und reichte Rupert etwas. Rupert besah es sich. Es war eine Phiole. Rupert schüttete etwas auf einen Spiegel. Ich nahm an, daß es Kokain war. Er sah zu Sean auf, murmelte, wehe, wenn es nicht gut wäre. Die Dörfler waren jetzt still und interessierten sich dafür, was vor sich ging. Aber natürlich war der Stoff nicht gut, und eine Schlägerei brach aus. Rupert stürzte sich über den Tisch auf Bateman. Ein Dörfler packte mich. Es gab ein Handgemenge. Ich war auf dem Weg nach draußen, als ich mich umdrehte und sah, daß Bateman sich irgendwie die Machete gekrallt hatte und «Bleibt zurück» schrie und mit ihr nach den Dörflern hieb. Ich drehte mich um und rannte hinaus zum Wagen, rutschte auf der Einfahrt aus und fiel voll auf meinen Arsch. Als ich in den Wagen stieg und die Tür verriegelte, konnte ich sehen, daß die Dörfler zurückwichen. Sean schwang das Schwert so lange, bis er draußen war, dann schloß er die Tür zur Küche, ließ die Machete fallen und sprang in den Wagen.

Die Dörfler waren langsam, aber hatten es schon bis zu ihrem Pickup geschafft, als der MG aus der Einfahrt kachelte. Sean jagte ihn die Straße hinunter, rutschte an einer roten Ampel vorbei und schlitterte die Straße zurück in Richtung College. Ich konnte nicht glauben, daß dies alles passierte. Ich hätte nie gedacht, ich würde an einem Freitag sterben. An jedem anderen Tag, aber nicht an einem gottverdammten Freitag. Bateman lächelte tatsächlich und fragte mich: «Hat das nicht Spaß gemacht?»

Die Dörfler, angeführt von Guest, waren hinter uns, aber nie allzu gefährlich nahe, obwohl ich einmal glaubte, einen Schuß zu hören. Sie holten uns auf dem College-Drive ein und rasten auf die andere Spur, versuchten, den MG von der Straße zu drängen. Der MG schlingerte und hüpfte dann über eine Schneewehe und kam sanft schlitternd zu stehen. Der Lastwagen raste vorbei, wurde dann langsamer und wendete mühsam. Bateman wartete, bis sie auf uns zukamen, legte plötzlich wieder einen Gang ein, raste an den Dörflern vorbei, und wir fuhren die zwei Meilen bis zum Tor der Wache ohne weitere Zwischenfälle. Aber als ich mich umdrehte, sah ich die Scheinwerfer des Lastwagens hinter uns, der mit leerlaufendem Motor dort auf der Straße stand. Sean lächelte die Wachleute an und winkte, als sie das Tor hoben. Er fuhr mich zurück zu meinem Haus. Da bemerkte ich, daß seine Scheinwerfer immer noch ausgeschaltet waren. Ich sah ihn an und sagte nur: «Herrgott, Bateman, du bist ein Arschloch.»

Er faßte in seine Jacke und zog ein kleines, engverschnürtes Zehner-Päckchen hervor und warf es mir durch das offene Fenster zu. Ich konnte es gerade noch fangen. Ich fragte ihn gar nicht erst, was eigentlich los sei, und wann er da hineingeraten sei. Selbst wenn ich gefragt hätte, wäre es egal gewesen, denn er war schon auf und davon.

VICTOR Ich fuhr mit Denton zum REM-Konzert in Hanover. Rupert hatte mich schon aus seinem Haus geworfen. Er sagte, es hätte sich gerade so ein Problem ergeben und daß ich gehen müsse. Ich hatte nichts Besseres zu tun, also fuhr ich mit Denton. Das Auditorium war groß, aber es gab keine Stühle. Irgendeine lahme Band machte das Vorprogramm, und ich ging hinten herum, trank Bier, das ich mit Paul reingeschmuggelt hatte, sah mir die Mädchen an. Sobald sie zu spielen anfingen, ließ ich Paul stehen und bahnte mir einen Weg durch die stehende Menge vorne und setzte mich mit einem anderen Typen aus Camden namens

Lars auf einen der Lautsprecher. Wir saßen da, starrten auf die Menge, all die jungen, bekifften, stolzen, verschwitzten Amerikaner, die zur Bühne hochsahen. Manche waren auf einem Trip und high, andere hatten die Augen geschlossen, bewegten ihre grotesken, wohlgenährten Körper im Rhythmus. Dieses eine Mädchen, das ich die meiste Zeit beobachtet hatte, stand in die Mitte der ersten Reihe gepreßt, und als sie mich erwischte, wie ich sie ansah, schenkte ich ihr ein Lächeln. Sie machte eine würgende Grimasse und wandte sich wieder der Band zu, wiegte ihren Kopf im Rhythmus. Und ich war echt angewidert, fing an zu grübeln, was denn das Problem dieses Mädchens sei. Warum konnte sie nicht nett sein und zurücklächeln? Sorgte sie sich um einen bevorstehenden Krieg? Empfand sie echten Horror? Oder Inspiration? Oder Leidenschaft? Ich war zu der Überzeugung gelangt, daß dieses Mädchen, wie all die anderen, tödlich dumm sei. Vielleicht war die ‹Talking Heads›-Platte zerkratzt, oder vielleicht hatte Daddy ihr den Scheck noch nicht geschickt. Das war alles, worum dieses Mädchen sich sorgte. Ihr Freund stand hinter ihr, ein kompletter Yuppie mit Brylcreme im Haar und einer sehr dünnen Krawatte an. Und was war jetzt das Problem dieses Typen? Ausweis verloren, zu viele Sardellen auf der Pizza, Zigarettenautomat kaputt? Und ich sah immer wieder dieses Mädchen an – hatte sie heute nachmittag vergessen, ihre Seifenoper aufzuzeichnen? Hatte sie eine Harnwegentzündung? Warum mußte sie sich so gottverdammt cool geben? Und darauf lief alles hinaus: Cool. Ich war nicht einmal zynisch wegen dieser Schlampe und ihrem Arschloch von Freund. Ich glaubte wirklich, daß das Ausmaß ihrer erbärmlichen Probleme nicht sehr weit hinausging über das, was ich dachte. Sie mußten sich keine Sorgen darum machen, es warm zu haben oder zu essen zu bekommen oder Bomben oder Laser oder Gewehrfeuer. Vielleicht hatte ihr Liebhaber sie verlassen, vielleicht war ihre «Speaking in Tongues» *wirklich* zerkratzt – sie war mit ihren Problemen ein exemplarischer Fall für dieses Semester. Aber dann verstand ich langsam, als ich so dasaß, die Box unter mir vibrierte, die Band in meinem Kopf dröhnte, daß dieses Problem und die Pein, die sie empfanden, echt waren. Ich meine, dieses Mädchen hatte wahrscheinlich eine Menge Geld und ihr blöd aussehender Freund ebenso. Andere Leute würden vielleicht mit den Problemen dieses Pärchens nicht symphatisieren, und vielleicht waren sie im größeren Bereich egal – aber für Jeff und Susie bedeuteten sie immer noch etwas; diese Probleme taten ihnen weh, diese Dinge schmerzten… Also das empfand ich dann als *wirklich* trostlos. Ich dachte nicht mehr über sie und die anderen Deppen nach und zog mir noch ein wenig von dem Koks, das Lars mir anbot, rein.

Hinterher wollte ich ins Carousel gehen, aber Paul erzählte mir, es sei über das Wochenende geschlossen; daß niemand mehr besonders oft hinginge, außer ein paar Typen aus dem achten Semester und Leuten, die nach ihrem Abschluß in North Camden geblieben waren. Wir fuhren trotzdem daran vorbei. Nicht, daß man in diesem Laden eine Menge Spaß gehabt hätte, aber er bedeutete mir immer noch etwas. Und es war deprimierend, ihn an einem Donnerstagabend dunkel zu sehen, der Eingang mit schwarzer Farbe bedeckt, der Weg, der zur Tür führt, dick mit ungeschaufeltem Schnee bedeckt.

LAUREN Als ich das erste Mal nach über vier Tagen mein Zimmer verlasse, verliere ich meine Schlüssel. Also kann ich meine Tür nicht abschließen. Es macht mir eigentlich nichts aus, ich habe alle meine Sachen gepackt, es gibt eigentlich nichts zu klauen. Ich gehe zur Poststelle und sehe am schwarzen Brett nach, ob mich morgen oder übermorgen jemand mitnehmen kann. Nicht sehr viele Fahrten. «Habe meinen Talisman – Diamanten verloren», «Ehrgeizige Fotografie-Studentin sucht phantasievollen Mann, der in Zellophan posiert», «Madonna-Fanclub macht bald auf. Hat jemand Interesse? Fach 207.» Den reiße ich ab, aber die Frau, die am Postschalter arbeitet, sieht es und starrt mich an, bis ich ihn wieder hinstecke. «Skateboard-Club beginnt.» Den möchte ich auch runterreißen. «Jack Kerouac-Fanclub beginnt nächstes Semester.» Ich hasse die Vorstellung, den da oben zu wissen, weil er so trostlos neben den anderen aussieht, also reiße ich ihn ab. Sie sagt nichts. Jemand hat ein Exemplar der *Hundert Jahre Einsamkeit* in mein Fach gelegt, und ich sehe rein, ob jemand einen Namen oder eine Nachricht hinterlassen hat. «Wirklich gutes Buch. Hoffe, es gefällt dir – P.» Aber es sieht ungelesen aus, und ich lege es in Seans Fach.

Franklin geht vorbei, in der Masse der Leute, die sich zum Mittagessen aufstellen. Er fragt mich, ob ich in die Brasserie gehen möchte. Ich habe heute achtmal zu Mittag gegessen, aber ich muß einfach vom Campus weggehen. Also fahren wir in die Stadt, und es ist gar nicht übel. Ich kaufe ein paar Kassetten und ein gefrorenes Joghurt, und dann in der Brasserie trinke ich eine Bloody Mary und nehme ein Xanax. Die ganze letzte Woche habe ich gehofft, daß der Job verpfuscht sei; daß der Arzt vielleicht etwas verbockt hätte, etwas unvollendet gelassen hätte. Hatte er aber natürlich nicht. Sie hatten gute, gründliche Arbeit geleistet. Ich habe noch nie zuvor so stark geblutet.

Ich starre aus dem Fenster auf den Schnee. Die Musikbox spielt deprimierenden Pop. Ich mache mir eine Liste mit Dingen, die ich noch erledigen muß, bevor ich nach New York fahre. Weihnachtsgeschenke.

«Ich hab sie gebumst», sagt Franklin, nimmt einen Schluck von seinem Drink und zeigt auf die Kellnerin hinten; irgend so eine gemeine Schlampe vom Campus, die ich abscheulich finde, die ihrem Freund erzählte, ich sei eine Hexe, und er glaubte ihr.

Die Kellnerin verschwindet in der Küche. Ein Ober nimmt ihren Platz ein. Er richtet etwas an dem Tisch neben uns. In einem blendenden Augenblick des Wiedererkennens wird mir klar, wer der Ober ist. Er sieht mich ständig an, aber in *seinem* Gesicht gibt es kein Wiedererkennen. Ich fange an zu lachen, das erste Mal seit über einer Woche.

«Was ist denn so komisch?» fragt Franklin. «Nein, ich hab sie wirklich gebumst.»

«Ich habe ihn gebumst», sage ich zu Franklin. Es ist der Dörfler, an den ich meine Unschuld verlor.

«Hey», sagt Franklin. «We are the world.»

SEAN Tim hilft mir am nächsten Morgen packen. Ich habe nicht viel mitzunehmen, aber er hat sonst nichts zu tun, und er trägt das meiste Zeug zu meinem Wagen raus. Er fragt nicht nach Rupert, obwohl er weiß, daß er der Grund meiner Abreise ist. Auf der anderen Seite des Rasens ist Lauren, auf dem Weg zum Commons. Sie winkt, ich winke zurück.

«Hab von Lauren gehört», sagt Tim.

«Schon?»frage ich und schließe den Kofferraum des MG.

«Ja.» Er bietet mir eine Zigarette an. «Schon.»

«Ich weiß nicht», sage ich.

«Was ist passiert? Ist sie okay?» Er lacht. «Kümmert es dich?»

Ich zucke mit den Schultern. Ich versuche, mir die Zigarette anzuzünden, und zu meinem Erstaunen geht das Streichholz in dem Wind und dem leichten Schneefall nicht aus. «Ich mochte sie sehr.»

Tim schweigt, fragt aber dann: «Warum hast du es dann nicht bezahlt?»

Er sieht mich nicht an. Ich kriege einen Lachanfall.

«So sehr mochte ich sie auch wieder nicht», sage ich, als ich in den Wagen steige.

VICTOR Ich war die ganze Nacht auf und kokste mit einem Mädchen, das ich im Pub getroffen hatte, das einen Sommer lang für meinen Vater gearbeitet hatte. Am nächsten Morgen gehen wir in ein Café in der Stadt (wo es schreckliches Essen gibt; aufgeweichte Quiches, Schnecken in Dosen, zahme Bloody Marys), und ich hänge voll drauf und bin absolut nicht hungrig. Ich sehe so käsig aus, daß ich meine Sonnenbrille aufbehalte. Wir stehen im Eingang dieses Ladens und warten auf einen Tisch, der Service ist wirklich schrecklich, und wer immer diesen Laden entworfen hat, hatte sich wohl einer Leukotomie unterziehen lassen. Das Mädchen geht herum und wirft einen Quarter in die Musikbox. Die Kellnerin sieht mich prüfend an. Sie sieht vertraut aus. Die ‹Talking Heads› singen «And She Was», dann singt der gute, alte Frank

«Young at Heart», und ich amüsiere mich über die Verschiedenheit ihrer Auswahl. Plötzlich kommt dieses Mädchen, mit dem ich letzten Sommer irgendwie ein bißchen ging, auf mich zu und weint leise – das letzte, was ich jetzt brauche. Sie sieht mich an und sagt: «Du weißt ja gar nicht, wie öde es ist, dich zu sehen.» Dann wirft sie sich mir an den Hals, umarmt mich fest. Ich sage nur: «Hey, warte mal.» Es war nur so ein reiches Mädchen von der Park Avenue, Ecke 80. Straße, mit der ich letztes Semester irgendwie rumgevögelt habe, die irgendwie ganz hübsch ist, gut im Bett ist, die einen netten Körper hat. Sie sagt dem Typ, der bei ihr ist, automatisch good bye, aber der unterhält sich bereits mit der vertraut aussehenden Kellnerin. Das Mädchen, das für meinen Vater gearbeitet hat und die das ganze Koks hat, unterhält sich bereits mit irgendeinem Dörfler an der Musikbox, und ich könnte noch ein Gramm gebrauchen, aber dieses Mädchen, Laura, hat mich schon am Arm genommen und führt mich aus der Brasserie hinaus. Aber so ist es wahrscheinlich am besten. Ich brauche ja sowieso einen Platz zum Wohnen, und es wird ein langes, kaltes Weihnachten werden.

LAUREN Gehe zurück in mein Zimmer. Der letzte Tag. Leute beim Packen. Adressen einsammeln. Abschiedsbiere trinken. Sich betrunken über den schneebedeckten Campus treiben lassen. Ich stoße auf Paul, als er aus dem Canfield kommt.

«Hi», sage ich erschrocken, verlegen. «Wie geht es Ihnen, Mr. Denton?»

«Lauren», sagt er, immer noch schüchtern. «Wie geht es Ihnen, Miss Hynde?»

«Ganz gut», sage ich.

Wir stehen unbeholfen da.

«Also... was machst du jetzt?» frage ich. «Immer noch... Theater als Hauptfach?»

Er stöhnt. «Ja. Ich glaube. Was machst du? Immer noch Kunst?»

«Kunst. Na ja, Dichtung. Also, eigentlich Kunst.» Stottere.

«Was denn jetzt?» lacht er. «Entscheide dich doch.»

«Interdisziplinär.» Ich mache es mir leicht.

Lange Pause, und mir fällt klar ein, wie dumm Paul im ersten Semester aussah: Ein PiL-T-Shirt unter einem Georgio Armani-Pullover. Aber ich liebte ihn trotzdem, später. Der Abend, an dem wir uns kennenlernten? Kann mich an nichts erinnern, außer daß das Gerät in seinem Zimmer ‹Joan Armatrading› spielte; wir beiden rauchten Zigaretten, redeten, nichts Aufregendes, nichts Wichtiges, aber erinnernswerte Augenblicke. Er bricht die Trance: «Also, was hast du vor?»

Ich denke darüber nach, was Victor sagte, als er mich in der Brasserie getroffen hatte, bevor er sich einen Wagen in der Stadt mietete. «Europa, glaube ich. Ich weiß nicht. Wahrscheinlich Europa.» Es würde mir nichts ausmachen, das Gespräch jetzt zu beenden, weil es gut getan hat, einfach in der Nähe von Paul zu sein und ihn reden zu hören – aber das wäre unhöflich, und zu markig.

«Europa ist groß», sagt er; so ein typischer Denton-Satz.

«Jap, ganz bestimmt.»

Wir stehen noch ein bißchen länger da. Es schneit immer noch. Die Straßenlaternen gehen plötzlich an, obwohl es erst kurz nach drei ist. Darüber lachen wir beide. Aus irgendeinem Grund denke ich an jene Nacht in dem Café, als er zu mir rübersah; wie ein Schatten über seinem Gesicht lag; war er immer noch in mich verliebt? War er eifersüchtig auf andere Leute, mit denen ich zusammen war? Ich denke, ich muß die Dinge kitten. Ich sage: «Er mag dich wirklich.»

Er sieht verwirrt drein, und dann verlegen, er versteht. «Ja? Toll. Das ist toll.»

«Nein», sage ich. «Ich meine es wirklich.»

Pause, dann fragt er: «Wer?»

«Das *weißt* du doch», lache ich.

«Oh...» Er tut so, als hätte er verstanden. «Er hat ein hübsches Lächeln», gibt er schließlich zu.

«O ja, das hat er», pflichte ich bei.

Das ist albern, aber ich bin jetzt in besserer Stimmung, und in einer halben Stunde wird Victor zurück sein, und wir werden zusammen wegfahren. Ich werde ihm nicht von der Abtreibung erzählen. Das ist nicht nötig.

«Er erzählt viel von dir», sage ich zu ihm.

«Nun, das ist...» Er ist nervös geworden und weiß nicht, was er sagen soll. «Das ist nett, ich weiß nicht. Seid ihr beide noch –»

«O nein.» Ich schüttele den Kopf. «Ganz bestimmt nicht.»

«Ich verstehe.»

Eine weitere Pause.

«Nun, es ist schön, dich wiederzusehen», sage ich.

«Ich weiß. Es ist zu schade, daß wir nicht reden konnten, nachdem, wann auch immer», sagt er, errötet.

«Oh, ich weiß», sage ich. Er meint September; betrunkene, traurige Nacht in seinem Zimmer. «Das war verrückt», sage ich und schüttle den Kopf. «Ja. Verrückt», sage ich noch einmal.

Im Schnee spielen Leute Frisbee. Darauf konzentriere ich mich.

«Hör mal», fängt er an. «Hast du Zettel in seinen Kasten gelegt?» fragt er.

«Wessen Kasten?» Ich weiß nicht, wovon er redet.

«Ich dachte, du hättest Zettel in seinen Kasten gelegt», sagt er.

«Ich habe keine Zettel in irgendwelche Kästen gelegt», sage ich zu ihm. «Zettel?»

«Ich habe ein paar Zettel aus seinem Kasten genommen, von denen ich glaubte, sie seien von dir», sagt er und sieht gequält aus.

Ich studiere sein Gesicht. «Nein. Ich war's nicht. Die falsche Person.»

«Sag es ihm nicht», sagt er. «Ach, sag's ihm. Was auch immer.»

«Es würde sowieso nichts ändern», sage ich.

«Du hast recht», pflichtet er rasch bei, ohne nachzudenken.

«Leuten wie ihm macht es nichts aus», sage ich, oder Leuten wie uns, aber das ist nur ein augenblicklicher Gedanke, und er verschwindet schnell.

«Du hast recht», sagt er noch einmal.

«Möchtest du mit hochkommen?» frage ich ihn. «Ich mache eigentlich gar nichts gerade.

«Nein», sagt er. «Ich muß jetzt packen.»

«Hör mal, hast du meine Adresse?» frage ich ihn.

Wir tauschen Adressen aus, Schnee läßt die Druckerschwärze auf dem Rücken der Zeitschrift verlaufen, die er in der Hand hält.

Die Seiten in meinem Adressenbüchlein werden naß. Wir sehen uns noch einmal tief in die Augen, bevor wir Abschied nehmen, warum? Beschließen, ob vielleicht etwas verloren ist? Nicht ganz sicher? Wir versprechen einander jedenfalls, von uns hören zu lassen und uns in den Ferien anzurufen. Wir küssen uns höflich, und dann geht er seinen Weg, und ich gehe meinen, zurück in mein Zimmer, wo alles gepackt ist und sauber und bereit, und ich warte dort mit einiger Gewißheit auf Victor, ich fühle mich nicht so viel anders als im September oder Oktober oder, was das anbetrifft, im November.

PAUL Ich ging los, rannte dann aber, als ich das Motorrad am Wachhaus erblickte. Ich ging rasch zuerst, dann joggte ich, dann rannte ich in vollem Tempo, aber Sean, der einen Helm aufhatte, begann, schneller zu fahren, schlitterte erst auf dem nassen, verschneiten Weg, dann legte er an Geschwindigkeit zu. Ich weiß nicht, *warum* ich hinter diesem Motorrad herrannte, aber ich tat es. Und ich rannte schnell, hüpfte über Schneehaufen, bewegte mich schneller, als ich je erinnern kann, mich bewegt zu haben. Es war nicht wegen Sean. Dafür war es zu spät. Es hatte bereits einen Richard gegeben und einen Gerald und zu viele fleischliche Gedanken an andere. Aber ich rannte, und ich rannte, weil es mir vorkam, als sei das das «Richtige» zu tun. Es war eine Chance, Gefühle zu zeigen. Ich handelte nicht aus Leidenschaft. Ich handelte einfach. Weil das als das einzig Richtige erschien. Es schien wie etwas zu sein, das mir befohlen wurde. Von wem, oder was, blieb offen. Das Motorrad beschleunigte und verschwand hinter einer Kurve, und ich holte es nie ein.

Ich hielt an und stand keuchend auf dem College Drive, vornübergebeugt. Ein Wagen hielt an. Es war ein Typ, der mir gegenüber wohnte. Sven oder Sylvester – irgend so was. Er fragte, ob ich mitfahren wolle. Ich konnte das Lied hören, das im Radio spielte, eine alte Weise aus meiner Kindheit: «Thank You for Being a Friend.» Ich hörte auf zu japsen und ich fing an zu nicken, mich kaputtzulachen, mich unverändert zu fühlen.

«Komm schon. Steig ein», sagte er, langte rüber und machte die Tür auf.

Immer noch lachend stolperte ich in den Wagen und dachte, was zum Teufel. Rock 'n' Roll, stimmt's? Laß gut sein. Sven ist recht süß, und wer weiß, vielleicht könnte er mich nach Chicago mitnehmen. Und dann, was hat dir Raymond noch mal von deutschen Kerls erzählt?

SEAN Ich begann, schneller zu fahren, als ich das College hinter mir gelassen hatte. Ich wußte nicht, wohin ich fuhr. An irgendeinen Ort, der noch nicht besetzt war, hoffte ich. Zu Hause gab es nicht mehr. New York war das letzte. Ich sah auf meine Uhr. Es war Mittag. Es schien seltsam, aber es war eine Erleichterung, ohne überflüssiges Gepäck herumzufahren, und der Diskjockey spielte tolle Songs: ‹Clapton›, ‹Petty and the Heartbreakers›, ‹Left Banke›, die sangen: «*... just walk away Renee ...*»

«Ich habe dich geliebt», sagte ich zu ihr, als wir das letzte Mal zusammen waren. Ich wußte nicht, daß es das letzte Mal sein würde. Wir waren beide unten, wieder auf der Party, und ich sah ihr ins Gesicht, ihr Haar war zurückgekämmt, ihr Gesicht noch leicht gerötet vom Sex. Es gibt Dinge an ihr, die werde ich nie vergessen...

Ich hielt an einer Telefonzelle in der Nähe eines Schnapsladens an. Ich holte ein Zehncentstück und ein paar Telefonnummern, die ich während des Semesters gesammelt hatte, aus meiner Brieftasche. Ich ließ den Motor laufen und stieg aus. Der Himmel verdunkelte sich, obwohl es erst fünf am Nachmittag war; die Wolken waren lila und schwarz, unentschlossen, ob sie schneien sollten oder nicht. Ich überlegte, wohin ich fahren sollte. Ich entschied mich dagegen, irgendwelche Anrufe zu machen. Ich stieg wieder in meinen Wagen. Ich habe mich nicht verändert.

Am Stadtrand sah ich ein Mädchen aus der Stadt, das trampte. Sie sah mir nach, als ich vorbeifuhr. Ich gelangte ans Ende der Stadt, dann wendete ich auf dem Parkplatz vor dem A & P und ließ sie einsteigen. Sie war ein bißchen dick, aber immer noch blond und hübsch. Sie lehnte am Laternenpfosten, rauchte eine Zigarette, ein Rucksack zu ihren Füßen. Sie senkte den Arm, als ich mit dem Wagen rechts ran fuhr. Sie lächelte, dann stieg sie ein. Ich fragte sie, wohin sie wolle. Sie nannte eine Stadt, aber schien unsicher zu sein. Sie fing an, mir ihre Lebensgeschichte zu erzählen, die nicht sehr interessant war, aber als ‹Rockpile› im Radio kamen und «Heart» sangen, mußte ich es aufdrehen, ihre Stimme ersäufen, aber dennoch wandte ich mich ihr zu, meine Augen zeigten Interesse, ein ernstes Lächeln, ich nickte, meine Hand drückte ihr Knie, und sie

Weitere Titel von
Bret Easton Ellis
bei Kiepenheuer & Witsch:

Unter Null

Roman
KiWi 551

Die Informanten

Roman
KiWi 300

Glamorama

Roman
Gebunden